부조리를 향해 쏴라

최 인 장편소설

도서출판 글여울

작가의 말

　본 작품을 처음 대하면 내용이 무겁고 딱딱할 것이라는 생각을 하게 된다. <부조리를 향해 쏴라>라는 철학적 제목이 그런 느낌을 갖게 만든다. 그러나 필자는 이 소설이 책장을 넘기기 쉽고, 잘 읽히는 장점을 가지고 있다고 감히 말하고 싶다. 즉 모더니틱한 리얼리즘 소설에 경험적 요소를 가미한, 재미있는 작품이라고 할 수 있다. 한 마디로 말해 기 드 모파상의 <여자의 일생>과 비슷한 소설이라고나 할까.
　물론 이 소설의 주인공은 남자이기 때문에 <부조리한 남자의 일생>이라고 보면 맞다. 주인공의 삶은 한국사와 세계사에 큰 획을 그은 사건을 반추하면서 전개된다. 즉 8.15 광복, 6.25 한국전쟁, 1.21 무장공비침투, 10.26 박대통령 시해사건, 12.12 쿠데타, 신군부의 비상계엄, 5.18 광주 민주화운동, 1992 미국 LA폭동, 5.3 시민항쟁, 1997 IMF 경제난, 2008 모건스탠리 파산, 코로나19 전염병, 12.3 대통령 친위 쿠데타 등이 그것이다.
　소설 속에서 주인공은 치열하게 삶을 살고, 부조리한 사회에 열심히 적응해 간다. 철모르는 어린 시절, 대학시절의 대정부투쟁, 비상계엄으로 탄생한 유신정권에 항거하다가 수배자가 되고, 이념의 차이로 사랑하는 여자와 헤이지며, 힘겨운 군복무 시절을 거쳐, 불명예 제대를 한 뒤, 지극히 평범한 일반인이 되고, 사법고시에 도전하다가 경찰에 투신한다. 그후 경찰을 나와 대학 후배와 사업을 벌이고, 가지고 있던 재산을 모두 탕진한다.
　이와 같은 삶의 역정을 보면 자전적 소설일지 모른다는 생각을 갖게 된다. 필자 역시 위와 비슷한 과정을 거쳐 경찰이 되고, 파출소장과 형사반장을 역임한 뒤 퇴직했으니까. 그러나 이 소설은 자전적이기보다 픽션적 요소를 더 많이 가지고 있다. 그것은 소설 속에서 펼쳐지는 사회적 이슈가 된 각종 사건, 등장인물들 간의 인간적, 사회적 갈등, 부조리에 대한 저항, 주인공이 태어나기 이전의 상황 등을 보면 알 수 있다.
　특이한 것은 소설이 정방향이 아니라, 역방향으로 진행한다는 것이다. 즉 보통 소설이 과거에서 현재, 미래로 이행된다면, 이 소설은 그 반대로 전개된다. 다시 말해 주인공이 종국적으로 어머니 뱃속으로 들어가는 서사의 형식을 취한다. 그러므로 챕터도 12에서 시작해 11, 10, 9로 가다가 1에서 끝이 난다. 소설을 순리대로 쓰지 않은 것과 <부조리>라는 단어를 사용한 이유는, 작품을 다 읽고 나면 알 수 있으리라 생각된다.

소설을 읽기 전에

부조리한 역사, 부조리한 사회, 부조리한 인간을 노래하다

<부조리를 향해 쏴라>는 세계의 부조리와 체제의 부조리를 인정하고, 인간 삶의 의미 없음, 인간 열정의 덧없음을 받아들이고, 삶의 부조리와 죽음에로의 부조리가 역사를 끌어간다는 사실을 인식하면서 시작하는 작품이다. 부조리한 삶이 없음은 곧 부조리한 사회가 없음을 의미하고, 부조리한 사회가 없음은 곧 부조리한 역사가 없음을 의미한다.

위와 같이 부조리함이 없다는 것은 곧 인간의 삶이 없음을 의미하고, 인간의 삶이 없음은 곧 인간의 역사가 없음을 의미한다. 이와 같이 인간의 삶과 인간의 역사는 부조리라는 토대 위에서 태동하고 성장하고 명멸해 간다. 그러나 소설의 주인공은 어느 순간부터 부조리한 삶에 대항하고, 부조리한 사회를 거부하고, 부조리한 역사에 반기를 든다.

세계 역사상 국가 원수가 내란(쿠데타)을 일으켜 독재정권을 유지한 사례는 적지 않다. 그 대표적 사례가 1799년 프랑스 황제 나폴레옹이 일으킨 친위 쿠데타이다. 두 번째가 1972년 필리핀 페르디난드 마르코스 대통령이이 일으킨 내란이다. 세 번째가 1973년 칠레의 아우구스토 피노체트가 일으킨 군부 쿠데타이다. 친위 쿠데타를 일으킨 이들은 권력을 공고히 하고, 독재정권을 강화하고, 집권을 연장시키는 데 성공한다.

  네 번째 사례는 세계 10대 경제대국이자 군사 강국이면서 민주화의 첨단에 서 있는 대한민국에서 일어났다. 21세기에 접어든 현금에 대한민국 대통령은 왜 친위 쿠데타를 일으켰고, 그것을 성공시키지 못한 채, 스스로 파멸의 늪으로 빠져들었는가? 그 물음에 대한 대답은 의외로 간단치 않다. 친위 쿠데타를 일으킨 대통령의 사고체계와 감정을 부조리라는 토대 위에 놓고 분석해 보면 조금은 해석이 가능해진다.

  부조리라는 것은 무엇인가? 부조리는 어떻게 해서 생겨나는가? 부조리라는 감정을 느낄 때는 어떤 순간인가? 세상이 불합리하고 의미가 없다는 것을 인정하는 것이 부조리의 첫 번째 핵심 항목이다. 두 번째 항목은, 삶의 의미와 생의 목적을 찾으려는 노력과 세상이 본질적으로 무의미하고 혼돈스러운 상태 사이의 갈등이다.

  세 번째 항목은, 어떤 위치에 있는 인간이든, 인간은 삶의 의미를 찾으려고 치열하게 노력하지만, 세상은 그 의미를 제공하지 않아 좌절하고 절망하는 것이다. 네 번째 항목은, 인간은 무언가를 열심히 창조하면서 의미를 추구하지만, 사회와 체제, 역사와 세계는 그 의미를 제공하지 않기 때문에 그 사이에 충돌이 발생하고, 이로 인해 불안에 빠진다.

  위의 세 번째 항목과 네 번째 항목이 대통령의 감정에 불안을 끌어들이고, 결국 자신 스스로 부조리한 인간이 되었다. 부조리한 인간이 된 대통령은 더욱더 부조리해지고, 더욱더 부조리해지다가 끝도 없는 나락으로 추락해 간다. 부조리에 빠진 인간은 종국적으로 부조리한 사회와 체제와 세계를 바라보는 눈을 상실한다. 건전한 눈을 상실한 인간은, 자신이 부조리한 사회의 일방적 피해자가 되었다고 착각하게 되고, 결국 무모한 행동을 벌이게 된다.

  <부조리를 향해 쏴라>의 주인공은 평범한 삶을 살아가는 소시민이다. 그에게는 큰 이상도 없고, 강력한 포부도 없고, 삶에 대한 치

열한 의지도 없다. 그런 주인공에게 부조리한 역사와 시대와 이념은 감당하기 어려운 좌절과 아픔과 고통을 안겨 준다. 그러나 주인공은 한국사회에 몰아닥친 크고 작은 사건과 충돌하면서 시대를 역류해 간다.

태초에 인간은 짐승을 피해 동굴로 숨어들었고, 동굴을 나와 초원으로 진출했다. 그 후 인간은 집단을 이루어 살았고, 결국 첨단화되고 과학화된 도시를 만들었다. 문명화된 도시에서 인간은 점점 더 부조리해지고 더욱더 부조리해질 수밖에 없어진다. 주인공은 부조리한 사회에 동화되면서 점차 탐욕스런 인간으로 변해 간다.

주인공은 이기화 되고 물욕화 된 자신과의 싸움에서 패배한 다음 깨닫는다. 즉 주인공은 부조리화된 첨단사회와 문명으로부터 버림받은 후 자신이 가야할 곳이 어디인지 알게 된다. 하지만 주인공이 돌아가야 할 안식처, 즉 동굴은 그 어디에도 없다. 도시사회는 부조리로 가득 차 있고, 부조리는 도시사회를 숙주 삼아 더욱 부조리해진다.

괴물화한 부조리로부터의 탈출은 부조리로부터 도망치는 길밖에 없다. 결국 주인공은 부조리를 피해 다니다가 어느 순간 부조리 속으로 과감히 뛰어든다. 그러나 부조리는 주인공에게 자신의 잔인한 모습을 보여준다. 그것은 부조리에 대항하는 자에게 가해지는 절망과 파멸이다. 주인공은 죽음이 눈앞에 닥친 다음 비로소 안식처인 동굴을 찾아낸다.

안식처로 여겼던 동굴은 놀랍게도 부조리의 또 다른 모습이다. 부조리의 모습을 한 동굴은 자기 자신이고 자아이고 내면이고 정체성이다. 주인공은 그 순간 깨닫는다. 희망과 행복, 절망과 슬픔 모두 부조리의 이중적 모습이고, 또 다른 자신의 내면이라고. 결국 주인공은 부조리로부터 벗어나는 길은 없다고 느끼고, 희망의 모습을 하고 있는 부조리를 향해 총구를 겨눈다.

차 례

작가의 말	⋯	3
소설을 읽기 전에	⋯	5
chapter. 12	⋯	11
chapter. 11	⋯	15
chapter. 10	⋯	37
chapter. 9	⋯	65
chapter. 8	⋯	79
chapter. 7	⋯	119
chapter. 6	⋯	159
chapter. 5	⋯	199
chapter. 4	⋯	233
chapter. 3	⋯	295
chapter. 2	⋯	329
chapter. 1	⋯	375

chapter.

12

내가 한쪽 다리를 절뚝이는 놈을 본 것은 몇 해 전이었다. 그때 놈은 어둑한 뒷골목에서 먹을 것을 찾아다니고 있었다. 오늘도 놈은 쓰레기통을 뒤지며 무언가를 찾는 중이었다. 쑥 들어간 배와 검게 뒤엉킨 털로 보아 며칠은 굶은 것 같았다.

"네 놈을 여기서 만나다니."

나는 초췌하고 해쓱해진 놈을 향해 중얼거렸다. 놈도 오랜만에 보는 내가 반가운지 꼬리를 흔들었다. 나는 취기가 오르는 것을 느끼며 계단에 주저앉았다. 갬블링을 하면서 마신 술이 머리끝으로 올라왔다. 그와 함께 가슴이 터질 듯 뛰기 시작했다. 가지고 있던 돈을 모두 잃어서가 아니었다. 내 속에서 끓어오르던 알 수 없는 분노 때문이었다.

"카지노조차 나를 버렸군."

나는 하수구 앞에 쪼그려 앉아서 구역질을 했다. 하지만 텅 빈 뱃속에서 토사물이 나올 리 없었다. 나는 손가락을 목구멍 속 깊이 집어넣고 토악질을 했다. 내 소리를 듣고 쓰레기통을 뒤지던 놈이 힐끗 돌아보았다. 놈의 눈빛이 푸른 섬광 같다고 느낀 것은 바로 그때였다. 나는 녀석의 시퍼런 안광을 보고 몸을 움츠렸다.
　도시를 배회하는 하이에나를 처음 본 것도 아니었다. 도시 뒷골목 치고 이런 놈들이 배회하지 않는 게 오히려 이상했다. 그 정도로 놈들은 어느 곳에서나 볼 수 있는 도시의 불청객이었다. 게다가 여기는 온갖 사람들이 몰려드는 사북의 XX랜드가 아닌가. 나는 놈의 존재를 털어 버리고 담배를 피워 물었다. 놈도 내 존재를 무시하고 다시 쓰레기통에 주둥이를 박았다.
　"너는 네가 할 일을 해라. 나는 내가 갈 길을 갈 테니까."
　나는 먹기 위해 혈안이 된 놈을 향해 중얼거렸다. 놈도 내 목소리를 들었는지 머리를 들었다가 다시 숙였다. 정부는 버려진 폐광촌에 대규모의 카지노 시설을 만들어 사람들을 불러 모았다. 돈을 가진 사람이건, 돈이 없는 사람이건, 모두 카지노로 몰려들었다. 그들은 미친 듯이 파친코, 블랙잭, 슬롯게임, 갬블링에 빠져들었다.
　나도 그들처럼 블랙잭과 갬블링을 하면서 웃고 떠들고 마셨다. 사실 나는 수중에 있는 마지막 돈을 블랙잭에 털어 넣었다. 그 한 번의 행운이 막장에 다다른 나를 구할 수 있을 것이라고 기대하면서. 그러나 게임의 결과는 불을 보듯 뻔한 것이었다. 나는 수중에 있는 돈을 모두 날렸다. 그리고 양주를 병으로 들이켜고 카지노를 뛰쳐나왔다.
　"배가 고픈 건 참을 수 없지."
　나는 놈에게 던져 줄 무언가를 찾아 주머니를 뒤졌다. 아무리 외투 안팎을 뒤져도 먹을 것은 나오지 않았다. 내 포켓이 들어 있는 건 라이터와 승용차키, 휴대폰뿐이었다. 승용차는 이미 팔아 치웠고, 휴대폰은 통화가 정지된 상태였다. 그 외에 남은 게 또 하나 있었다.
　오래 전부터 지니고 있던 45구경 권총과 실탄 3발이 그것이었다. 돈이 다 떨어진 나는 권총을 잡히고 마지막 배팅을 하려 했으나 받아 주지 않았다. 권총 같은 살상 무기는 돈과 교환이 불가능하다며. 나는 쓴웃음을 짓고 외투 안주머니에 넣어 둔 권총을 더듬었다. 손끝에 싸늘하다 못해 섬뜩하도록 차가운 촉감이 느껴졌다.

"이제야말로 너를 사용할 때가 되었군."

나는 게슴츠레한 눈으로 어둠 속에 있는 놈을 보았다. 놈도 내 마음을 읽었는지 불편한 다리를 움직였다. 오늘은 네게 던져 줄 빵 부스러기조차 없다. 내 수중에는 권총 1정과 실탄 3발, 핸드폰과 열쇠 꾸러미뿐이다. 아니 내 몸 하나 제대로 간수할 수 없는 불편한 몸뿐이다. 나는 먹을 걸 찾는 놈을 일별하고 걸음을 떼어놓았다.

밤은 이미 깊었고 사람들은 추위를 피해 귀가를 서둘렀다. 나는 외투 깃을 목까지 세우고 하늘을 올려보았다. 꾸물거리던 하늘에서 솜덩이 같은 눈이 떨어지기 시작했다. 쏟아지는 눈은 금방 길과 건물과 산을 덮었다. 나는 눈송이가 날리는 하늘을 보며 투덜거렸다.

"그래 나는 지금 갈 곳도 없고, 몸을 누일 방 한 칸도 없다. 가지고 있던 돈도 모두 카지노에 털어 넣은 빈털터리일 뿐이다."

나는 키득키득 웃으며 폐광 쪽으로 걸음을 옮겼다. 그곳에는 피곤에 지친 나를 받아 줄 동굴이 있었다. 비록 버려진 폐광이지만, 그곳은 내게 안식처나 마찬가지였다. 나는 비틀거리며 폐광으로 향하는 비탈길을 올라갔다. 귀가를 서두르던 사람들이 이상한 시선으로 힐끗거렸다. 60대 중반쯤 되어 보이는 사람이 카지노나 드나들고 있다는 한심한 눈빛으로. 나는 거부감을 드러내는 사람들을 보고 큰소리로 웃었다.

너희들 눈에는 내가 쓸모없는 인간처럼 보일 것이다. 카지노나 기웃거리는 한심한 사람으로 비쳐질 터이다. 하지만 나도 한때는 넓은 세상을 마음껏 뛰어다니는 꿈을 꾸며 살았다. 부조리한 사회와 좌충우돌하면서 자본주의자의 삶을 열심히 살았다. 다만 지금은 괴물 같은 자본주와 부조리한 사회에 모든 것을 빼앗기고 털렸을 뿐이다.

"털리고 빼앗긴 게 나 하나뿐은 아니지."

나는 중얼거리고 또 한번 키득키득 웃었다. 대통령도 친위 쿠데타를 일으키고, 모든 것을 잃고 빼앗겼다. 대통령을 따라 쿠데타에 가담한 고위 경찰과 군 장성들도 모두 영어의 몸이 되었다. 그들은 자신이 가진 것에 만족치 않고 영구히 기름똥을 싸면서 살려고 하다가 인생을 망치고 빈털터리가 되었다. 그런 의미에서 그들과 나는 엄연히 다르다. 그들은 오로지 기름똥을 싸기 위해 욕심을 부렸고, 나는 단순히 살기 위해서 발버둥쳤을 뿐이다.

"당연히 나와 그들은 달라. 다르고 말고"

한동안 중얼거리자 머리끝까지 올랐던 취기가 어느 정도 가셨다.

"빨리 폐광으로 돌아가야지."

나는 연신 감기는 눈으로 어둑해진 길을 바라보았다. 눈보라가 휘몰아치는 산길에는 아무도 없었다. 그곳에는 깊은 어둠과 알 수 없는 정적만 흐를 뿐이었다. 나는 냉기가 파고드는 외투를 여미고 발걸음을 떼어놓았다. 더 추워지기 전에 폐광으로 들어가 불을 피우고 몸을 녹여야 한다. 그렇지 않으면 눈보라 속에서 얼어죽고 만다.

나는 비틀거리며 다 허물어진 건물 앞을 지나갔다. 그때였다. 자동차의 헤드라이트 불빛이 스쳐갔고, 이어 둔탁한 것이 뒤통수를 강하게 후려쳤다. 나는 머리에 불이 이는 불 같은 통증을 느끼며 그 자리에 쓰러졌다. 잠시 후 통증이 지나가고 어지럼증이 엄습해 왔다. 세상이 빙글빙글 돌고, 몸이 땅속으로 꺼질 것처럼 너울거렸다.

"여기서… 잠들면… 안 돼. 동굴로… 가야… 돼."

나는 길 위에 누운 채 스르륵 눈을 감았다. 눈을 감자 온몸이 나른해지며 잠이 쏟아졌다. 어디선가 하이에나의 구슬픈 울음소리가 들려왔다. 하이에나의 울음소리와 함께 이름 모를 새의 소리도 들렸다. 그 소리는 멀어지는 의식을 일깨우는 것처럼 뇌리를 흔들었다. 나는 하이에나 소리와 새 소리를 들으며 정신을 잃었다.

chapter.
11

1

　명우와 내가 조소장을 찾아간 것은 탈출구를 찾기 위해서였다. 즉 피폐해질 대로 피폐해진 삶을 새로 시작한다는 의미에서 M시를 찾아갔던 것이다. 사실 모건스탠리 파산 이후, 나와 명우는 몇 달간 일다운 일을 해 본 적이 없었다. 그게 공사장 막노동판이든 관급 허드렛일이든 마찬가지였다.
　나는 명우와 함께 술을 마시다가 M시에서 아파트를 짓고 있는 조소장 얘기를 꺼냈다. 명우는 조소장 얘기를 듣고 당장 M시로 달려가자고 떼를 썼다. 현장 책임자인 조소장을 졸라 일거리를 달라고 부탁하자는 것이었다. 결국 나는 M시에 있는 조소장을 찾아가기로 마음먹었다. 그것은 명우와 내가 처한 막막한 현실 때문이었다.
　다음 날 오후 우리는 M시로 가는 시외버스에 몸을 실었다. 명우는 버스를 타고 가는 내내 들뜬 표정으로 떠들었다. 나는 명우의 밝은 모습을 보며 일이 잘 풀리기를 바랐다. 명우도 새 삶이 전개될 것이라고 예상하는지 콧노래까지 흥얼거렸다. 버스는 3시간을 달려 휴전

선 인근에 위치한 M시에서 멈췄다. 나는 버스에서 내리는 즉시 현장 사무실로 전화를 걸었다. 전화를 받은 조소장은 뜻밖이라는 듯이 달려나왔다.

"여기까지 웬 일이야?"

"그냥 술이 마시고 싶어서 왔어."

"그래 잘 왔다."

조소장은 나와 명우를 데리고 룸살롱 비슷한 곳으로 들어갔다. 거기서 우리는 코가 비뚤어질 정도로 양주를 마셨다. 명우도 오랜만에 마시는 양주라는 듯이 들이켰다. 즐겁게 술을 마시는 걸 본 조소장도 유쾌한 표정으로 웃고 떠들었다. 결국 우리는 찾아간 용건은 꺼내지도 못한 채 술만 퍼마셨다.

밤이 깊어지자 조소장이 술집에서 나와 모텔로 향했다. 술집보다는 모텔을 잡아 밤을 지새우며 얘기하는 게 더 좋다며. 우리는 두말없이 조소장을 따라 모텔로 들어갔다. 공교롭게도 조소장이 찾아간 업소는 백야라는 모텔이었다. 명우는 백야모텔의 번쩍이는 간판을 보며 킥킥 웃었다.

"선배, 우리 모텔 이름처럼 밤새 마셔 봅시다."

우리는 맥주를 박스 채 사 가지고 가서 떠들며 마셨다. 얘기의 주요 골자는 취직이 아니라, 술과 여자와 섹스였다. 조소장은 술이 떨어질 때마다 데스크에 전화를 걸었다. 졸음기가 가득한 주인은 우리가 요구하는 대로 술을 내주었다. 우리는 서빙되는 술을 모조리 마시며 잡담으로 일관했다.

그렇게 마음껏 회포를 풀다가 조소장이 먼저 자리를 털고 일어섰다. 잠시라도 눈을 붙여야 다음날 일을 하는 데 지장이 없다며. 우리는 조소장이 돌아간 직후 백야모텔을 뛰쳐나왔다. 그 이유는 백야라는 모텔에 몸을 파는 여자가 없다는 것이었다.

"젠장, 군인들이 득실거리는 곳에 창녀가 없다면… 도대체 어디에 있단 말이야."

명우는 핏발이 선 눈을 번뜩이며 씨부렁거렸다. 명우의 말은 군인들이 쓰다가 버린 창녀라도 있어야 한다는 거였다. 나는 명우의 투덜거림을 귓전으로 흘리며 백야모텔을 돌아보았다. 이 늦은 시각에 여자를 내놓으라는 것 자체가 무리였다. 나는 무언가 일이 꼬인다는 생각을 하며 담배를 피워 물었다.

그때였다. 막 담배를 빨고 연기를 내뿜은 순간 시퍼런 불빛이 보였다. 사실 그것은 불빛이 아니라 짐승의 푸른 안광이었다. 짐승의 번뜩이는 눈과 마주친 순간 나는 그 자리에 얼어붙었다. 놈과 비슷한 짐승을 M시에서 만날 줄은 상상도 못했던 것이다.

"네놈이었군."

나는 뒷다리가 잘린 개를 뚫어지게 바라보았다. 놈도 내 시선을 느꼈는지 경계의 눈빛을 풀지 않았다. 나는 머리끝까지 오르는 취기를 털어내며 헛기침을 했다. 놈이 부자연스런 몸을 돌려 뒤로 몇 발짝 물러섰다. 놈의 태도로 보아 자리를 뜨려는 것 같았다.

나는 놈의 실체를 확인하고 큰 길을 향해 걸어갔다. 하이에나, 아니 떠돌이 개가 소도시에 나타난 사실을 이상하게 여길 필요는 없었다. 도시라면 놈들은 언제든 만날 수 있고, 어디서든 보이는 존재였으니까. 명우가 어둠에 잠긴 시가지를 둘러보더니 씨부렁거렸다.

"태오 선배, 다른 데로 갑시다. 모텔이 여기만 있는 것도 아니고."

나는 고개를 끄덕이고 골목 쪽을 다시 한번 쳐다보았다. 다리를 절뚝이며 걸어가던 놈이 힐끗 돌아보았다. 나는 그때 놈의 눈빛에서 회한과 절망 같은 걸 발견하고 숨을 들이켰다. 놈의 쭉 찢어진 눈에서 풍기는 것은 분명히 슬픔과 절망이었다. 그런 눈빛을 거리를 배회하는 놈들에게서 본 적이 없었다.

놈들의 눈은 언제나 푸른 안광을 번뜩였으며, 먹이를 향해 번개같이 움직였다. 아주 짧은 순간에 찾아오는 기회를 놓치면 삶 전체를

17 부조리를 향해 쏴라

잃어버릴 것처럼. 나는 슬픔을 드러내는 놈에게 가벼운 눈인사를 보냈다. 놈도 내 의도를 알아챘는지 절뚝이며 걸음을 옮겼다. 나는 놈을 일별한 뒤 네온사인이 번쩍이는 큰길 쪽으로 걸어갔다.

2

명우와 나는 M시의 모텔이란 모텔은 모조리 뒤졌다. 문제는 그 많은 모텔에 하나같이 여자가 없다는 사실이었다. 모텔 주인은 '지금은 여자를 부를 수 없다'고 잘라 말했다. 그들도 느닷없이 여자를 찾는 낯선 사내들이 반가울 리 없었던 것이다. 시간도 새벽 3시를 넘어서 모두가 잠든 상황이었다. 그런 시간에는 돈을 갑절로 준다고 해도 올 여자가 없었다. 우리는 대여섯 군데의 모텔을 더 둘러보고 택시를 잡아탔다.

"아마 K시에는 여자가 있을 겁니다."

명우는 택시에 타자마자 발작적으로 소리쳤다. 나는 아무런 대꾸도 하지 않고 창밖만 내다보았다. 사실 명우의 짓거리를 내버려 두고 어쩌고 할 처지도 아니었다. 나도 지금 무슨 행동이든 벌이지 않으면 안 되는 입장이었다. 그것이 해괴한 짓거리든, 미친 수작이든 마찬가지였다. 말없이 운전을 하던 택시기사가 슬쩍 끼어들었다.

"여자를 찾습니까?"

명우가 불만이 가득찬 어조로 투덜거렸다.

"글쎄 여자가 한 명도 없답니다, 이 넓은 도시에."

"이 시간이면 없을 만도 하지요."

택시기사는 당연하다는 투로 말하고 가속페달을 밟았다. 명우가 머리를 흔들고 담배를 피워 물었다. 전방을 주시하던 택시기사가 슬며시 운을 떼었다.

"여자가 있는 곳을 아는데, 모셔다 드릴까요?"

"있다면 당연히 가야죠."

"사실 여자를 부르는 모텔은 드물어요. 때가 때인지라."

"하긴 그렇겠죠. 연말이고 크리스마스도 가까웠고, 단속도 심하고."

우리는 택시기사가 안내하는 대로 K시 중심가에서 내렸다. 역시 K시의 숙박업소들은 신도시답게 고급스러웠다. 손님을 맞는 주인의 태도도 전방보다는 한층 세련되었다. 나는 여기야말로 여자를 찾을 수 있는 장소라고 생각했다. 명우도 같은 생각을 하는지 의기양양한 표정을 지었다.

그때부터 우리는 K시 중심가를 이잡듯 뒤지고 다녔다. 문제는 우리의 남루한 행색과 거친 말투였다. 모텔 주인은 우리의 모습을 훑어본 뒤 딱 잡아떼었다. 이 시간에는 돈을 더블로 준다고 해도 부를 수 없다. 여자가 있어도 이미 손님을 받은 상황이다. 그러니 다른 업소를 찾아가 보는 게 좋을 것 같았다.

우리는 실망한 나머지 길가에 서서 담배만 피워댔다. K시에서조차 여자를 구하지 못한다면 어떻게 해 볼 도리가 없었다. 이미 M시에서 이곳까지 오면서 모든 모텔을 훑어보지 않았던가. 명우가 불빛이 번쩍이는 모텔을 보며 마지막 제안을 했다.

"우리 T시로 갑시다. 거기면 틀림없이 우리가 찾는 인간이 있을 거예요."

"T시?"

"선배는 나만 따라오세요."

"정말 오늘밤에 여자를 살 거야?"

"세상 끝까지 찾아가서라도 사야죠."

나는 명우의 말투에서 자학적인 마음을 읽을 수 있었다. 명우는 지금 발악 아닌 발악을 해대는 게 틀림없었다. 자신을 깨뜨리고 세상을 부숴 버릴 무언가를 찾기 위해서. 아니 부조리한 현실로부터 탈출을 위해서라도 여자는 필요했다. 나는 명우의 터져 버릴 것 같은 마음을 이해하기로 했다. 나 또한 무슨 짓이든 해야 속이 후련할 것 같았으니까. 사실 명우보다 내가 더 부조리한 상황에서 벗어나고 싶었는지 몰랐다.

"오늘밤은 여자를 끌어안고 뒹굴어야 됩니다. 그래야 내일의 태양이 떠오르니까요."

명우는 K시를 등지고 서서 미친 사람처럼 웃었다. 나도 명우의 자조적인 웃음에 보조를 맞춰 주었다. 우리 두 사람은 똑같이 다가올 미래를 두려워하고 있었다. 어둡고 불안한 현실로부터 도망치고 싶은 마음 또한 같았다. 나는 담배에 불을 붙이면서 명우의 옆모습을 쳐다보았다.

명우는 비장한 얼굴로 명멸하는 불빛을 응시했다. 마치 도시의 모든 것을 부수고 깨뜨려 버리고 싶은 것처럼. 나는 소리없이 한숨을 내쉬고 담배연기를 빨아들였다. 어쩌면 명우는 내일이 오지 않으면 좋겠다고 생각하는지도 몰랐다. 그런 이유로 일자리를 부탁하지 않고 여자를 찾아 이곳까지 온 것이고.

"T시로 갑시다. 그곳엔 반드시 여자가 있을 거예요."

우리는 다시 택시를 잡아타고 서해안에 인접한 T로 달렸다. 택시가 T로 가는 동안 명우는 아무런 말도 하지 않았다. 그저 스쳐 지나가는 도시의 화려한 불빛만 바라볼 뿐이었다. 우리는 마지막으로 찾아간 T시에서 원하던 여자를 찾아냈다.

3

"내가 팬티를 벗겨야 되나요?"

옷을 벗고 누운 여자가 이불자락을 들치며 물었다. 나는 택시를 타고 돌아다닌 터라 피곤한 상태였다. 그래서 방에 들어오기 무섭게 눈을 감고 잠을 청했다. 그 순간만큼은 여관방이 누추하다는 생각도 들지 않았다. 어서 빨리 언 몸을 녹이고 잠을 자고 싶을 뿐이었다. 그런 심정이니 여자를 샀는지 아닌지도 궁금하지 않았다.

"이봐요, 어떻게 해야죠."

나는 여자의 뾰족해진 목소리를 듣고 눈을 떴다. 그 순간 나는 외마디 소리를 지르며 상체를 일으켰다. 내게 말을 붙인 여자는 끔찍할 정도로 큰 몸을 가지고 있었다. 어떤 의미에서 그것은 큰 게 아니라 거대함 자체였다.

박덩이 같은 젖무덤, 통나무처럼 굵은 목덜미, 몽둥이를 닮은 팔, 드럼통 같은 허리는 숨이 막힐 정도였다. 나는 여자의 우람한 알몸을 일별하고 눈을 감았다. 이 드럼통 같이 생긴 여자와 섹스를 해야 한다니. 내 생각을 끊어 버리듯 옆방에서 신음소리가 들렸다.

"아저씨 정말 안 할 거예요?"

여자가 솥뚜껑 같은 손을 뻗어 어깨를 흔들었다. 나는 하마처럼 생긴 여자를 곁눈질로 훔쳐보았다. 이 여자와 섹스를 하느니 차라리 혼자 자는 게 낫겠다. 그렇지 않으면 털끝 하나 건드리지 않고 돌려보내던가. 나는 머리를 절레절레 흔들고 다시 누웠다.

"불을 끌게요."

여자가 전등 스위치를 내리고 옆으로 바짝 다가왔다. 어쩔 수 없는 일이었다. 여자는 섹스를 하러 온 것이고, 나는 무언가 하는 시늉이라도 해야 했다. 내가 계속 거부한다면 여자는 받은 돈을 돌려줘야 되었다. 나는 쓰디쓴 입맛을 다시고 팬티를 주섬주섬 벗었다. 여자가 기다렸다는 듯이 큰 손을 뻗쳐 왔다. 나는 편한 자세로 다리를 뻗고 눈을 감았다.

여자가 축 늘어진 페니스를 움켜쥐고 주물렀다. 잠시 후 작아진 페니스가 서서히 팽창해 올라왔다. 나는 솟구치는 욕정을 감추기 위해 입을 다물었다. 내가 참을수록 여자는 더욱 세차게 손을 움직였다.

간간히 들려오던 옆방의 신음소리도 비명에 가깝도록 커졌다. 그 소리에 맞추듯 이 방 저 방에서 뜨거운 교성이 흘러나왔다.

다른 방에서 들려오는 교성과 함께 여자의 호흡도 거칠어졌다. 나는 페니스 끝으로 몰리는 정액을 이를 악물고 참았다. 순간 여자의 입술이 허리를 거쳐 허벅지로 움직였다. 나는 여자가 하는 대로 그냥 내버려 두었다. 입술을 움직이던 여자가 상체를 들고 쏘아붙였다.

"정말 안 할 거예요?"

"그냥 옆에 누워 있다가 가요."

여자가 잠시 내려다보더니 다짜고짜 페니스를 빨기 시작했다. 나는 여자의 느닷없는 행동에 놀라 머리채를 움켜잡았다. 여자가 손을 뻗어 움켜쥔 손을 떼어냈다. 나는 하는 수 없이 편하게 자세를 취해 주었다. 어차피 이 여자와 섹스 비슷한 것은 해야만 한다. 그래야 여자가 안심하고 돌아갈 수 있을 테니까. 여자는 큰 체구와 다르게 능숙한 솜씨로 페니스를 빨았다.

나는 여자의 행동에 놀라지 않을 수 없었다. 몸을 파는 여자가 주문하지도 않은 오럴섹스를 시도하다니. 이런 류의 여자들이 입으로 해준다는 얘기는 들을 적도 없었다. 만약 입으로 해 주길 원한다면 돈을 더블로 주어야 가능한 것이었다. 나는 놀란 나머지 여자의 머리통만 부여잡고 있었다. 여자가 페니스에서 입을 떼고 한마디 씹어 던졌다.

"댁이 첫사랑하고 닮아서 입으로 해 주는 거예요. 물건도 생각보다 크고 마음에 들었고."

첫사랑? 나는 여자의 말을 입속으로 되뇌어 보았다. 내게도 이 여자처럼 첫사랑이 있었다. 아주 오래된 이야기지만, 그건 분명히 첫사랑이었다. 그런데 첫사랑의 남자와 닮아서 오럴섹스를 시도하다니. 나는 눈을 감은 채 머리를 흔들었다. 여자가 다시 페니스를 입에 넣고 빨기 시작했다. 나는 여자의 테크닉에 몸이 달아오르는 걸 어쩔 수 없었다.
그것은 견딜 수 없는 희열이고 말할 수 없는 쾌감이었다. 여자는 결국 입으로 사정을 유도하고 상체를 일으켰다. 나는 캄캄한 어둠 속으로 여자의 얼굴을 올려보았다. 여자의 모습은 처음 대할 때보다 한결 아름다워 보였다. 섹스를 거부하는 내게 최선을 다해서 그런지 당당함까지 느껴졌다. 여자가 입가를 휴지로 닦은 다음 말문을 열었다.
"처음 보는 순간… 그 사람이 들어온 줄 알았어요. 그 정도로 댁이 그 사람을 닮았어요."
여자의 말은 손님에 대한 인사치레는 분명 아니었다. 단돈 몇만 원에 몸을 파는 여자지만 그건 확실했다. 나는 이불을 끌어당겨 가슴께까지 덮고 한숨을 내쉬었다. 여자가 머리맡에 있는 물주전자를 들고 벌컥벌컥 마셨다. 옆방 여자는 흥분한 나머지 여관이 떠나가라 소리를 질러댔다.
사실 그것은 소리를 지르는 게 아니라 울부짖음이었다. 명우가 쌓였던 한풀이를 여자에게 해대는 게 틀림없었다. 여자도 그걸 들었는지 내 성기를 손으로 툭 쳤다. 나는 고개를 외로 꼬고 칼칼한 입맛을 숨죽여 다셨다. 내 모습을 지켜보던 여자가 옷을 꿰어 입고 일어섰다.
"수고했어요."
나는 남은 지폐를 꺼내 미련없이 여자에게 주었다. 지금으로서는 그렇게 하지 않으면 안 될 것 같았다. 적어도 남자라면 여자의 필사적인 성의에 경의를 표해야만 했다. 여자는 하마같은 체구임에도 땀까지 흘리며 서비스하지 않았던가. 내가 건네준 지폐를 받아든 여자가 만족스런 얼굴로 돌아섰다.
"진짜 하고 싶으면 언제든지 말해요. 백팔호 실에 있으니까."
나는 여자의 말에 대답하는 대신 쓴웃음을 지었다. 여자가 나간 뒤 옆방의 신음소리를 들으며 눈을 감았다. 사정을 해서 그런지 온몸이 나른하고 잠이 쏟아졌다. 잠시 후 나는 아주 감미로운 꿈속으로 빠져들었다. 나는 잠을 자면서도 신음소리로부터 자유로울 수 없었다.

신음소리는 처음에는 감미롭다가 서서히 날카롭게 변해갔다. 그 소리는 혼몽해진 의식을 예리한 송곳처럼 후벼팠다. 나는 진저리를 치며 여자의 신음소리로부터 도망쳤다. 내가 아무리 달아나도 신음소리는 계속 쫓아왔다. 나는 귀를 틀어막고 깊은 숲속으로 들어갔다.

숲속으로 들어갈수록 여자의 신음소리는 더 크게 들려왔다. 어느 순간 신음소리가 새의 울음소리로 변했다. 새의 울음소리는 총에 맞고 발버둥치는 것처럼 애처로웠다. 나는 절박한 새의 울음소리로부터 또 다시 도망쳤다. 무릎이 까지고 온몸이 상처투성이가 되도록 뛰었다. 숨이 턱에 차오르며 심장이 멎을 것처럼 따끔거렸다.

어느 순간 새의 울부짖음이 다시 하이에나의 울음소리로 바뀌었다. 나는 하이에나의 울음소리를 피해 죽을 힘을 다해 달렸다. 발에 피가 맺히도록 도망친 곳은 깊은 동굴 속이었다. 동굴 속에서 나는 비로소 모든 소리로부터 자유로워질 수 있었다.

인기척에 놀라 눈을 뜬 것은 해가 창문 위로 떠올랐을 때였다. 내가 이마에 흐른 땀을 닦을 때, 명우가 퀭한 눈으로 들어섰다. 사실 명우의 얼굴은 모든 것을 소진한 사람의 모습 바로 그것이었다. 명우는 방이 너무 추웠다고 중얼거리며 이불 속으로 파고들었다.

4

명우와 내가 여관에서 나온 것은 오후 1시가 지나서였다. 묘하게도 여관 이름이 공허였다. 여관 이름을 본 명우가 어이없다는 듯이 웃었다. 나도 히죽 웃었는데, 공허라는 말이 우리 처지를 대변하는 것 같기 때문이었다. 우리는 해장국집에서 요기를 때우고 시 외곽으로 향했다.

사실 우리는 그때 지난밤에 부린 객기를 후회하고 있었다. 명우는 그렇지 않더라도 나는 최소한 그런 기분이었다. 무언가 허전한 감정이 가슴속에서 계속 치밀어 올랐다. 느닷없이 조소장을 방문한 것도 그렇고, 몸파는 여자를 찾아다닌 것도 마찬가지였다. 하마 같은 여자의 오럴섹스를 받고 남은 돈을 주어 버린 것도 그랬다.

"눈이 내릴 것 같은데."

명우가 먹구름이 낀 하늘을 보며 중얼거렸다. 나는 외투깃을 여미고 걸음을 떼어놓았다. 명우가 지퍼를 목 부위까지 채우고 공원 쪽으로 걸어갔다. 해안가에 인접한 소도시답게 거리는 적막했다. 지나는 행인도 뜸했고, 도로를 질주하는 차들도 없었다.

우리는 시 외곽에 위치한 공원을 벗어나 산길로 접어들었다. 명우가 푸석해진 얼굴을 쓰다듬으며 웃었다. 그 허전한 웃음 속에 명우의 쓸쓸한 마음이 담겨 있었다. 나는 길가에 뒹구는 1.5L들이 페트병을 차며 걸었다. 내 행동을 지켜보던 명우도 페트병을 주워다가 찼다. 우리는 한동안 페트병 차기에 열중했다.

"계집애, 밤새도록 해댔는데, 도망갈 생각도 않더라고."

명우가 밭고랑에 처박힌 페트병을 꺼내며 웃었다. 나는 길 가장자리로 굴러간 페트병을 멀리 차 버렸다. 지금쯤 하마여인은 무얼 하고 있을까? 다른 남자를 손님으로 받고 있을까? 아니면 또 다른 일을 하러 밖으로 나갔을까? 어쩌면 새로운 패배자들을 맞기 위해 휴식을 취할지도 모른다. 부조리한 세상과 싸우다가 도망쳐온 남자들을 위해.

"몸 파는 애 치고는 괜찮았는데."

명우가 어젯밤 잠자리를 떠올리는지 먼 산을 바라보았다. 나는 외투주머니에서 담배를 꺼내 불을 붙였다. 명우가 머리를 젓더니 페트병을 논 쪽으로 차 버렸다. 페트병은 요란한 소리를 내며 얼음 위로 굴러갔다.

"그나저나 사십이 넘었는데, 아직도 갈피를 못 잡고 있으니."

명우가 우울한 표정을 짓더니 길게 한숨을 쉬었다. 나는 담배연기를 깊이 빨아들였다가 내뿜었다. 사십 중반이 넘도록 한 것이 없기는 나도 마찬가지였다. 이 나이가 될 때까지 무엇을 하고 다녔던가? 마음을 잡지 못하고 떠돈 것이라면 다행인지도 모른다.

사십이 넘자마자 인생 자체가 부도나 버렸다. 부도가 나고 인생이 꼬인 건 명우도 다르지 않았다. 다만 명우는 아직 미혼이고 언제든 재기할 수 있다는 점에서 달랐다. 반면 나는 이미 모든 것을 잃었다. 가정도 가족도 신용도 재산도.

"이리로 쭉 넘어가면 폐가가 나와요."

"폐가가?"

"네."

"무슨?"

"가 보면 압니다."

명우가 갈참나무 사이로 보이는 산길을 가리켰다. 나는 명우가 가리킨 길을 힐끗 쳐다보았다. 마차 한 대가 겨우 다닐 정도의 도로가 야산을 따라 뻗어 있었다. 최근에는 사람이 다니지 않은 듯 풀까지 돋아난 상태였다. 명우가 심호흡을 한 다음 마차바퀴 자국을 따라 걸었다. 나는 구두끈을 단단히 매고 명우를 따라 걸었다.

이리로 가면 명우의 고향 동네가 나오는 것인지도 모른다. 아니면 첫사랑의 여자와 밀어를 속삭인 곳이 있는지도 모르고. 명우는 늘 아픔을 되새기는 것처럼 예전 이야기를 했다. 이 부근은 온통 기억과 회상으로 점철된 곳이라고. 이곳에서 집안의 성장과 부침이 시대를 따라 이루어졌다고.

나는 잡목이 뒤섞인 야산을 보며 세월의 덧없음을 생각했다. 명우도 그걸 느꼈는지 싸리나무 가지를 꺾어 휘두르며 걸어갔다. 우리는 한참을 걸어 제법 깊숙한 산속으로 접어들었다. 산속으로 들어서자 매서운 칼바람이 불어왔다.
"이 길은 잘 아는 도로야?"
나는 파고드는 바람을 옷자락을 여며 막았다. 명우가 가파른 산길을 보고 고개를 주억거렸다. 나와 명우는 경사가 진 산길을 힘겹게 올라갔다. 잡목이 우거진 고개를 넘자 대규모로 조성된 공원묘지가 눈에 들어왔다. 공원묘지에는 매장하는 인부들과 유족들이 모닥불을 중심으로 모여 있었다. 그들은 모두 어두운 얼굴로 모닥불을 쬐는 중이었다. 조용히 발걸음을 옮기던 명우가 공원묘지 중간을 가리켰다.
"저 위에 아버님 묘소가 있는데, 인사라도 드리고 가야겠죠?"
"여기에?"
"네."
"그럼 당연히 올라갔다 가야지."
"자주 찾아뵀어야 하는데."
명우가 점퍼 안주머니에서 소주병과 오징어를 꺼냈다. 나는 명우가 꺼내 든 소주병과 오징어를 힐끗 쳐다보았다. 슈퍼에서 그것들을 살 때 좀 의아하다는 생각을 했다. 어디 가서 마시려고 술과 안주를 사 두나 하고. 나는 산길을 걸어오는 내내 그 의문점 때문에 고민했다. 그와 같은 의문점이 공원묘지에 와서야 풀렸던 것이다. 나는 헛기침을 하고 경사가 가파른 소로를 올라갔다. 명우가 공원묘지 중간쯤에서 걸음을 멈췄다.
"여깁니다."
나는 턱까지 차오르는 숨을 고르며 주위를 둘러보았다. 명우의 부친 묘소는 언덕 끝에 조성되어 있었다. 묘지가 비탈에 만들어져서 그런지 협소하게 느껴졌다. 묘지 앞마당도 작았고, 봉분도 여느 무덤보다 낮았다. 명우가 오징어와 소주병을 진열하고 절을 올렸다. 나는 한쪽 옆에 서서 명우의 모습을 지켜보았다. 명우가 엄숙한 자세로 예를 갖추고 몸을 일으켰다.

"조부가 월북만 하지 않았어도."

언젠가 명우한테서 집안 내력에 대해 들은 기억이 있었다. 명우의 집안은 일제강점기 때만 해도 김포지역에서 손꼽히는 갑부였다. 집안에서 부리는 일꾼도 많았고, 전답만 해도 수만 평이 넘었다. 그렇게 탄탄하던 집안이 조부의 월북과 함께 기울었다. 동경 유학까지 마친 조부는 김포 인근에서는 명망 높은 유학자였다.

그런 어른이 2차대전 이후 한반도가 남과 북으로 갈리자, 남로당에 가입하더니 모든 것을 버리고 북으로 올라갔다. 그 후 탄탄하던 가세가 걷잡을 수 없이 쇠락했다. 명우의 부친은 집안의 몰락과 함께 마약에 손을 댔다. 그때부터 명우의 부친은 마약과 도박과 여자로 세월을 보냈다. 가장이 흔들리니 재산을 탕진하기란 어려운 일도 아니었다.

문제는 조부의 월북이 불러온 이념적 제재였다. 정보기관에서 수시로 찾아와 가족들의 동향을 파악해 갔다. 남은 가족들은 수사기관의 탄압으로 더욱 곤경에 빠졌다. 그렇게 정보기관의 감시를 받다가 부친은 병을 얻었다. 명우가 봉분 주위에 술을 뿌린 다음 오징어와 술병을 챙겨 들었다.

"그만 내려갑시다."

5

우리가 두어 시간을 걸어 도착한 곳은 산속에 있는 폐가였다. 집은 여러 해 동안 사람의 손이 닿지 않은 듯 이리저리 기울었다. 다만 고택이 가진 중후함만이 집안 곳곳에 남아 있었다. 나는 반쯤 떨어진 대문 안쪽을 슬그머니 들여다보았다.

널따랗게 조성된 안마당은 제멋대로 자란 잡초로 어지러웠다. 한쪽으로 기운 안채는 금방이라도 쓰러질 것처럼 위태롭게 보였다. 특이한 것은 뒤란에 높다란 언덕이 있다는 점이었다. 명우가 대문 안으로 들어서며 쓸쓸한 표정을 지었다.
"가끔 이곳에서 뛰어노는 꿈을 꾸곤 했는데."
"……"
"그래도 사람 산 흔적이 있으니 다행입니다."
"……"
명우의 얼굴에 지난날에 대한 회한과 연민이 배어났다. 누군들 젊고 희망찬 시절로 돌아가고 싶지 않겠는가? 누군들 행복하고 달콤한 시간을 꿈꾸지 않겠는가? 아마 나도 명우와 똑같은 생각을 했을 것이다. 내가 살던 고향집으로 돌아왔다면 말이다.
"큰방으로 들어갑시다."
명우가 널따란 대청을 지나 안방으로 들어섰다. 안방에는 난로와 주전자, 냄비, 사기그릇, 가스레인지 등이 굴러다녔다. 이빨 빠진 발우와 조각난 염주알, 허름한 장삼도 보였다. 버려진 물건들로 보아 끼니를 해결한 사람은 스님이 분명했다. 우리는 누가 먼저랄 것도 없이 물건들을 치우고 자리를 잡았다. 이미 해는 떨어졌고, 어디론가 가야 한다는 마음도 일지 않았다. 명우가 벽에 매달린 석유램프 심지를 올리고 불을 붙였다.
"오랜만에 우리집에서 술이나 한 잔 합시다."
명우가 점퍼 안주머니에 넣어 둔 소주병과 오징어를 꺼냈다. 나는 말없이 명우가 따라주는 술잔을 받아 마셨다. 명우도 내가 채워 주는 술잔을 넙죽넙죽 들이켰다. 언 몸에 술이 들어가자 취기가 오르며 몸이 따듯해졌다. 명우가 오징어 다리를 씹으면서 자조적으로 중얼거렸다.
"이 방에서 미래를 설계하고 성공하는 꿈을 꿨는데."
"그래?"
"나는 그렇다 치고, 선배는 어떻게 할 겁니까?"

"무언가는 해야겠지."

나는 오징어다리를 찢어 입에 넣고 씹었다. 명우가 소주를 마시더니 한숨을 쉬었다. 명우와 나는 사업을 하고 남은 자금을 주식과 펀드에 쏟아넣었다. 그것만이 잃어버린 시간과 탕진한 과거를 되찾는 유일한 길이라며. 아니, 부조리한 사회에서 살아남는 마지막 길이라고 생각했는지도 모른다. 문제는 행운의 여신이 이미 우리를 떠났다는 점이었다.

미국발 경제위기가 지구촌을 휩쓸면서 우리는 쇄락의 길로 접어들었다. 모건스탠리 파산은 가진 자와 못 가진자 모두에게 커다란 시련이었다. 그 사건으로 인해 명우는 가진 것을 모두 날렸고, 나도 전 재산을 탕진해 버렸다. 결국 우리는 부와 명예와 지위를 잃고 나서 자신을 돌아보았다. 이제 우리에게 남은 건 깊이를 알 수 없는 회한뿐이었다.

"속절없이 세월만 흘렀어요."

명우가 타오르는 석유램프를 조절하며 중얼거렸다. 나는 고개를 끄덕여 명우의 말에 동조해 주었다. 사실 사업을 시작할 때만 해도 우리는 무서울 게 없었다. 같은 대학을 다니고 졸업한 우리에겐 튼튼한 육체가 있었다. 세상이 아무리 부조리해도 열정을 가진 우리에게 길을 터줄 것이라고 믿었다. 그 신념대로 우리는 최선을 다해 일하고 뛰었다.

문제는 그러한 도전과 끝을 모르는 욕망이 오히려 몰락을 유도한다는 점이었다. 또 하나 우리는 세상을 너무나 쉽게 보고 안이하게 달려들었다. 우리가 부동산을 담보삼아 벌인 벤처사업은 5년 만에 쓰러졌다. 무리하게 사업을 확장하고 명성을 쌓으려 했던 게 문제였다.

그 5년간 우리는 단 맛과 쓴 맛을 모두 보았다. 우리가 의도하는 대로 사업을 꾸려나가고 돈도 벌어 보았으니까. 그후 벌인 인터넷 택배사업도 몇 년 안 가서 접었다. 한번 기울어진 사업을 돌이켜 세우는 것은 불가능했다. 우리는 한 번의 실패가 또 다른 실패를 불러온다는 걸 그때야 알았다. 우리는 모든 것을 잃고 M시의 조소장을 찾아갔던 것이다.

나는 한숨을 내쉬고 활활 타는 불빛을 바라보았다. 한동안 침묵을 지키던 명우가 나무토막을 주워 모았다. 나는 외투 깃을 여미고 뒤쪽으로 물러앉았다. 명우가 나무토막을 난로에 넣고 불을 붙였다. 몸통이 큰 재래식 난로는 이내 벌겋게 달아올랐다.

"어떤 스님인지 살림을 제대로 갖춰 놓고 살았네요."

"시골이고 주변 환경도 좋으니까."

"하긴 도시 주변에 이만한 수행장소도 흔치는 않겠죠."

명우는 쉽게 말하면서도 마음은 편치 않아 보였다. 몇십 년 만에 다시 찾아온 옛집이었다. 그 집이 쓰러져가는 게 마음을 씁쓸하게 만든 것 같았다. 나는 술잔을 들고 한 모금 들이켰다. 명우도 소주를 종이컵에 따라 연거푸 털어 넣었다. 칼바람이 들이치며 반쯤 떨어진 문짝을 흔들었다.

여기저기서 흙먼지가 날며 방안을 휩쓸고 지나갔다. 잠시 냉랭한 한기가 옷깃 사이로 파고들었다. 명우가 막대기를 집어 들고 난로 안을 들척거렸다. 잠시 후 불똥이 튀며 사그라지던 불꽃이 다시 일었다. 나는 외투 옷깃을 풀고 난로 앞으로 다가앉았다. 시골에서 쬐는 난롯불에서 그런지 더 따뜻하게 느껴졌다. 불꽃을 바라보던 명우가 술을 들이켰다.

여관에서 나와 산길을 따라 걸어갈 때도 그런 생각을 했다. 어딘가 빈집이 있으면 불을 지피며 밤을 새웠으면 좋겠다고. 누군가 버린 폐가라도 나오면 밤새 얘기하며 술잔을 기울이겠다고. 그 생각을 안 것처럼 명우는 나를 데리고 옛집으로 돌아왔다. 모든 것을 잃어버린 탕자와 같은 모습으로.

"조용하고 한적한 곳이군."

언 몸이 따듯해지자 눈이 감기며 졸음이 쏟아졌다. 멀리서 부엉이 우는 소리가 들렸다. 새소리에 이어 전깃줄이 윙윙 소리를 내며 떨었다. 간간이 뿌리던 눈발이 밤송이처럼 굵어졌다. 불을 지피고 술을 마시는 사이 눈이 쌓인 모양이었다.

"술이 떨어졌네."

명우가 소주병을 거꾸로 들더니 자리에서 일어섰다. 나는 의아한 표정으로 명우를 쳐다보았다. 명우가 석유램프를 들고 눈발이 날리는 밖으로 나섰다.

"뭘 하게?"

"뒤란 쪽에 그게 있을지 모릅니다."

"그거라니?"

"동굴에 술을 묻어 뒀거든요."

"동굴?"

"뒤란에 음식물 저장고로 쓰려고 파 놓은 동굴이 있어요."

"아, 그래?"

"아버지가 판 건데… 꽤나 깊어서 곡식을 저장하는 데는 그만이죠."

명우가 씨익 웃고 눈이 쌓이기 시작한 마당으로 내려섰다. 나는 반신반의하는 심정으로 명우를 지켜보았다. 명우 말대로 술이 있다면 긴 겨울밤이 따사로울 것이다. 만약 술이 없더라도 시골의 정취를 느끼며 밤을 보낼 터였다. 명우의 기척으로 보아 동굴 입구를 열고 들어가는 것 같았다. 나는 타오르는 불 위에 마른 장작을 올려놓았다.

잠시 후 뒤란 쪽에서 삽질하는 소리가 들렸다. 나는 난로 속에 나무를 몇 개 더 집어넣었다. 잠시 후 명우가 커다란 술병을 들고 방안으로 들어섰다. 명우의 손에 들려 있는 건 대자들이 소주병이었다. 그 술병을 보자 갑자기 한 가지 사건이 뇌리를 스쳐갔다. 그것은 다름이 아니라 둘째 삼촌의 야음을 탄 귀가사건이었다.

그때가 아마 국민학교 3학년이나 4학년 쯤이었다. 당시 우리 집안은 소출 깨나 내는 농가에 속했다. 전답도 만여 평이 넘었고, 일꾼도 10여 명은 되었다. 가족도 많아서 고모가 둘에다가 삼촌이 세 명이었다. 문제는 할 일 없이 빈둥거리는 둘째 삼촌이었다. 그 둘째 삼촌이 갑자기 사업을 한다며 마을 정미소를 인수했다.

정미소를 운영하려면 힘든 일도 감수하지 않으면 안 되었다. 그런 상황인데도 삼촌은 정미소를 내팽개치고 술에 빠져 살았다. 즉 정미소가 돌아가든 말든 읍내에 나가 주색잡기에 바빴다. 결국 둘째 삼촌이 벌인 정미소 사업은 반년도 못 넘기고 쓰러졌다. 그와 함께 담보로 잡힌 전답 수천 평도 날아갔다. 삼촌은 조부의 원망과 빚쟁이의 독촉을 피해 도시로 도망쳤다.

그 후 삼촌은 대도시를 떠돌다가 5년 만에 고향으로 돌아왔다. 달빛 하나 비치지 않는 캄캄한 밤중에. 이해할 수 없는 것은 삼촌의 초라한 행색과 조심스러운 행동이었다. 야음을 타고 동네로 들어선 삼촌은 나를 발견하고 머리를 쓰다듬었다. 나는 몇 년 만에 보는 삼촌이 반가워 손을 덥석 잡았다. 귀향한 삼촌과 나의 감격스런 재회도 잠시뿐이었다.

삼촌은 무언가에 쫓기는 사람처럼 집을 향해 걸음을 재촉했다. 나는 삼촌을 따라가며 과자 봉지가 있는지 없는지 살펴보았다. 실망스럽게도 삼촌의 손에 들린 건 깨진 소주병뿐이었다. 삼촌은 전답을 날린 마당에 빈손으로 돌아올 수 없다고 판단한 모양이었다. 그래서 읍내에서 됫병들이 소주를 사들고 어두운 밤길을 걸어왔다.

문제는 상목에 놓인 길고 좁은 나무다리였다. 삼촌은 나무다리를 건너다가 실족해서 술병을 깨뜨렸다. 결국 삼촌은 부친에게 드릴 술을 쏟아 버리고, 깨진 병만 들고 나타났던 것이다. 나는 둘째 삼촌을 따라가면서 깨진 술병에 대해 생각해 보았다. 삼촌은 왜 깨진 술병을 들고 왔으며, 사람들의 눈을 피해 집으로 들어가는가를.

그 당시에는 삼촌의 그런 행동이 이해가 가지 않았다. 그저 삼촌이 달도 없는 밤에 돌아왔으며, 자신을 숨기고자 허둥댄다는 사실밖에는. 그런데 명우가 그 푸르등등한 커다란 술병을 들고 나타난 것이다. 수십 년이나 동굴 속에서 잠을 잔 것 같은 병을.

"이렇게 온전하리라곤 상상도 못했어요."

명우의 얼굴에 기쁨과 회한의 빛이 동시에 스쳤다. 사실 그것은 회한이라기보다 가슴속에서 우러나오는 연민이었다. 명우는 묘한 표정을 지으며 병에 묻은 흙을 털어냈다. 잠시 후 노란 액체와 함께 불그죽죽한 물체가 눈에 들어왔다. 그 검붉은 물체는 언뜻 보기에 나무뿌리 같았다. 나는 눈을 크게 뜨고 병 속을 들여다보았다. 병 안에 들어 있는 것은 다름이 아니라 구렁이였다. 내가 놀라서 몸을 일으키자 명우가 비긋이 웃었다.

"아버지가 병약해서 뱀탕을 자주 드셨는데, 이 구렁이는 아버지 사후에 잡혀서 알코올 속으로 들어간 겁니다."

"그런 사연이 있었군."

"이 술을 담근 해에 아마 우리가 여길 떠났을 겁니다. 선산에 있던 아버지 묘소도 공원묘지로 옮기고."

"의미가 깊은 술이구만."

명우가 한동안 술병을 들여다보더니 마개를 따고 잔에 따랐다. 작은 종이컵 안에 금방 노란색 액체가 차올랐다. 나는 진한 노란색 술을 조심스럽게 입으로 가져갔다. 뱀술은 전에도 먹어 봐서 별로 거부감이 일지는 않았다. 약간 끈적하고 느끼한 기분이 든다는 점을 제외하고는.

명우도 눈을 지그시 감고 뱀술의 독특한 맛을 음미했다. 나는 혀끝에 감도는 긴장감을 즐기며 술을 들이켰다. 뱀으로 담근 술답게 사주(蛇酒)에서는 톡 쏘는 맛이 느껴졌다. 명우도 짜릿한 김장감이 도는지 입맛을 다셨다. 나는 잔을 비우고 또 다시 뱀술을 컵에 채웠다.

"아, 술맛 좋다."

"제법 술맛이 나는데요."

"뱀술은 오래 될수록 좋으니까."

우리는 혀끝을 찌르는 맛을 음미하며 술을 주고받았다. 소주로 목을 축인 터라 뱀술은 더욱 빠르게 퍼져나갔다. 난롯불이 꾸물거리더니 꺼져 버릴 것처럼 잦아들었다. 불꽃을 바라보던 명우가 나뭇가지를 집어 올려놓았다. 산속에 자리한 집이어서 땔감은 지천이었다. 스님이 마련해 놓은 장작도 마루에 수북이 쌓여 있었다.

명우가 불을 들척거리더니 주머니를 뒤져 지갑을 꺼냈다. 나는 술을 마시다 말고 명우를 힐끗 쳐다보았다. 명우가 씁쓸한 표정을 지으며 무언가를 불속에 던졌다. 명우가 불속에 던진 건 신용카드와 체크카드 등 십여 장이었다. 카드는 불속으로 들어가자 일제히 오그라들며 타올랐다. 카드 십여 장이 타는 건 순식간이었다.

"이젠 쓸모가 없어졌어요."

"나도 카드는 모조리 정지됐어."

"수중에 있던 돈도 다 써 버리고."

나는 종이컵에 뱀술을 가득 채워 단숨에 들이켰다. 속이 타는지 명우도 덩달아 술을 따라서 마셨다. 눈 내리는 밤에 뱀술을 마시는 게 그리 나쁜 일 같지 않았다. 명우도 예전 기억을 더듬는지 의미심장한 표정을 지었다. 나는 오징어를 찢어 입 안에 넣고 질겅질겅 씹었다. 명우도 나를 따라 오징어를 찢어 입 안에 넣었다.

나는 이 밤을 끝으로 모든 일이 잘 풀렸으면 좋겠다는 생각을 했다. 명우도 비슷한 생각을 하는지 하염없이 불꽃을 들여다보았다. 장작불은 이제 불꽃을 길게 내뿜으며 활활 타올랐다. 나는 외투 안주머니를 뒤져 얄팍한 지갑을 꺼냈다. 명우가 자조적인 표정으로 내 움직임을 지켜보았다.

나는 신용카드와 현금카드, 복지카드, 서비스카드를 불 속에 던졌다. 우리는 말없이 불에 타는 카드를 바라보았다. 카드는 주인에게 항거라도 하는 것처럼 일제히 몸을 비틀며 타들어갔다. 명우가 몸을 일으켜 방안을 청소하기 시작했다. 이불과 요도 털고, 흩어진 불기들도 한 군데 모아 놓았다. 각종 잡동사니들로 어지러웠던 방안은 깨끗하게 치워졌다.

"오늘밤 여기서 묵고 갑시다. 스님도 집을 비웠고, 찾아올 사람은 당분간 없을 테니까."

명우가 홀가분한 표정을 짓더니 이내 씨익 웃었다. 나는 그 순간 한 사람을 생각해 내고 입맛을 다셨다. 그것은 무가무불가(無可無不可)의 삶을 살아가던 파계승이었다. 자기 자신을 찾다가 자아까지 상실해 버린 중. 그도 이런 곳에서 잠을 자며 수행을 했을지도 모른다. 자신을 구하고 대중을 구원한다는 미명(美名)하에.

나는 눈발이 날리는 어둠을 향해 한숨을 내쉬었다. 그 파계승이나 나나 다를 게 없다는 생각이 들어서였다. 그와 나는 모두 부조리하고 불합리한 사회로부터 추방당한 처지였다. 스스로 원했든, 타의에 의해 그렇게 되었든 마찬가지였다. 명우가 두툼한 요를 방바닥에 깔고 누웠다. 밤도 깊어졌고 눈도 제법 쌓인 것 같았다. 어느덧 문짝을 두드리던 칼바람도 잦아들었다. 나는 머리맡에 놓여 있는 발우를 받치고 비스듬히 누웠다.

chapter.

10

1

 내가 상산을 처음 만난 것은 대학선배 출판기념회에서였다. 그때 그는 법복을 입은 채 거침없이 웃고 떠들며 술을 들이켰다. 사람들은 파격적으로 행동하는 스님을 보고 이맛살을 찌푸렸다. 주요 인사들과 가진 2차 모임에서도 그의 파행은 계속되었다. 나는 법복을 입은 스님이 자유롭게 행동하는 게 좋아 보였다.
 그래서 스님의 행동거지를 눈여겨보며 술을 마셨다. 상산은 파격적인 행동 외에 눈길을 끄는 게 몇 개 더 있었다. 그것은 그의 독특한 생김새와 기이한 외모였다. 그를 잘 보면 술 취한 달마 같기도 하고, 며칠 굶은 노지심 같기도 했다. 코는 조막만 하고 입술은 뾰족하고, 귀는 뺨에 바짝 달라붙어서 잘 보이지 않았다.
 그 외에 검은 얼굴과 머리에 난 찢어진 흉터, 긴 목은 구천(九踐)의 장경오훼(長頸烏喙)를 떠올리게 했다. 그런 중이 소주를 컵으로 마시고 입담마저 걸쭉하니 눈에 띄지 않을 수 없었다. 대학선배는 상석에서 술을 마시는 상산에게 나를 소개시켰다.

"최선생 인사해. 상산스님이야."

"저 최태오라고 합니다."

"난 천하 땡초 상산이라고 합니다."

상산은 넉살 좋게 자신을 소개하고 껄껄 웃었다. 나는 그 자리에서 그의 법명이 상산(上山)이라는 것을 알았다. 머리를 밀어서 30대처럼 보이지만, 실상은 나와 같은 40살이었다. 모든 것이 일치하는 우리는 그때부터 친구가 되기로 무언의 합의를 보았다. 상산은 나를 만난 것이 즐거운 것처럼 연신 진한 농담을 던졌다. 나는 그런 그가 싫지 않아서 다른 사람들의 시선은 관심 밖이었다.

"우리 술 한잔 더 하십시다."

뒤풀이가 파하자 상산이 슬그머니 내 팔을 잡아끌었다. 나는 뚜렷이 갈 곳도 없고, 약속도 없고 시간도 남았다. 그래서 못이기는 척 상산의 뒤를 따라나섰다. 그때 나는 대학후배 명우와 택배사업 준비를 하고 있었다. 즉 시골의 전답을 팔아 놓고 때를 기다리던 참이었다. 그런 상황에 출타했으니 술을 마시지 않는 게 이상할 정도였다.

나와 상산은 술과 안주를 잔뜩 사들고 모텔을 찾아 들어갔다. 우리는 사가지고 간 술을 마시다가 언쟁을 벌이기에 이르렀다. 다시 말해 도에 관한 개념의 차이 때문에 격론이 벌어졌던 것이다. 그때 상산은 도가 사람을 넓힌다는 도능홍인 비인홍도(道能弘人 非人弘道)를 주장했다. 반면 나는 사람이 도를 넓히는 것이지, 도가 사람을 넓히는 것이 아니라는 인능홍도 비도홍인(人能弘道 非道弘人)을 내세웠다.

그런 논쟁과 마찰점도 잠시뿐이었다. 우리는 도가 아침에 들으면 저녁에 죽어도 좋은 것이라는 조문도석사가의(朝聞道夕死可矣)에 공감했다. 동시에 우리는 일목삼악발 일반삼토포(一沐三握髮 一飯三吐哺)하는 우정을 쌓자고 손가락을 걸었다. 그와 함께 요(堯)나라 허유(許由)와 소부(巢父)같이 영천세이 기산지절(穎川洗耳 箕山之節)도 하자고 다짐했다. 그날 밤 우리는 소주를 컵으로 들이켜고 의기양양한 마음으로 보냈다.

"우리 선원이 Y시에 있으니 그리로 갑시다."

다음날 정오쯤 상산이 모텔을 나서며 넌지시 운을 떼었다. 나는 어차피 벌어진 일이라 생각하고 상산을 따라나섰다. 상산은 백향선원(白香禪院)을 개원하고 Y시를 상대로 포교 중이었다. 다시 말해 전국을 돌며 탁발승을 하다가 Y시 중심부에 법당을 마련했던 것이다. 문제는 상산의 포교활동과 수행이 도의 개념을 넘는다는 점이었다.

상산은 선원을 비워 놓은 채 수도권을 돌아다니며 삼보시(三布施)로 일관했다. 즉 상산은 재시(財施), 법시(法施), 무외시(無畏施)에만 매달렸다. 상산의 보시 중에는 주육(酒肉)과 색보시(色布施)도 포함되어 있었다. 엄격히 말해 그것은 술 먹는 것과 여자 후리는 묘한 도행이었다. 상산의 남다른 도행을 알게 된 것은 백향선원에서 며칠을 보낸 다음이었다.

"무념불이 곧 진념불입니다."

상산은 스님의 의무인 좌선과 예불을 거의 드리지 않았다. 그는 1년 전에 문을 연 선원을 처분할 요량인 것 같았다. 속셈이 그러니 참선이나 염불 따위에 관심이 있을 턱이 없었다. 그저 닥치는 대로 보시를 하고, 주는 대로 시주를 받을 뿐이었다.

상산에게는 몇 명의 젊은 보살들이 그림자처럼 따라다녔다. 상산은 재력을 곁들인 몇몇 보살을 내게도 소개시켜 주었다. 문제는 그들이 모두 이혼녀이거나 유력인사 부인이라는 점이었다. 그때까지만 해도 나는 상산이나 동료 스님들을 이상하게 보지 않았다. 스님들도 부조리한 소비사회를 숨가쁘게 살아가는 고독한 수행자가 아닌가? 그래서 상산도 대처승을 자처하고 Y시에다 선원을 개설한 것 이고.

나는 상산을 따라갈 때 수도승으로서의 올자른 자세를 기대하지 않았다. 내 예상대로 상산은 허세가 심해서 동료 스님들도 혀를 내둘렀다. 중이 중노릇은 안 하고 속인처럼 자본주의를 탐익하며 살아간다고. 게다가 상산은 대각(大覺) 종법(宗法)에게서 승려가 되어 구족계(具足戒)를 받고, 스승 없이 도를 구했다고 떠들었다. 20대 초반에 세속의 허욕을 벗어던지고 무아적멸의 경지에 들어갔다는 거였다.

20대 중반에는 고원사(古元寺)에 이르러 육조단경(六祖壇經)을 열독한 바 있다. 그 후 깨달은 바가 커 상가산(上柯山) 문신사(門新寺)로 들어갔다. 상산은 거기서 대장경(大藏經)을 탐독하고 불심을 몇 단계 높였다. 20대 후반에는 오대산 월정사(月精寺)에서 고승들과 함께 정혜(定慧)를 익혔다. 그 다음 지리산 상무주암(上無住菴)에 들어가 내관(內觀)에 힘쓴 바, 드디어 현묘(玄妙)한 경지에 이르렀다는 것이다.

"불심은 곧 불법이고, 법행은 곧 해탈이에요."

상산이 부리는 허세와 도를 넘보는 경지는 녹녹한 게 아니었다. 그는 고승들만 한다는 높은 경지의 수행을 자신도 해냈다고 떠벌렸다. 즉 30대 초반에는 월악산 천관(天觀)토굴에서 사물과 동물들을 상대로 금강경(金剛經), 대혜록(大慧錄), 육조단경(六祖壇經)을 강했다.

30대 중반에는 조계산(曹溪山) 보선국사(普善國師)에게 법요(法要)를 자결(咨決)한 바 있다. 그 후 오대산으로 들어가 문수보살(文殊菩薩) 등상(等像)에 예배해 명감(冥感)을 얻었다. 상산은 전국을 탁발하다가 청평산에 들러 진락공(眞樂公) 유적을 탐방했다.

그런 다음 문수사기(文殊寺記)를 보고 대오(大悟), 릉엄경(楞嚴經)을 통독하게 되었다. 수행이 무엇인지 모르는 내게 상산의 법행과 도행은 대단해 보였다. 그도 그럴 것이 대장경을 열독하고 릉엄경을 통독했으며, 육조단경을 강할 정도면 무가무불가(無可無不可)한 고승이기 때문이었다.

2

 나는 상산에게 융숭한 대접한 받고 돌아가 택배사업을 벌였다. 나는 택배사업이 부도로 쓰러질 때까지 몇 년간 일에만 매달렸다. 사실 그때는 리먼 브라더스 파산 직후여서 기업이 줄도산하는 상황이었다. 나는 사업을 번창시켜 잃어버린 명예를 되찾으려던 꿈을 접었다. 내 명의로 등기된 수천 평의 땅과 집을 모두 날린 채.
 결국 나는 부도를 막지 못하고 도망치는 신세가 되었다. 수배자가 된 나는 친구들 집을 전전하다가 상산을 떠올렸다. 나는 마지막 도피처라는 심정으로 백향선원을 찾아갔다.
 "아니 이거 최선생 아닙니까. 어서 오십시오."
 "상산스님이 생각나서 지나가다 들렀습니다."
 "잘 오셨습니다. 그렇지 않아도 들릴 때가 되었다고 생각했는데."
 그때 마침 석탄일도 겹쳐서 상산의 주머니는 두둑했다. 나는 그의 배려로 백향선원에서 기거하게 되었다. 문제는 절에서 지내는 게 너무나 편하다는 것이었다. 사실 그건 편한 게 아니라, 칙사 대접을 받는 것이나 다름없었다. 어쨌든 그는 토포악발의 우정을 지키기 위해 무진 애를 썼다.
 더구나 수배자인 나를 위해 헌신하는 모습은 감동적이기까지 했다. 그래서 나는 그에 대한 평가를 다시 하지 않으면 안 되었다. 다시 말해 그의 만행을 어느 정도 인정하기에 이르렀다. 상산도 나처럼 부조리한 사회의 피해자일지 모른다는 생각이 들었던 것이다. 나는 오월 중순쯤 상산의 차를 타고 오대산 방면으로 가고 있었다.
 "내가 잘 아는 보살이 홍천 쪽에 사는데, 한번 찾아가 봅시다."
 "홍천이요?"
 "물 맑고 산 높고… 그야말로 수행에는 딱 좋은 곳이지요."
 "하긴 홍천이라면 그렇지요."

"그 보살 참 덕이 많은 사람이에요."

상산은 재미있는 일을 벌일 것처럼 야릇한 미소까지 흘렸다. 나는 승용차를 타고 가면서 검문에 걸릴까 봐 마음이 편치 않았다. 아무리 법복을 입은 스님이 운전한다 해도 나는 수배자였다. 만약 검문에 걸리면 특정범죄 가중처벌법에 의해 구속이 될 판이었다. 상산이 불안해하는 나를 보고 걸쭉한 농담을 던졌다.

"잡히면 한 삼사 년 도나 닦고 나오지요, 뭘."

"삼사 년?"

"삼사 년이면 도는 통할 거요. 최선생이라면."

나는 어이가 없어서 스쳐가는 산과 들만 바라보았다. 상산은 그야말로 어떤 것도 가리지 않고, 무엇에도 속박되지 않는 자유분방한 중이었다. 나는 그런 상산을 보며 내 도피가 잘못된 것인지 모른다는 생각을 했다. 상산은 내 마음을 아는지 모르는지 콧노래까지 흥얼거렸다.

두어 시간을 달려 도착한 곳은 홍천 변두리의 한정식 집이었다. 상산은 나를 한식집 깊숙한 곳에 위치한 별실로 데리고 들어갔다. 나는 상산을 따라 한정식 집 별실이라는 곳으로 들어섰다. 방은 크지 않았지만, 깨끗한 게 특별 손님만 받는 장소가 분명했다.

상산은 방에 들어가자 미리 와서 기다리던 한 여인을 인사시켰다. 나는 재복이 있어 보이는 30대 여자를 향해 고개를 숙였다. 여자는 우리를 만난 게 반가운 것처럼 인사를 건네고 자리에 앉았다. 나는 그녀를 보고 상산의 몸보시를 받는 사람이라는 걸 알아차렸다. 왜냐하면 여자는 상산의 말이라면 죽는 시늉까지 할 것 같기 때문이었다.

내가 머쓱하게 앉아 있자 상산이 시를 쓰시는 분이라고 소개했다. 나는 상산의 소개에 놀라 자세를 고쳐 앉았다. 상산은 내 태도는 아랑곳 않고 재미있다는 듯이 웃었다. 나는 식탁에 놓여 있는 물을 마시고 고개를 저었다. 분명히 나는 상산에게 시를 썼다는 말을 한 적이 없었다. 시인들과 친분이 있다거나 교제를 한다는 말도 하지 않았다. 그런 내게 시를 쓰는 시인이라니.

나는 상산의 소개를 어떻게 받아들여야 할지 몰라 연신 물만 들이켰다. 여자도 시인이라는 말이 의외였는지 멀뚱한 시선으로 건너보았다. 나는 그때부터 고상한 말투를 쓰고, 진중하게 행동하지 않으면 안 되었다. 그런 나를 보며 상산은 터져 나오는 웃음을 눌러 참았다.

"최선생은 무척 재미있는 사람이에요."

우리는 별실에서 걸쭉한 농담을 주고받으며 술과 음식을 먹었다. 문제는 내가 화장실에 가서 볼일을 보고 돌아온 시간이었다. 내가 자리를 비운 시간이 조금 길어서 틈을 주고 말았다. 나는 소변을 보고 담배를 한 대 피우고 별실 앞에 이르렀다. 내가 막 별실의 문을 열려는 순간 미묘한 소리가 들려왔다. 나는 안에서 들리는 소리가 이상하다고 생각하고 멈춰 섰다.

예상대로 방안에서 들리는 소리는 남녀상열(男女相悅)의 교성이었다. 더 큰 문제는 교성에 섞여서 들리는 삐걱거리는 교자상 소리였다. 그 소리는 여자의 억누른 신음소리와 뒤섞여 신경을 긁어댔다. 나는 발소리를 죽이며 밖으로 뛰쳐나가 소변을 쥐어짜서 보았다. 그런 다음 식당 뒷마당을 10여 분가량 서성거린 후 방으로 돌아왔다.

"뭘 그렇게 오랫동안 일을 보는 거요?"

"오랜만에 술을 마셔서 그런지 기별이 자주 옵니다."

"그래도 그렇죠. 이십 분이나 걸렸어요."

상산은 모든 걸 안다는 듯이 미소까지 흘리며 너스레를 떨었다. 나는 속이 안 좋았다고 대충 얼버무리고 자리에 앉았다. 내 행동을 지켜보던 상산이 흡족한 표정으로 합장을 올렸다. 상산의 합장을 본 여자가 기다렸다는 듯이 자리에서 일어섰다. 순간 나는 여자의 뽀얗게 살이 찐 얼굴을 슬쩍 훔쳐보았다. 예상대로 여자는 안면 가득 홍조를 머금은 상태였다. 그런 표정을 지은 건 상산도 마찬가지였다.

그들의 얼굴에는 비밀스런 행동을 완벽히 치러낸 사람의 만족감이 배어 있었다. 상산보다 홍천보살이라는 여자 쪽이 더 그런 느낌인 것 같았다. 여자의 얼굴은 마치 성은이라도 입은 것처럼 희열로 가득 찼으니까. 상산이 고개를 끄덕이자 여자가 두툼한 봉투를 상 위에 올려놓고 합장을 했다. 여자는 내게도 합장해 보였으므로, 나는 허둥지둥 답례를 할 수밖에 없었다.

"탁발도 이 정도면 괜찮은 편이지."

여자가 나간 뒤 상산은 봉투를 확인하고 만족스런 표정을 지었다. 나는 할 말이 없어 맹물만 찔끔찔끔 들이켰다. 상산이 봉투를 법복 소매에 찔러 넣은 뒤 점잖게 입을 열었다.

"다 들었겠지만 색보시도 가끔은 해야 된다오. 그래야 윤회의 법칙이 지켜지니까. 자 이만 일어섭시다. 들러야 될 곳이 많아요."

"어디를 또 가야 됩니까?"

"이제 시작이에요."

나는 어쩔 수 없이 상산을 따라 이상한 순례를 계속해야 했다. 상산은 다음 장소로 가면서 미안한 듯 변명을 늘어놓았다. 자신이 색보시를 하는 것도 다 보살들이 원해서 라고. 개중에는 그렇지 않은 보살도 있지만, 절을 드나들다 보면 스님과 친해진다는 거였다. 쉽게 말해 절을 출입하다가 스님과 가까워지고, 이내 육체관계까지 맺는다는 것이었다.

상산은 자유분방한 스님답게 보살들과의 관계를 크게 문제 삼지 않았다. 즉 보살이 돈을 내놓는 건 시주에 속하니까 문제가 없다는 것이었다. 다만 보살들에게 색보시를 하는 게 문제인데, 그것도 보시니까 책 될 건 없다는 말이었다. 잘못된 건 사찰을 찾아와서 사적 고통이나 외로움을 해소하려는 보살들이었다.

그들 대부분이 남편에게 버림받은 여자들이어서 절을 드나들며 갈등을 해소한다는 거였다. 그런 실정이니 대쪽처럼 앉아서 염불만 외우는 게 최선이 아니라는 것이었다. 나는 그의 말을 들으며 이상하다는 생각을 떨쳐 버릴 수 없었다. 하지만 나는 그에게 몸을 의탁한 오갈 데 없는 사람이었다. 상황이 그러니 상산의 말이 옳건 그르건 간에 따라다닐 수밖에.

3

"이제 다 왔습니다."
우리는 1시간 정도 차를 몰아 호숫가 별장에 들어섰다. 나는 그곳이 어디이고, 무엇을 하는 곳인지조차 알 수 없었다. 그저 비루먹은 강아지처럼 상산의 뒤를 따라다닐 뿐이었다. 별장 앞에 차를 세운 상산이 널찍한 정원으로 들어섰다. 나는 상산을 따라가며 호화롭게 만들어진 정원을 둘러보았다. 정원에는 관상수가 빼곡히 늘어섰고, 잔디까지 매끄럽게 깔린 상태였다. 모양새로 보아 웬만한 사람은 조성할 수도 없는 별장이었다.
"애 아빠는 금방 나가셨어요. 스님이 오신다고 기다리다가."
우리가 현관으로 다가가자 중년여자가 호들갑을 떨면서 뛰어나왔다. 나와 상산은 여자를 따라 응접실이라는 곳으로 들어섰다. 나는 외제 가구들로 채워진 응접실을 보고 깜짝 놀랐다. 호화 별장들이 사치스럽다는 소리는 들어봤으나, 그렇게 화려할 수가 없었다. 우리는 여자가 안내하는 대로 응접실 한가운데에 좌정하고 앉았다. 여자는 이태리식 소파로 안내했으나, 상산은 구태여 마룻바닥에 주저앉았다. 나도 상산을 따라 좌정했는데, 마루도 수입 목재를 써서 만든 것이 틀림없었다.
"우리가 좀 늦었습니다. 길이 막혀서… 김처사님이 나가셨다면 집에는 아무도 없겠네요."
"아무도 없습니다. 올 사람도 없고요."

"언제 봐도 보살님 댁은 복가예요, 복가."

"그건 스님께서 잘 봐 주시는 거죠."

"아니에요, 집안 곳곳에 상서로운 기운이 넘치고 있어요."

"다 스님 덕분이죠."

"내 덕분이라니요? 보살님이 덕을 많이 쌓아서 그런 거지."

상산은 넉살 좋게 덕담을 던지며 분위기를 고조시켰다. 나는 마루가 거북스러웠으나, 상산을 봐서 참을 수밖에 없었다. 여자가 차를 준비하는 동안 상산이 눈짓을 해 보였다.

"이 집은 시줏돈을 쌓아 놓고 살아요. 우리 법당 부처님도 저 보살님께서 모신겁니다. 수천만 원은 족히 넘은 불사였는데."

"아 네에."

"불탄일에도 적지 않게 시줏돈을 냈어요. 오늘도 궁정식 저녁을 준비해 놓겠다는 걸 다른데 선약이 있다고 해서 그만뒀지요. 아주 신실하고 돈독한 불자예요."

상산은 염주알을 굴리며 침이 마르도록 칭찬을 늘어놓았다. 잠시 후 여자가 김이 피어오르는 녹차를 내왔다. 상산이 찻잔을 집어 들고 맛을 보더니 껄껄 웃었다.

"역시 보살님이 타는 차 맛은 최고예요. 진하지도 않고 묽지도 않고."

"스님 입맛이 좋으신 거지, 차 맛이 좋은 건가요?"

여자가 부끄럽다는 듯 손으로 입을 가리고 배시시 웃었다. 그제야 나는 여자의 얼굴을 자세히 뜯어보았다. 여자는 둥그런 얼굴에 큰 귀와 복스런 코를 가지고 있었다. 걸친 옷도 명품이고, 목걸이나 팔찌는 보기 드문 물건이었다. 여자는 부유한 집에서 태어나 귀한 가문으로 시집간 것이 틀림없었다. 몸매와 피부도 치장한 귀중품에 못지않게 돋보였다.

그 순간 나는 한 가지 사실을 생각하고 입맛을 다셨다. 사람이 돈을 따라가서는 안 되고, 돈이 사람을 따라와야 갑부가 된다고. 그런 의미에서 나와 명우는 너무 돈에 집착하고 매달렸다. 내가 씁쓸한 표정을 짓는 사이 상산이 여자의 팔목을 잡았다. 나는 놀란 눈으로 상산과 여자의 일거수일투족을 지켜보았다. 상산이 잡아챈 여자의 손을 펴고 손금을 보았다.

"생명선은 제법 길고, 재산운은 더욱 좋고, 자손운도 괜찮은 편인데, 애정운이 좋지 않구만. 잘하면 서방을 몇 명 갈아치우겠어."

"서방을 몇 명 갈아치운다고요?"

"손금에 그렇게 써 있어요."

"아무리 그래도 그렇죠."

"하기야, 운명도 개척하는 시대니까."

역시 상산은 신세대적 사고방식과 자본주의적 가치관을 가진 중이었다. 여자가 부정을 하니까 벼락처럼 운명까지 수정해 버렸다. 여자는 그런 상산이 더욱 마음에 드는 눈치였다. 나는 창밖으로 시선을 돌려 낯 뜨거운 수작을 외면했다. 그 순간 여자의 눈이 촉촉해졌고, 상산은 그걸 재빨리 알아차렸다.

"그나저나 소불을 모셔 놓았다는데, 어디 계신 겁니까?"

"아 아직 못 보셨죠? 동쪽 끝방에 계신데."

"그래요, 어디 한번 가 보십시다."

"그러면 저를 따라오세요."

"최선생은 여기서 잠시 차를 마시며 기다리세요."

상산이 자리에서 일어나며 한쪽 눈을 찔끔 감아 보였다. 나는 그 순간 그들이 무엇을 하러 가는지 알 수 있었다. 상산의 느물스런 행동과 여자의 달아오른 눈이 그걸 말해 주었다. 그들은 같은 일을 수 없이 치러본 것처럼 뒷방으로 갔다. 나는 응접실에 남아서 허탈한 심경으로 차를 마실 수밖에 없었다.

사실 그것은 허탈한 심경 정도가 아니었다. 내가 느끼는 것은 도망자의 슬픔이고 도피자의 아픔이었다. 더 솔직히 말하면 부조리한 세상으로부터 쫓겨난 사람의 처절한 패배감이었다. 나는 그때부터 쓰기만한 녹차를 석 잔이나 더 따라 마셨다. 그럼에도 상산과 여자는 소불이 있다는 방에서 나오지 않았다.

"어, 한바탕 시주예불을 드렸더니 시원하다."

상산이 볼일을 보고 나타난 건 30여 분이 지난 후였다. 그는 만족스런 미소를 머금은 채 복도를 걸어왔다. 나는 입맛을 쩍쩍 다시고 상산의 얼굴을 쳐다보았다. 상산이 마시다 둔 녹차를 들이켜고 염주를 집어 들었다. 나는 재빨리 자리를 털고 일어나 상산의 뒤를 따라 나섰다. 상산은 몇 명의 여자를 추가로 만난 뒤 귀로로 접어들었다. 그때가 밤 열 시쯤이었는데, 순회 탁발로 지칠 대로 지친 상태였다. 내 모습을 보던 상산이 고의춤을 올리며 껄껄 웃었다.

"마지막으로 들릴 곳이 있어요."

"들릴 곳이 또 있습니까?"

"내가 한때 수행하던 토굴인데, 지금은 어떤 선객이 사용하는 중입니다. 거길 한번 가 봐야겠어요."

토굴이란 말에 의기소침해 있던 나는 고개를 번쩍 쳐들었다. 토굴이란 것이 얼마나 운치 있고 멋스러운 곳인가? 체관, 의천, 청허 같은 고승들도 그런 곳에서 정진을 하지 않았던가? 어둑한 굴에 들어앉아 비가 오나 눈이 오나 수행에 전념하는 고승. 자신이 던진 화두를 찾아내기 위해 밤낮으로 참선하는 승려.

세상의 부조리로부터 벗어나 자신 속으로 깊숙이 들어가는 참 수행자. 그런 모습을 그리던 나는 초라하기 이를 데 없는 토굴을 보고 실망했다. 상산은 허탈한 표정을 짓는 내 어깨를 두드린 뒤 토굴로 들어섰다. 나는 어쩔 수 없이 상산을 따라 토굴이라는 곳으로 들어갔다.

"여기가 토굴이란 말입니까?"

"그럼요. 토굴이고말고요."

"다 쓰러져 가는 집 안쪽에 판… 비좁은 굴인데요."

"이런 곳도 중이 머물면 다 토굴이 되는 겁니다."

상산은 껄껄 웃으며 50대쯤 되는 남자를 인사시켰다. 나는 형식적으로 허리를 숙이고 토굴 한쪽에 앉았다. 토굴은 2~3평 정도로, 입구 한쪽에 작은 창이 뚫려 있어 방처럼 느껴졌다. 특이한 건 토굴 주인이라는 남자였다. 그는 모든 면으로 보아 상산 못지않게 걸물이었다. 머리는 짧게 깎았는데 중은 아니고, 도인의 면모가 풍기나 도인도 아니었다.

얼굴 또한 멀끔하게 생겼지만, 하는 짓은 칠십 노인처럼 굼떴다. 나는 남자가 왜 토굴에서 거처하는지 이유를 알 수 없었다. 비좁은 동굴에서 무엇을 닦고, 어떤 것을 구하는지도 알 수 없었다. 다만 공기 좋은 북한산 자락에서 세월을 축낸다는 사실밖에는. 내 마음을 읽었는지 상산이 남자를 은근히 추켜세웠다.

"김방주는 대탈속의 경지에 들어선 사람이에요."

상산에 의하면 방주(房主)는 계룡산에서 도를 닦다가 30대쯤 불문에 들어갔다. 절에서 참선하다가 승복을 벗고는 돈을 번다고 큰 사업체까지 차렸다. 사업이 궤도에 오를 즈음 미국발 금융위기를 맞았고 돈을 모두 날렸다. 집 뒤에 토굴을 파고 들어앉은 목적은 욕심을 버리고 마음을 닦아보자는 뜻에서였다.

상산의 말은 어떤 면에서는 그럴 듯해 보였다. 문제는 토굴 한쪽 구석에 수북이 쌓여 있는 소주병이었다. 방주는 마음을 닦는 것이 아니라, 술로 지새는 게 틀림없었다. 우리는 간단히 수인사를 나누고 술을 마시기 시작했다.

"우리 김 방주는 보기보다 괜찮은 사람입니다."

상산이 소주를 한 모금 마시고 방주라는 사람을 가리켰다. 나는 창문으로 들어오는 풀내음을 가슴 깊이 들이마셨다. 굴 속으로 들어오는 건 싱그러운 풀냄새뿐만이 아니었다. 맑은 두견새 소리와 낭랑한 독경소리도 풀내음에 섞여 들렸다. 인근 사찰에서 울려 퍼지는 독경소리는 술맛을 돋우고도 남았다. 독경에 귀를 기울이던 상산이 생각났다는 듯이 말을 꺼냈다.

"요 앞에 백화사라는 절이 있는데, 나보고 주지 자리를 줄 테니 오라고 해서 생각해 보겠다고 그랬어요."

"아 그렇습니까?"

"하지만 절이 사연이 많아서."

"사연이라니요?"

"그 절은 백화사(白花寺)라는 이름처럼 비구니한테 더 잘 어울리지요. 사찰 이름대로 주장승도 따라간다 이 말입니다. 그렇지 않으면 스님이 파계를 하거나 신도들하고 스캔들이 나기 십상이지요."

"그런 사연이 있었군요."

"지금도 아마 비구니가 주지를 볼 겁니다."

"그래서 비구니들이 늘상 들락거리는구만."

방주라는 사람이 알만하다는 듯이 고개를 주억거렸다. 우리는 한동안 말없이 소주를 들이켰다. 어디선가 시냇물 흐르는 소리와 함께 소쩍새 소리가 들려왔다. 그 소리에 이어 향기로운 꽃내음이 훈풍을 타고 들어왔다. 나는 울적한 심경을 가라앉히기 위해 연거푸 잔을 기울였다. 술을 마시던 상산이 흥에 겨운 듯 시 한 수를 뽑았다.

春眠不覺曉
處處聞啼鳥
夜來風雨聲
花落知多少.

봄잠에 새벽 온 것을 깨닫지 못하는데

곳곳에서 새 소리가 들린다
밤새 비바람 소리에
꽃이 많이 떨어졌겠지.

상산의 시를 받아 방주가 구성진 목소리로 읊조렸다.

閑居隣竝少
草徑入荒園
鳥宿池邊樹
僧敲月下門.

한가로이 거처하니 이웃도 드물고
풀숲 오솔길은 거친 정원으로 통한다
새는 연못가 나무에서 잠자고
중은 달빛 아래서 문을 두드린다.

 상산이 읊은 오언절구는 맹호연의 춘면(春眠)이라는 시였다. 나는 그 시를 암송하는 상산을 보고 놀라지 않을 수 없었다. 몇 시간 전만 해도 천하의 땡초처럼 말하고 행동하지 않았던가? 그런 상산이 맹호연의 시를 막힘없이 외어 대다니. 나도 춘면이라는 시를 좋아해서 젊을 때만 해도 늘 외우고 다녔다. 그런 시를 상산의 입으로부터 들으니 기분이 묘해졌다.
 사실 맹호연은 두보와 함께 당대를 대표하는 시인이었다. 당시(唐詩)는 호방파(豪放派)와 유정파(幽精派)로 나뉘는데, 맹호연은 유정파에 속했다. 유정파의 대표는 왕유였지만, 맹호연도 유정파적 자질을 인정받았다. 타고난 성격도 소탈하고 탈속적인 맹호연을 나는 왕유보다 더 좋아했다.

나는 시를 읊고 술을 마시는 상산을 힐끗 보았다. 좋은 시를 외워서 그런지 상산의 얼굴에서 서기가 감돌았다. 몸에서 서기가 뻗친 건 방주라는 사람도 마찬가지였다. 왜냐하면 방주가 읊은 오언율시는 당나라 시인 가도(賈島)가 지은 것이기 때문이었다. 그 당시 가도가 '이응의 그윽한 거처에 붙여'(題李凝幽居)를 지을 때 일화는 너무나 유명했다.

즉 가도는 '중은 달 아래 문을 민다'(推)로 해야 좋을지 '두드린다'(敲)로 해야 되는지 몰라 고민에 빠졌다 그때 마침 산책을 하던 한유(韓愈)를 만나 물어보고 '두드린다'(敲)로 낙점했던 것이다. 그 일화로 퇴고(推敲)라는 말을 쓰게 되었으니, 두 사람의 대화는 당대 최고였던 셈이다. 내가 멍하니 앉아 있자 상산이 한 수를 더 뽑았다.

日出而作 日入而息
耕田而食 鑿井而飮
帝力何有於我哉.

해 뜨면 일어나서 일하고 해 지면 돌아와 쉰다네
밭 갈아 먹고 우물 파서 물마시니
임금님 힘이 내게 무슨 소용인가.

상산이 격양가(擊壤歌)를 소리 높여 읊조렸다. 방주가 빙글빙글 웃으며 곧바로 받았다.

登彼西山兮 採其薇矣
以暴易暴兮 不知其非矣
神農虞夏忽焉沒兮
我安適歸矣

于嗟徂兮 命之衰矣.

저 서산에 올라 고사리를 뜯는다
포악을 포악으로 바꾸며 그 잘못됨을 모르는구나
신농, 우, 하의 좋은 전통이 홀연히 사라지니
나는 어디로 가야 하는가
아아, 슬프도다. 명이 땅에 떨어졌구나.

  방주가 백이(伯夷)와 숙제(叔齊)의 채미가(采薇歌)로 상산이 암송한 격양가를 빈정거렸다. 그것을 본 상산이 멋쩍은 듯 승복을 여미고 껄껄 웃었다. 사실 채미가는 백이와 숙제가 무왕(武王)의 폭정을 피해 수양산으로 들어가 부른 노래였다. 당시 백이와 숙제는 주(周)나라 쌀은 먹지 않겠다며 산나물만 뜯어먹다가 굶어죽었다.
  상산이 읊은 격양가는 태평성대에 부르던 민간요이고, 성실히 살아가는 농군의 모습을 그린 시였다. 그런 시를 돈만 아는 땡초가 읊으니 가만히 있지 않았던 것이다. 나는 빙긋이 웃으며 방주라는 사람 술잔에 소주를 채웠다. 방주가 술잔을 받고 낭랑한 목소리로 한 수 더 뽑았다.

見一葉落而知歲之將暮
睹瓶中之氷而知天下之寒
以近論遠以小明大
山僧不解數甲子
一葉落知天下秋.

낙엽 하나 떨어지는 걸 보고 해가 저물 것을 알며
항아리 속의 물이 언 것을 보고 천하가 추워졌음을 아니

이것은 가까운 것으로 먼 것을 아는 것
산 속 중은 날짜를 헤지 않고
낙엽 지는 걸 보고 가을이 왔음을 안다.

방주가 시를 읊고 느긋한 표정으로 좌중을 둘러보았다. 방주가 읊은 시를 듣고 상산이 호탕한 목소리로 웃었다. 상산은 방주가 자신의 파행을 빗대어 읊었다는 걸 알았던 것이다. 나는 마른안주를 집어 입에 넣고 상산을 힐끗 쳐다보았다. 상산은 그런 형식적이고 것에 구애받을 사람이 아니었다. 그는 무가무불가(無可無不可)와 불계공졸(不計工拙)을 생활신조로 삼은 중이니까. 술을 마시던 상산이 생각났다는 듯이 돌아보았다.

"최선생도 한번 읊어 보시죠"

나는 당황한 나머지 뒤쪽으로 물러앉아서 손을 저었다. 당장 생각나는 한시가 없어서가 아니었다. 그저 지금은 시를 읊고 싶은 마음이 일지 않아서였다. 상산과 방주가 계속 간단한 시라도 읊어 보라고 재촉했다. 나는 하는 수 없이 고개를 숙이고 기억을 더듬었다. 상산과 방주가 무척 기대된다는 얼굴로 쳐다보았다. 나는 헛기침을 해 목소리를 가다듬고 천천히 읊었다.

彼黍離離 彼稷之苗
行邁靡靡 中心搖搖
知我者 謂我心憂
不知我者 謂我何求
悠悠蒼天 此何人哉.

저 서속 이삭은 흐느적거리고 기장도 싹이 터 자라네
길 가는 발걸음 무겁고 마음은 슬픔에 흔들리는데

나를 아는 사람은 슬픔을 가졌다 하고
나를 모르는 이는 무엇을 얻으려 헤매는가 하네
유유한 푸른 하늘이여 이 지경에 이르게 한 게 그 누구뇨.

내가 서리(黍離)라는 시를 암송하자 상산과 방주가 탄성을 질렀다. 그들은 한시를 처음부터 끝까지 외는 게 신기하다는 표정이었다.
"역시 내가 사람을 잘 본 것 같습니다."
상산이 내 잔에 술을 가득 따르며 추켜세웠다. 방주가 흥분한 목소리로 거들고 나섰다.
"하긴 요즘 세상에 한시를 읊는 사람은 드물지요."
"이십대에 좋아했던 신데, 시구가 틀리지는 않았는지 모르겠습니다."
방주가 눈을 동그랗게 뜨고 고개를 가로 저었다.
"틀리긴요, 감흥도 아주 멋들어졌는데요."
"봄밤은 깊어가고 시구는 저절로 떠오르고."
상산이 어둠에 잠긴 창밖을 바라보며 중얼거렸다. 산 건너편에서 소쩍새 우는 소리가 구슬프게 들렸다. 우리는 한동안 소쩍새 소리를 들으며 술잔을 주고받았다. 술이 바닥나자 방주가 약초뿌리로 담근 술을 내놓았다. 나는 방주가 따라주는 술을 몇 모금 들이켰다. 덜 익은 더덕주 내음이 코를 통해 머리까지 올라왔다.

나는 입맛을 다시고 남은 술을 마저 들이켰다. 상산과 방주가 흥에 겨운 듯 주거니 받거니 시를 읊조렸다. 나는 슬그머니 자리에서 일어나 토굴 밖으로 나갔다. 밖은 고요했고 계곡물 소리와 소쩍새 소리만이 정적을 깨뜨렸다. 나는 하늘을 찌르듯 서 있는 연화대를 올려보았다.

어둠 속에 솟은 봉우리들은 꽃이 피어난 것처럼 아름다웠다. 밝은 달이 원효봉과 의상봉 사이에 걸려서 한층 더 신비스러웠다. 나는 물

흐르는 소리를 따라 발걸음을 옮겼다. 계곡물은 토굴 앞을 지나 마을 쪽으로 흘러 내려갔다. 차디찬 밤이지만, 물소리를 듣자니 무릉도원에라도 들어온 느낌이었다.

"아 시원하다."

나는 취기가 오르는 몸을 가누며 계곡을 따라 걸었다. 소로를 따라 가자 돌다리와 함께 뾰족하게 솟은 칼바위가 보였다. 나는 술도 깨고 담배도 필 겸 칼바위 위로 올라갔다. 어른 키 높이의 칼바위는 우뚝 솟은 채 위용을 자랑했다. 나는 칼바위에 앉아서 휘영청 뜬 보름달을 올려보았다.

오랜만에 한가로운 마음으로 바라보는 보름달이었다. 세상을 쫓기듯 살다 보니 달을 볼 시간도 없었다. 예전에는 달을 보며 길을 갔고, 달을 향해 기원도 드렸다. 조부는 보름달만 뜨면 달이 왜 경외스러운지 설명해 주었다.

"달은 역사이고 끊임없이 흐르는 시간이다. 달의 흐름에 역행하는 곧 것은 순리를 거스르는 게 된다. 그 순리에 거스르면 인간의 삶은 고통 속으로 빠져든다."

나는 그때 조부의 말이 무엇을 뜻하는지 이해하지 못했다. 사실 조부의 말 자체를 무시하고 듣지 않았다. 달이 어떻게 역사이고 시간이고 순리라는 말인가? 달이 어째서 운명을 좌우하고 고통 속으로 몰아넣는다는 말인가? 달은 밤하늘을 비추는 별이고 지구를 도는 위성일 뿐이다. 나는 그렇게 간단히 단정지어 버렸다.

달은 때에 맞춰 뜨고 지며 세상을 비춰줄 뿐이다. 달은 지구에 영향력을 주지만 큰 의미는 없다. 이 세상과 사회를 움직이는 것은 부조리한 체제와 권력과 기득권자들이다. 그들이 존재하는 한 부조리한 사회는 영원히 사라질 수 없다. 하지만 지금 이 순간 조부가 한 말이 가슴속으로 들어와 박혔다.

부조리한 사회로부터 쫓겨나 패배자가 되어 도망다니는 이 순간에. 이름 모를 새가 또 다시 구슬프게 울었다. 나는 재킷 안주머니에서 담배를 꺼내 피워 물었다. 상산을 따라 이곳까지 왔으나 여기가 어디인지도 알 수 없었다. 그저 상산이 한때 참선을 하며 머물던 토굴이라는 사실밖에는. 북한산을 올려다보던 나는 시 한 구절을 떠올리고 읊조렸다.

人生到處知何似
應似飛鴻踏雪泥
泥上偶然留指爪
鴻飛那復計東西.

사람 사는 것은 무엇을 닮았을까
날아가는 기러기 눈이나 진흙 밟는 것과 같은 것을
진흙 위에 우연히 발자국 남기지만
훌쩍 날아오르면 또 어디로 갈 것인가.

나는 소동파의 칠언절구를 읊고 한숨을 내쉬었다. 어떤 사람은 세상에 이름을 남기고 죽는다. 어떤 사람은 세상에 향기를 남기고 사라진다. 어떤 사람은 세상에 선행을 남기고 돌아간다. 그런데 나는 무엇을 하고, 어떤 것을 추구했는가? 내 인생은 이혼할 때부터 쇠락을 길을 걷기 시작했다.

이혼 후 벌인 벤처사업은 무분별한 투자확대로 쓰러졌다. 그 결과 후배와 벌인 택배사업도 어이없이 무너져 버렸다. 나는 이제 세상으로부터 쫓겨다니고, 숨어 지내는 수배자가 되었다. 그런 마당에 땡초를 따라 이상하기 짝이 없는 순례를 하고 다니다니. 나는 담배연기를 길게 내뱉고 고개를 저었다.

4

우리는 토굴에서 잠을 자고 다음날 정오쯤 길을 나섰다. 상산은 몇 군데 더 순례를 하고 선원으로 돌아갔다. 우리가 선원으로 들어서자 방화동 보살이 반색하며 달려나왔다.
"어머, 스님 이제 오세요?"
"몇 군데 들를 데가 있어서 늦었습니다."
방화동 보살은 몇 년 전 선원에 들렀을 때 마주친 여자였다. 나이는 30대 후반으로, 작은 키에 통통한 몸집이었다. 그녀는 겉보기와 다르게 시주와 불사를 물쓰듯 했다. 방화동 보살이 상산에게 들이는 공은 하나둘이 아니었다. 그녀는 삼시 세끼 공양은 물론이고, 각종 행사 때마다 찾아와 일을 거들었다. 그런 실정이니 상산이 가까이 하지 않을 도리가 없었다.
문제는 스님과 보살 사이에 너무 허물이 없다는 것이었다. 그녀는 주지의 방에서 잠을 자기도 하고, 상산의 승용차를 타고 드라이브를 나가기도 했다. 그런 상황에서도 상산은 가타부타 일체 내색을 하지 않았다. 그녀가 있으면 있는 대로 없으면 없는 대로 지낼 뿐이었다. 나는 그들이 가깝게 지내는 것을 그리 나쁘게 보지 않았다.
그들도 여느 스님과 불자처럼 믿음으로 다져진 사이라고 생각했던 것이다. 그런 생각은 방화동 보살이 상산의 방에서 옷깃을 추스르며 나오면서 깨졌다. 그녀는 승려와 신도의 관계를 벗어나 육락(肉樂)을 즐기는 단계로 발전한 게 틀림없었다. 더 정확히 말하면 방화동 보살은 상산의 색보시를 받는 여자 중 하나였던 것이다.
사실 상산은 색보시를 베푸는 것을 법락(法樂)이라고 여겼다. 즉 그는 색보시를 선을 행하고 덕을 쌓는 것이라고 믿었다. 그에 의하면 색보시는 불법의 깊은 맛을 즐기는 것이므로 삼보시 중 하나라는 거였다. 상산의 터무니 없는 말을 들으면서도 나는 아무런 내색을 보이지 않았다. 세상은 이미 부조리해졌고, 인간들 또한 그 부조리로부터 벗어날 수 없다고 생각했기 때문이다.

"스님 저 왔습니다."
 우리가 저녁공양을 하고 있을 때, 젊은 비구니가 법당 안으로 들어섰다. 외모로 보아 입문한 지 4, 5년쯤 된 비구니가 같았다. 그녀는 손님 접대용 방으로 들어서며 정중히 합장을 올렸다. 상산이 앉은 채로 마주 합장하고 손짓을 했다.
 "인해스님 이리 와서 같이 공양하십시다."
 "아닙니다. 전 나중에 하겠습니다."
 "이리로 오세요, 같이 먹읍시다."
 상산의 권유에 그녀는 어쩔 수 없다는 듯이 밥상머리에 앉았다. 나는 그녀를 본 순간 어딘가 익숙하다는 느낌을 떨쳐 버릴 수가 없었다. 나는 밥을 먹으면서도 비구니의 옆모습을 힐끔힐끔 훔쳐보았다. 안경을 쓰고 머리를 깎았지만, 분명히 안면이 있는 여자였다. 나는 연신 고개를 갸우뚱거리며 반찬을 집어 입에 넣었다.
 그녀도 나를 의식하는지 단정한 자세로 수저를 집어 들었다. 상산이 만면에 미소를 머금고 다시 식사를 시작했다. 나는 잠시 숟가락질을 멈추고 희미한 기억을 더듬었다. 그녀도 같은 생각을 하는지 안경을 고쳐 쓰고 밥을 떠 넣었다. 상산이 얌전한 자세로 밥을 먹는 그녀를 돌아보았다.
 "이분은 시인이신데, 작품을 쓰려고 우리 선원에 머무는 중이에요. 또 인해스님은 지금 진종사에서 육조단경을 공부하고 있는 촉망받는 학승입니다."
 상산의 말에 나는 인해라는 비구니의 얼굴을 다시 한번 쳐다보았다. 그때 그녀도 숙인 고개를 들고 나를 건너보았다. 나는 30대 중반으로 보이는 비구니의 눈을 자세히 응시했다. 그녀가 나의 따가운 눈빛을 받고 슬그머니 고개를 숙였다. 순간 나는 둔기로 머리를 강타당한 것처럼 멍해졌다.

바로 그녀였다. 내가 경찰에 재직할 때 만나 사랑을 나눈 여경. 나를 사랑한다고 말하면서 아이까지 낳겠다고 한 여자. 그 여경이 비구니가 되어 내 앞에 나타났던 것이다. 나는 눈을 감았다가 다시 뜨고 그녀를 쳐다보았다. 그녀는 내 마음을 아는지 모르는지 연신 밥만 떠 넣었다. 내가 벌렁거리는 가슴을 억누르고 있자 상산이 덧붙였다.

"법랍(法臘)이 얼마 안 돼서 많이 배우고 수행해야 됩니다. 하지만 인해스님이라면 잘 해낼 거예요."

상산이 던지는 덕담은 더 이상 내 귀에 들어오지 않았다. 나는 밥을 먹는지 국을 떠 넣는지도 모른 채 숟가락을 움직였다. 아무리 확인해도 그녀는 차지연이라는 여경이 틀림없었다. 나는 가슴이 졸아드는 듯한 기분에 숨을 몰아쉬었다. 흥분한 것은 그녀도 마찬가지인 것 같았다. 어느 순간부터 그녀도 숨을 쌔근거리며 밥을 떠 넣었다.

"왜, 두 사람이 아는 사입니까?"

상산이 나와 그녀를 번갈아 보며 의아하다는 표정을 지었다. 나는 허둥지둥 허리를 펴고 머리를 저었다. 상산에게 그녀와 나의 관계를 밝힐 수는 없었다. 어차피 그것은 과거에 일어났던 사건이었다. 그녀 또한 지금은 불문에 입문한 비구니가 아닌가. 나는 입을 꾹 다문 채 조용히 숟가락질만 해댔다. 고개를 숙이고 밥을 먹던 그녀의 얼굴이 창백해졌다. 아무것도 모르는 상산이 큰소리로 칭찬을 늘어놓았다.

"인해스님은 주왕산 법신사에서 계를 받고 율부를 배우다가 진종사에 들어갔어요. 진종사엔 내가 추천했지만 말이에요."

"아 네에…"

"지금은 육조단경도 거의 다 마쳤습니다."

나는 떨리는 손으로 물컵을 집어 들고 몇 모금 마셨다. 잠시 후 창백해졌던 그녀의 얼굴이 밝아졌다. 내가 헛기침을 하자 그녀가 일어나 주방 쪽으로 갔다. 상산이 걸어가는 그녀의 뒷모습을 미더운 시선으로 바라보았다. 나는 숟가락을 상 위에 내려놓고 숨을 들이마셨다. 그녀가 숭늉을 떠다가 상위에 놓고 법당 안으로 들어갔다. 상산이 숭늉으로 입가심을 한 뒤 나직하게 중얼거렸다.
"아무리 봐도 인해스님은 불심이 그만이에요."
나는 그녀를 보며 이 사태를 어떻게 수습할 것인지 궁리했다. 그녀에게 자초지종을 밝히고, 경위를 설명할 것인가? 아니면 모든 걸 숨기고, 남남처럼 모른 척할 것인가? 아무리 머리를 굴리고 묘안을 짜내도 해결책은 떠오르지 않았다. 나는 그저 앞에 놓인 숭늉을 마시고 또 마실 수밖에 없었다.
그녀도 흥분된 마음을 가라앉히는지 목탁을 치며 염불을 외웠다. 상산이 화장실에 가는지 자리에서 일어나 밖으로 나갔다. 말이 선원이지 백향선원은 잘못하면 기수련원으로 착각하기 십상이었다. 내부구조도 스님이 수행하는 선원치고는 여느 절보다 좁았다.
현관문을 열면 바로 3, 40평 크기의 법당이 나타났다. 법당 좌측에 10여 평 정도의 응접실 겸 접대실이 있었다. 응접실 안쪽에 주지방과 주방이 있고, 그 아래에 객실이 위치했다. 그 외에 화장실까지 복도에 있어서 일을 보려면 밖으로 나가야 했다. 나는 자리에서 엉거주춤 일어나 작은 소리로 물었다.
"어떻게 된 일이야? 머리까지 다 깎고."
"……"
"상산스님과는 잘 아는 사이야?"
"……"
"경찰은 왜 그만둔 거야?
"……"
"임신했다는 건 어떻게 됐어?"
그녀는 아무런 반응도 보이지 않고 염불만 외울 뿐이었다. 나는 답답한 나머지 법당 안으로 쫓아 들어갔다. 나의 돌발적인 행동에도 그녀는 부처처럼 움직이지 않았다. 나는 한동안 말없이 법당 중앙에 버티고 서 있었다. 잠시 후 그녀가 감정을 삭이듯 차분하게 목탁을 두드렸다. 나는 그녀 옆으로 다가가 나직한 목소리로 다그쳤다.
"전화번호를 가르쳐 주겠어?"
"전화번호는 없습니다."
"그럼 휴대폰은?"
"휴대폰도 없습니다."
그녀의 목소리는 침착하다 못해 싸늘한 정도로 차가웠다. 나는 목탁을 두드리는 그녀 옆에 쪼그리고 앉았다.
"사는 주소라도 있을 거 아니야."
"일정한 주소도 없습니다."
"적을 두고 있는 절은?"
"그것도 없습니다."
"그럼 아무런 연락처도 없단 말이야?"
"없습니다."
"그러면 어떻게 다시 만날 수 있지?"
"인연이 있으면 또 다시 만나겠지요."
차지연은 어떤 질문에도 흔들리지 않겠다는 듯이 단호했다. 난감한 일이었다. 오랜만에 만났는데, 여자는 일체의 대답을 회피하고 있었다. 사실 그녀의 태도는 회피가 아니라 명백한 거부였다. 나는 입맛을 쩍쩍 다시고 자리에서 일어났다. 내가 다시 입을 열려는 순간 상산이 법당으로 들어섰다. 나는 아무 일도 없는 것처럼 법당을 가로질러 창가로 걸어갔다.
창밖은 이미 어두웠고 황사가 골목 휩쓸며 날아다녔다. 그녀가 솟구치는 감정을 정리하듯 큰소리로 염불을 외웠다. 염불을 외는 그녀의 목소리는 높고 청아하게 들렸다. 그 소리는 어떤 사람도 범접치 못할 것처럼 맑았다. 나는 창가에 선 채 그녀의 염불 소리를 듣고 있어야 했다. 마치 날카로운 송곳에 가슴을 찔린 사람처럼.

chapter. 9

1

　내가 차지연을 만난 것은 XX공항 VIP실 앞에서였다. 그때 나는 중동의 왕족경호를 위해 입국장을 살피고 있었다. 즉 경제사절단으로 내한하는 외국 VIP에 대한 경호경비 근무 중이었다. 중동 왕족경호는 국가원수급 못지않게 A급 경호를 해야 했다. 왜냐하면 그들은 작은 사건만 터져도 일정을 깨고 귀국해 버리기 일쑤였다.
　그런 상황이니 대통령 경호실은 물론이고 국무총리실이나 안기부에서도 특별히 신경을 썼다. 상급부서가 긴장하니 경찰로서는 당연히 신경을 곤두세우지 않을 수 없었다. A선에 투입된 나는 입국장을 살피다가 무전을 받고 귀빈실 쪽으로 뛰어갔다. 귀빈실 앞으로 여행객들이 몰려나와 VIP와 뒤섞일 위험이 있다는 내용이었다.
　나는 현장조치를 위해 움직이다가 지나가는 사람과 부딪쳤다. 다행히 나와 어깨를 부딪친 사람은 덩치가 큰 외국인이었다. 외국인은 나를 향해 아이엠 쏘리를 연발하고 가 버렸다. 나는 외국인에게 허리를 숙이고 서둘러 귀빈실 앞으로 뛰어갔다. 예상대로 귀빈실 앞은 막

입국한 여행객들로 발 디딜 틈이 없었다.

　나는 담당지역 경호요원에게 여행객들을 빨리 소개시키라고 지시한 뒤 자리로 돌아갔다. 사실 12.12 쿠데타로 정권을 잡은 신군부로서는 중동 왕족은 A급 귀빈이었다. 그런 관계로 촉각을 세우고 왕족들의 신변안전을 챙겼다. 5공은 3공보다 경호가 더 강력해서 D- 5일부터 안전유지가 시작되었다. 그것은 쿠데타로 정권을 잡은 5공의 입장을 단적으로 표현하는 거였다.

　사실 그보다 더 직접적인 이유는 북한의 아웅산 테러사건 때문이었다. 아웅산 테러 이후 5공은 완벽한 경호를 위해 D- 5일 안전유지를 도입했다. 그래서 모든 경찰관은 5일 전부터 VIP가 지나가는 도로변에 촘촘히 배치되었다. 연도에 배치된 경찰들은 2시간 간격으로 교대하며 책임구역의 안전을 유지했다. 즉 자신이 맡은 구역을 완전하게 지키는 게 경찰의 임무였던 것이다.

　5공에서 6공으로 넘어온 상태에서도 경호업무는 비슷한 수준으로 유지되었다. 다만 6공은 D- 5일 안전유지를 D- 3일로 축소시켰다. 그런 의미에서 5공보다 6공의 안전유지가 비교적 수월했다. 나는 입국장을 한번 더 둘러보려고 빠르게 발걸음을 움직였다. 그때 서구적 미모를 갖춘 여자와 부딪쳤다. 나와 부딪친 순간 여자는 핸드백을 떨어뜨렸다.

　"아 죄송합니다."

　나는 떨어진 핸드백을 주워 들고 재빨리 사과의 말을 건넸다. 여자가 조심성이 없는 사람이라는 듯 빤히 쳐다보았다. 나는 그때 여자가 일본인 관광객일 거라는 생각을 떠올렸다. 여자한테서 풍기는 느낌이 그렇게 판단하게 만들었다. 방금 전 도쿄 발 비행기가 도착했기 때문에 그렇게 생각할 수밖에 없었다. 나는 허리를 숙이고 점잖게 '스미마셍'이라고 덧붙였다. 나의 부정확한 발음을 들은 여자가 입을 삐죽 내밀었다.

"정말 어이가 없군요."

나는 순간 둔기에 머리를 맞은 것처럼 멍한 표정을 지었다. 그것은 여자의 우아한 차림새와 세련된 말투 때문이 아니었다. 여자의 청순한 얼굴과 긴 머리가 아름다워서였다. 사실 모델처럼 늘씬한 몸매와 흰 피부가 마음을 흔들어서였는지도 몰랐다.

나는 핸드백을 여자 손에 쥐어 주고 정중하게 허리를 숙였다. 그것은 실수에 대한 사죄이면서도, 아름다움에 대한 경의의 표시였다. 그녀와의 첫 대면은 그렇게 어색한 눈빛을 주고받은 것으로 끝났다. 그녀가 뛰어난 미모를 갖추었다고 해서 당장 어떻게 해 볼 도리는 없었다.

"항공사 직원이세요?"

내가 경호구역에서 철수하려고 할 때 누군가 말을 걸어왔다. 나는 무전기 이어폰을 뽑으며 말을 건넨 사람을 쳐다보았다. 바로 그 여자였다. VIP 행렬이 나오기 직전에 어깨를 부딪치고 헤어졌던 여자. 그 여자가 얼굴 가득 미소를 머금은 채 서 있었다. 나는 반사적으로 허리를 꺾어 정중하게 예의를 차렸다.

"아 아까 그분…"

"역시 항공사 직원이군요."

여자는 조금 전과는 달리 한껏 너그러워진 표정을 지었다. 나는 그 순간 질긴 인연이 시작되는 것인지 모른다고 생각했다. 한 여자와 입국장에서 부딪쳤고, 어색한 인사를 나눈 뒤, 몇 분 후에 다시 만났으니까. 나는 여자의 얼굴을 응시하며 떠듬떠듬 말을 꺼냈다.

"일이 좀 있어서요."

"일이라니요?"

"외국에서 누가 귀국하는데, 마중을 나왔습니다."

"외국에서요?"

여자가 조금은 의아하다는 듯이 고개를 갸우뚱거렸다. 나는 양복 안주머니에 들어 있는 무전기를 슬쩍 감추었다.

"중동 쪽에서 누가 들어옵니다."

"중동에서요?"

여자가 중얼거리고 내 양복 포켓에 부착된 비표를 쳐다보았다. 경호요원은 누구든지 비표를 부착하고 업무를 수행했다. 경호씨피 요원은 물론이고, 행사장 요원, 가두 진행요원들도 마찬가지였다. 그 외에도 경호요원은 정장차림이 원칙이고, 행사 유도요원과 지원요원만이 근무복을 입었다. 그런 상황이니 비표는 곧 경호요원이라는 직접적인 표시였다.

나는 중요한 비밀을 들킨 사람처럼 패용한 비표를 손으로 가렸다. 그녀가 허둥대는 내 모습을 보고 어이없다는 듯이 웃었다. 나는 그 순간 그녀의 정장에 부착된 특수비표를 발견하고 숨을 멈췄다. 바로 그것이었다. 그녀도 나처럼 왕족 경호경비에 동원된 요원이었던 것이다. 그 순간 나는 등골을 타고 오르는 부끄러움으로 허둥거렸다.

사실 나는 초급간부가 된 이후 VIP 근접경호는 처음이었다. 그동안 나는 행사장 점검, 부대시설물 점검, 연도경비, 사찰암자 수색, 인적 물적 취약요소 안전조치에만 투입되었다. 그러니 A급 라인을 맡은 나로서는 긴장하지 않을 수 없었다. 그녀가 경찰용 비표를 보고 느긋한 어조로 말했다.

"경호 때문에 나온 직원이죠?"

"그 그렇습니다만…"

"어디를 맡고 있죠?"

"브이아이피 룸 앞입니다."

"어쩐지 직원 같다는 생각이 들었습니다."

"그러면 댁도?"

"그럼 수고하세요."

그녀가 생끗 웃어 보이고 출국 심사대 쪽으로 걸어갔다. 나는 멍한 기분으로 멀어지는 여자의 뒷모습을 응시했다. 여자는 어깨를 부딪칠 때와는 다르게 정숙해 보였다. 걸친 옷도 반듯했으며, 액세서리도 사치스럽지 않았다. 여자의 몸가짐으로 보아 상급부서에서 근무하는 게 틀림없었다.

단호한 표정, 절제된 동작, 맺고 끊는 분위기가 그걸 말해 주었다. 그런 여자에 비하면 내 모습은 촌스럽기 이를 데 없었다. 국빈 경호에 어울리지 않는 양복에다가, 커다란 무전기. 정리되지 않은 태도, 불안정한 표정 등등.

2

그녀와의 만남은 3개월 후 본격적으로 시작되었다. 다시 말해 그녀가 인천 남부경찰서 인사발령 때 모습을 드러냈던 것이다. 나는 그때 전입신고를 하기 위해 휴게실에서 대기하고 있었다. 그런 내 앞에 양장을 말쑥하게 입은 여자가 다가왔다. 나는 민원인이라 생각하고 무심코 보아 넘겼다. 자판기에서 커피를 뽑은 여자가 잠시 망설이더니 말을 걸었다.

"저 혹시 몇 달 전… 공항 경호경비에 동원되지 않았습니까?"
"공항…?"
"네, 공항 귀빈실."
"아 맞습니다. 공항 귀빈실 앞에서 몸을 부딪쳤죠?"
"맞아요. 내가 핸드백을 떨어뜨렸어요."
"그런데 여긴 어쩐 일로?"
"타서 전입으로 들어왔습니다."
"그러면 그때 경호실에서 나온 게 아니었습니까?"
"지청에서 경호실로 파견 나갔다가 복귀했어요."

"아 그랬군요."

"아무튼 여기서 또 만나니까 반갑네요."

나는 여자의 해맑은 얼굴을 보며 인연에 대해서 생각했다. 이상하게도 연속적으로 부딪치는 남녀의 관계에 대해서. 그런 나의 예감은 몇 시간 후에 현실로 드러났다. 나는 그때 특수지 근무를 마치고 경찰서로 복귀한 상황이었다. 쉽게 말해 일정기간 경비부서 근무를 때우고 대공과로 발령을 받았던 것이다.

대부분의 진급자들은 그런 과정을 거치는데, 나도 예외는 아니었다. 나는 XX경찰서에 아는 동료가 없어서 혼자 차를 마시던 참이었다. 묘한 점은 그녀가 나와 같은 대공 3계로 발령이 났다는 사실이었다. 나는 너무나 반가운 나머지 그녀의 손을 덥석 움켜잡았다.

"우리 보통 인연이 아닌 것 같습니다?"

"저도 그런 생각을 했어요."

"그것 참…"

나는 많은 여경을 보았지만, 그녀만큼 매력적인 직원은 처음이었다. 사실 여경은 민원부서에서 한두 명 근무할 정도로 희귀한 존재였다. 그런 관계로 여경은 언제나 남자직원들한테는 선망의 대상이었다. 문제는 여경이 아무리 희귀해도 쉽게 받으려 하지 않는다는 점이었다.

남자들이 들끓는 부서에서 20대 중반의 여경이 버텨낼까 하는 우려 때문이었다. 여경이 남자 직원처럼 거친 일을 잘 해낼지도 의문이었다. 그런 상황에 그녀가 대공과에서 일하게 되었다니 믿을 수 없었다. 나는 물이 오를 대로 오른 그녀의 얼굴을 빤히 쳐다보았다. 나의 따가운 시선을 느낀 그녀가 쑥스럽다는 듯이 말을 돌렸다.

"시간이 남는데, 구내식당에 내려가서 커피 한잔 더 할까요?"

"그 그러죠 뭐."

나는 그때 그녀의 외모에서 풍기는 매력으로 당황한 상태였다. 그것은 뛰어난 미모와 모델 부럽지 않은 몸매 때문만은 아니었다. 단적으로 뭐라고 할 수 없는 감정이 가슴 속에서 스멀스멀 피어났다. 마치 전생의 사랑을 이생에서 만난 느낌이라고나 할까. 아니면 오랜 기다림 끝에 운명의 여인을 만난 느낌이라고나 할까. 그런 기분을 느끼며 나는 그녀를 따라 구내식당으로 내려갔다.

"대공과 근무는 처음이시죠?"

"대공부서는 처음입니다. 순경임용 때부터 줄곧 파출소로만 돌았거든요."

"어쩐지 그렇게 보였어요."

"공항에서도 그런 느낌이 들었습니까?"

"네 조금은…"

"아 그랬군요."

나는 고개를 주억거리고 구내식당 구석에 자리를 잡고 앉았다. 그녀가 건너편 의자에 엉덩이를 붙이며 주위를 둘러보았다. 나는 구내식당 여직원이 가져온 물컵을 집어 들고 한 모금 들이켰다. 그녀도 같이 플라스틱 물컵을 들고 목을 축였다. 나는 물컵을 탁자에 내려놓고 그녀의 얼굴을 살펴보았다.

그녀는 맑은 눈과 오뚝한 코, 시원스런 이마를 가지고 있었다. 키도 후리후리하고 몸매도 모델 뺨칠 정도로 늘씬했다. 한마디로 말해 그녀는 여경이라기보다 인기 여배우처럼 느껴졌다. 나는 세련된 자세로 물을 마시는 그녀를 넋을 놓고 쳐다보았다. 집사람도 결혼 전에는 이렇게 아름다웠다는 생각을 하며. 잠시 얌전히 물을 마시던 그녀가 컵을 내려놓고 일어섰다.

"제가 가서 커피를 뽑아올게요."

"아닙니다. 제가 갔다 올게요."

"그냥 계세요. 지난번에 면박준 걸 갚는다는 뜻이니까요."

"여긴 우리청 안에 있는 경찰서잖아요."

"그러니 내가 사는 거죠. 잘 봐달라는 의미에서."

"그래도 그렇죠."

나는 그녀를 억지로 앉혀 놓고 밀크커피와 블랙커피를 한 잔씩 뽑아왔다. 내가 밀크커피를 건네주자 그녀가 의외라는 표정을 지었다.

"제가 밀크커피 좋아하는 거 어떻게 아셨어요?"

"그냥 생각나는 대로 뽑아왔을 뿐입니다."

"그래요? 우연 치고는 너무나 잘 맞는 것 같군요."

그녀는 나와의 연속적 만남이 우연이 아니라는 듯 활짝 웃었다. 나는 계속 커피를 뽑아다 마시며 이야기를 나누었다. 그녀의 이름이 차지연이라는 것과 막 25살이 된 처녀라는 것. 남자는 한두 명 사귀었고, 아직은 결혼을 생각하지 않는다는 것. 나는 결혼한 유부남이고, 어린 딸아이의 아빠라는 것. 남부경찰서가 개서된 지 얼마 안 돼 공사판 같다는 것. 과장들이 자신의 안위만 챙기며 근무하다가 왔던 곳으로 돌아갈 거라는 등등.

우리는 둘 다 대공 3계로 발령이 났다는 사실로 더욱 가까워졌다. 그 외에 생각이 일치하고 대화도 통한다는 사실에 한껏 고무되었다. 우리는 대공과장이 입서할 때까지 구내식당에서 웃고 떠들었다. 서로에 대한 호감과 공통점과 친밀감을 표시하며. 문제는 전입직원 신고를 받는 대공과장이었다. 금방 입서한다던 과장은 서너 시간이나 늦게 사무실로 들어왔다. 우리는 석회시간이 다 되어서야 대공과장 집무실로 올라갔다.

"대공부서는 안이하게 근무하는 데가 아닙니다. 즉 육공 정권을 유지하느냐 못하느냐가 우리 손에 달려 있다 그 말입니다."

과장은 공안부서만 전전한 사람답게 대공과를 침이 마르게 추켜세웠다. 우리는 커피를 대접받으며 긴 연설을 들을 수밖에 없었다. 딱딱한 공안정국 이야기나, 좌경분자 색출, 간첩공작 등에 관한 얘기를. 우리가 따분한 눈치를 보였음에도 과장은 계속 목소리를 높였다. 과장의 장광설은 그녀의 아름답고 빼어난 미모 때문이기도 했다.

　과장은 침을 튀기면서 말을 이었는데, 대공과에서 여경을 받은 이유로부터, 공안부서의 당면한 과제. 좌경의식화 활동이 6공에 접어들어 과격해졌다는 것. 대공요원들이 5공시절보다 사명감이 줄어들었다는 것. 그런 관계로 재야단체의 목소리가 점점 커진다는 것. 이대로 가다가는 정권이 야당으로 넘어갈지도 모른다는 사실까지 늘어놓았다. 우리는 그의 열띤 설명을 20분가량 듣고 과장 집무실을 나왔다.

　"대단한 분인 것 같네요."

　차지연이 과장실 문을 닫고 돌아서며 질렸다는 표정을 지었다. 나는 그녀의 말에 대답하는 대신 고개를 끄덕여 주었다. 내가 보기에도 대공과장은 일에 대한 사명감이 투철한 사람이었다. 직원들에 의하면, 그는 5공화국 시절 영관급 장교로 복무했다. 그런 그가 군 간부 우대정책으로 경찰에 낙하산으로 들어왔다는 것이다. 그는 본청 대공과를 시작으로, 지청 공안분실과 서 대공과를 오가며 뛰었다.

　특히 그는 고문에 도통해서 어떤 피의자도 자백하고 만다는 거였다. 그런 그가 신설 경찰서로 좌천된 건, 지나친 고문 때문이라는 거였다. 소문에 의하면 좌경사범을 고문하다가 죽였고, 그에 대한 징계로 쫓겨왔다는 것이다. 그래도 주특기가 공안이므로 머지않아 본청으로 복귀할 것이라고 수군거렸다. 우리는 과장 집무실을 나와 곧바로 대공 3계장을 찾아갔다.

　"소신을 갖고 일해 보세요."

　대공 3계장은 우리의 전입인사를 받은 후, 반갑게 손을 잡아 주었다. 나와 차지연은 의외의 환대에 당황하지 않을 수 없었다. 우리는 대공 3계장이 냉정한 공안간부라고 생각하던 참이었다. 직원들에 의하면, 그는 업무를 위해서는 물불을 안 가린다는 거였다. 그런 사람이 손까지 잡으면서 환대해 주니 어안이 벙벙해졌다.
 하지만 우리도 어차피 좌경공작을 하는 부서로 발령받은 터였다. 계장이 아무리 잔인한 사람이라고 해도 부하직원을 어쩌지는 못할 터였다. 나는 3계장이 내민 손을 잡은 채 마음을 다져먹었다. 아무리 어려운 업무가 주어져도 반드시 해내고 말리라고. 차지연도 그런 생각을 하는지 입을 꽉 다물고 계장을 쳐다보았다.
 사실 현 시점에서 문제는 차지연이 아니라 나였다. 나는 계급만 경사였지, 시험으로 고속 승진한 이론 간부였다. 게다가 나는 줄곧 섬과 기동대, 출장소, 형기대 같은 부서로만 돌아서 대공업무는 문외한이었다. 그런 상황이니 초조하지 않은 게 오히려 이상할 정도였다.

3

 "자 이리로 들어오세요."
 다음 날 아침, 우리는 계장을 따라 대공 3계 사무실로 들어섰다. 차지연과 내가 나타난 순간 수십 명의 남자 직원들이 일제히 쳐다보았다. 그들의 모습으로 보아 여경이 나타나리라고는 상상도 못한 것 같았다. 그것은 그들의 당황한 태도만 보아도 분명했다. 계장이 헛기침을 몇 번 한 뒤 사무실을 가로질러 걸어갔다. 그와 함께 흩어져 있던 형사들이 제자리를 찾아 돌아갔다. 계장이 의자에 앉으며 우렁우렁한 목소리로 입을 열었다.
 "이 두 사람이 오늘부터 우리하고 같이 일하게 된 전입 직원입니다. 박수로 환영합시다."
 대공 3계장의 소개에 30여 명의 직원들이 너나없이 박수를 쳤다. 어떤 직원은 탄성을 발했고, 어떤 사람은 휘파람까지 불었다. 나는 앞으로 나서서 '최태오입니다. 잘 부탁드립니다.' 하고 허리를 숙였다. 이어 차지연이 자신의 소개를 하고 좌중을 둘러보았다. 직원들이

다시 한번 일제히 박수를 쳐서 환영했다. 계장이 멀뚱히 서 있는 나와 차지연에게 빈자리를 가리켰다. 우리는 주춤거리다가 빈 책상 쪽으로 걸어가 주저앉았다. 계장이 업무분장표를 들여다보더니 점잖은 어조로 말했다.

"일단 두 사람은 일대일 감시를 맡도록 하세요."

"일대일 감시라면… 신입한테는 좀 그렇지 않습니까?"

나이가 지긋한 직원이 뜨악한 표정을 지었다. 계장이 커다란 턱을 치켜들고 차지연을 가리켰다.

"차순경은 본청에서도 알아주는 대공요원인데다가… 한동안 대통령 경호실에 파견나가 있었어요. 경호실에서도 VIP 근접경호만 맡았고. 그러니 이 정도 일은 식은 죽 먹기일 겁니다. 최부장도 막 진급한 초급간부니까 맡은 일은 책임지고 잘 해낼 거예요."

"하긴 지부장 감시니까 크게 걱정될 건 없을 거야."

계장 옆자리에 앉아 있던 정부장이 슬쩍 거들고 나섰었다. 그와 동시에 불만을 토로하던 직원이 슬그머니 꼬리를 내렸다. 그래도 대다수의 직원들은 불신감을 감추지 못하는 표정이었다. 그도 그럴 것이 일대일 감시는 고참에게 주어지는 특전이었다. 일대일 감시반은 출퇴근과 조석회도 생략한 채 업무를 보았다. 그렇기 때문에 대인 감시조에 뽑히면 영전된 것이나 마찬가지였다.

그렇다고 일대일 감시가 매사에 편안 건 아니었다. 감시조는 어떤 경우가 생기더라도 대상자를 놓치면 안 되었다. 감시 대상자가 한밤중에 사라져도 쫓아가 동향을 파악해서 보고해야 했다. 그 정도로 감시조는 위험요소를 끌어안고 사는 불안한 팀이었다. 반면 좌경공작 전담반보다는 근무여건이 좋다는 게 장점이었다.

"누구든 이의가 있으면 말해 보시오."

3계장은 엄포 비슷하게 말하고 직원들을 둘러보았다. 직원들은 계장의 지시에 아무런 이의를 달지 않았다. 그 정도로 대공 3계장은 호랑이 같은 사람이었다. 계장은 지금 그렇게 생각하고 있는 게 틀림없었다. 오래된 직원들한테 경각심을 준다는 의미에서 룰을 확 바꾸어야 한다. 이 기회에 기강이 해이해진 것을 바로잡아야 된다. 그렇게 하기 위해서는 신입한테 요직을 맡기는 게 좋다. 계장의 그와 같은 판단으로 일대일 감시는 나와 차지연에게 떨어졌다.

"그럼 모두 찬성하는 걸로 알고 그렇게 시행하겠소."

본래 대공 3계장은 수사부서만 돌아다닌 붙박이 수사통이었다. 5공 이전에는 간첩공작을 하는 공안부서가 인기가 없었다. 즉 5공이 들어서기 전에는 수사과가 경찰서를 대표하는 부서였다. 그렇게 돌아가던 분위기가 5공화국에 들어서면서 완전히 바뀌었다. 다시 말해 인기 없던 대공부서가 경찰서를 대표하게 된 것이다. 그와 함께 수사통인 계장도 전격적으로 대공부서로 옮겨 앉았다. 대공부서가 할 일이 많고, 특진도 자주 걸린다는 판단에서였다.

사실 계장은 6척이나 되는 장신에 우람한 체구를 가지고 있었다. 또한 황소만큼 넓은 얼굴에다가 손바닥만한 귀를 가진 거한이었다. 반면 남산만한 덩치에 걸맞지 않게 크고 작은 병치레에 시달렸다. 시도때도없이 도지는 고혈압으로부터 당뇨, 심부전, 간경화가 그것이었다. 계장이 몇 가지 지시사항을 나열하더니 업무분장표를 내려놓았다.

"우리 계에 여경이 배치되었으니 회식을 갖기로 합시다. 오랜만에 직원들 단합대회도 할 겸 해서."

계장의 걸걸한 목소리에 대공형사들은 모두 머리를 끄덕였다. 직원들도 여경과 같이 근무하게 된 것이 흥미로운 모양이었다. 그동안 민원실에 여경이 근무한 적은 있지만, 대공과는 처음이었다. 평소 직원들은 험악한 대공과에는 여경이 오지 않을 것이라고 여겼다. 그런 생각을 불식시켜 버리듯 미모의 여경이 나타났던 것이다.

4

"우리 부서에 여경이 배치된 것을 축하하며 한잔합시다."
 서두를 부드럽게 꺼낸 계장은 소주를 맥주컵에 따라 단숨에 들이켰다. 그 광경을 지켜본 형사들은 아연실색하지 않을 수 없었다. 계장이 거한이라 해도 소주를 컵으로 마신다는 건 예상치 못한 일이었다. 형사들이 겁먹은 표정을 짓자 계장이 컵을 돌렸다.
 "자 한 잔씩 시원하게 들이켜라구."
 "계장님 맥주컵으로 마시다간 초상치릅니다."
 "걱정 마. 대공형사는 그 정도로 쓰러지지 않으니까."
 "아무리 대공형사라도 그렇죠."
 "죽는 소리 하지들 말고 마셔."
 계장의 호통에 형사들은 끽소리 하나 내지 못하고 소주를 마셨다. 컵이 일 순배 돈 뒤, 계장이 또 다시 술을 채워 들이켰다. 30여 명의 직원들은 이제 숨도 쉬지 못하는 상황이었다. 계장이 아무리 술이 세다고 해도 두 컵이나 마시리라고는 상상도 못했던 것이다.
 직원들은 서로의 얼굴을 보면서 연신 눈만 끔뻑거렸다. 그 모습을 본 계장이 세 번째 잔을 채워 시원하게 털어 넣었다. 그때를 기다렸다는 듯이 한 직원이 배를 움켜쥐고 화장실로 뛰어갔다. 그 직원을 따라 또 한명의 형사가 화장실로 향했다.
 "빨리들 컵을 돌려야지..."
 계장이 겁에 질린 형사들을 둘러보며 맥주컵에 소주를 채웠다. 직원들은 계장이 먼저 마시고 돌리는 컵을 거부할 수도 없었다. 대공과에서 술이 제일 세다는 직원이 세 번째 잔을 들이켰다. 그걸 본 형사들이 체념한 표정으로 돌리는 컵을 받았다. 직원들이 들이켜는 것을 확인한 계장이 차지연 쪽으로 돌아앉았다.
 차지연은 모든 걸 각오를 했는지 말없이 컵에 든 소주를 마셨다. 차지연이 얌전하게 들이켜자 계장이 재차 컵에 술을 부었다. 결국 그날 밤 대공 3계 형사들은 모두 취하고 말았다. 계장은 술자리가 끝나기 전에 정부장이 엎고 나갔다. 마지막까지 버티던 고참 형사들도 하나둘 배를 부여잡고 일어섰다.

술자리에 남은 건 나와 차지연, 성형사, 우형사, 진형사뿐이었다. 문제는 차지연이 몸을 가눌 수 없이 취했다는 사실이었다. 차지연의 취한 모습을 지켜보던 성형사가 재빨리 부축하고 나섰다. 우형사와 진형사도 차지연을 데려다 주겠다고 팔을 걷어붙였다. 따지고 보면 남은 사람들은 모두 차지연에게 관심이 있었던 것이다.

"차순경 집이 어딘 줄 알아?"

우형사가 차지연을 부축하고 가는 성형사를 불러 세웠다. 성형사가 뒤를 돌아보고 시큰둥한 얼굴로 대꾸했다.

"우리 동네야."

"성형사 동네?"

나를 포함한 두 명의 형사는 기겁하지 않을 수 없었다. 이제 막 결혼한 유부남이 신입 여경의 집까지 파악해 놓다니. 우리는 제각기 이맛살을 찌푸리거나 입맛을 다셨다. 성형사가 차지연의 겨드랑이를 부축하고 선 채 덧붙였다.

"낮에 조회를 해 봤거든."

누가 그랬던가. 사랑은 노력하고 투자하는 자의 것이다. 사랑은 다가가고 공략하는 사람이 승리자다. 결국 그날의 승리자는 준비해 놓고 때를 기다린 성형사였다. 성형사는 보란 듯이 차지연을 껴안고 택시에 올랐다.

chapter.

1

"장미꽃이 너무 빨갛다."

우리는 ××초등학교 앞에 승용차를 대놓고 전교조 ××지부를 감시했다. 문제는 학교 담장을 빙 돌아가며 빨갛게 물들인 넝쿨장미였다. 한창 물이 오른 넝쿨장미는 젊은 남녀의 마음을 흔들어 놓고도 남았다. 나는 장미를 바라보며 우리의 일과 꽃이 어울리지 않는다고 생각했다. 차지연도 그런 감정을 느꼈는지 창을 내리고 향을 맡았다. 나는 그때 일대일 감시가 쉽지 않다는 걸 느낄 수밖에 없었다.

차지연은 내 마음을 아는지 모르는지 조목조목 할 일을 일러 주었다. 우리 업무는 지부장이 출근해서 퇴근할 때까지 감시하는 것이라고. 지부장이 누구를 만나고, 점심은 어떤 사람과 먹고, 무슨 일을 하다가 퇴근하는지 파악하는 것이라고. 나는 차지연의 설명을 듣고 고민하지 않을 수 없었다. 왜냐하면 나는 출퇴근에 익숙해진 평범한 직원이었다. 그런 내게 상황이 수시로 변하는 일대일 감시는 난감한 업무였다.

"정말 여기서 하루 종일 죽치고 있어야 되는 거야?"
"그럼요."
"몇 시까지?"
"지부장이 귀가할 때까지죠."

차지연은 당연한 일이라는 듯 목에 힘을 주었다. 나는 멍한 표정으로 전교조지부 건물을 바라보았다. 전교조지부는 4층 건물 중 2층에 위치해서 감시가 어려운 편은 아니었다. 지부장의 행동반경도 4층 건물을 중심으로 이루어졌다. 가끔 점심을 먹으러 나가거나, 커피를 시켜먹는 정도가 전부였다. 찾아오는 사람들도 해직교사들 뿐이어서 특별하게 보고할 사항도 없었다.

지부장은 오전 9시쯤 출근해서 오후 6시가 되면 돌아갔다. 그런 일과는 거의 매일 똑같아서 우리는 따분함을 견뎌내야 했다. 지루함을 참지 못하는 것은 나보다 차지연이 더 심한 것 같았다. 그녀는 가끔 밖으로 나가서 전화를 하거나 먹을 걸 사가지고 돌아왔다. 나는 그녀가 사오는 과자를 씹어 먹으며 따분한 시간을 때웠다.

우리는 밀려오는 노곤함을 견디며 매일 전교조지부를 지켜보았다. 당연히 지부장과 해직교사들의 동향도 빼놓지 않고 관찰했다. 그래야 어떤 집회에 참석하며 무슨 연설을 하는지 알기 때문이었다. 물론 사전에 전대협이나 전노협, 사노맹의 움직임을 파악해 놓았다. 하지만 의외의 사태가 발생하는 것에 대비해서 항상 준비해 두었다.

승용차는 출발시키기 좋게 주차하고, 지부 안에서 무슨 일이 일어나며, 지부장은 사무실에 정위치 해 있는지. 우리 몰래 사무실을 빠져나간 해직교사들은 없는지. 전교조 지부를 방문하는 인물은 누구인지 세밀히 살펴봐야 했다. 그런 상황이니 자리를 뜰 수 없는 것은 당연한 일이었다.

"벌써 유월이에요."

차지연이 차창 밖으로 시선을 던지며 중얼거렸다. 나는 그녀가 왜 그런 말을 하는지 알 수 있었다. 나도 승용차 안에서 시간을 때우는 게 죽는 것보다 싫었다. 내가 그런 상황이니 25살의 차지연은 더할 나위가 없었다. 차지연이 한숨을 내쉬고 승용차 등받이를 뒤로 젖혔다. 나는 유리창을 내리고 흘러들어오는 꽃내음을 들이마셨다.

한창 무르익어서 그런지 향은 전율이 일 정도로 자극적이었다. 차지연이 뒤로 젖힌 등받이에 누우며 팔짱을 꼈다. 나는 재킷 사이로 드러난 차지연의 봉긋한 젖무덤을 보고 눈을 감았다. 차지연의 몸은 그야말로 섹시함과 요염함의 극치였다. 나는 한편으로는 즐거웠지만, 다른 한쪽으로는 걱정이 되었다. 내 생각을 눈치 챘는지 차지연이 생끗 웃었다.

"우리 연애하는 기분이죠?"

"연애?"

"그렇잖아요. 하루 종일 붙어 지내니까요."

"그렇게 생각하면… 그럴 수도 있겠지."

"그럴 수도 있는 게 아니라, 그렇잖아요."

나는 그때 우리가 인연의 끈에 매여져 있는지 모른다고 생각했다. 그렇지 않으면 종일 얼굴을 맞대고 있을 리가 없었으니까. 차지연이 끼었던 팔짱을 풀며 나른한 표정을 지었다.

"선배, 우리 연애 한번 해 보지 않을래요?"

"난 결혼한 유부남이야."

"유부남이면 연애 못하라는 법 있어요?"

"아내 이외에는 곁눈질해 본 적이 없거든."

"선배 이제 보니 고리타분한 점이 한두 가지가 아니군요."

나는 그 순간 내가 지켜온 사랑의 감정에 대해서 생각해 보았다. 나는 정말 아내 외에는 관심을 가져보지 않았는가? 단 한 번도 다른 여자와의 사랑을 생각해 보지 않았는가? 한때는 풋풋한 사랑도 해 봤고, 모든 것을 바친 여자도 있었다. 진정한 사랑이 무언지에 대해서도 깊이 고민해 보았다. 문제는 그런 감정이 일시적이고 충동적이라는 점이었다. 차지연이 생각났다는 듯이 입을 열었다.

"언니가 일본인이라면서요?"

"차형사가 그걸 어떻게 알았지?"

"다른 직원들이 얘기하더라고요."

"그래?"

"그 언니 광주에서 만났다면서요? 총소리가 난무하는 현장에서."

"그건 그랬지."

"극적인 만남이었겠군요."

"그때는 그럴 수밖에 없었으니까."

"아무튼 선배는 좋겠어요. 일본인을 아내로 두었으니."

사실이 그랬다. 나는 제대 직후 앞날에 대해서 심각하게 고민 중이었다. 신학을 하느냐, 고시를 보느냐, 소설을 쓰느냐 기로에 섰던 것이다. 신학은 내게 반듯한 삶을 제공하는 길이었다. 반면 사법고시는 미래가 보이지 않는 암울한 길이었다. 소설은 잘 쓸 것이라는 보장도 없었고, 그 길이 숙명인지도 알 수 없었다. 그 세 갈래 길을 두고 나는 방황하고 있었다.

그때 마침 광주에서 식당을 경영하는 둘째 삼촌이 전화를 걸었다. 머리도 식히고 아르바이트도 할 겸 광주로 내려오라는 거였다. 둘째 삼촌의 제안은 갈피를 못 잡는 내게 생명수와 같았다. 나는 여행도 하고 경험도 하고 돈도 벌 겸 광주로 내려갔다. 내가 생각에 잠겨 있자 차지연이 팔을 툭 쳤다.

"지금도 언니를 사랑해요?"

"음 사랑하고 있어."

"만난 지 십 년이 지났는데요?"

"십 년? 차형사가 그걸 어떻게 알았지?"

"뻔하잖아요. 광주항쟁 때 언니를 만났고, 일본과 한국을 오가며 데이트를 하다가 몇 년 후에 결혼했을 테니까요."

나는 가볍게 헛기침을 한 뒤 차창 밖으로 시선을 던졌다. 그렇다. 1980년 5월 아내와 나는 광주 시내 한복판에서 만났다. 한민족끼리 총을 쏘고 칼로 찌르는 유혈사태 현장에서. 그때 나와 아내는 피비린내 나는 현장을 피해 달아났다. 마치 다른 나라 소요사태 현장에서 도망치는 이방인처럼. 승용차 천정을 올려다보던 차지연이 키득키득 웃었다.

"살육현장에서 사랑을 시작했다. 정말 재미있는 얘기군요."

"재미?"

"그렇잖아요. 한 나라의 역사적 사건 속에서 사랑하는 사람을 만났으니까요."

"그건 그런 셈이지."

차지연의 말은 정확히 표현해서 틀린 게 아니었다. 한 나라의 국운이 좌우되는 현장에서 여자를 만났으니까. 그것은 어쩌면 아이러니컬하면서도 극적인 만남이었다. 남들은 목숨을 걸고 항쟁할 때, 우리는 사랑을 싹틔웠으니 말이다. 내가 입맛을 다시자 차지연이 옆구리를 꾹 찔렀다. 우리가 대화를 나누는 사이 지부장이 사무실에서 나왔던 것이다. 나는 허둥지둥 등받이를 올리고 승용차 시동을 걸었다. 차지연이 유리창을 내리며 긴장된 목소리로 속삭였다.

"행사가 없는데, 대체 어딜 가는 거죠?"

"점심 먹으러 가는 거 아닐까?"

"점심은 도시락을 싸온다고 들었는데요."

"그럼 무엇 때문에 사무실에서 나온 거지?"

"차림새를 봐서 멀리 가지는 않을 것 같기도 한데…"

나는 지부장의 돌발적 행동에 대비해 차를 천천히 몰았다. 지부장은 우리가 따라붙은 걸 알았는지 빠르게 걸음을 놀렸다. 차지연이 의아하다는 표정으로 지부장을 쳐다보았다. 나는 선글라스를 눌러 쓰고 적당한 거리를 유지하며 쫓아갔다. 우리와 지부장은 앞서거니 뒤서거니 하면서 대로를 따라 움직였다. 앞만 보고 가던 지부장이 가톨릭회관 쪽으로 방향을 틀었다. 차지연이 엄지손가락을 퉁기며 얼굴 가득 미소를 지었다.

"가톨릭회관에서 민신부를 만나려는 것 같아요."

"민신부라니?"

"계장님이 그러는데, 민신부라는 사람이 전교조 지부를 적극 지원한대요."

"그래?"

"같은 재야인사니까 서로 돕고 살아가는 거겠죠. 그래야 대정부 투쟁도 힘을 받으니까요."

"그렇군."

언젠가 좌경공작반 진형사한테 비슷한 얘기를 들은 적이 있었다. 신부들과 해직교사들이 연대해서 대정부 투쟁을 벌인다는 걸. 그런 의미에서 지부장의 가톨릭회관 방문은 당연한 행동이었다. 나는 가톨릭회관 앞 공터에 승용차를 주차시켰다. 차지연이 등받이를 뒤로 젖히며 주의를 주었다.

"가톨릭회관은 조심해서 다뤄야 돼요."

"어떤 의미에서?"

"종교단체는 잘못 건드리면 사회적 파장이 크니까요."

"그렇게 예민한가?"

"그럼요."

나는 승용차 시동을 끄고 주차 브레이크를 당겼다. 차지연이 생긋 웃고 등받이 위로 비스듬히 누웠다. 나는 차지연의 얼굴을 한번 쳐다보고 창문을 내렸다. 지부장이 민신부를 만난다 해도 무슨 일이 벌어지는 건 아니었다. 신부들은 재야단체 구성원이기 이전에 신을 섬기는 성직자였다.

나는 승용차 키를 뽑아 포켓에 넣었다. 가톨릭회관은 파출소에서 근무할 때 몇 번 방문한 적이 있었다. 그때는 경계심 없이 들어가 일을 보았다. 가톨릭회관 측에서도 파출소 직원들의 방문은 꺼리지 않았다. 왜냐하면 파출소에서 방범활동을 해 주는 게 고맙기 때문이었다.

문제는 파출소에서 근무할 때가 아니라 대공요원이 된 현재였다. 지금은 엄격히 말해 비밀업무를 수행하고 있는 중이었다. 그런 상황이니 가톨릭회관 안으로 들어가는 것은 쉽지 않았다. 같은 정보 수집 부서인 정보과도 재야인물들을 대상으로 정보를 빼냈다.

다만 그들은 대공과와 다르게 공개적 루트를 통해 정보를 얻었다. 그런 의미에서 두 부서는 목적이 같으면서도 수단은 전혀 달랐다. 한 곳은 공식적으로 정보를 수집하고, 다른 곳은 비공식적으로 빼내니까. 가톨릭회관을 바라보던 차지연이 나른한 목소리로 입을 열었다.

"지부장이 나오려면 시간이 걸릴 텐데, 어디 가서 점심이나 먹고 오죠?"

"점심?"

"어차피 저 사람들도 점심을 먹을 테니까요."

"그래? 그럼 그러자구."

나는 가톨릭회관 건너편 식당가를 쳐다보며 시동을 걸었다. 차지연이 승용차 키를 돌리는 내 팔을 잡아당겼다.

"차는 여기다 세워 놓고 가요."

"여기다가?"

"어차피 이곳으로 돌아와야 하니까요."

"아 그렇지."

나는 차지연의 명쾌한 판단에 감탄하지 않을 수 없었다. 차지연은 역시 감시업무에 관해서는 추종을 불허했다. 좌경공작과 간첩 내사

공작도 남자직원 못지않게 해냈다. 상황을 판단하고 결론을 도출해 내는 것도 마찬가지였다. 나는 차지연을 따라가 간단히 점심을 때우고 다시 돌아왔다.

우리는 지부장이 사무실로 돌아가는 것을 확인하고 일과를 끝냈다. 사실 지부장이 일과 후에 기습적으로 불법집회에 참석할 수도 있었다. 하지만 우리는 더 이상 움직이지 않을 것이라고 결론지었다. 나는 그와 같은 판단에 따라 전화로 '특이사항 없다.'는 일일보고를 한 뒤 헤어졌다.

2

"어때요? 기분이 확 풀리죠?"

차지연이 유리창 밖으로 펼쳐진 송도 앞바다를 가리키며 웃었다. 나는 검푸른 빛을 띤 바다를 물끄러미 바라보았다. 지부장 감시를 포기하고 나왔다는 생각 때문인지 기분이 찜찜했다. 일대일 감시 책임자는 엄연히 나였고, 찾연은 보조직원에 불과했다. 그러니 일이 잘못되면 내가 모든 책임을 져야 했다. 차지연이 내 얼굴을 보더니 입을 삐죽 내밀었다.

"선배는 그게 문제예요."

"뭐가?"

"너무 업무에 집착하는 거 말이에요."

"어쩔 수 없잖아. 감시를 팽개치고 나왔으니까."

"대공형사는 원칙에 집착하면 일을 제대로 할 수 없어요."

"난 규칙적인 업무에 적응이 돼 놔서."

"이제부터는 피비 껍질 좀 벗어 버리세요."

차지연이 나직하게 윽박지르고 프로즌 다이키리를 들이켰다. 나는 내 앞에 놓여 있는 글라스를 내려다보았다. 그녀가 좋아하는 술이라며 시킨 칵테일이어서 안 먹을 수도 없었다. 차지연이 칵테일을 반쯤 마시고 음료수로 목을 축였다. 나는 과일안주를 집어 입에 넣고 으적으적 씹었다.

사실 나도 모든 걸 던져 버리고 나오고 싶었던 것 아닌가? 일이 어떻게 되든 답답한 곳에서 벗어나고 싶었던 것 아닌가? 나는 창문 너머로 들어오는 갯내음을 맡으며 술을 마셨다. 칼칼하면서도 뜨거운 알코올이 목구멍을 타고 아래로 내려갔다. 나는 목구멍을 훑는 날카로운 느낌으로 인상을 찌푸렸다. 내 모습을 본 차지연이 쿡쿡 웃었다.

"선배 술 잘 못해요?"

"못하진 않아. 근무시간이라 그런 거지."

"또 근무…"

"미안."

"마음 놓고 마셔요. 오늘은 아무 일도 생기지 않을 테니까요."

바다가 내려다보여서 그런지 동굴 카페에는 손님이 많았다. 무엇보다 어둑한 공간에 켜 놓은 각종 색깔의 촛불이 마음에 들었다. 동굴 하나마다 한 개의 테이블이 배치되었고, 수많은 촛불이 주위를 밝혔다. 그야말로 오색 촛불에 둘러싸인 천국에라도 들어온 느낌이었다. 아늑한 분위기 때문인지 손님들도 젊은 연인이 주를 이루었다. 그들은 모두 촛불 아래서 서로를 응시하며 사랑을 속삭였다. 차지연이 바다를 보며 생각났다는 듯 입을 열었다.

"그 사람도 프로즌 다이키리를 즐겨 마셨어요."

"그 사람이라니?"

"내가 사랑했던 사람 말이에요."

"아 그 미국 유학생이라는?"

"맞아요. 지금은 다른 여자하고 결혼했지만…"

"그런 일이 있었군."

"이젠 지난 꿈이 되었죠."

나는 차지연의 남자친구가 즐겨 마셨다는 술을 내려다보았다. 이 술은 본래 럼과 마라스키노, 슈거시럽, 레몬 슬라이스를 배합해서 만들었다. 즉 뱃사람들이 즐기는 럼에다가 각종 음료를 섞어 술을 만들었던 것이다. 내가 이 술에 대해서 잘 아는 것은 아내가 특별히 좋아해서였다.

또한 이 술이 유명해진 것은, 헤밍웨이가 연인들과 사랑을 속삭이며 마셨기 때문이었다. 다시 말해 프로즌 다이키리는 헤밍웨이를 위해 존재하는 술이라고 해도 과언이 아니었다. 잠자코 있던 차지연이 역삼각형 글라스를 집어 들었다.

"이 술 때문에 그 사람하고 사랑에 빠졌죠."

"연인들을 위한 술긴 하지."

"선배도 이 술의 유래를 알고 있어요?"

"어느 정도는 알아."

"아 그랬군요."

나는 아내와 프로즌 다이키리를 마시던 일을 떠올리며 입맛을 다셨다. 차지연도 옛 사랑을 회상하는지 술잔을 바라보며 생각에 잠겼다. 그때 나는 광주에서 올라와 어두침침한 골방에 틀어박혀 지냈다. 사람을 만나거나 시내를 돌아다니는 것조차도 하지 않았다. 그것은 광주에서 보았던 참담하리만치 잔인한 모습 때문이었다.

사실 나는 그때 군복무 시절에 받은 쇼크에서 벗어나지 못한 상태였다. 그런 상황에서 참혹한 광경을 보았으니 충격이 크지 않을 수 없었다. 나는 어두운 골방에 틀어박혀서 술과 담배에 빠져 지냈다. 그 악몽 같은 시간 속에서 나를 건져낸 게 바로 아내였다.

아내는 내게 국제전화를 걸어 일본으로 건너오라고 말을 꺼냈다. 나는 바쁜 일이 있다며 거절하다가 마지못해 승낙하고 말았다. 아내는 빠른 시간 안에 오는 게 좋다고 말하고 전화를 끊었다. 나는 한 달을 더 방에서 뒹굴다가 일본행 비행기에 올랐다.
　아내는 나를 데리고 홋카이도 남쪽에서 북쪽까지 구경시켜 주었다. 그때 홋카이도의 한 카페에서 마셨던 술이 프로즌 다이키리였다. 차지연이 드문드문 떠 있는 섬들을 보며 감상적인 표정을 지었다.
　"헤밍웨이가 즐겨 마셔서 그렇지만, 이 술은 맛도 독특해요."
　"그건 그런 것 같아. 나도 특별한 맛 때문에 자주 마시거든."
　"선배도 이 술을 자주 마셨어요?"
　"집사람이 무척 좋아했어."
　"그 언니도 사랑이 무언지 아는 사람 같군요."
　"사랑이 무언지는 몰라도 사랑을 할 줄은 알아."
　"이 술을 나누어 마시면 아름다운 사랑이 싹튼대요. 그래서 처음 만난 남녀가 주로 마시죠."
　차지연이 소리내어 웃고 내 얼굴을 빤히 건너보았다. 언젠가 진형사가 차지연의 남자관계에 대해서 귀띔해 주었다. 차지연은 미국 명문대에서 박사 코스를 밟는 남자친구가 있다고. 그 남자친구와는 대학 선후배 사이고, 캠퍼스 커플로 유명했다는 거였다.
　차지연은 모든 것을 갖춘 그 남자와 약혼식까지 올렸다. 문제는 그 남자가 미국에서 다른 여자와 사랑에 빠졌다는 사실이었다. 그것도 다름이 아닌 한국의 재계에서 내로라하는 유명인사의 딸과. 결국 차지연은 그 남자와 맺은 약혼을 파기할 수밖에 없었다. 그 후 차지연은 다른 남자를 만나 미칠 듯한 사랑에 빠져들었다.
　어쩌면 그것은 못 이룬 사랑에 대한 복수와 같은 감정이었다. 그런 차지연을 구한 사람이 바로 대학교 동기였다. 차지연은 한동안 대학교 동창과 사귀면서 아픈 마음을 가라앉혔다. 그와 함께 의미없이 만나던 남자들도 모두 다 정리해 버렸다. 근무부서도 당연히 한가로운 민원부서에서 바쁜 경호실을 선택했다.
　자기를 괴롭히는 환경으로부터 멀찌감치 벗어나기 위해서. 나는 우울한 표정을 짓는 그녀의 얼굴을 물끄러미 바라보았다. 눈부실 정도로 아름답지만 가슴은 곪았다는 생각을 하며. 차지연이 음료수로 목을 축이고 조심스럽게 물었다.

"선배 혹시 시 좋아하세요?"

"시라면 조금은 좋아하지. 이십대에는 늘 암송하고 다녔으니까."

"어머, 그래요? 그 사람도 시를 무척 좋아했는데."

"묘한 우연이군."

"사실 선배하고 그 사람 비슷한 점이 너무 많아요."

"어떤 점이?"

"말하고 웃는 모습이요. 또 차분한 성격하고 단정한 외모도 비슷해요."

"난 평범한 폴리스맨일 뿐인데."

"선배를 처음 본 순간… 그 사람을 만난 것 같은 느낌에 당황했어요."

"그래서 공항에서 그렇게 멀거니 쳐다본 거야?"

"그런 셈이죠."

"차형사 첫사랑하고 비슷하다니 기분이 나쁘지는 않군."

나는 까맣게 익은 포도를 집어 입에 넣고 소리없이 씹었다. 그녀가 떠난 남자친구를 떠올리는 듯 한동안 움직이지 않았다. 나는 그녀를 차 버린 남자친구에 대해서 생각해 보았다. 어떤 남자이기에 차지연을 버리고 새로운 사랑을 시작했나? 그 여자가 가진 배경이 차지연을 버릴 정도로 좋았던가? 아무리 머리를 굴려 보아도 그 남자를 이해할 수 없었다. 차지연이 포크로 파인애플 조각을 찍어 입으로 가져갔다.

"그 사람이 좋아한 시인이 누군 줄 아세요?"

"글쎄…?"

"로버트 번즈하고 윌리엄 워즈워드예요."

"그럼 초원의 빛도 좋아했겠군."
"선배가 그걸 어떻게 알죠?"
"워즈워드하면 초원의 빛이니까."
"하긴 그렇죠. 워즈워드는 초원의 빛으로 유명해진 시인이니까요."
"번즈 시는 무얼 좋아했지?"
"번즈 시 중에서는… 붉고 붉은 장미를 좋아했어요."
"나도 예전에 그 시를 읊어 준 여자가 있었는데."
"정말 묘한 우연이군요."
"그건 정말 그런 것 같다."

나는 그 순간 순결을 바치고 비극을 선택한 선화를 떠올렸다. 그 일은 꿈을 펼치던 나한테 충격을 주기에 충분한 사건이었다. 대학교 3학년이던 나는 친구들 집을 전전하다가 남해로 내려갔다. 수도권을 떠나 있는 게 수배자로서는 최선이라는 생각에서였다.

나는 피해 내려갔던 남해의 과수원에서 한 여자와 사랑에 빠졌다. 그녀도 모든 것을 던져 도망자인 나를 믿고 따랐다. 그렇게 하지 않으면 젊은 날의 삶이 훼손되는 것처럼. 그때 나는 선화에게 번즈와 디킨슨, 고티에의 시를 들려주었다. 차지연이 허공을 응시하더니 나직한 목소리로 읊조렸다.

오오, 내 사랑은 붉고 붉은 장미,
유월에 막 피어난 신성한 장미.
오오, 내 사랑은 아름다운 곡조로
감미롭게 연주되는 노래이어라.
사랑스런 사람아, 그대가 그립기에
나는 너를 영원토록 사랑하련다.
바닷물이 모두 증발해 버려도
나는 너를 사랑하련다, 사랑하는 연인이여.

차지연이 외운 것은 번즈가 열정을 주체치 못하고 쓴 연시였다. 번즈는 이 시를 발표하면서 꿈에 그리던 에든버러로 발을 내디뎠다. 에든버러로 진출한 번즈에게 첫 시집은 명성을 안겨 주었다. 그후 붉고 붉은 장미는 스코틀랜드 젊은이들을 통해 세상으로 퍼졌다.

유럽의 모든 젊은이들이 번즈의 시를 연인에게 바치고 사랑을 얻었다. 그때부터 시골 출신인 번즈도 유럽의 대표적 시인으로 칭송되었다. 내가 골똘히 생각에 잠겨 있자 차지연이 팔목을 툭 쳤다.

"선배도 아는 시가 있으면 읊어 봐요?"
"글쎄."
"선배가 어떤 시를 좋아했는지 알고 싶어요."
"잘 생각날지 모르겠는데, 옛 미녀를 노래하는 발라드라고."
"그거 비용이 지은 시 아니에요?"
"맞아 비용."
"나도 들어본 적이 있어요. 한번 읊어 봐요."
"시작이 어떻게 되더라?"
"내게 말하라, 어느 나라 들판에… 라고 시작되는 것 같은데요."
"맞아. 내게 말하라, 어느 나라 들판에
로마의 미녀 플로라는 있는가
아르키피아데스와 타이스는
그 아름다움에서 한 줄기 자매이다.
강 언저리나 연못가에서
부르면 대답하는 메아리 에코
그렇게 아름다운 것 세상에 없으니
지금 어디에 있는가 지성의 엘로이즈
그녀 탓에 아벨라르는 남성을 잃고
생드니에서 수도승이 되었다.
사랑 때문에 당해야 했던 고통과 아픔이어라."

차지연이 놀란 것처럼 눈을 크게 뜨고 쳐다보았다. 나는 뒷머리를 긁적이고 물로 목을 축였다. 비용은 본래 암울하고 부조리한 시대상황 속에서 태어난 비운의 시인이었다. 당시 프랑스는 100년 전쟁 말기여서 사람들은 비참한 일상 속에서 신음했다. 비용은 그 어두운 사회상을 시 속에 녹여내기로 마음먹었다.
　그 결과 비용은 인간의 참회와 자학과 나약함을 유언서에 써냈다. 유언서는 시대의 짐을 질 수밖에 없는 시인의 마음을 잘 표현한 작품이었다. 비용은 자신이 쓴 시처럼 생애도 파란만장했다. 그는 절도와 감옥생활, 방랑, 굶주림으로 일관하다가 종국에는 교수형을 선고받았다. 사형은 마지막 순간에 면했지만, 파리에서 추방당하고 말았다.
　비용은 판결 직후 프랑스를 떠나 영원한 방랑시인이 되었다. 비용은 혼란스런 상황을 산 시인이고, 부조리한 시대 속에서 비참한 삶을 온몸으로 부딪치며 죽어간 예술가였다. 나는 누군가를 사랑하면 들려주리라는 생각에서 비용의 시를 암기해 두었다. 차지연이 칵테일을 마시고 나직한 목소리로 입을 열었다.
　"선배는 보기보다는 괜찮은 사람 같아요."
　"그렇게 보아주니 고맙군."
　"그리고 지금부턴 차형사라고 부르지 마세요."
　"그럼 뭐라고 부르지?"
　"그냥 지연이라고 하세요."
　"우리 둘이 있을 때만 그렇게 불러 볼게."
　나는 웨이터가 가져온 비프스테이크를 잘라 입에 넣었다. 내가 음식을 먹자 차지연도 같이 스테이크를 잘랐다. 나는 얌전하게 식사하는 그녀를 뚫어지게 쳐다보았다. 따가운 시선을 느낀 그녀가 겸연쩍은 미소를 지으며 물었다.
　"왜 그렇게 쳐다보는 거예요?"
　"형사를 하기에는… 너무 아까운 것 같아서."

"놀리지 마세요."

"놀리는 게 아니야."

나는 역삼각형 글라스를 집어 들고 한 모금 들이켰다. 칼칼한 액체가 목구멍을 타고 아래로 내려갔다. 나는 술맛을 음미하며 차지연과의 만남에 대해서 생각해 보았다. 유부남인 나를 호기심 가득한 눈으로 바라보는 후배 여경을. 과연 우리는 아름다운 관계를 만들어 갈 수 있을까? 그래서 모든 사람들이 부러워하는 삶을 살 수 있을까? 내가 칵테일을 마시자 그녀가 미소를 지으며 건너보았다. 우리는 바다가 보이는 카페에서 저녁 늦게까지 웃고 떠들었다.

3

계장이 조회에 참석하라고 지시한 건 그 다음날 아침이었다. 나는 호출명령을 받고 차지연의 집으로 전화를 걸었다. 차지연도 놀랐는지 가쁜 숨만 쌕쌕 내쉬었다. 나는 8시까지 사무실로 나오라고 통보한 뒤 전화를 끊었다. 차지연은 조회 참석지시가 당연한 것처럼 이유를 묻지 않았다.

나는 사무실로 출근하면서 이것저것 생각해 보았다. 계장은 왜 일대일 감시조에게 출근명령을 내린 것인가? 우리가 일을 잘못해서 근무조를 교체하려고 그러는 것인가? 아니면 새로운 지시사항이 생겨서 소집한 것인가? 아무리 머리를 굴려도 그 이유를 알 수 없었다.

나는 될 테면 되라 하는 심정으로 대공 3계 사무실로 들어섰다. 내가 문을 열고 들어갔을 때 차지연은 이미 자리에 앉아 있었다. 나는 계장을 향해 허리를 숙이고 내 자리를 찾아갔다. 차지연도 애써 차분한 표정을 지으며 눈인사를 건넸다. 잠시 후 대공 3계장이 나와 차지연을 노려보며 말을 꺼냈다.

"어제 두 사람 무얼 했습니까?"

"지부 앞에서 감시를 했는데요."

"정말 감시를 한 겁니까?"

"그렇습니다."

"지부장이 어제 저녁 텔레비전에 출연했어요. 생방송으로 진행되는 뉴스 타임 대에 특별 게스트로 말입니다. 그 사람 그 자리에서 무슨 얘기를 지껄였는지 압니까? 그 인간 정부정책이 어떻고, 전교조 시책이 어떻고, 재야인사 탄압이 어떻고, 일대일 감시가 저떻고 하며 입에 거품을 물었어요. 두 사람 도대체 어제 저녁에 어디서 무얼 한 겁니까?"

나는 그 순간 세상이 노랗게 보이는 느낌으로 몸을 떨었다. 하필이면 우리가 자리를 비운 날 텔레비전에 출연하다니. 두 사람이 바닷가로 나가 데이트를 한 사이에 출타하다니. 나는 바로 옆자리에 앉아 있는 차지연을 힐끗 쳐다보았다. 차지연의 얼굴은 창백하다 못해 하얗게 질린 상태였다.

파랗게 질린 건 30여 명의 대공형사들도 마찬가지였다. 그들은 경직된 표정으로 우리와 3계장의 눈치를 살폈다. 3계장이 어디 한번 변명해 보라는 듯이 도끼눈을 뜨고 노려보았다. 나는 더 이상 방치할 수 없다고 판단하고 자리에서 일어섰다.

"사실은 어제 저녁 차형사가 몸이 아파서 병원에 데려갔습니다."

"차형사가 몸이 아팠다고?"

"그렇습니다."

"어디가 아팠는데?"

계장이 거짓말이라면 그냥 안 두겠다는 듯이 다그쳤다. 모든 직원들이 긴장된 눈빛으로 차지연을 쳐다보았다. 잠시 침묵을 지키던 차지연이 가냘픈 목소리로 입을 열었다.

"며칠 전서부터 생리가 불규칙하게 나와서요."

"생리?"

"저는 생리 때만 되면 통증이 심하거든요. 아무것도 못할 만큼."
"그러면 한 명이라도 자리를 지켰어야지."
계장이 대책없는 사람들이라는 듯 머리를 흔들었다. 나는 이때다 싶어 변명을 늘어놓았다.
"혼자 보내려고 했는데, 너무 고통스러운 것 같았습니다. 그래서 어쩔 수 없이…"
"두 사람 때문에 내가 서장님한테 얼마나 깨지는지 압니까? 허위보고 했다고."
"죄송합니다."
"아무튼 차형사가 아파서 그랬다니까 이번에는 그냥 넘어가겠어요. 하지만 앞으로는 어떤 이유를 달아도 소용없습니다. 무조건 지부장 일거수일투족을 파악해서 보고하란 말이에요. 알았습니까?"
"알겠습니다."
"서장님이 중징계 하라는 걸 내가 사정해서 겨우 모면했어요. 앞으로는 그런 일이 생기지 않도록 주의하기 바랍니다. 다른 직원들도 자신이 맡은 일에 진력을 다해 주기 바라고."
계장의 누그러진 말투에 직원들은 안도의 한숨을 내쉬었다. 차지연도 위기를 모면했다는 듯 콤팩트를 펴 들고 화장을 고쳤다. 나는 의자에 주저앉으며 이마에 맺힌 땀을 훔쳤다. 한동안 말이 없던 계장이 엄숙한 표정으로 좌중을 둘러보았다.
"다시 강조하지만… 이 순간부터 전 직원이 정신을 바짝 차려야 됩니다. 날이 갈수록 운동권하고 재야단체가 극렬해지고 있어요. 더구나 정권말기적 현상들이 여기저기서 터지고 벌어진단 말입니다. 그런데 우리까지 정신을 놓으면… 사회기강 자체가 무너져 버려요. 알겠습니까?"
"알겠습니다."
"그리고 요즘 직원들 검거실적이 왜 이 모양입니까?"

계장의 따끔한 지적에 정부장이 나섰다.

"지금은 춘투기간이어서 모든 수배자들이 지하로 잠입했습니다. 그래서…"

"그래서 못 잡아온다는 겁니까?"

"못 잡아온다는 게 아니라, 수사가 좀 어렵다는 얘깁니다."

"그러면 위장취업자라도 잡아오면 되지 않소?"

"위장취업자도 요즘은 검거하기가 쉽지 않습니다."

"뭐가 쉽지 않다는 겁니까?"

"요새는 위장취업자하고 공원들하고 구별하기 어렵거든요."

"그걸 말이라고 하는 겁니까? 공안형사라는 사람이… 아무튼 각 반은 이번 주 내로 좌경사범이나 위장취업자, 공안수배자를 한 명씩 잡아오도록 하시오. 못 잡아오는 반은 기동대로 가서 데모를 막든지, 피비로 나가 방망이를 차고 다닐 생각을 하고. 지금 인접에서 올리는 검거실적을 한번 보세요. 우리보다 훨씬 앞서 나가고 있어요. 이대로 가다간 나도 이 자리에 앉아 있기가 어려워요. 그야말로 내가 기동대로 가게 생겼단 말이오."

계장 말은 인접서보다 실적이 뒤져서는 안 된다는 것이었다. 쉽게 말해 타서한테 뒤지느니 형사 딱지를 떼고 파출소로 나가라는 말이었다. 사실 형사에게 피비로 나가라는 것은 죽으라는 소리나 다름없었다. 왜냐하면 사복을 입던 형사가 근무복을 착용하고 순찰을 돈다는 건 상상할 수도 없기 때문이었다. 문제는 그것 하나뿐이 아니었다.

본래 PB(폴리스박스)에 근무하다가 본서로 발령나면 영전한 것이라고 여겼다. 즉 파출소에서 열심히 일해야만 대공과 같은 전문부서에 발탁된다고 믿었다. 그러니 파출소로 쫓겨간다는 것은 실력을 인정받지 못했다는 증거였다. 어떤 직원은 피비로 발령나는 극도로 것을 싫어해서 사표까지 쓰며 버텼다.

"그럼 이제부터 실적을 기다려 보겠소. 피비로 나가든지 좌경사범을 잡아오든지 둘 중에 하나를 선택하란 말이오."

대공 3계장은 협박 비슷하게 엄포를 놓고 일찍 시작한 조회를 끝냈다. 형사들은 모두 송충이 씹은 눈으로 서로를 쳐다보았다. 그들은 엉뚱한 불똥이 자기들에게 튀었다는 표정이었다. 나와 차지연은 기분이 언짢아진 형사들을 보며 한숨을 내쉬었다.

4

우리는 전교조 지부장 TV출연사건 이후 위장취업자 내사에 들어갔다. 본래 대공 3계의 1개 반은 2인 일조로 구성되어 있었다. 즉 15개 반이 개별적으로 공작을 개척, 내사, 종결시키는 체제였다. 각 반에 부여된 위장취업자 검거 건수는 3-5명, 좌경사범과 보안사범은 2-3명이었다. 검거 숫자를 채워야 하는 이유는, 안기부에서 배정한 공작비를 반드시 써야 하기 때문이었다.

당연히 공작비를 소비하지 못한 지청 대공과장은 무능한 인사로 취급받았다. 그런 실정이니 지청 대공과장이나 서 대공과장은 눈에 불을 켤 수밖에 없었다. 직원들도 모두 눈먼 돈인 안기부의 공작비에 침을 흘렸다. 직원들이 안기부 공작비에 눈독을 들이는 건, 막 써 버려도 문제가 되지 않아서였다. 그런 상황에서 공작을 개척하지 않는 직원은 바보나 다름이 없었다.

좌경사범을 검거하기 위해선 단계별 내사를 거치는 것이 통례였다. 즉 공작 대상자를 C급, B급, A급으로 분류한 다음 단계적 내사에 들어갔다. 내사 단계가 끝나면 결정적 증거를 수집하고 곧바로 잡아들였다. 이런 등급별 공작에는 폐단이 한두 가지가 아니었다. 왜냐하면 좌경과 무관한 사람을 용의대상에 올려놓고 내사를 진행하기 때문이었다.

"우형사가 실적을 좀 올려 줘야겠다."

정부장이 우형사와 성형사를 불러 사정조로 얘기를 꺼냈다. 그의 말은 대공 3계를 위해서라도 위장취업자를 잡아야 한다는 것이었다. 그것은 우형사 반이 어느 팀보다 검거실적이 뛰어나서였다. 본래 우형사는 성형사와 함께 일급지인 공단지역을 맡았다.

그 이유는 공단지역이 영세한 기업체가 많고, 노사분쟁도 빈번하기 때문이었다. 그런데다가 계속되는 파업과 데모로 문을 닫는 회사가 속출했다. 그러므로 A급 팀워크를 자랑하던 그들이 맡는 건 당연한 일이었다.

"공공칠이 무색하지 않도록 실적을 좀 내 봐."

정부장의 당부에 그들은 고개를 끄덕이고 사무실을 뛰쳐나갔다. 우형사는 계장의 배려로 007이라는 넘버를 부여받았다. 당연히 007의 상징적인 뜻 못지않게 검거실적 또한 발군이었다. 우형사는 아무리 어려운 임무가 주어져도 깨끗하게 마무리지었다. 그가 잘 하는 것은 공작이나 내사뿐이 아니었다.

그는 고문이나 미행, 잠복, 검거도 똑 부러지게 해냈다. 술도 말로 먹어서 직원들은 그를 백두산 호랑이라고 불렀다. 어떤 직원은 우형사를 가리켜 FBI에서 파견된 요원이라고 수군거렸다. 아무튼 나와 차지연은 일대일 감시와 내사를 병행해 나갔다. 그렇게 해야만 허위보고 사건에 대한 반성이 된다고 생각했던 것이다.

"공단팀이 일급 수배자를 잡았답니다."

며칠 후 차지연이 사무실로 전화를 걸고 오더니 손가락을 탁 퉁겼다. 나는 그녀의 말이 무슨 뜻인지 몰라서 멍한 표정을 지었다. 차지연이 안면 가득 미소를 지으며 말을 꺼냈다.

"우형사가 특진이 걸린 전대협 간부를 검거했대요."

"전대협 간부를?"

"네."

당시는 전대협, 사노맹, 전노련 같은 단체가 우후죽순처럼 창설되었다. 그에 발맞춰 대공과도 재야단체 간부들을 검거하기에 여념이 없었다. 그 검거의 일선에 선 게 바로 대공 3계였다. 사실 대공 3계는 간첩공작을 주업무로 하는 대공 2계와 달랐다.

쉽게 말해 대공 3계는 좌경수배자, 국보법위반자, 위장취업자를 공작대상으로 삼았다. 물론 좌경공작을 하다가 간첩혐의가 포착되면 그대로 내사를 진행시켰다. 그렇기 때문에 대공 2계보다 업무범위가 훨씬 넓고 활동폭도 컸다. 업무가 넓다 보니 조총련계 교포나 귀순자, 남북어부도 공작선상에 올려놓고 내사에 들어갔다.

문제는 간첩공작은 증거를 찾을 수 없고, 검거 또한 용이치 않다는 점이었다. 반면 좌경사범은 공작을 진행시키고 검거하기에는 그리 어렵지 않았다. 다만 골수 좌경단체 간부나 중요 지명수배자만은 잡기가 쉽지 않았다. 그런 상황에 특진이 걸린 전대협 간부를 잡았다니 차지연이 흥분했던 것이다. 우리는 경찰서로 뛰어들어가 전대협 간부의 심문을 거들었다.

"진작 그렇게 할 것이지."

대공 3계장이 전대협 간부를 검거한 우형사와 성형사를 추켜세웠다. 그 모습을 본 형사들은 이때다 싶어 실적을 배가시켜 나갔다. 한 팀이 연행해 오면 다른 팀도 연이어 잡아들이는 방식이었다. 이런 방식은 경쟁적이 돼서 너나없이 숨겨 둔 용의자를 데려왔다. 그렇게 해서 계장의 불편해졌던 심기는 어느 정도 가라앉았다.

팽팽하던 대공 3계의 분위기도 다시 화기애애해졌다. 우리도 일급수배자를 검거한 공단팀 덕분에 활기를 되찾았다. 나와 차지연은 실추된 위상을 만회하기 위해 열심히 뛰었다. 매일처럼 중소기업체를 방문해서 이력서를 뒤적지며 위장취업자를 찾았다. 또한 회사에 잠입한 수배자를 잡기 위해 이력서와 작업일지를 비교해 나갔다.

그러던 어느 날 나는 놀란 만한 문서를 발견하고 고민에 빠졌다. 즉 위장취업자 색출을 위해 이력서를 훑어보다가 정세희를 발견했던 것이다. 전자회사에 취업해서 생산직 공원으로 일하는 정세희를. 심각해진 내 모습을 보고 차지연이 물었다.

"잘 아는 여자군요."

"잘 아는 사람은 아니고, 그냥 몇 번 만났던 여자야."

"몇 번이라도 만났던 여자는 맞잖아요."

"그건 그렇지."

"그럼 어떡하죠? 위장취업을 한 건 틀림없어 보이는데."

나는 정세희가 작성한 이력서를 들여다보고 또 보았다. 아무리 거듭해서 확인해도 위장취업을 한 것은 틀림없었다. 나는 입맛을 다시고 머리를 좌우로 흔들었다. 그녀의 피폐한 삶을 돌아보더라도 위장취업은 어울리지 않았다. 정세희가 아무리 변했다 해도 위장취업까지 할 리가 없었다. 나는 정세희의 이력서를 접어서 호주머니에 찔러 넣었다.

"내가 천천히 내사해 볼게."

"그래도 위장취업을 한 거면요?"

"그럴 리는 없어."

"그걸 어떻게 단정하죠?"

"그건 내가 보증할 수 있어."

"그래요?"

내가 정세희를 마지막으로 본 건 서해의 XX섬에서 근무할 때였다. 나는 그때 막 경장으로 진급한 상태여서 경비부서를 때우지 않으면 안 되었다. 그 경비부서를 기동대 대신 섬 근무를 택했던 것이다. 섬으로 발령받은 나는 아내를 위한다는 명목으로 지서와 관사만을 오가며 지냈다. 그러던 중 섬에 들어온 정세희를 만났다.

처음에는 그녀가 예전에 만났던 정세희라고는 생각하지 않았다.

그냥 단순히 섬까지 밀려들어온 평범한 여자라고 생각했을 뿐이다. 나와 정세희는 오랜만에 만났지만 할 말이 별로 없었다. 우리는 몇 마디 인사말을 건네는 것으로 섬에서의 조우를 끝냈다. 그게 정세희라는 여자에 대한 기억의 전부였다.

"그럼 내가 비공식적으로 내사해 볼게요."

"좋아, 그러면 계장님은 물론이고, 다른 직원들도 모르게 해."

"알았어요."

"그리고 한 가지 부탁이 있는데."

"무슨 부탁요?"

"이 여자가 지금 어디서 누구하고 사는지 알아봐 줘."

"알았어요."

"이건 우리 둘만의 비밀이야."

"이 여자와 무슨 일이 있긴 있었군요."

차지연이 샐쭉한 표정을 짓더니 공작일지를 덮었다. 나는 조용히 한숨을 내쉬고 사무실을 나섰다. 차지연이 공작서류를 캐비닛 비밀함에 넣고 뒤쫓아 나왔다. 나는 경찰서 복도를 걸어가며 계속 생각을 곱씹었다. 정세희는 왜 전자회사에 취직을 해서 일을 하는가? 그 가없은 여자가 어떻게 해서 좌경투쟁을 벌이고 있는가? 그 어떤 이유를 대도 정세희의 행동을 이해할 수가 없었다.

5

"선배, 오늘 저녁 술 한잔 사줄래요?"

"무슨 일이라도 있어?"

"아무 일도 없어요."

"그런데 왜?"

"그냥 술이 마시고 싶어서요."

"별일 없다면 그러지 뭐."

"별일은 없을 거예요. 지부장도 한동안 조용히 지낼 테니까요."

우리는 위장취업자 수사를 하다가 다시 감시업무로 돌아갔다. 대공 3계장도 전대협 간부를 검거한 뒤로는 심하게 들볶지 않았다. 그저 분위기가 가라앉지 않도록 적당히 독려할 뿐이었다. 대공 3계 분위기가 좋아진 덕분에 우리는 편한 마음으로 감시를 했다. 우리는 또다시 장미넝쿨이 늘어진 담장 아래서 하루를 때웠다.

우리가 잠복장소로 복귀해서 그런지 뚜렷한 사건도 일도 터지지 않았다. 지부장도 사무실에서 업무를 보다가 저녁때가 되면 돌아갔다. 그 사이 전대협 간부를 검거한 직원이 특진을 했다. 다른 팀도 기소중지자를 검거하고 표창장을 받았다. 이와 같은 일과 함께 추락했던 계장의 위신도 올라갔다. 직원들은 순간적으로 실적을 배가시킨 뒤 공작 속으로 숨어들었다.

사실 좌경업무는 강력반 형사처럼 뛰어다녀서 이루어지는 게 아니었다. 대공과는 어둠 속에서 은밀히 움직이고 추진해야 하는 곳이었다. 그런 특성을 지닌 업무니 직원들이 잠적하는 건 당연했다. 상황이 그러니 차지연이 술을 사달라고 조르는 것도 무리는 아니었다. 사건이 터지지 않는다면 따분한 일상이라도 깨뜨려야 했으니까.

"우리가 팀을 이룬지 두 달이 됐잖아요. 그러니 기념주도 마실 겸 어때요?"

"난 괜찮은데… 집사람이 걱정할까 봐."

"선배, 결혼한 지 얼마나 됐는데 아직도 그렇게 쩔쩔매요?"

"아니 그냥… 늦게 들어가 본 적이 없어서."

"언니가 일본인이라서 그런가?"

차지연이 심통난다는 듯이 입을 내밀고 종알거렸다. 나는 헛기침을 하고 자세를 고쳐 앉았다.

"아 따분하다."

차지연이 승용차 등받이를 젖히고 누우며 중얼거렸다. 나는 운전석 유리창을 아래쪽으로 내렸다. 잠시 후 장미꽃 내음이 열린 창 안으로 들어왔다. 나는 가슴을 펴고 달콤한 꽃내음을 마셨다. 날씨는 벌써 봄을 지나 초여름으로 접어드는 중이었다. 장미도 한철을 보내고 마지막 아름다움을 발산하고 있었다. 차지연도 그런 생각을 하는지 넝쿨장미 쪽으로 시선을 던졌다. 나는 눈을 감고 넝쿨장미의 매혹적인 향을 맡았다. 장미꽃을 바라보던 차지연이 나직하게 시를 읊조렸다.

어딘가에 아름다운 마을은 없는가
하루의 일과 끝에는 한 잔의 흑맥주
괭이를 세우고 바구니를 내려놓고
남자나 여자나 커다란 조끼를 기울이는

어딘가에 아름다운 거리는 없는가
먹을 수 있는 열매를 단 가로수가
어디까지나 잇달았고 제비꽃 석양녘은
젊은이들의 다정한 속삭임이 충만한

어딘가에 아름다운 사람은 없는가
같은 시대를 함께 살아가는
친숙함과 우스꽝스러움과 노여움이
날카로운 힘이 되어 솟아오르는

어딘가에 아름다운 사랑은 없는가
죽음을 맞이하는 그 순간에
당신을 만나서 이 세상이 너무나 행복했다고

미소를 지으며 말할 수 있는 그런 사랑이."

　나는 차지연이 암송한 시를 듣고 눈을 번쩍 떴다. 차지연이 읊은 시는 아내가 좋아하는 6월이라는 시였다. 나는 아내로부터 그 시를 듣고 더없이 아름답다고 생각했다. 그래서 시구를 책상머리에 붙여 놓고 매일처럼 읊조렸다. 아내도 데이트를 할 때마다 그 시를 들려주었다. 좋은 시는 읊는 사람의 마음을 움직여서 실천하게 만든다며.
　나는 그 시를 들을 때마다 행복한 미래를 그리고 꿈꾸었다. 내 꿈을 눈치챈 것처럼 아내는 한국으로 들어와 청혼했다. 나는 두말 하지 않고 아내의 청혼을 받아들였다. 아내는 내게 감사를 표시하며 시에 대해서 설명해 주었다. 6월은 이바라기 노리코라는 일본 여류시인의 작품이라고. 시의 마지막 연은 자신이 직접 만들어 넣은 것이라고.
　다시 말해 마지막 연은 우리를 위해 아내가 직접 지은 거였다. 나는 그 말을 듣는 순간 전율을 느끼지 않을 수 없었다. 마지막 연이 시의 화룡점정처럼 느껴졌기 때문이었다. 또한 화룡점정의 연은 어느 누가 들어도 공감할 수 있는 내용이었다. 그런 시를 차지연이 막힘없이 외다니. 나는 눈을 동그랗게 뜨고 차지연의 얼굴을 쳐다보았다.
　"어떻게 이 시를 알고 있는 거지?"
　"이 시 젊은 애들 사이에서 유명해요. 사랑하는 사람이라면 모르는 사람이 없을 정도로요."
　"그 정도로 유명해?"
　"사실 이 시가 유명해진 건 바로 마지막 연 때문이에요. 시인도 아닌 누군가가 원작보다 더 멋진 내용을 써 넣었거든요. 그것도 백미가 되는 구절을 말이에요. 근데 더 묘한 점은… 그 마지막 연을 쓴 사람이 누구인지 알 수 없다는 거죠."
　차지연이 무척 흥미로운 일이라는 듯이 눈을 껌뻑거렸다. 나는 아무런 대꾸도 않고 차창 밖으로 눈길을 돌렸다. 아내는 6월이라는 시를 들려주면서 진지하게 말을 꺼냈다. 이 시처럼 아름다운 거리에서 행복하게 살고 싶다고. 죽어가는 순간에 행복했다고 말하고 싶다고.

 나는 그 사랑을 우리가 만들면 어떻겠느냐고 물었다. 아내는 한순간의 망설임도 없이 고개를 끄덕였다. 당신과 함께라면 아름답게 살다가 행복하게 죽을 수 있다고. 나는 그 말을 듣고 아내와 결혼하기로 마음먹었다. 침묵을 지키던 차지연이 생글거리며 돌아보았다.

"선배도 아는 시가 있으면 외워 보세요."

"난 아는 시가 별로 없어."

"빨리 외워 봐요. 언니한테 들려준 거라도요."

"끝까지 다 외울지도 모르겠다."

"그러면 아는 데까지만 해 봐요."

 차지연이 다가앉으며 시를 읊으라고 재촉을 했다. 나는 밖을 보다가 작은 소리로 읊었다.

우리가 모두 떠난 뒤
내 영혼이 당신 옆을 스치면
설마라도 봄 나뭇가지 흔드는
바람이라고 생각지는 마.

나는 오늘 그대 알았던
땅 그림자 한 모서리에
꽃나무 하나 심어 놓으려니.

그 나무 자라서 꽃 피우면
우리가 알아서 얻는 괴로움이
꽃잎이 되어서 날아가 버릴 거야.

꽃잎이 되어서 날아가 버린다
참을 수 없게 아득하고 헛된 일이지만
어쩌면 세상 모든 일을
지척의 자로만 재고 살 건가.

가끔 바람 부는 쪽으로 귀 기울이면
착한 당신 피곤해져도 잊지 마
아득하게 멀리서 오는 바람의 말을.

차지연이 놀랐다는 듯이 고개를 들고 쳐다보았다. 나는 멋쩍은 표정을 지으며 웃었다.
"왜 뭐가 이상해?"
"이상한 게 아니라, 선배가 너무 괜찮아 보여서요."
"괜찮아 보인다고? 내가?"
"마종기 시도 외울 줄 아니까요."
"난 그냥 평소 좋아하는 시를 암송했을 뿐이야."
"그래도 내 마음을 흔들어 놓고 남았어요."
차지연이 한동안 말없이 흐드러지게 핀 장미꽃을 응시했다. 나는 쑥스러운 마음에 뒷머리를 긁적거렸다. 차창 밖을 바라보던 차지연이 나직한 목소리로 말을 꺼냈다.
"일일보고 할 시간이에요."
"벌써?"
"여섯 시가 넘었잖아요."
"시간이 그렇게 빨리 지나갔나?"
나는 고개를 갸우뚱거리고 손목시계를 보았다. 차지연의 말대로 시침은 이미 오후 6시를 지나고 있었다. 나는 간이 보고서를 만들기 위해 볼펜과 종이를 찾았다. 차지연이 형사노트를 찢어 무언가를 끄적거리며 적었다. 나는 승용차 키를 운전대에 꽂고 시동을 걸었다. 잠시 후 차지연이 간이 보고서를 만들어 건네주었다.

나는 찢어진 노트에 정갈하게 메모된 글자를 읽어 내려갔다. 예상대로 일일보고서 내용은 경쾌할 정도로 간단했다. 지부장이 아침 9시에 출근해서 재실하다가 오후 6시에 집으로 돌아갔다는 내용이었다. 나는 일일보고서를 돌려주고 헛기침을 큼큼거렸다. 차지연이 메모지를 접어 포켓에 넣으며 생끗 웃었다.

"이제 보고서도 만들었으니, 어디 가서 사무실로 전화하고 저녁이나 먹죠."

"그러자구."

"참, 그 여자 있죠. 선배가 부탁한 위장취업자 말이에요."

"아 정세희…"

차지연이 핸드백 안에서 반으로 접힌 A5용지를 꺼냈다. 나는 A5용지를 펴 들고 조심스럽게 들여다보았다. 백지에는 정세희의 생년월일, 주소, 학력, 가족관계, 전과관계, 대공상 특이사항 등이 기록되어 있었다. 나는 백지에 타이핑 된 글자를 들여다보고 또 들여다보았다. 차지연이 립스틱을 바르면서 자세히 설명해 주었다.

"보다시피 정세희 개인 전과나 대공상 특이점은 없어요. 그런데 이상한 건 그 여자 남편이에요. 그 사람 한때는 섬에서 민정당 면지부 지도장을 지냈어요. 그런 사람이 갑자기 지도장 직을 버리고 도시로 도망치듯 나갔다가, 지금은 정세희하고 헤어져서 극렬 좌경분자가 됐어요. 정부시책에 무조건 반발하는 골수 좌경분자가."

"좌경분자라면 어떤?"

"전노련 중앙지부 간사를 맡고 있어요."

"그 사람이 어떻게 그렇게 됐지? 아주 충실한 민정당 당원이었는데…게다가 이혼까지 하고."

"어떻게 할까요? 고정근을 조금 더 내사해 볼까요?"

"그냥 놔둬. 내가 알아서 처리할 테니까."

나는 정세희의 기록이 적힌 백지를 접어 포켓에 집어넣었다. 차지연이 알 수 없는 일이라는 듯이 고개를 갸우뚱거렸다. 나는 몇 년 전 섬에서 만났던 고정근을 떠올렸다. 그때 고정근은 민정당 면지부 지도장을 하면서 기관장들의 동태를 파악 보고했다. 고정근의 명단에는 기관장뿐만 아니라, 말단 공무원들도 포함되어 있었다.

그래서 공무원들은 고정근만 나타나면 슬그머니 도망쳤다. 문제는 고정근이 공무원들의 근무태도만 감시하는 게 아니라는 점이었다. 고정근은 그들의 비리와 사생활, 도벽, 연자관계까지 파악해서 보고를 올렸다. 무언가를 생각하던 차지연이 심드렁한 어조로 말을 꺼냈다.

"근데 그 여자 회사를 그만두고… 어린애를 데리고 어디론가 사라졌어요."

"어린애를 데리고 사라지다니?"

"아이를 데리고 행방불명이 됐다는 얘기죠."

나는 운전대를 잡은 상태로 한동안 멍하니 앉아 있었다. 역사적 사건에 희생되었던 여자애가 또 다시 세월의 피해자가 되다니? 나는 그 순간 한 인간이 어떻게 부조리한 역사의 소용돌이에 휘말리는지를 생각했다. 역사나 시대의 부조리는 어김없이 인간의 삶에 영향을 미치고, 인간 개개인은 자신의 부조리 속으로 빠져들어 완전히 파멸해 간다. 이것이 시대와 역사와 인간 간에 엮이고 펼쳐지고 부서지는 부조리의 관계이다.

차지연은 내 마음을 모르는지 립스틱 바르기에 여념이 없었다. 나는 소리없이 한숨을 내쉬고 승용차를 출발시켰다. 시대에 저항하며 살아가던 어느 위정자는 부르짖었다. '시련에 응전함으로써 시대를 움직인다'고. 반면 세희는 시련에 응전해 보지도 못한 채 수레바퀴에 끼여 신음 중이었다. 자신의 영혼에 나 있는 역사의 깊은 상처를 껴안고. 차지연이 립스틱을 입술에 바르다 말고 힐끗 쳐다보았다.

"선배 그 여자하고 무슨 일 있었군요."

"그 그게 아니야."

"뭐가 아니에요? 얼굴까지 하얘지면서."

그날 우리는 보고를 마치고 유흥가를 돌아다니며 술을 마셨다. 우리의 일상을 탈출한 행동은 늦은 밤까지 계속되었다. 나와 차지연은 저녁 내내 적지 않은 양의 술을 마셨다. 일차는 갈비를 구워서 밥과 함께 소주를 먹었다. 이차는 입가심을 한다며 생맥주를 통째로 들이켰다. 삼차는 나이트클럽에 가서 미친 듯이 몸을 흔들었다.

문제는 아무리 술을 마셔도 기분이 풀리지 않는다는 점이었다. 차지연도 술이 취하지 않는 듯 계속 마시자고 졸라댔다. 나는 차지연의 말대로 미친 사람처럼 술을 퍼마셨다. 그렇게 하지 않으면 돌아 버릴 것 같기 때문이었다. 사실은 정세희에 대한 죄책감이 사그라질 것 같지 않아서였다. 그런데 막상 술에 취한 건 내가 아니라 차지연이었다.

"선배 저 아무데나 데려다 줘요?"

"아무데나?"

"선배가 가고 싶은 곳으로 가라는 말이에요."

차지연이 비틀거리는 몸을 기대며 중얼거렸다. 나는 번쩍이는 네온사인을 보며 머리를 저었다. 지금이라도 택시를 타고 집으로 돌아가면 아무런 일도 없을 것이다. 이대로 간다면 우리의 관계는 더 이상 발전하지 않을 것이다. 나는 술에 취한 차지연을 보며 마른침을 삼켰다.

그 순간 차지연이 하수구 앞으로 뛰어가더니 구토를 했다. 나는 토악질을 하는 차지연의 등을 두드려 주었다. 차지연이 게슴츠레해진 눈을 들고 올려다보았다. 나는 그녀를 일으켜 세우고 지나가는 택시를 불렀다. 택시가 요란한 브레이크음을 내며 우리 앞에 멈춰 섰다.

나는 택시 뒷좌석 문을 열고 차지연을 밀어넣었다.

"가지 마세요."

차지연이 재킷을 움켜잡고 안쪽으로 잡아당겼다. 나는 중심을 잡지 못하고 풀썩 쓰러졌다. 그 순간 물컹거리는 젖가슴이 손끝에 느껴졌다. 나는 엎어진 몸을 일으키기 위해 팔을 뻗었다. 차지연이 올려다보며 혀꼬부라진 목소리로 속삭였다.

"나 처음부터 선배가 좋았어요."

"난 집으로 들어가야 돼."

"선배 제발."

나는 택시 시트에 두 손을 짚은 채 눈을 감았다. 차지연이 손을 목에 두르고 아래쪽으로 끌어내렸다. 부드러운 여자 피부가 입술과 뺨에 동시에 닿았다. 차지연이 얼굴을 움직여 내 입술을 찾았다. 나는 잠시 거부하다가 모르는 척 입술을 포개었다.

그때 나는 결코 우리가 연인이 아니라는 것을 알았다. 분명히 우리는 서로를 이해해 주는 사이가 아니었다. 우리는 욕망을 위해 자신을 내던지는 부조리한 관계에 불과했다. 부조리한 관계는 반드시 부조리한 결과를 가져온다. 부조리한 감정 또한 부조리한 비극을 초래한다. 우리는 둘 다 이 사실을 알고 있었다. 하지만 나와 차지연은 입술을 포갠 상태로 무언의 합의를 보았다. 이 순간의 뜨거운 감정과 동물적 본능에 충실하자고. 타오르는 젊음을 그냥 낭비해 버리지 말자고.

6

"저 임신했어요."

굵은 빗줄기가 넝쿨장미를 때리던 날 차지연이 말을 꺼냈다. 나는 놀란 눈으로 차지연의 얼굴을 쳐다보았다. 그때 우리는 지부장 감시에 지칠 대로 지친 상태였다. 더 이상 좁은 차 안에서 시간을 때우는 것도 진저리치게 싫었다. 별 움직임도 없는 지부장을 매일처럼 감시하는 것도 지겨웠다.

우리 생각을 눈치챈 것처럼 지부장과 해직교사들은 전혀 움직이지 않았다. 그들 모두 전교조 사무실과 함께 굳어 버린 석고상 같았다. 3계장도 특이동향이 없는 보고에 대해서 무감각해졌다. 그런 태도를 보인 건 과장이나 서장도 마찬가지였다. 그때 나는 전교조 지부장 감시에 회의를 느끼고 있었다.

소련연방이 무너진 마당에 별 영향력 없는 인사를 감시할 필요가 있느냐는 거였다. 나는 일대일 감시를 재고해 줄 것을 건의하기로 마음먹었다. 젊은 남녀가 한팀이 되어 움직이는 것도 좋은 모양새는 아니라고. 그런 마당에 차지연이 임신했다고 말을 꺼냈던 것이다. 나는 동요되는 감정을 억누르며 물었다.

"임신을 했다니?"

"내가 임신을 했다는 말이에요."

"그게 정말이야?"

"그럼 없는 사실을 얘기하겠어요?"

나는 떨리는 손으로 담배를 꺼내 불을 붙였다. 전혀 예상치 못한 일이 벌어졌기 때문이 아니었다. 여경이 임신했다는 것 자체가 나를 당황하게 만들었다. 어떤 의미에서 차지연의 임신은 내 신상에 불리한 사건이었다. 나는 담배연기를 깊이 빨아들였다가 내뿜었다.

"몇 개월이지?"

"삼 개월이에요."

"벌써 그렇게 됐나?"

나는 승용차 창문을 열고 쏟아지는 빗줄기를 바라보았다. 차지연이 한껏 진지해진 표정으로 입을 열었다.

"선배 나 사랑한다고 말했죠?"

"그랬지."

"그 말 진심이었나요?"

"그야 물론이지."

나는 대꾸를 하면서도 어디론가 도망치고 싶다는 생각을 떨칠 수 없었다. 사실 그건 도망치고 싶은 생각이 아니라, 현실을 부정하는 마음이었다. 차지연이 임신한 것도 그렇고, 지부장을 감시하는 일도 마땅치 않았다. 나는 일이 잘못되어 간다는 생각을 하며 담배를 뻐끔거렸다. 차지연이 무서울 정도로 차분한 목소리로 말을 꺼냈다.

"선배, 언니하고 이혼할 수 있어요?"

"글쎄…"

"글쎄라니요?"

"이혼이 말처럼 쉬운 건 아니잖아."

"혹시 우리 만남을 부정하는 건 아니죠?"

"부정하지는 않아."

"그럼 됐어요."

나는 그 순간 또 하나의 비극이 잉태되는 것이라고 생각했다. 아니 또 하나의 부조리한 사건이 벌어지고 있다고 생각했다. 이 부조리한 사건은 사회로부터 만들어진 게 아니라, 내 스스로 만든 것이다. 하나의 부조리가 생겨나면 연쇄적으로 또 다른 부조리가 잉태된다. 부조리하게 잉태된 부조리는 한 인간이 삶을 재단하며 한 단계 높은 부조리한 상황을 만들어 낸다.

그것이 바로 문제였다. 부조리는 부조리를 잉태하며 그 뿌리를 세상을 향해 무한대로 뻗어 나간다는 것. 부조리는 자신을 낳은 부모를 먹고 부조리한 몸을 무한대로 키워 간다는 것. 그래서 부조리는 역사를 먹고, 사회를 먹고, 자본을 먹고, 법칙을 먹고, 도덕을 먹고, 인간조차 먹어 치우며 점점 더 부조리해지게 된다.

나는 빗방울이 떨어지는 걸 바라보며 근회의 누이를 떠올렸다. 그녀는 나의 충동적 행동만 아니었더라도 임신하지 않았을 것이다. 나를 기다리지 않았어도 비극 속으로 뛰어들지 않았을 터였다. 그녀는 부조리로부터 도망친 나로 인해 부조리한 상황에 빠지고, 결국에는 부조리가 요구하는 대로 죽음을 선택했다. 나는 목구멍 밖으로 터져 나오는 슬픔을 안으로 삼켰다.
"정말 나하고 결혼할 생각이야?"
"나 처음부터 선배가 좋았어요. 아니 선배라면 결혼할 수 있겠다고 생각했어요."
"내가 어디가 좋아서?"
"선배를 만나면 편하고 행복해지니까요."
"그래?"
"그리고 나… 그 사람하고 헤어지고 몇 차례 자살을 시도했어요. 이 세상이 부조리하고 혐오스럽고 살만한 가치가 없다고 생각했거든요. 그런데 선배를 만나면서 그런 마음을 바꿨어요. 세상은 어둡고 우울하고 부조리한 것만이 아니라, 밝고 희망찬 것이라고요. 선배를 보면 항상 그런 마음이 들었어요. 세상을 한번 열심히 살아보자. 그러면 기쁨과 행복도 오겠지. 선배는 어떤 의미에서 나한테는 생명의 은인이나 마찬가지예요."
"현실이 그렇게 고통스러웠나?"
"고통스러울 정도가 아니라, 아예 죽어 버리고 싶었어요."
"그래서 이젠 괜찮다는 거야?"
"그런 셈이죠."
"그랬군."
"모든 게 선배 덕분이에요."
차지연이 긍정적으로 생각한다면 다행스런 일이었다. 한 여자를 불행과 고통과 부조리 속에서 구해 냈으니까. 문제는 한 여자의 행복이 다른 여자의 불행으로 이어진다는 사실이었다. 하나의 부조리는 또 하나의 부조리를 만들어 내는 것처럼 말이다. 나는 담배연기를 폐 속 깊이 빨았다 뱉고 입을 열었다.

"모든 일은 나한테 맡겨 둬."

"난 선배만 믿을게요. 그리고 내일부턴 한 사람만 나오는 게 어때요?"

"한 사람만 나오다니?"

"오전 시간에 한 명만 이곳으로 나오자는 얘기죠."

"그러면 다른 사람은?"

"집에서 쉬다가 오후에 나오면 되죠."

나는 당돌한 근무방법을 제안하는 그녀를 한동안 쳐다보았다. 보기보다는 겁 없는 계집애라는 생각을 하면서. 어쩌면 차지연은 내 행동을 지배할 수 있다고 생각한 것 같았다. 그녀의 제안대로 나는 다음 날부터 근무체계를 바꾸었다. 즉 나는 아침 일찍 지부장 집 앞으로 차를 끌고 나갔다. 반면 차지연은 오후 늦게까지 잠을 자다가 지부 앞으로 나왔다.

나는 근무체계를 바꾸면서 편하기 이를데 없다고 생각했다. 이렇게 쉬운 일을 왜 상상해 보지도 않았는지 의문스러웠다. 차지연도 아침부터 움직이지 않아서 홀가분하다는 태도였다. 문제는 지부장의 집 담장에 넝쿨장미가 흐드러지게 피었다는 점이었다. 나는 붉은 장미를 보며 지부장이 나오기를 기다렸다가 쫓아갔다. 지부장은 내가 뒤쫓든 말든 묵묵히 발걸음을 옮길 뿐이었다.

나는 그런 태도를 보이는 지부장이 괜찮은 사람일지 모른다는 생각을 했다. 자신을 따라다닌다는 걸 알면서도 무심하게 반응하는 그가. 아무튼 나는 여름이 다 가도록 넝쿨장미의 향기 속에서 근무를 했다. 다시 말하면 나는 넝쿨장미의 매혹적인 향기를 맡으며 세 사람을 생각했던 것이다. 부조리 속으로 빠져들어갈 아내와 차지연과 정세희를.

7

"최부장 나 좀 보자구."

정주임이 나를 감찰계 사무실로 부른 건 한 달 후였다. 그때 지청에서는 지부장에 대한 감시를 풀었다. 나는 대공 3계로 복귀해 정상적인 업무를 보는 중이었다. 차지연도 대공과 내근으로 근무하다가 민원실로 옮겨 앉았다. 그녀가 민원실로 간 것은 자청한 인사이동이었다. 사실 차지연은 내게 이혼을 강요하느라고 지친 상태였다.

나는 배가 불러오는 그녀에게 기다려 달라고 말할 수밖에 없었다. 차지연은 차라리 다른 부서에서 근무하는 게 좋다고 말했다. 나는 잘된 일이라고 생각하고 허락해 주었다. 타과에 근무하더라도 매일 한 번쯤은 마주치지 않을 도리가 없었다. 차지연은 나를 볼 때마다 인상을 긁으며 무언의 압박을 가해 왔다. 나는 그녀를 피해 도망다니 듯 경찰서 안을 맴돌았다. 그렇게 근무하던 나를 감찰계 정주임이 불렀던 것이다.

"요즘 최부장 감찰내용이 좋지 않아."

"......"

"일 잘하는 것도 좋지만, 사생활 관리도 잘해야 돼."

나는 할 말이 없어 애꿎은 차만 찔끔찔끔 들이켰다. 그가 몇 달 전에 귀띔해 준 사실이 있기 때문이었다. 사생활이 감찰망에 잡혔으니 조심하라고. 그의 조언에도 나는 차지연과의 관계를 끊을 수 없었다. 차지연도 그 사실을 눈치챘지만, 어쩔 수 없이 압박해 왔다.

부적절한 사생활이 감찰망에 걸려들면 예외없이 전보되었다. 그만큼 경찰의 감찰계통 레이더망은 집요할 정도로 끈질겼다. 6공화국 정권에 비해 5공화국 시절은 오히려 감찰이 너그러웠다. 문제는 6공이 말기로 가면서 점검이 무자비해진다는 점이었다. 6공이 그러는 이유는 군사정권이 막바지에 접어들었다는 걸 알기 때문이었다.

다시 말해 공직자의 근무기강 해이가 정권교체를 유도할 거라는 점을 우려했던 것이다. 그런 상황이니 감찰망에 걸리면 무자비하게 배제 징계해 버렸다. 물론 징계의 경중에 따라 일차로 경고를 하는 방법을 썼다. 경고가 먹히지 않으면 다른 비리를 들춰 내서 사표를 쓰게 만들었다. 이와 같은 것은 본청의 감찰수법으로, 경정급 이상 간부들이 주로 걸려들었다. 고급 간부들이 그런 실정이니 경감 이하는 말할 필요가 없었다. 감찰주임이 부른 건 징계위에 회부하기 전에 경고하는 거였다.

"앞날이 창창한데 조금만 근신해요."

감찰기록부에 빨간 줄이 가면 진급에 지장을 주었다. 그래서 누구든 그것만은 모면하고자 기를 썼다. 어떤 직원은 돈을 먹고 감찰망에서 빠져나오기도 했다. 감찰주임이 차로 목을 축이고 조심스럽게 운을 떼었다.

"최부장은 부인이 직접 제보를 해 왔어요."

나는 그제야 일이 어떻게 돌아가는지 알 수 있었다. 모든 건 그렇게 된 것이었다. 두 여자는 내가 없는 자리에서 만나 대책을 논의했다. 어떤 게 사랑이고, 어떤 게 사랑이 아닌지를. 누가 남자 곁에 남고, 누가 남자 곁을 떠날 것인지를. 차지연은 아내를 만난 자리에서 적반하장 조로 말을 꺼냈다.

나는 당신 남편을 사랑하며, 지금은 임신 중이다. 그러니 빠른 시간 안에 이혼을 하고 한국을 떠나 달라. 지금 이혼하지 않으면 당신 남편은 곤경에 처할 것이다. 사건의 해결은 차지연의 의도대로 돌아가 주지 않았다. 오히려 사건은 더 꼬이고 뒤틀어지고 말았다.

결국 물의를 야기한 차지연은 지방으로 좌천되었다. 사건 당사지인 나는 1개월 후에 사표를 냈다. 나한테 실망한 아내는 어린 딸을 데리고 일본으로 돌아갔다. 지방으로 쫓겨간 차지연이 어떻게 되었는지는 알 길이 없었다. 나는 사표를 쓴 다음 그 도시를 떠났으니까. 사실 내가 그 도시를 뜬 건 정세희가 자살했다는 얘기를 전해들은 직후였다.

chapter.

7

1

내가 근무하는 곳은 넓은 해수욕장과 금빛 모래가 아름다운 섬이었다. 그곳은 아침만 되면 어김없이 짙은 해무가 몰려들었다. 또한 그 해무가 물러가야 비로소 하루가 열리는 도서였다. 우리의 일과도 먹구름 같은 해무와 함께 시작되었다. 즉 해무가 먼 바다로부터 몰려와 섬을 에워쌀 때 각종 점검을 시작했다. 덕적도 주민들도 짙은 해무와 함께 하루를 여는 것은 매한가지였다. 그들은 해무를 보면서 일어나 안개가 사라질 때 바다로 나갔다. 해무는 주민들이 배를 끌고 바다로 나가면 비로소 멀리 물러갔다.

"오늘도 해무가 장난이 아니구만."

허순경이 자욱하게 낀 해무를 바라보며 중얼거렸다. 그의 말은 여객선이 해무를 뚫고 무사히 들어올 수 있냐는 뜻이었다. 여객선은 하루에 한 번 들어왔으며, 직원들은 배가 입항해야 비로소 일을 시작했다. 섬에서 직원들이 하는 일은 뻔한 것이어서, 여객선 입항 여부는 매우 중요한 관심사였다. 그 정도로 섬에서 근무하는 직원들은 나른함을 입에 물고 지냈다. 나도 그들과 같아서 여객선을 기다리며 하루를 보냈다.

"비치다방 미스정은 뭐하나?"

허순경이 아침부터 미스정을 입에 올리는 것에는 이유가 있었다. 그 것은 미스정이 덕적도에서 제일 예쁜 아가씨였기 때문이었다. 다시 말해 비치다방 미스정은 섬에서 굴러먹기 아까운 여자였다. 진하게 화장을 하면 스물예닐곱 살로 보이지만, 실제로는 더 어렸다. 그런 미스정을 놓고 지서 직원들이 내기를 걸었다. 즉 미스정을 먼저 쓰러뜨리는 사람에게 한 달 치 수당을 몰아주기로 한 거였다. 당연히 며칠 간 기본근무를 빼주기로 합의도 보았다. 이상한 내기에 참여한 것은 고참인 허순경도 마찬가지였다.

"혹시 누군가가 벌써 건드린 건 아니겠지?"

"글쎄요."

"차석은 워낙 성실하니까. 내 말뜻 알겠지?"

"네 압니다."

"그럼 결과만 지켜봐."

허순경이 씨익 웃고 마을 쪽으로 휘적휘적 내려갔다. 나는 그가 무슨 생각으로 그런 말을 하는지 알 수 있었다. 그는 직원들이 하는 놀이를 모른 척 하고 있으라는 뜻이었다. 그것은 중간 감독자인 나에 대한 애정 섞인 말이기도 했다. 왜냐하면 차석만이라도 체면을 차려야 경찰의 위신이 선다는 거였다. 정작 문제는 미모가 출중하고 기지가 뛰어난 미스정이었다.

미스정은 비치다방 레지로 일하면서 모든 공무원들을 휘어잡았다. 덕적 면사무소와 농촌지도소, 농협분소, 우체국, 발전소 직원들까지 단골로 만들었다. 상황이 그렇게 돌아가자 경찰과 군부대, 출입항 통제소 직원들까지 드나들었다. 그녀에게 목을 매는 것은 고교 선생들과 크고 작은 선주들도 마찬가지였다. 그들은 너나없이 미스정을 쓰러뜨리겠다고 호언장담을 했다.

그와 때를 같이 해서 지서 직원들도 본격적으로 내기에 뛰어들었다. 물론 면직원이나 선생들도 나름대로 내기를 걸고 다방을 드나들었다. 아무튼 미스정이 들어온 지 한달째 되는 날, 40대의 허순경이 먼저 수작을 걸었다. 그는 기세 좋게 다방으로 내려가 하루 종일 차를 시켜 마셨다. 허순경의 체면 불구한 노력에도 미스정은 눈 하나 깜짝하지 않았다.

오히려 미스정은 홀에 앉아 있는 허순경을 소 닭 보듯이 하고 돌아다녔다. 상황이 호락호락하지 않다고 생각한 허순경이 밤 늦게까지 술 파티를 벌였다. 그럼에도 미스정은 매상만 잔뜩 올려놓고 시치미를 잡아떼었다. 결국 허순경은 돈만 잔뜩 쓰고 멱국을 먹은 꼴이 되고 말았다.

"허순경님이 안 된다면… 내가 한번 시도해 보겠소."

허순경 다음으로 나선 사람은 의협심이 강한 30대의 장순경이었다. 장순경은 바다를 헤엄쳐서 건너온 일화로 유명한 사람이었다. 그는 평소 민주경찰의 근간이 되기로 마음먹고 공부를 했다. 그런데 묘하게도 순경시험 당일 태풍경보가 내려 여객선이 끊어졌다. 영종도에서 살던 그로서는 천금 같은 기회를 날려 버릴 판이었다.

그는 가방을 머리 위에 동여매고 파도가 넘실거리는 바다로 뛰어들었다. 그가 사는 섬에서 도경이 소재한 육지까지는 3km 남짓 밖에 되지 않았다. 그러므로 충분히 헤엄쳐 건널 수 있다고 판단했던 것이다. 그렇지만 태풍이 몰아치는 바다를 건너는 건 쉬운 일이 아니었다. 장순경은 헤엄치는 도중에 몇 번인가 포기하고 돌아갈 것을 생각해 보았다.

사람의 목숨보다 순경공채가 더 중요한 것인가? 이 세상에 순경이라는 직업밖에 할 것이 없는가? 마음만 먹는다면 사법고시라도 볼 수 있다. 그는 그런 생각을 하면서도 계속 육지를 향해 헤엄쳐 갔다.

결국 그는 천신만고 끝에 사나운 바다를 건너 뭍에 상륙했다.
 문제는 경기도경 앞마당에서 치루는 신체검사 시간이었다. 그는 신체검사 시각을 지키지 못해서 문밖에 선 채 서성거렸다. 그때 시험감독관이 그를 발견하고 늦게 도착한 이유를 물었다. 그가 기다렸다는 듯이 흠뻑 젖은 옷을 가리키며 대답했다.
 "영종도 앞바다를 헤엄쳐 건너오느라고 늦었습니다."
 시험관은 즉시 상관에게 자초지종을 보고하고 특별히 건의했다. 이렇게 의협심이 강한 사람이 경찰관이 되지 않으면 누가 되겠느냐고. 그 말을 들은 총감독관은 그를 불러 몇 가지 물어본 뒤 합격시켰다. 그런 일화가 전해오는 장순경이니 패기가 하늘을 찌를 수밖에 없었다.
 아무튼 장순경은 허순경 다음으로 달려들었는데, 방법 자체가 무식했다. 장순경은 매일처럼 비치다방을 찾아가서 미스정의 일거수일투족을 지켜보았다. 어떤 날은 아침부터 저녁까지 커피를 수십 잔씩 시켜 마셨다. 장순경은 그것도 안 통하자 다방 안에서 뻑적지근하게 술파티를 벌였다.
 당연히 장순경과 친하게 지내는 선주들과 동네 유지들까지 불러들였다. 명문대는 아니지만 대학물까지 먹은 미스정이 그런 수작에 넘어갈 리 없었다. 장순경은 다방 내실까지 들어갔다가 몽둥이로 등짝을 얻어맞고 쫓겨나왔다.
 "이제 남은 기회는 사흘밖에 없어."
 다음 날 허순경이 장순경의 어깨를 두드려 주었다. 장순경은 초조한 나머지 마지막 작전을 쓰기로 마음먹었다. 다시 말해 미스정과 밤늦도록 술을 마신 뒤 덮친다는 계획이었다. 당연히 자물쇠는 미리 풀어놓고, 창문도 열어 놓는다는 작전이었다.
 장순경의 터무니없는 계획을 들은 직원들은 모두 배꼽을 잡았다. 그가 세운 계획은 너무나 유치해서 어린아이도 걸려들지 않을 게 뻔했다. 그런데 대학물까지 먹은 미스정이 넘어올 거라고 생각하다니. 아무튼 디데이 날 장순경은 비치다방 매상을 올려놓고 나를 찾아왔다.

"최경장 나 좀 도와줘. 혼자서는 어려운 작전이거든."
"무슨 작전인데요."
"야간 기습작전이지."
"야간 기습?"

나는 한편으로는 걱정이 되었지만, 못이기는 척하고 따라나섰다. 장순경은 어두워진 동네를 가로질러 비치다방 뒤쪽으로 다가갔다. 사실 섬에서는 밤 12시만 되면 불이 나가서 억지로 잠을 청해야 했다. 전기 사정이 그러니 관공서도 반드시 비상용 랜턴을 비치해 놓았다. 여차하면 그걸 사용해서라도 업무를 보아야 하니까.

장순경과 나는 비치다방 뒤로 돌아간 다음 한동안 엎드려 있었다. 영업이 끝난 듯 비치다방 안에서는 아무 소리도 들려오지 않았다. 동네를 어슬렁거리는 선원이나 술꾼들도 보이지 않았다. 장순경은 사방을 둘러보더니 다방 뒷문 쪽으로 다가섰다. 그때 나는 못난 짓거리에 참여한 것을 자책하는 중이었다. 차석이라는 사람이 여자 눕히기 게임에 끼어든 것 자체가 못마땅했다.

하급직원의 요청을 뿌리치지 못한 것도 마음에 들지 않았다. 평소 장순경은 직원 간의 갈등을 중재하면서 은근히 내 편을 들어 주었다. 그런 상황이니 입지가 약한 내가 그의 요구를 무시할 수도 없었다. 나는 될 테면 되라 하는 심경으로 비치다방 뒤로 다가섰다. 다방 앞쪽 동정을 살피던 장순경이 사다리를 내실 창문에 걸쳤다.

"차석, 사다리 좀 꽉 잡아 봐. 흔들리지 않게."

장순경이 사다리를 창문에 걸치는 의도는 뻔한 것이었다. 그는 따라온 내게도 공범의식을 심어 주려는 중이었다. 즉 일이 틀어지면 차석이 와 있다는 말을 하려는 거였다. 나는 울며 겨자먹기 식으로 사다리를 잡아 줄 수밖에 없었다.
"다리가 왜 이렇게 후들거리는 거야."
장순경이 엉거주춤한 자세로 사다리를 올라가서 이내 사라졌다. 나는 장순경이 올라간 사다리를 잡고 사방을 두리번거렸다. 다행히 비치다방 뒤쪽 골목은 쥐죽은 듯이 조용했다.
"쉿 가만히 있어."
잠시 후 방안에서 실랑이를 벌이는 소리가 들렸다. 드디어 장순경이 잠에 골아 떨어진 미스정을 덮친 모양이었다. 그런데 이상한 것은 여자의 목소리가 들리지 않는다는 점이었다. 내 예상으로는 미스정의 발작적인 외침이 들려야 정상이었다. 그런데도 방안에서는 아무런 소리도 외침도 들려오지 않았다. 나는 의아한 마음이 이는 걸 꾹 참고 관사로 돌아왔다.

2

"내가 게임에 이겼으니 수당들 내놓으쇼."
다음 날 장순경이 직원들을 등나무 아래로 불러놓고 손을 내밀었다. 장순경의 의기양양한 모습을 본 허순경이 빙그레 웃었다.
"미스정은 어제 북리에 가서 잤다는데."
"북리요? 그럴 리가 없어요."
"어제 비치다방 내실에서 잔 건 주방 아줌마래."
"주방 아줌마라뇨?"
"이 사람아, 자네가 데리고 잔 건 서천댁이야, 서천댁."
"그 그럴 리가…"
장순경이 떠듬거리며 둘러앉은 직원들을 쳐다보았다. 안순경이 머리를 손가락 끝으로 툭툭 두드렸다.
"잘 생각해 보세요. 장순경님."

"몸매도 그렇고 반응도 그렇고… 그 여자가 서천댁이라면 밤새도록 버틸 리가 없는데."

나는 반신반의하는 마음으로 지켜보다가 고개를 돌리고 말았다. 그 당찬 미스정이 쉽게 몸을 내줄 리가 없었다. 아무런 외침이나 소리가 들리지 않는 것도 이상했다. 전체적인 상황을 봐서 장순경은 미스정에게 당한 게 틀림없었다. 미스정에게 망신당한 건 면사무소 직원들도 예외가 아니었다.

주색으로 유명한 박주사도 내실까지 들어갔다가 팬티 바람으로 쫓겨났다. 해병대 대위 출신인 고교 체육선생도 낭심을 걷어차이고 도망쳤다. 그 정도로 미스정을 넘어뜨리고 깃대를 꽂는 일은 쉬운 게 아니었다. 아무튼 장순경의 도전은 엉뚱한 사람을 초죽음 만들어 놓는 데서 끝맺었다.

문제는 장순경이 아니라 다음 타자로 정해진 조순경이었다. 조순경은 춤에 도통해서 여자 눕히는 것쯤은 식은 죽 먹기였다. 물건도 말처럼 커서 한 번 맛본 여자는 끝까지 따라다닌다는 것이었다. 조순경이 직원들을 둘러보더니 사흘 안에 쓰러뜨리겠다고 큰소리쳤다.

"조순경도 잘 안 될 걸."

허순경이 손으로 턱을 쓱쓱 문지르더니 혼잣말처럼 중얼거렸다. 그는 이미 게임의 결과를 알고 있는 것 같았다. 다른 직원들도 허순경의 판단을 어느 정도 신뢰하는 눈치였다.

"미스정이 한 때는 소설을 썼다면서요?"

한쪽 옆에서 눈을 반짝이고 있던 안순경이 슬쩍 끼어들었다. 20대 후반인 안순경도 내기에 참가한 직원 중 한사람이었다. 그런 상황이니 미스정 신상에 관심이 가지 않을 턱이 없었다. 사람들에 의하면, 미스정은 소설을 쓰기 위해 대학에서 국문학을 전공했다. 학생시절에는 백일장에 입선해서 일찌감치 작가칭호를 받았다.

미스정은 소설 외에도 재야단체에 가입해 민주화운동도 했다는 것이었다. 문제는 열심히 살아가는 미스정에게 다가온 첫사랑의 남자였다. 미스정은 첫사랑에 실패하면서 꿈과 희망을 모두 저버리는 신세가 되었다. 그때부터 유흥업소를 전전하다가 다방에까지 진출했다. 그럼에도 작가의 꿈은 버리지 못해서 가끔 무언가를 끄적거린다는 거였다.

"사흘이 아니라 일주일만 말미를 주시오."

조순경은 직원들 얘기를 듣고 슬그머니 꽁지를 내렸다. 허순경은 그럴 줄 알았다는 듯이 흔쾌히 허락해 주었다. 그리하여 조순경은 며칠 더 여유를 가지고 도전할 수 있었다. 나머지 직원들도 일주일이란 기간을 번 것이나 다름없었다. 하지만 여자의 몸을 빼앗는 문제가 생각처럼 쉬운 것은 아니었다.

조순경은 다방에 내려가 일주일 내내 술과 커피와 맥주를 샀다. 그것도 모자라 어선을 통째로 빌려서 덕적도 일주 여행까지 시켜줬다. 그런 조순경의 노력에도 불구하고 미스정은 미소 한번 던지지 않았다. 결국 조순경도 장순경처럼 반강제로 몸을 빼앗는 수밖에 없었다.

조순경은 결전의 마지막 날 아무도 상상치 못한 수를 들고 나왔다. 그건 풍랑이 이는 날 미스정을 납치해 소야도로 건너간 거였다. 그것은 방범근무를 가장한 소야도 행이었다. 조순경은 미리 탐사해 둔 동굴로 미스정을 끌고 들어갔다. 그런 다음 '몸을 줄 것이냐, 아니면 이 동굴 속에 뼈를 묻을 것이냐?'고 윽박질렀다.

미스정은 조순경의 말에 '나는 이미 동굴 속에서 죽다가 살아나온 경험이 있다.'고 쏘아붙였다. 결국 조순경은 도도하리만치 당당한 미스정에게 손을 들고 말았다. 다음 날 조순경은 본전도 건지지 못하고 본도로 돌아왔다.

3

"두 손 두 발 다 들었소."

둘러선 직원들은 내심 흐뭇한 얼굴로 조순경을 쳐다보았다. 씁쓸한 표정을 짓던 조순경이 안순경에게 한마디 던졌다.

"안순경 보통 방법으로는 씨도 안 먹힐 거야."

선배의 조언을 들은 안순경이 고민 아닌 고민에 빠졌다. 그는 풀 수 없는 문제에 봉착한 아이처럼 안절부절못했다.

"자신 없으면 일찌감치 포기하라구."

허순경이 아직도 총각딱지를 못 뗀 안순경의 어깨를 툭 쳤다. 안순경은 마음을 굳힌 듯 쌍꺼풀 진 눈에 힘을 주었다.

"한번 해 보겠습니다."

"그래? 그럼 잘해 봐."

그날부터 안순경은 장고를 거듭하는 듯 관사에서 나오지 않았다. 직원들은 안순경이 무얼 하는지 궁금해서 견딜 수 없었다. 그래서 돌아가며 안순경이 생활하는 2호 관사 앞을 서성거렸다. 장순경과 조순경도 조언을 하겠다고 넌지시 말을 붙였다.

그럼에도 불구하고 안순경은 전혀 움직이지 않았다. 그렇게 나흘이 지나가고 이제 남은 날짜는 사흘뿐이었다. 그날 밤 안순경이 2호 관사에서 나와 비치다방으로 향했다. 마치 전쟁터에 나가는 장수와 같은 비장한 걸음걸이로.

"안순경이 마을로 내려갔나?"

소내근무를 하던 허순경이 궁금하다는 표정으로 물었다. 장순경이 큰 눈을 껌뻑이며 떨떠름한 얼굴로 대꾸했다.

"방금 전에 내려갔어요. 무슨 일을 저지를 사람같이."

"별일 없을 거야."

"별일 없다니요? 안순경은 총각에다가 미남인데."

"그래도 소용없어."

허순경은 모든 결과를 아는 사람처럼 고개를 흔들었다. 직원들은 그가 무얼 믿고 그러는지 알 수 없다는 표정이었다. 허순경이 나를 쳐다보더니 의미심장한 미소를 지었다.

"차석이 내기에 참여한다면 얘기는 다르지."

나는 그 순간 허순경의 쭉 찢어진 눈을 정면으로 쳐다보았다. 그의 날카로운 눈은 '당신이 적임자야'라고 말하고 있었다. 나는 허순경의 그와 같은 생각을 이해할 수 없었다. 다른 직원들이 정복하지 못한 미스정을 내가 어찌한다는 말인가? 나는 총각인 안순경과 다르게 갓난아이까지 달린 유부남이었다.

"차석, 집사람이 아직 안 들어왔으니까, 한번 시도해 보는 게 어때? 경찰 체면도 살릴 겸 해서."

허순경이 농담조로 말하고 근무일지를 덮었다. 나는 아무런 대꾸도 하지 않은 채 바다만 바라보았다. 허순경이 소내근무 책상머리에서 일어서며 한마디 더 던졌다.

"차석밖에 없어."

"안순경이 내려갔으니 한번 기다려 봅시다."

조순경의 제안에 허순경이 헛기침을 하고 밖으로 나갔다. 우리는 안순경이 어떤 방법을 쓰는지 지켜보기로 했다. 당연히 안순경의 행동거지를 관망하지 않을 도리가 없었다. 직원들은 어차피 내기에 들어간 것이고, 그 차례가 안순경이었다. 우리의 기대에도 불구하고 안순경은 좀처럼 올라오지 않았다.

아마 그도 장순경처럼 술로 풀어가려는 모양이었다. 결과를 기다리던 장순경이 마을로 내려가 동태를 살피고 올라왔다. 장순경의 말을 전해들은 우리는 아연실색하지 않을 수 없었다. 안순경이 미스정을 지서 싸이카에 태워서 바닷가로 데려갔다는 것이었다.

물론 백사장에 수십 개의 촛불을 밝히고 먹을 것까지 차려 놓았다는 거였다. 안순경이 생각한 작전은 역시 총각 순경다운 유인책이었다. 우리는 바닷가로 달려가 안순경과 미스정의 데이트를 훔쳐보았다. 음식을 먹고 웃고 떠드는 폼이 잘 어울리는 한쌍이었다.

4

"잘 돼 가?"
다음날 허순경이 안순경을 등나무 아래로 불러서 넌지시 물었다. 안순경은 둘러선 직원들을 향해 씨익 웃어 보였다. 허순경이 안순경의 어깨를 툭 치며 격려해 주었다.
"게임에 이기려면 데리고 자야 돼. 마음을 빼앗는 게 아니라."
이제 마지막 타자인 안순경에게 남아 있는 날짜는 단 이틀뿐이었다. 그 안에 해치우지 못하면 안순경도 게임에서 지는 거였다. 안순경은 한번 믿어보라는 듯이 결전의 의지를 다졌다. 다른 직원들도 그의 결연한 의지에 경의를 표해 보였다. 조순경이 먼저 실패한 고참답게 슬쩍 조언을 던졌다.
"너무 서두르면 안 돼."
"마지막 작전은 구상해 둔 게 있어요."
"그래?"
장순경이 예상외라는 듯이 커다란 눈을 위아래로 뒤룩거렸다. 조순경이 다시 한번 나직한 목소리로 주의를 주었다.
"그래도 신중하게 접근해."
"걱정 마십시오."
"호랑이도 토끼를 잡는데 전력을 다하는 법이야."
"알고 있습니다."
내가 보기에도 안순경은 미스정 넘기기 작전에 성공한 것 같았다. 허순경 외에 모든 직원이 그렇게 되리라고 믿었다. 장순경과 조순경도 상황을 구태여 부정하지 않았다. 그때부터 우리는 초조감 반 기대감 반으로 이틀을 기다렸다. 그럼에도 안순경이 미스정을 쓰러뜨렸다는 말은 들려오지 않았다.

도전 당사자인 안순경도 입을 다문 채 한마디도 하지 않았다. 그 게임의 마지막 날도 지나가고, 저녁 무렵에 접어들었다. 마을로 내려갔던 안순경이 어깨를 축 늘어뜨리고 올라왔다. 장순경이 참지 못하겠다는 듯이 달려가 어깨를 잡고 흔들었다.

"안순경, 어떻게 된 거야?"

안순경은 쓰다 달다 않고 2호 관사로 들어가 버렸다. 우리는 마을로 내려가 무슨 일이 벌어졌는지 알아보았다. 지서 직원들의 질문공세에 이장이 자초지종을 일러 주었다. 안순경이 청혼을 했으며, 미스정이 일언지하에 거절해 버렸다고. 사건은 그렇게 전개되고, 그런 방식으로 결론지어진 것이었다.

처음부터 미스정을 마음에 두었던 안순경은 게임을 빙자해 다가갔다. 섬에 들어올 때 이미 사랑을 느꼈고, 그대 없이는 살 수 없다. 내 마음이 그러니 총각 하나 살리는 셈치고 시집을 와 달라. 문제는 한창 주가가 오른 20대 중반의 아가씨 마음이었다.

미스정은 천금을 준다 해도 마음을 열지 않을 것처럼 도도했다. 그런 여자가 순경의 말 몇 마디에 몸을 내줄 리가 없었다. 그 외에도 안순경을 좌절하게 만든 것은 미스정의 마음이었다. 미스정은 섬에 들어올 때부터 이미 누군가를 점찍었다. 다만 그게 누구인지 아무도 알 수 없다는 것이었다.

"대체 누가 미스정 마음을 사로잡은 거야?"

장순경이 믿을 수 없다는 듯 고개를 저었다. 허순경이 모여선 직원들을 둘러보고 씨익 웃었다.

"이 섬에서 근무하는 공무원인 건 틀림없어."

"그게 어떤 작잡니까? 기분 나쁘게 시리."

"아무튼 게임은 무승부로 끝난 거구만."

조순경이 파도가 일렁이는 바다를 보며 중얼거렸다. 조순경의 말대로 미스정 쓰러뜨리기 게임은 승패없이 끝났다. 하지만 직원들 가슴속에는 한 가닥의 아쉬움이 남아 있었다. 그것은 콧대 높은 미스정에 대한 연모의 마음 같은 것이었다. 또 하나 뛰어나게 아름다운 여자에 대한 경외의 표시이기도 했다.

어쨌든 게임은 그렇게 끝났고, 아무도 수당을 운운하지 않았다. 미스정에 대한 나쁜 소문도 더 이상 나돌지 않았다. 다만 허순경만이 간혹 의미심장한 말을 덜질 뿐이었다. 차석이 아깝다고.

5

"조만간 지서장 발령이 있을 것 같은데."

화창한 봄날, 허순경이 먼바다로 시선을 던지면서 중얼거렸다. ××경찰서 덕적지서인 이곳에는 6명의 경찰관이 근무하고 있었다. 곧 발령이 떨어질 지서장과 6개월 된 중고참 조순경, 3개월 차인 신입 안순경, 말년인 허순경과 장순경, 막 들어온 차장인 나였다.

"차석 나이만 됐어도 집사람을 데리고 들어왔을 텐데."

"……"

"하기야, 나도 이제 두 달만 있으면 육지로 나가니까."

허순경이 자조적인 어조로 말하고 숙직실로 들어갔다. 미스정 넘기기 게임 이후 우리는 무료한 나날을 보내는 중이었다. 다시 말해 누군가가 발령이 나거나, 들어오는 일이 벌어지지 않았던 것이다. 섬 근무는 돌발적 사건이 터져야 날짜가 빨리 지나갔다. 즉 자체사고 같은 게 터져야 도서지역 인사이동에 숨통이 틔었다.

가끔 폭력사건이나 화재사건, 변사사건이 발생했지만 유야무야 끝났다. 이따금 소가 쓰러져 죽거나, 돼지를 잡아서 직원들을 초청하는 일도 벌어졌다. 하지만 그 정도로는 직원들의 무료한 일상을 달래 줄 수가 없었다. 우리는 이제나저제나 하면서 일이 터지기를 기다리고 있었다. 그러던 어느 날 마을로 내려갔던 장순경이 헐레벌떡 뛰어올라왔다.

"이번 인사이동에 깐깐한 지서장이 들어온답니다."

"깐깐한 지서장이?"

허순경이 섬 근무 말년에 웬 날벼락이냐는 표정을 지었다. 장순경이 거칠어진 호흡을 조절하고 덧붙였다.

"그 사람 청에서도 알아주는 걸물이래요."

"그래 발령 날짜는 언제래?"

"그건 잘 모릅니다. 그냥 오늘내일 한다는 것밖에는."

"올 것이 왔구만."

허순경은 본래 수사부서만 돌았고, 파출소 같은 곳은 가 본 적이 없었다. 다시 말해 허순경은 경무과나 경비와 같은 한직으로는 한 번도 좌천되지 않았다. 그런 관계로 허순경은 모든 사건을 지서장 대신 처리하곤 했다. 지서장이 허순경을 그렇게 대접해 주니 차장인 나로서도 어쩔 수 없었다. 왜냐하면 나는 이제 막 경장에 임용된 배명 3년차 차장이기 때문이었다.

그 외에 허순경은 직원들 중에서도 제일 연장자였다. 경찰 경력도 40세의 나이 못지않게 화려한 사람이었다. 그의 뛰어난 능력은 섬이라는 지역사회에서 제대로 발휘되었다. 섬사람들은 지금까지 형사처벌을 단 한 번도 받아 본 적이 없었다. 그래서 지서 직원들을 이웃집 일꾼 정도로밖에 여기지 않았다. 당연히 지서도 우습게 여겨서, 언제든지 들락거리는 장소로 보았다.

섬사람들의 못된 습성을 고쳐보자고 허순경이 먼저 칼을 빼들었다. 그는 섬 안에서 제일 거들먹거리고 다니는 면대장을 처벌 1호로 점찍었다. 면대장은 해병대 소령 출신으로, 전역하고 돌아와 예비군

일을 보는 중이었다. 그는 고향에서 면대장을 역임하는 것에 꽤나 자랑스럽게 생각했다. 왜냐하면 섬에서 영관급 장교가 된 것은 그가 처음이기 때문이었다.

더구나 그는 보병 중대가 아닌 해병대 수색중대장까지 역임한 능력자였다. 그런 관계로 전역을 했어도 현역 군인처럼 행동하면서 우쭐거렸다. 그렇게 폼을 잡고 다니는 면대장을 본때를 보여 주자며 수사에 들어갔다. 즉 돈을 받고 훈련을 면제시켜 준 사실을 포착하고 내사에 착수했던 것이다.

사실 그 같은 비리는 공공연해서 면대장이라면 누구든 손대지 않는 사람이 없었다. 아무튼 전후 사정을 모르는 면대장을 불러다 놓고 허순경이 엄포를 놓았다. 지서장하고만 어울리지 말고 직원들하고도 잘 지내보자고. 허순경의 의도를 모르는 면대장은 기분 나쁘다는 투로 씨부렁거렸다.

"내가 뭐 잘못한 거라도 있소?"
"잘못했다는 게 아니라. 직원들하고 잘 지내보자는 거요."
"나 지금 바쁘니까 다음에 얘기합시다."

면대장의 태도에 화가 난 허순경이 예비군을 불러다가 조서를 받았다. 일이 의외의 방향으로 전개되자 면대장도 어쩔 수 없었다. 그는 평소 형님이라고 모시던 민주임을 찾아가 바짓가랑이를 잡고 늘어졌다. 전후 사정을 들은 지서장이 그 정도로 하고 그만둘 것을 종용했다.

매일 얼굴을 보고 사는 기관장을 난처하게 만들지 말자는 것이었다. 어느 정도 지서 입지를 세웠다고 생각한 허순경이 면대장을 다시 불렀다. 그리고는 면대장이 보는 앞에서 진술조서를 찢어 버렸다. 그 일로 허순경은 공포의 수사관이라는 둥. 한 번 물면 놓지 않는 살모사라는 둥. 저승사자에 버금가는 무서운 인간이라는 둥. 그리 나쁘지 않은 별명을 얻게 되었다.

당연히 존재가치가 무시되었던 지서 직원들 어깨도 자연스럽게 올라갔다. 그와 함께 주민들은 지서가 만만치 않은 곳이라는 걸 그제야 깨달았다. 그런 상황이니 지서장이 직원 중 고참인 허순경을 신임할 수밖에 없었다. 거기에는 지서장과 나이가 같다는 점도 고려되었다.
"새 지서장이 오면 우리가 먼저 선수를 치자구."
허순경이 직원들을 등나무 아래에 모아 놓고 말을 꺼냈다. 그의 말은 새로 오는 지서장도 민주임처럼 꽉 잡자는 뜻이었다. 그렇지 않아도 섬에서 고생하는 마당에 규정대로 근무하는 건 바보짓이라는 거였다. 신임 지서장에게 한번 약점을 잡히면 끝까지 징역생활을 한다고 겁까지 주었다.
우리는 사실 정복 한번 입지 않고, 순찰 한번 돌지 않았다. 기본근무인 소내근무나 외근근무인 방범활동도 마찬가지였다. 육지 같으면 상상할 수도 없는 짓거리를 하면서 우리는 잘못을 인정하지 않았다. 즉 우리 스스로가 불문율을 만들어 놓고, 그것을 지켜왔던 것이다. 직원들이 그렇게 되기까지는 마음씨 좋은 지서장의 묵인도 한몫했다.
"신임 지서장이 들어오는 날… 우리가 일제히 추리닝을 입고 마중 나가는 거야. 부둣가로 말이야."
허순경이 짜 놓은 신임 지서장 기선제압 작전은 이러했다. 지서장은 객선을 타고 혼자 들어올 것이다. 섬 근무가 처음인 지서장은 모든 걸 봐 가면서 근무기강을 잡을 게 분명하다. 그러니 우리 모두가 추리닝을 입고 나가서 이런 상태로 근무한다는 걸 보여 준다. 그런 다음 인수인계도 형식적으로 하고, 어영부영 근무를 해 나간다.
여기선 조회도 없고, 석회도 없으며, 유지들과 화투를 치는 것이 방범활동이다. 당연히 야간근무도 없고, 순찰이나 외근근무는 쉬는 것으로 대신한다. 이런 것을 처음부터 깨닫게 해서 나른한 섬 생활에 물들게 만든다. 지서장은 모든 걸 포기하고 우리가 하자는 대로 적응

한다.

　소문에 의하면 신임 지서장은 모든 것을 원칙대로 하는 인물이다. 그런 사람을 내버려 두면 우리 모두가 원칙대로 근무해야 한다. 그러니 부임 첫날부터 섬 근무라는 게 어떤 것인지 확실히 보여 주는 게 좋다. 즉 지역사회가 얼마나 무서운 곳인지 뚜렷하게 인식시켜 주는 게 맞다.
　허순경의 말을 듣고 직원들은 모두 고개를 끄덕였다. 허순경의 말은 언제나 기상천외해서 반대할 이유가 없었다. 더구나 그는 현 지서장과 동갑이고, 수사과나 형사과만 돈 베테랑 경찰이었다. 우리는 그날 지서장의 접견과 예우에 관한 지침을 정해 놓고 발령이 나기만 기다렸다.

6

　"금명간 지서장 인사이동이 있을 거라면서요?"
　안개가 자욱한 날, 덕적도 민정당 지도장 고정근이 지서에 들러 물었다. 그는 일찍이 도시에서 전전하다가 6공화국이 들어서자, 고향으로 돌아와 지도장직을 차고 앉았다. 고정근은 민정당 일을 보면서 공무원들 신상을 파악해서 군지부에 보고하는 일을 맡았다. 그렇기 때문에 고정근만 나타나면 공무원들은 슬그머니 꽁무니를 뺐다.
　그와 같은 것은 면장이나 지서장, 학교장, 농협지소장, 우체국장도 마찬가지였다. 기관장들이 고정근을 경원하는 것은 그뿐이 아니었다. 고정근은 기관장들의 사생활, 도벽, 축첩까지 파악해서 보고했다. 그런 상황이니 고정근을 기피하는 것은 어쩌면 당연한 일이었다. 고정근도 자신에 관해서 떠도는 나쁜 소문을 구태여 부인하지 않았다. 오히려 그는 공직자들을 감시한다는 걸 공공연히 내세우고 다녔다.
　"임기가 다 되었으니 곧 발령이 나겠죠."

나는 들여다보던 공문서를 덮고 심드렁하게 대꾸했다. 고정근이 소파에 앉더니 지나가는 투로 입을 열었다.

"봄이 되니까 데모가 더 심해지고 있어요."

"데모요?"

"학생들이 큰 문제예요. 하라는 공부는 안 하고."

고정근이 우려하는 것은 재야단체의 움직임이었다. 다시 말해 재야단체의 투쟁이 공격적으로 변했다는 걸 걱정하는 거였다. 즉 5공화국 집권 말기 증상이 곳곳에서 드러나는데, 경찰에서는 대책이 있느냐는 뜻이기도 했다. 나는 소문으로 들려오는 시위에 관한 정보를 귀띔해 주었다.

"유월 초에 대대적인 시위를 벌일 거란 얘기가 돕니다."

"유월 초에요?"

고정근이 그럴 줄 알았다는 듯이 입맛을 다셨다. 나는 덮어놓았던 공문서를 펴들고 천천히 읽어 내려갔다. 고정근이 지서 안을 둘러보더니 떨떠름한 어조로 말했다.

"요즘 지서 직원들 근무가 엉망이라는 소문이 있어요."

"우리들이 근무를 엉망으로 한다고요?"

"그런 얘기가 있습니다."

"면직원들은 매일 개 잡아먹을 궁리만 하는데요, 뭘"

"면직원들이요?"

"동네 사람들이 그러던데요."

"그럴 리가요."

고정근이 머리를 저었으나 동요되는 마음은 감추지 못했다. 대민 첩보수집이라면 민정당 지도장 못지않게 경찰도 파워를 가지고 있었다. 사실 5공의 주요 정보라인은 대통령을 직접 보좌하는 안기부였다. 기무사도 주요 정보라인이지만, 군 수사기관이라는 한계가 존재했다. 그래서 부각된 게 바로 주민과 직접 접촉하는 경찰의 정보망이었다.

사실 각종 민생사안과 서민동향, 산간벽지, 도서지역 정보는 경찰을 따라올 부서가 없었다. 안기부나 기무사 아무리 세밀한 정보망을 가지고 있다고 해도, 도서지역까지는 미치지 못했다. 결국 정부 당국자들은 전국 곳곳까지 손길이 미치는 경찰을 이용할 수밖에 없었다. 그밖에도 직원 개인한테 매월 4건 이상의 첩보를 제출하도록 쥐어짰다. 그런 관계로 경찰관들은 관할지역에서 일어나는 모든 일에 촉각을 곤두세웠다.

그 관심사항 안에 타부처 공무원, 주재 군인, 지역 유지들의 움직임이 포함되어 있었다. 민정당 지도장도 나름대로 첩보를 작성해 보고하지만, 경찰도 같이 첩보를 만들었다. 그래서 평소 서로의 입장과 처지를 적당히 조율해 가며 첩보를 작성해 올렸다. 그와 같은 상황을 잘 알고 있던 고정근이 말을 꺼냈다가 주춤했던 것이다.

"아무튼 지서장이 덕을 갖춘 사람이 왔으면 좋겠는데."

고정근이 마지못해 덕담을 던졌지만 내심은 그게 아니었다. 그는 신임 지서장이 물텀벙이 같은 사람이 왔으면 좋겠다고 말하고 싶었던 것이다. 또한 그런 인물이 지서장을 해야 민정당 지도장으로서의 입지도 세울 수 있었다.

"지서장 발령이 있으면 즉시 알려줘요. 송별회도 해야 하니까."

고정근은 진심으로 걱정하는 것처럼 말하고 소파에서 일어섰다. 나는 고정근이 밉살스러웠으나, 내색하지 않고 배웅해 주었다. 문제는 곧 떨어진다는 발령이 자꾸만 늦어진다는 사실이었다. 우리는 이제나 저제나 하면서 지서장 발령이 떨어지기를 기다렸다.

말단 기관장 인사가 늦어지니 직원들 발령도 자연스럽게 연기되었다. 그 시점에서 발령이 늦춰지는 건 재야단체의 움직임이 심상치 않아서였다. 게다가 도서지역 근무자의 발령 여부는 급한 사안도 아니었다. 발령이 늦어지자 민주임은 거의 매일 인사이동 여부를 물었다.

섬에서의 초조함과는 달리 본서에서는 인사이동 자체를 함구했다.

7

"누가 지서주임으로 발령났지?"
허순경이 전언통신문을 정리하는 안순경에게 물었다.
"강주임입니다."
"그 사람… 직원 뒤를 졸졸 따라다니는 못된 인간 아니야?"
"맞아요, 바로 그 사람입니다."
강주임은 지방청에서 소문난 대로 피도 눈물도 없는 사람이었다. 그는 편집증 환자처럼 직원들을 감독하고 따라다녔다. 어떤 직원은 감찰계로 통보해서 중징계를 먹이기도 했다는 것이었다. 그런 류의 간부들이 그러한 것처럼 그도 돈을 무척 밝혔다.
 그래서 그와 같이 근무하려면 상납을 하지 않고는 못 배겼다. 어쨌든 그가 파출소장으로 오면 직원들은 죽었다고 복창해야 했다. 직원들이 그러는 이유는 그에게 무수한 비화가 따라다녔기 때문이었다. 그 많은 비화들 중 유명한 게 바로 계급장 박탈 사건이었다.
 "또라이 하고 같이 근무하게 됐구만."
 허순경이 전언통신문에 사인한 뒤 혀를 끌끌 찼다. 허순경의 말투에 직원들은 안색이 어두워질 수밖에 없었다. 직원들이 그런 반응을 보이는 것은 강주임이 가진 악명 때문이었다. 강주임이 시내 파출소장으로 근무할 때, 한 직원을 유난히 괴롭혔다.
 문제는 백순경이라는 직원도 강주임 못지않게 걸물이라는 점이었다. 그런 인물 둘이 만났으니 사건이 터지지 않을 수 없었다. 그런 사정도 모른 채 강주임은 백순경을 시도때도없이 괴롭혔다. 괴롭힘을 참아내던 백순경이 날을 잡아 2층 소장 방으로 올라갔다. 그때 강주임은 조회를 마치고 일찌감치 낮잠을 자려고 누워 있었다.

그런 판에 백순경이 소장방의 문을 열어젖히고 들어섰던 것이다. 강주임은 백순경을 향해 '소장이 잠을 자는데 무슨 짓이냐'고 핀잔을 주었다. 백순경이 들고 올라간 칼빈소총에 실탄을 장전하며 소리쳤다.

"경찰간부 자격이 없는 인간은 옷을 벗어야 된다."
"백순경 이게 무슨 짓이야? 장난 그만두지 못해?"
"뭐 장난? 이게 네 눈엔 장난으로 보이냐?"
"장난이 아니라고?"
"지금 당장 계급장을 떼. 그렇지 않으면 너 죽고 나 죽는다."
"백순경 정말 왜 이러냐니까?"
"빨리 계급장 떼어내."

겁을 집어먹은 강주임이 칼라에 부착된 계급장을 떼려고 허우적거렸다. 백순경이 파출소장 관자놀이에 총구를 대면서 재차 윽박질렀다. 놀란 강주임이 손톱에 피가 날 정도로 긁었지만 계급장은 떨어지지 않았다. 보다 못한 백순경이 아래층에 대고 소리를 질렀다.

"김순경, 커터칼 가져와."

그때 마침 소내근무 중이던 김순경이 고함을 듣고 2층으로 올라왔다. 김순경은 눈앞에 벌어진 광경을 보고 경악하지 않을 수 없었다. 그도 그럴 것이 김순경은 막 임용되어 파출소에 배치된 신입직원이었다. 신입직원의 눈에 보인 백순경은 악마의 화신과도 같은 것이었다. 김순경이 몸을 부들부들 떨자 백순경이 다시 소리를 질렀다.

"다른 직원한테 알리면 너도 끝장이다."

김순경은 정신없이 고개를 끄덕이고 아래층으로 뛰어 내려갔다. 김순경은 그때 어떻게 대처해야 하는지 판단할 수가 없었다. 김순경은 커터칼을 찾아 책상서랍은 모두 열어젖혔다. 그럼에도 불구하고 백순경이 찾는 커터칼은 보이지 않았다. 그때 다시 백순경이 아래층을 향해 벽력같이 소리쳤다.

"빨리 커터칼 가져오지 않고 뭐해!"

김순경은 소내를 돌아다니다가 녹슨 커터칼 하나를 찾아 들고 올라갔다. 김순경으로부터 커터칼을 받아든 백순경이 강주임 앞으로 집어던졌다. 강주임이 커터칼을 펴서 칼라에 부착된 계급장을 떼기 시작했다. 김순경은 슬금슬금 아래층으로 내려가 다른 직원들을 찾았다. 문제는 파출소 안에 자신 이외에는 아무도 없다는 사실이었다.

김순경은 그 자리에 서서 한참 동안을 고민하지 않을 수 없었다. 이 일을 상황실에 보고해야 하는지, 그대로 놔둬야 하는지 알 수 없었던 것이다. 김순경이 고민에 고민을 거듭하는 것에도 일리는 있었다. 왜냐하면 당시에는 하급자가 상급자를 폭행하는 사건이 비일비재했다. 그래서 긴박한 시간이 지나면 대개가 유야무야 되고 말았다.

항명이나 직원 간 폭행사건은 예외없이 돈과 관련이 되었다. 그러니 위로 보고해서 일을 크게 만드는 것이 상책은 아니었다. 더구나 백순경은 칼빈소총에 실탄까지 장전하고 파출소장을 협박하고 있었다. 김순경이 망설이는 사이 백순경은 강주임의 계급장을 들고 외쳤다.

"무릎을 꿇고 내가 말하는 대로 복창해!"

강주임은 얼른 방바닥에 무릎을 꿇고 백순경이 시키는 대로 읊었다. '앞으로는 절대로 직원들을 괴롭히지 않겠다.' '직원들 뒤를 졸졸 따라다니며 감독하지 않겠다.' '직원들한테 한 푼의 돈도 받지 않겠다.' '상급자에게 상납하거나 아부하지 않겠다.' '간부와 비간부를 차별하지 않겠다.' '근무일지 작성을 객관적으로 하겠다.' 등등.

그날 백순경은 강주임의 비굴한 태도를 보고 그냥 내려왔다. 반면 강주임은 비공식 라인을 통해 사건을 상부에 보고했다. 사건의 전말을 내사한 감찰계에서는 줄줄이 징계해야 된다는 결론에 이르렀다. 즉 파출소장은 물론이고 보안과장과 경찰서장까지 문책하지 않으면 안 되었다. 결국 사건은 백순경과 강주임을 지방으로 전보조치하는 선에서 마무리되었다.

그 사건으로 기고만장하던 강주임은 어느 정도 기가 꺾였다. 하지만 못돼먹은 버릇을 하루 아침에 던져 버릴 리가 없었다. 그는 지방에서 조용히 지내다가 코뼈가 부러지도록 얻어맞고 다시 올라왔다. 그 정도로 화려한 이력을 가진 강주임이 이곳으로 온다는 것이었다.

"아무튼 내일 전부 추리닝 차림으로 나가자구."

8

그렇게 해서 우리는 추리닝에다가 슬리퍼를 신은 채 부둣가로 나갔다. 당연히 지서에는 신입인 안순경만 남겨 놓았다. 우리는 부둣가로 가면서 서로의 모습을 보고 허리를 잡았다. 허순경을 비롯해서 차장인 나까지 복장이 그야말로 가관이었다.

귀를 덮은 덥수룩한 머리에다가 꺼멓게 그슬린 얼굴. 발가락이 나온 슬리퍼를 신은 모습은 영락없는 뱃사람이었다. 그러니 정복에다가 정모까지 반듯하게 쓴 강주임이 질겁한 것은 당연한 반응이었다. 우리를 둘러본 강주임이 다짜고짜 차장이 누구냐고 물었다. 나는 직원들 뒷전에 서 있다가 앞쪽으로 엉거주춤 나섰다.

"접니다."

"아 그래요. 반갑습니다. 우리 한번 잘해 봅시다."

강주임은 차장이 마중 나온 게 고맙다는 듯이 손을 덥석 잡았다. 나는 그의 태도에 놀랐으나, 마음을 다져먹고 짐가방을 받아들었다. 강주임은 다른 직원들과도 수인사를 나눈 뒤 지프차에 올라 지서로 향했다. 진리 부두에서 지서까지는 멀지 않은 거리여서 걸어가는 게 상례였다.

짐이 많은 사람들은 공용 트럭을 이용하기도 했다. 하지만 단순한 여행객은 걸어서 가는 게 원칙이었다. 우리는 신임 지서장을 4호 관사 앞 느티나무 아래로 모셨다. 그곳은 면사무소는 물론이고, 바다와 동네가 내려다보이는 명당자리였다. 그렇기 때문에 술자리를 벌이려면 그곳에 좌석을 마련해 놓고 사람들을 불렀다.

우리는 명당자리에 탁자를 배열하고 술과 안주도 충분히 마련해 놓았다. 강주임은 지서를 대충 둘러본 다음 느티나무 아래로 향했다. 그때가 사월 초순이었으므로 관사 울타리에는 진달래가 만개해 있었다. 따듯한 훈풍까지 불어와서 술을 마시기에는 더없이 좋았다.

강주임도 오랜만에 바다 내음을 맡는다는 듯 가슴을 펴고 심호흡을 했다. 그 순간 그는 새로 부임한 지서주임이라는 사실도 잊은 것 같았다. 그는 우리가 따르는 대로 술을 받아 마시고 호탕하게 웃었다.

"여기는 직원이 몇 명이지요?"
"총 다섯 명입니다."
허순경의 대답에 강주임이 고개를 끄덕거렸다.
"관공서는 몇 개나 있습니까?"
"다 있습니다. 면사무소하고 중고교, 농협, 우체국까지."
"그럼 조만간 기관장들을 만나 봐야겠구만."
"그렇지 않아도 이리로 오시라고 했습니다."
"이리로요?"
"오늘 지서장님이 부임한다고 통보해 두었거든요."

허순경의 너스레에 강주임이 흡족한 표정으로 술을 들이켰다. 우리는 그의 태도를 보고 어느 정도 안심할 수 있었다. 그는 듣기보다 악명이 높은 사람 같지 않았다. 말과 행동도 반듯한 게 여느 지서주임과 다를 바 없었다. 하지만 우리는 내친김이라고 생각하고 작전대로 밀어붙였다.

주모자인 허순경은 강주임 옆에 붙어서 연신 술을 따랐다. 보조를 맡은 장순경과 조순경은 계속 안주를 해 날랐다. 한식경이 지나자 파티 분위기가 왁자지껄하게 무르익어 갔다. 그와 함께 관내 유지들이 한두 명씩 짝을 지어 올라왔다. 그들은 모두 신임 지서장이 온다는 사실을 알고 있었다. 그래서 술 파티가 벌어지면 일제히 합석하기로 약속된 상태였다.

지서에서 개최한 술 파티에 먼저 얼굴을 들이민 것은 부면장이었다. 그는 갈비 한 짝과 맥주 두 박스를 가지고 와서 상석에 자리잡았다. 강주임은 부면장의 출현에 더욱 기분이 우쭐해진 것 같았다. 그는 중앙에 앉아서 새로 오는 사람들과 인사를 나누고 잔을 주고받았다.

"근무 여건이 아주 좋은 것 같구만요."

강주임의 말을 부면장이 받았다.

"좋고말고요. 물자가 부족해서 그렇지 편하기는 이를 데 없습니다."

부면장은 섬에서 태어나 섬에서 공무원이 된 사람이었다. 그는 도시로 나가지 않는 것을 늘 자랑으로 삼았다. 그는 누구보다 고향을 사랑하기 때문에 섬에서만 근무한다고 떠벌리고 다녔다. 부면장의 말은 사실이고, 그는 섬에서 20여 년을 근무해 왔다.

그 외에도 그는 지서와 원만한 관계를 유지하는데 힘을 쏟았다. 그런 이유로 지서장 부임날 면장 1호차인 지프차까지 내주었다. 부면장이 올라오고 고교교감과 우체국장이 함께 얼굴을 디밀었다. 그들은 가족을 육지에다 두고 들어와서는 홀아비 생활을 하는 사람들이었다.

나이가 비슷한 그들은 죽마고우처럼 어울리며 술추렴을 벌였다. 그들은 지서에서 왁자지껄한 소리가 나자 서둘러 올라왔다. 교감은 교장을 대리한 것이고, 우체국장은 빠지는 곳이 없으므로 당연히 얼굴을 들이민 거였다. 부면장을 선두로 교감, 우체국장, 농협소장, 면대장이 올라왔다.

뒤를 이어 민정당 지도장, 새마을 지도자, 진리 이장, 어촌계장, 전직 파출소장도 합류했다. 그들은 각기 술과 안주를 사들고 와서는 먹고 마시고 떠들었다. 강주임은 유지들이 몰려들자 입이 벌어질 대로 벌어졌다.

"덕망이 높으신 분이 오셨으니 지역사회가 편안해 지겠습니다."

교감의 덕담에 강주임이 너털웃음을 터뜨렸다.

"하하하, 유지들께서 도와주시면 다 잘 되겠지요."

"아무튼 잘 부탁드립니다."

"부탁이야 제가 드려야죠."

강주임의 호탕한 모습을 본 유지들도 편하게 술을 들이켰다. 문제는 술좌석이 길어지면서 한 두명씩 취해간다는 사실이었다. 밤이 깊어지면서 자연스럽게 지서 안으로 술자리가 옮겨졌다. 술 파티가 지서 안으로 들어가자 유지들은 더 한층 흥이 솟았다. 그들은 지서에서 술을 마신다는 생각에 거칠 것이 없었다.

강주임도 지서에서 술을 마시는 게 싫은 것 같지 않았다. 그는 유지들을 좌우에 거느리고 끝도 없이 들이켰다. 술기운이 제법 오른 강주임이 좌중을 둘러보더니 언성을 높였다. 지서장 부임 날 민정당 지도장이 나타나서 떠든다는 건 어불성설이라는 거였다. 평소 지서장 알기를 뭐처럼 여기던 고정근이 즉시 맞받아쳤다.

"지서주임은 뭐 대단한 자린 줄 아시오?"

"지도장은 또 대단한 거요?"

사태 수습에 부면장이 나섰고, 말다툼은 일단락되는 것 같았다. 하지만 유지들 앞에서 망신당한 고정근이 가만히 있을 턱이 없었다. 그는 맥주를 연달아 들이켜더니 빈병을 들고 일어섰다. 사람들은 주거니 받거니 마시는 중이어서 고정근의 행동을 눈치채지 못했다. 어떤 사람은 고정근이 취중 쇼를 벌이는 것쯤으로 여겼다.

나도 고정근이 술판을 어지럽힌다고 생각지 않았다. 단지 술에 취해 객기를 부리는 것으로 판단했을 뿐이었다. 내 생각과 달리 고정근은 험악한 표정을 지으며 맥주병을 치켜들었다. 고정근의 행동에 놀란 강주임이 헉 하며 물러앉았다. 그와 동시에 고정근이 벼락같이 소리를 질렀다.

"이 작자가 지역사회 무서운 줄 모르는구만."

나는 그 순간까지도 고정근이 장난을 치는 것으로 알았다. 그래서 맥주병을 머리 위로 치켜들 때까지도 지켜보았다. 하지만 고정근의 험악한 표정을 보고 사태의 심각성을 알아차렸다. 나는 고정근의 손에서 맥주병을 빼앗아 던지고, 지서 밖으로 끌고 나갔다. 고정근은 멱살을 비틀어 잡은 내 행동에 놀란 듯 버둥거렸다. 나는 고정근을 지서 정문까지 끌고 가서 길바닥에 내동댕이쳤다.

"당신 죽고 싶어?"

"최형, 그게 아니라."

"뭐가 그게 아니야, 민정당 지도장이면 다야? 여기가 어디라고 맥주병을 들고 설쳐."

"미안합니다. 최형, 내가 좀 취해서."

"빨리 꺼져. 그렇지 않으면 정식으로 입건하겠어."

내 엄포에 고정근이 비척비척 일어나 마을 쪽으로 내려갔다. 나는 그 순간 모든 것을 파악할 수 있었다. 고정근이 왜 말도 안 되는 짓거리를 벌였나 하는 것을. 사실 고정근은 신임 지서장의 기를 꺾기 위해 그랬던 것이다. 또 한 가지는 전임 지서장에 대한 한풀이도 섞여 있었다. 즉 고정근과 전 지서장인 한주임, 농촌 지도소장이 벌인 해프닝 때문이었다.

당시 보건 지소장으로 부임해온 미스신은 27세의 처녀였다. 농촌 지도소장과 고정근도 각각 32세의 총각이었다. 그들은 총각 딱지를 떼기 위해 미스신에게 애정공세를 펼쳤다. 문제는 보건지소 바로 옆에서 수작을 부리는 한주임이었다. 한주임은 처자식이 있지만, 무료함을 달래기 위해 미스신을 흔들었다. 그 장난 비슷한 애정공세에 자존심 강한 미스신이 넘어가고 말았다.

한주임이 간호사인 미스신을 공략하기 위한 방법이 좀 특이했다. 한주임은 물건이 시원치 않다며, 미스신에게 포경수술을 의뢰했던 것이다. 미스신은 한주임의 물건을 수술해 주고 나서 마음을 빼앗겨 버렸다. 직원들에 의하면 한주임은 물건이 말뚝 같아서 어떤 여자든 꼼짝 못한다는 거였다. 그런데 미스신이 포경 수술까지 해줬으니 넘어가지 않을 도리가 없었다.

미스신에게 목숨을 걸었던 고정근과 농촌 지도소장은 닭 쫓던 개 격이 되었다. 그후 고정근은 미스신을 건드린 한주임을 원망하며 술로 날을 보냈다. 반면 한주임은 무슨 일이 있었느냐는 듯 임기를 마치고 육지로 나갔다. 그때를 기다린 것처럼 미스신도 도시 보건소로 발령이 났다. 그런 일이 벌어졌으니 고정근이 지서주임들에게 감정을 갖지 않을 수 없었다.

"왜 이렇게 취한 거예요?"

고정근이 마을 쪽으로 내려갔을 때 누군가 부축하고 나섰다. 나는 그를 맞이하는 사람이 누군지 궁금해서 슬그머니 돌아섰다. 비틀거리는 고정을 부축한 사람은 새파랗게 젊은 여자였다. 나는 희미한 달빛에 드러난 여자의 모습을 유심히 살펴보았다. 여자가 고정근의 다리를 만져보더니 자지러지듯 소리를 질렀다.

"어머, 피가 나잖아."

나는 고정근의 상처를 닦아주는 여자를 보고 흠칫 놀랐다. 희뿌연 달빛 아래서 피를 찍어내는 여자는 비치다방 미스정이었다. 나는 너무 당황한 나머지 돌담 아래쪽으로 몸을 숨겼다. 그 자존심 강한 아가씨가 고정근 같은 속물에게 마음을 주다니. 선생과 경찰들이 아무리 흔들어도 요지부동이던 여자가 문을 열다니. 나는 한동안 멍하니 두 사람의 애정 어린 행동을 지켜보았다.

미스정이 고정근의 엉덩이를 털고 지서 쪽으로 원망의 눈길을 던졌다. 나는 미스정의 원망 섞인 눈길을 피해 돌담 뒤쪽으로 물러섰다. 하지만 미스정의 눈을 피하기에는 내 동작이 너무 느렸다. 시선이 마주친 그녀와 나는 한동안 어색한 눈길을 주고받았다. 잠시 후 미스정의 눈빛이 천천히 누그러지며 부드럽게 바뀌었다.

사실 그것은 원망이 아니라, 사랑하는 사람에 대한 연모의 눈빛이었다. 미스정은 아주 오랫동안 응시했는데, 나는 마주볼 수가 없었다. 희미한 달빛 아래에서도 그녀의 눈망울은 똑똑히 보였다. 그녀는 몇십 보 밖에 서 있는 내게 말하고 있었다. 당신이 찾아오기를 기다리고 있었다고. 당신이 왔다면 모든 것은 달라졌다고.

검문을 위해 부두로 나가는 길에 몇 번인가 그녀와 마주쳤다. 그때 그녀는 아무런 말도 없이 목례만 하고 지나갔다. 언젠가는 혼자서 바닷가를 거닐다가 모래밭에서 부딪친 적도 있었다. 그녀는 물속에서 조개를 건져내다가 나를 보고 생긋 웃었다. 나는 그때까지도 그녀가 누구인지 전혀 눈치채지 못했다.

"가자구 가. 빌어먹을."

고정근이 가래침을 뱉고 마을 쪽으로 걸음을 떼어놓았다. 지서 쪽을 바라보던 미스정이 돌아서서 걷기 시작했다. 나는 씁쓸한 마음으로 미스정의 뒷모습을 지켜보았다. 내 시선을 느꼈는지 미스정은 아주 천천히 발걸음을 옮겼다. 나는 한 차례 입맛을 다시고 지서로 통하는 계단을 올라갔다.

그때 문득 등 뒤쪽에서 뛰어오는 발소리가 들렸다. 다급하게 달려오는 발소리로 보아 미스정의 것이 틀림없었다. 나는 가파른 돌계단을 올라가다 말고 돌아섰다. 가까이 다가온 미스정이 거칠어진 호흡을 가다듬고 말을 꺼냈다.

"당신을 기다리고 있었어요."

나는 무어라고 할 말이 없어 멍한 표정을 지었다. 잠시 침묵을 지키던 미스정이 또박또박 입을 열었다.
"기억나세요? 정세희라는 여고생."
"정세희?"
나는 느닷없는 물음에 고개를 외로 꼬고 기억을 더듬었다. 미스정이 기억을 떠올리는 내 얼굴을 뚫어지게 바라보았다. 잠시 후 나는 한 여자애에 관한 기억을 떠올렸다. 광주항쟁 당시 군인들로부터 폭행을 당하고 죽어가던 여고생을. 나는 너무나 놀란 나머지 하마터면 소리를 지를 뻔했다.
미스정이 이제야 알았느냐는 듯이 슬픈 미소를 지었다. 그녀는 바로 광주민주화운동 당시 만난 정세희라는 여고생이었다. 나는 무슨 말을 어떻게 해야 할지 몰라 멍하니 서 있었다. 내 모습을 지켜보던 미스정이 착 가라앉은 목소리로 말했다.
"내가 여기에 들어와 있어서 놀랐죠?"
"전혀 짐작도 못했어."
"나도 사실은 얘기하고 싶지 않았어요."
"그래서 모른 척 했던 거야?"
"네."
"아무리 그래도 그렇지."
"오빠는 전혀 변하지 않았군요."
"그건 세희도 마찬가지야."
"아니에요. 나는 이미 다른 사람이 됐어요. 보세요. 이렇게 막 살아가고 있잖아요."
"누구든 그렇게 살아갈 수밖에 없는 시절이잖아."
"그렇지 않아요."
"아니야. 나도 이렇게 살고 있는데 뭘."
"그런데 어떻게 경찰이 됐어요?"
그녀가 도저히 믿을 수 없는 일이라는 투로 물었다. 나는 피식 웃고 머리를 긁적거렸다.

"살다 보니까 그렇게 됐어."

"아무리 그래도 그렇죠. 어떻게 경찰을 할 수가 있어요?"

"나는 그렇다 치고, 세희는 어떻게 된 거야."

"보다시피요."

미스정이 우울한 표정을 지으며 흐트러진 머리를 매만졌다. 나는 무언가를 더 묻고 싶어서 한 발짝 다가섰다. 그녀가 뒤로 물러서더니 나직한 목소리로 덧붙였다.

"저를 만나지 않은 것으로 생각하세요."

"그건 왜?"

"그냥요."

"……?"

"어차피 나는 오빠한테 부담이 되는 존재니까요."

나는 눈을 크게 뜨고 고개를 좌우로 흔들었다. 미스정이 머리를 아래쪽으로 떨어뜨리고 외면했다. 나는 미스정을 향해 손을 내밀고 엉거주춤 다가섰다. 나는 그녀의 손을 움켜잡고 큰소리로 부르짖고 싶었다. 너의 안부가 무척이나 궁금하다고. 그동안 어디서 어떻게 살았는지 궁금하다고. 섬까지 들어온 이유가 무엇인지 알고 싶다고. 내 생각을 눈치챘는지 그녀가 재빨리 입을 막았다.

"아무 말도 하지 마세요."

"궁금한 게 한두 가지가 아닌데."

"그래도 모르는 게 좋아요."

"하지만…"

"저 내일 아침 배로 나가요."

"내일 나가다니?"

"그렇게 됐어요."

"그럼 시간이 나는 대로 관사에 들렀다 가지 않겠어?"

"들를 시간이 없을 거예요."
"왜?"
"미안해요."
"사실 나… 그때 그 일본여자하고 결혼했거든."
미스정이 심한 충격을 받은 듯 말없이 서 있었다. 내가 다시 입을 열려고 하자 그녀가 힘없이 웃었다.
"결국 그렇게 됐군요. 축하드려요. 언니한테도 안부 전해 주고요."
"정말 들렀다 가지 않을 거야?"
"죄송해요."
"오랜만에 만났는데…"
"또 만날 수 있을 거예요."
"그럴까."
"난 이만 가볼게요."
그녀가 고정근이 간 쪽을 돌아보며 힘없이 중얼거렸다. 나는 무언가 말을 더 해야 한다고 생각했다. 너를 이대로 보내서는 안 된다고 소리치고 싶었다. 내 마음을 짐작했는지 그녀가 돌아섰다. 나는 그녀의 팔을 잡고 앞으로 잡아당겼다. 그녀가 잡힌 팔을 뽑아내고 서글픈 미소를 지었다.
"그럼 안녕히 계세요."
"아 그 그래…"
나는 희미한 달빛 속으로 그녀의 얼굴을 쳐다보았다. 다방에서 일하는 여자라고 할 수 없는 기품이 느껴졌다. 멀리서 본 것과는 다르게 옷매무새도 단정했다. 나는 별이 총총히 뜬 밤하늘을 올려보며 한숨을 쉬었다. 그녀의 고통스런 삶에 대한 자괴감이 일었기 때문이었다.
그녀가 손을 흔들어 보이고 어둠 속으로 걸어갔다. 나는 그녀의 뒷모습을 우울한 마음으로 지켜볼 수밖에 없었다. 그녀가 사라진 뒤에도 나는 한동안 그 자리에 서 있었다. 어떤 거역할 수 없는 힘이 우리를 시험하는지 모른다는 생각을 하며.

"너 죽고 싶어?"

그때 커다란 고함과 함께 무언가 부서지는 소리가 들렸다. 나는 정신을 퍼뜩 차리고 지서 안으로 뛰어들어갔다. 평소 담장 경계를 놓고 신경전을 벌이던 마삼육과 이경천이 엉겨붙어 싸우는 중이었다. 나중에 안일이지만, 먼저 시비를 건 사람은 경찰 출신의 이경천이었다. 그는 마삼육을 향해 '어촌계장이 무슨 벼슬이라고 이 자리에 나타났느냐.'고 이죽거렸다.

이경천의 모욕적인 언사를 들은 마삼육도 곧바로 맞받아쳤다. 전직 파출소장이면 지서장 부임 날 와서 횡설수설해도 되는 것이냐고. 마삼육의 말이 틀린 건 아니었다. 문제는 자칭 선배라는 이경천의 어줍지 않은 행동이었다. 그는 틈만 나면 지서로 올라와서 직원들에게 아는 척을 했다. 우리 모두 경찰 출신이니 서로 도와가며 잘 살아보자고. 차석인 나한테도 선후배 간에 잘 지내보자고 너스레를 떨었다.

그런 상황이니 지서장 부임 날 초청하지 않을 수 없었다. 아무튼 이경천은 맞은편에 앉은 마삼육을 향해 맥주병을 집어던졌다. 다행이 맥주병은 허공을 가르며 날아가 벽에 부딪쳐 깨졌다. 덩치가 남산만 한 마삼육이 그걸 보고만 있을 위인이 아니었다. 그도 이경천에 뒤질세라 같이 맥주병을 집어 들어 기세 좋게 던졌다.

연회가 벌어지던 지서 안은 순식간에 아수라장이 되었다. 마삼육과 이경천은 멱살잡이를 했고, 놀란 유지들은 서둘러 자리를 떴다. 이경천과 마삼육보다 더 가관인 것은 새마을 지도자와 진리 이장이었다. 그들은 마삼육과 이경천이 싸우자 이때다 싶어 엉겨붙어서 치고받았다.

"네가 무슨 이장이야."

"새마을 지도자는 또 어떻고."

그들은 소내에 비치된 경찰봉까지 휘두르며 난투극을 벌였다. 이제는 말리고 어쩌고 할 수도 없이 상황이 커졌다. 강주임은 물론이고, 허순경과 조순경도 허둥지둥 자리를 떴다. 사실 지서장 부임행사를 이렇게까지 만들려고 한 것은 아니었다. 그렇지만 일은 예상 외로 크게 벌어지고 말았다.

강주임은 혀를 차며 앞으로의 근무를 걱정했다. 작전을 주도한 허순경은 내심 흐뭇해하는 표정이었다. 직원들은 우려 반 만족 반의 심경으로 술자리를 정리했다. 그날의 부임 행사는 그렇게 해서 막을 내렸다. 강주임에게 지역사회가 만만치 않은 곳이라는 인상을 심어 주고.

"이상한 동네야. 아상한 동네…"

강주임은 그 일 외에도 크고 작은 사건에 휘말려 곤혹을 치렀다. 즉 부임 며칠 후 지서장 관사에 돌이 날아들었다. 강주임은 그때까지만 해도 별일 아니려니 여겼다. 그 정도는 어느 마을에서도 일어날 수 있는 사건이라는 거였다. 정작 놀랄 만한 일은 부임한 지 이주일이 지나서 벌어졌다. 누군가가 강주임 관사에 침입해서 짐을 모조리 휘저어 놓았던 것이다.

그 며칠 후에는 더욱 가공할 만한 일이 터졌다. 그것은 동네 한가운데 있는 지서장 관사에 불을 지른 사건이었다. 불이 관사 전체로 번지기 전에 껐지만, 그것은 공권력에 대한 도전이었다. 강주임을 비롯한 나와 직원들은 긴급회의를 갖고 대책을 논의했다.

그 결과 관사에 전경을 배치하는 게 최선이라고 의견을 모았다. 그 의견도 좋은 해결책은 못돼서 결국 강주임은 지서로 도망쳐 올라오고 말았다. 누군가가 관사 밖을 맴돌며 쳐들어올 기회만 노린다는 이유를 대고.

"나 일호 관사에서 지낼게."

그날부터 강주임은 지서 옆에 있는 1호 관사에서 생활을 시작했다.

그는 거기서 손수 밥을 해먹으며 1개월을 더 버텼다. 면사무소에서 역대 지서장에게 보조해 주는 밥값도 받아보지 못한 채. 그런 우여곡절을 겪은 끝에 강주임은 다시 경찰서로 돌아갔다. 귀신이 나오는 섬에서는 더 이상 근무할 수 없다는 친피보고를 올리고.

 그리하여 허순경이 계획했던 지서장 기 꺾기 작전은 성공리에 끝났다. 문제는 지서의 위계질서와 근무기강이 깨진 것에 대한 책임이었다. 허순경은 강주임이 나기기 며칠 전 뭍으로 발령이 났다. 장순경도 모든 비밀을 덮어 두고 도시로 떠났다.

 결국 뒤에 남아 있는 내게 모든 비난이 돌아오고 말았다. 차장이 지서장을 잘 보조하지 못하니까 주임이 임기를 채우지 못했다고. 우리는 그렇게 해서 악명높은 강주임을 쫓아내고 부조리한 평화를 찾았다. 매일처럼 추리닝을 입고 근무하는 이상하기 짝이 없는 평화를.

9

 "우리 와이프가 들어온대."

 넝쿨장미가 꽃을 피우던 날 조순경이 싱글거리며 말을 꺼냈다. 그의 말은 자신도 와이프가 해 주는 밥을 먹는다는 뜻이었다. 조순경은 30대 중반으로 나보다는 임용이 한참 위였다. 당연히 경찰경력도 차이가 나서 함부로 대할 수 없는 처지였다. 나는 모든 것이 앞선 그를 인정해 줄 수밖에 없었다.

 그가 염소를 잡아먹겠다고 M16 실탄을 달라고 하면 적당히 거절했다. 북리로 넘어가 며칠간씩 고스톱을 쳐도 눈감아 주었다. 문제는 그의 사생활이 안개처럼 베일에 가려져 있다는 점이었다. 집안 사정은 물론이고 가족, 친구, 재산 등 모두가 알 수 없었다.

 반면에 어떤 면은 불을 보는 것처럼 명확한 것도 있었다. 그가 감찰계 블랙리스트에 올라갔으며, 사생활이 문란하고, 춤에 도통했다는 정도였다. 나는 아내가 들어온 이후 조순경에게 더욱 잘해 주었다. 그가 아내에게 불순한 마음을 먹을지도 모른다는 우려 때문이었다.

"언제 온답니까?"

"내일 배로 들어온대."

조순경이 어깨를 으쓱해 보이고 관사 쪽으로 걸어갔다. 이곳에는 관사가 5개 있는데 지서장 관사는 마을 안에 소재했다. 나머지 1호, 2호, 3호, 4호 관사는 지서 바로 옆에 있었다. 그중 조순경이 사용하는 관사는 제일 끝에 위치한 4호였다.

그는 콧노래까지 흥얼거리며 관사를 쓸고 닦았다. 직원들은 모두 알고 있었다. 조순경이 문란한 사생활로 이혼했으며, 지금은 혼자 지내고 있다는 것을. 언젠가 허순경이 농담 반 진담 반으로 그의 마음을 떠보았다.

"조순경 돈 많은 과부 하나 소개해 줄까? 혼자 사는 것도 적적할 텐데."

"돈만 많다면 얼마든지 좋지요."

"그럼 기다려 봐. 한 건 만들어 줄 테니까."

조순경은 기술이 뛰어나고, 그것에 안 넘어간 여자가 없다는 거였다. 장순경에 의하면 조순경 물건은 말처럼 우람하게 생겼다는 것이었다. 반면 허순경은 물건이 큰 게 아니라, 테크닉이 좋다고 우겨댔다. 쉽게 말해 그와 잠자리를 한 여자는 절대로 벗어나지 못한다는 거였다. 아무튼 그는 여자를 다루는 특별한 기술이 있는 게 분명했다.

"안녕하세요."

내가 3호 관사 쪽으로 갈 때 선글라스를 쓴 여자가 머리를 숙였다. 나는 엉겁결에 인사를 받았는데, 여자는 뛰어난 미모를 가지고 있었다. 차림새와 외모로 보아 평범한 사람은 아닌 것 같았다. 여자가 쓴 선글라스는 너무 커서 얼굴을 빤쯤 가리고 남을 정도였다. 아무튼 여자는 여염집 안사람이기보다 세월을 즐기며 사는 장미족처럼 느껴졌다. 여자는 내가 차장이라는 걸 아는지 깍듯이 예의를 갖추고 마을로 내려갔다.

나는 마을 쪽으로 걸어가는 여자를 보며 머리를 갸우뚱거렸다. 아무리 생각해 봐도 어딘가 낯익은 느낌 때문이었다. 나는 그 자리에 서서 어디서 만난 여자인지 생각해 보았다. 문제는 아무리 기억을 더듬고 머리를 굴려도 알 수가 없었다. 나는 입맛을 쩍쩍 다시고 3호 관사 안으로 들어갔다. 아내가 방안에서 나오며 마을 쪽으로 가는 여자를 가리켰다.

"그 여자 조순경님 부인이래요."

나는 아내의 말을 듣고 다시 한번 여자의 모습을 돌아보았다. 아무리 생각을 해 봐도 몇 번 부딪친 여자가 틀림없었다. 나는 관사로 들어가서 그 여자에 대해 자세히 물어보았다. 아내는 여자의 신상과 섬에 들어오게 된 경위를 들려주었다. 아내에 의하면, 그녀는 조순경의 부인이고 오랜만에 섬에 들어왔다.

다시 말해 조순경에게 마른반찬도 해다 줄 겸 들어왔다는 것이다. 아이들도 다 커서 섬에 체류해도 아무런 지장이 없다는 거였다. 나는 아내의 말을 들으면서도 석연치 않은 느낌을 떨쳐 버릴 수가 없었다. 그 이유는 여자의 예사롭지 않은 옷차림과 튀는 행동 때문이었다. 그 외에도 그녀는 남자를 쳐다보는 눈빛조차도 달랐다.

조순경 부인이라는 여자와 나의 조우는 그렇게 해서 끝났다. 그녀는 육지로 나갈 때까지 밖으로는 좀처럼 나돌아 다니지 않았다. 가끔은 4호 관사 안에서 격렬한 신음소리를 내며 정사를 벌였다. 직원들에 의하면, 조순경은 그녀를 데리고 소야도 동굴로 갔다는 것이었다. 그런 다음 동굴 속에서 미스정에 대한 한풀이처럼 섹스를 했다는 거였다.

그녀는 한가할 때 아내를 찾아와 커피를 마시며 이야기를 나누었다. 그게 그녀가 섬에서 취한 행동의 전부이고, 내게 보여 준 모든 것이었다. 그렇지만 그녀가 남긴 인상은 강렬해서 나는 오래도록 생각했다. 과연 그녀는 누구이며, 왜 이곳까지 들어왔는가를. 그녀를 도대체 어디서 보았고, 어떤 이유로 만났는가를.

10

조순경 와이프가 들어온 얼마 후 출동명령이 떨어졌다. 나는 아내에게 데모진압 때문에 뭍으로 나가야 한다고 통보했다. 아내는 무척 걱정된다는 얼굴로 내 손을 잡았다. 그녀가 일본을 떠나 나와 결혼한 것만으로도 큰 결심을 한 터였다. 경찰관으로 근무하는 나를 따라 섬에 들어온 것도 모험이었다. 그런 아내를 두고 데모진압을 하러 떠난다는 게 내키지 않았다. 아내가 바짝 다가앉으며 불안한 표정을 지었다.
"며칠이나 걸리죠?"
"한 일주일 걸릴 거야."
"일주일 동안이나요?"
"걱정 마, 아무 일 없을 테니까."
"시위가 격렬하다는데."
나는 연신 불안감을 표시하는 아내를 향해 웃어 보였다. 아내도 내 태도를 보고 조금은 안심이 된다는 눈치였다. 나는 아내의 어깨를 잡아당겨 가만히 포옹해 주었다.
"걱정 마."
아내는 내 품에 안긴 채 조용히 머리를 끄덕였다. 나는 다음 날 직원들과 함께 뭍으로 가는 여객선에 올랐다. 아내와 조순경 부인을 해무가 자욱하게 낀 섬에 남겨 놓은 채. 나는 배를 타고 가면서 조순경 부인이라는 여자에 대해 생각했다. 그녀를 어디서 보았으며, 무슨 일 때문에 만났는가를. 나는 여객선이 뭍에 닿기 직전에 그녀의 정체를 밝혀냈다.

그랬다. 그녀는 바로 삶과 죽음이 오가는 광주항쟁 현장에서 만난 여자였다. 광주항쟁 당시 내게 먹을 걸 주며 친절하게 대해 준 아가씨. 동굴에 숨어 지내던 내게 천사처럼 다가온 차민지라는 여자. 그 여자가 조순경 부인이라며 섬마을에 나타난 것이다.

"그 여자였어."

나는 차민지라는 여자를 생각하며 5.3 인천항쟁의 중심에 서 있었다. 최루탄이 안개처럼 터지고, 화염병이 포탄처럼 날아다니는 한가운데에. 재야단체의 데모가 격화되자 5공 신군부는 군까지 동원해 데모를 진압했다. 집권 말기에 접어든 5공은 발작적으로 학생과 지식인을 잡아넣었다. 분개한 재야인사들은 더욱 발악적으로 집회를 열고 학생들을 선동했다.

그에 맞서 신군부도 더 극렬하게 학생과 재야인사들을 탄압했다. 신군부가 그렇게 나오는 이유는 명백한 것이었다. 정권이 야당으로 넘어간다면 앞날을 보장할 수 없기 때문이었다. 사실 그것은 앞날이 보장되고 안 되고 정도의 문제가 아니었다. 쿠데타로 정권을 잡은 신군부는 자신들의 목숨을 걸고 강경진압 일변도로 나갔다. 그와 같은 탄압정책은 신군부로서도 어쩔 수 없는 마지막 선택이었다.

"빨갱이 새끼들은 다 때려죽여야 돼."

우리는 지방청에서 지급한 붉은 모자를 쓰고 부평역 광장에 모였다. 재야인사와 시민, 학생들도 스크럼을 짜고 노래를 불렀다. 일촉즉발의 대치 상태는 해가 질 때까지 계속되었다. 시민들의 태도는 무서울 것도, 두려울 것도 없어 보였다. 그런 시민들의 행렬이 흩어지기 시작한 것은 해가 떨어진 뒤였다.

그때까지 기다린 우리는 손수건으로 얼굴을 가리고 닥치는 대로 행인들을 두들겨 팼다. 그와 같은 데모 진압대의 행동은 누구의 명령에 의해서가 아니었다. 그저 붉은 모자를 쓰지 않은 사람은 나라를 망치는 빨갱이로 느껴져서였다. 데모대열에 참여했던 학생이나 행인을 잡는 건 토끼몰이와 같았다.

한 시민이 지나가는 걸 붉은 모자들이 불러 세웠다. 시민은 큰소리로 항의하고, 붉은 모자의 집단 구타가 이어졌다. 밤이 깊어갈수록 붉은 모자들은 무자비하게 시민들을 잡아 족쳤다. 얼굴은 흰 손수건으로 가리고, 손에는 커다란 각목을 든 채. 나도 그들과 같이 복면을 하고 지나가는 시민들을 폭행하고 잡아들였다.

그것은 전혀 다른 모습으로 나타난 차민지라는 여자에 대한 분노의 표현이기도 했다. 아니 어쩌면 역사의 수레바퀴에 끼인 채 신음하는 정소희에 대한 연민이었는지도 모른다. 사실 더 정확히 말하면, 그것은 부조리한 시대와 부조리한 삶에 대한 분노였다. 나의 분노는 그렇게 엉뚱한 곳으로 터져 나갔고, 손에 피를 묻힌 채 끝났다.

5.3 인천항쟁 당일, 붉은 모자를 쓴 건 경찰과 의경, 전경, 소방관, 교도대, 해병대, 특수부대까지 포함되어 있었다. 당연히 그날 피해를 입은 시민과 학생은 헤아릴 수 없이 많았다. 그들은 피를 흘리면서도 병원으로 가지 않고 집으로 돌아갔다.

우리는 돌과 각목과 최루가스가 난무하는 곳에서 정신없이 뛰어다녔다. 나라를 위태롭게 하는 단체나 사람을 척결하기 위해서. 그 피와 폭력이 난무하는 현장에서 부조리해진 나를 보았다. 아무리 합리화시키려고 해도 합리화되지 않는 부조리해진 나를.

chapter.

6

1

제대 후 나는 복학을 하느냐 취직을 하느냐로 고민 중이었다. 나는 늦게까지 잠을 자고 일어나 세수를 하고 친구를 만났다. 친구들과 막걸리로 배를 채우면서 시국비판과 이념논쟁을 벌였다. 어쩌다가 국가원수가 최측근인 정보부장의 총을 맞고 죽었으며, 어째서 남북이 대치하는가를. 바야흐로 서울의 봄은 도래한 것인가? 또 다른 변수가 나라를 흔들 것인가를.

그렇게 매일처럼 시대상황을 비판하는 짓거리만 일삼다가 뜻밖의 연락을 받았다. 그것은 광주에서 식당을 운영하는 둘째 삼촌의 전화였다. 둘째 삼촌은 광주로 내려와 식당일을 도와줄 의향이 없느냐고 물었다. 나는 생각해 보겠다고 말한 뒤 차일피일 확답을 미루었다. 삼촌은 여행도 하고 학비도 벌 겸 내려오라고 성화를 해댔다. 삼촌의 독촉이 의외로 진지해서 나는 하는 수없이 광주로 내려갔다.

"답답하면 시내 구경이라도 하고 와."

삼촌은 따분해 하는 내 어깨를 두드려 주었다. 실상 나도 식당일은 처음이라서 답답한 건 사실이었다. 문제는 시내에 나가서 술을 마시고 싶어도 아는 사람이 없다는 거였다. 나는 어쩔 수 없이 혼자서 시내 구경을 하다가 돌아왔다.

"거리에 군인들이 쫙 깔려 있어서 좀 그렇지?"

삼촌은 군인들이 시가지를 점령한 게 자신의 탓인 것처럼 말했다. 나는 무덤덤하게 반응했으나, 눈에 거슬리는 건 사실이었다. 왜냐하면 신군부는 비상계엄을 선포하고 무장한 군인들을 광주시 내외에 배치했다. 계엄군들의 눈빛은 날카롭다 못해 살기를 머금고 있었다. 계엄군들을 지켜보는 시민들의 눈빛도 그에 못지않았다. 거리는 온통 핏발선 군인들과 저항의지로 충만한 사람들 천지였다. 그런 상황임에도 나는 틈만 나면 거리로 나가 쏘다녔다.

어떤 면에서는 총을 든 군인들과 각목을 든 시민들의 대치가 흥미로웠다. 삼촌은 거리로 나가는 내게 함부로 나서지 말라고 당부했다. 지금은 때가 때인지라 무슨 일이 언제 터질지 모른다는 것이었다. 나도 절박하게 돌아가는 시대적 상황은 파악하고 있었다. 박대통령이 죽자 쿠데타를 일으킨 군인들이 정권을 잡기 위해 기회를 노린다는 것을.

"금명간 큰 일이 터질 것 같아."

삼촌이 진압봉을 휘두르는 군인들을 보며 넌지시 운을 뗐다. 나는 삼촌의 말이 무엇을 뜻하는지 알 수 있었다. 삼촌은 머지않아 군인과 민간인들이 충돌할 것이라고 말하는 거였다. 나도 그런 위험성을 느꼈는데, 곳곳에서 군인과 민간인들이 맞부딪쳤다.

"될 수 있으면 돌아다니지 않는 게 좋겠다."

"그래도 거리 구경이 좋은데요."

"데모가 점점 격렬해지고 있어."

"데모 행렬에는 끼지 않을 게요."

나는 그렇게 말하면서도 시민들 틈에 끼고 싶은 생각이 없지는 않앉다. 왜냐하면 나는 이미 대정부투쟁을 경험한 적이 있기 때문이었다. 사실 나는 학생시절 데모를 하지 않겠다는 각서를 쓰고 강제로 입대했다. 그러니 막 제대한 나로서는 데모 생각이 치밀어 오를 수밖에 없었다. 나는 군인들 행동이 과격해질수록 시민들 틈에 끼어서 구호를 외쳤다. 그와 같은 행동은 나 자신도 알 수 없는 뜨거운 혈기였다.

2

아카시아 향이 강렬하던 날, 나는 일단의 시민들과 같이 걸었다. 청년들 중 몇몇은 M1소총, 칼빈소총 같은 개인화기로 무장한 상태였다. 그들의 눈빛은 불처럼 타올랐고, 무서울 게 없어 보였다. 나는 의기충천한 그들을 따라가며 구호를 외치고 노래를 불렀다. 돌이킬 수 없는 유혈사태는 그날 오후에 갑작스럽게 일어났다.

일단의 시민들이 중심가로 몰려갈 때 총성이 울렸던 것이다. 진압군 쪽에서 들려온 수십 발의 총성과 함께 시민들이 일제히 흩어졌다. 무장한 청년들도 처음에는 군중을 따라 도망치기에 바빴다. 잠시 요란한 총성이 울리고 난 뒤 청년들 쪽에서도 총을 마주 쏘았다. 한동안 청년들과 군인들 사이에 격렬한 총격전이 벌어졌다.

나는 시민들 틈에 끼어 있다가 이면도로 쪽으로 몸을 피했다. 이면도로 쪽으로 몸을 피하는 건 나뿐이 아니었다. 청년들은 물론이고 학생과 노인, 여자들까지 대열에서 빠져나와 도망쳤다. 나는 이면도로를 뛰어가면서도 총소리가 들리는 쪽을 돌아보았다. 대로에서는 피투성이가 된 사람들이 뒤엉킨 채 울부짖고 있었다. 그때서야 나는 일이 심상치 않게 돌아간다는 사실을 알아차렸다.

"아, 이걸 어쩌지?"

나는 머리를 낮추고 뛰다가 여자의 목소리를 듣고 멈춰 섰다. 보도 위에 주저앉아서 구원을 요청하는 건 20대 여자였다. 나는 무릎에서 피를 흘리는 여자 쪽으로 기어가 손을 내밀었다. 여자는 내가 내민 손을 잡고 엉거주춤 몸을 일으켰다. 나는 절룩거리는 여자를 끌고 무작정 앞쪽을 향해 뛰었다. 귀를 찢는 것 같은 총소리가 등 뒤에서 들려왔다.

나는 여자의 손을 잡고 뛰면서 뒤쪽을 돌아보았다. 대로변에 있는 고층건물에서 총알이 비 오듯 쏟아졌다. 청년들로 구성된 시민군도 그에 뒤질세라 격렬히 총을 쏘아댔다. 시가지는 이내 전쟁터를 방불케 하는 상황으로 돌변해 버렸다. 나는 절뚝거리는 여자를 데리고 골목 안으로 피해 들어갔다.

"아리가또오 고자이마스."

여자가 벽돌담에 기대서며 숨찬 소리로 말을 꺼냈다. 나는 여자의 목소리를 듣는 순간 그 자리에 얼어붙었다. 여자가 한국말이 아니라, 유창한 일본어로 말했기 때문이었다. 여자가 허리를 굽히고 피가 흐르는 무릎을 어루만졌다. 나는 그때 일본 사람이 왜 여기서 이런 일을 겪고 있는지를 생각했다. 여자도 잠시 자신이 빠진 난감한 처지를 돌이켜보는 것 같았다. 여자의 크고 서글서글한 눈이 그걸 단적으로 말해 주었다.

나는 거칠어진 숨을 돌리고 대로 쪽으로 신경을 집중시켰다. 여자와 내가 숨어든 골목 앞을 많은 사람들이 뛰어서 지나갔다. 그와 함께 귀를 찢는 기관총 소리가 뒤쪽에서 들려왔다. 나는 여자의 손목을 잡고 골목 안쪽으로 깊숙이 들어갔다. 여자는 내가 이끄는 대로 말없이 따라와 주었다. 우리는 온몸에 땀이 흥건해질 때쯤 발걸음을 멈췄다.

"고맙습니다."

여자가 다시 한번 부정확한 한국어로 말했다. 나는 그제야 손을 놓고 여자의 얼굴을 똑바로 쳐다보았다. 여자는 갸름한 얼굴에 창백하도록 흰 피부를 가지고 있었다. 늘씬한 몸매와 잘록한 허리, 쭉 빠진 다리가 특별히 시선을 끌었다. 그 외에 정갈한 머리, 하얀 치아, 맑은 눈은 신뢰감을 갖게 만들었다. 나는 쌍까풀이 깊게 패인 여자의 눈을 보며 물었다.

"일본인 같은데, 여기서 왜?"

"저 조선인이에요."

"조선인이라고요?"

"네."

"그럼 재일교포?"

여자가 부드러운 미소를 입가에 머금은 채 고개를 끄덕였다. 나는 그제야 여자한테서 한국인 냄새가 난다는 걸 알아차렸다. 얌전하게 양장을 입은 것과 굽 낮은 구두를 신은 모습이 그랬다. 짧게 자른 손톱, 화장기 없는 얼굴도 그걸 증명해 주었다. 나는 총소리가 산발적으로 들리는 대로 쪽을 힐끗 돌아보았다.

"그런데 여긴 왜 온 거죠?"

"친척을 찾아왔어요."

"무슨?"

"강제징용 때 끌려간 조부님 친척이요."

나는 그제야 돌아가는 상황을 파악할 수 있었다. 그렇다. 그녀는 뿌리를 찾아왔다가 예기치 않은 상황을 만난 거였다. 역시 그녀는 일본인이 아니라, 조선인의 피가 흐르는 한국 사람이었다. 그녀가 겪는 고통은 이방인으로서가 아니라, 한민족으로 겪는 아픔이었다. 그녀도 그걸 생각하는지 한동안 골목 밖을 바라보았다. 또 다시 귀를 찢는 총소리가 대로 쪽에서 들려왔다. 나는 여자의 손을 잡고 골목 안으로 깊숙이 들어갔다.

"빨리 이곳을 벗어나야 됩니다."

"한국에서는 이런 일이 매일 터지나요?"

"매일 일어나지는 않아요."

아마 그녀도 한국에서 벌어지는 상황은 짐작하고 있을 것이다. 일본에서도 격렬한 데모가 일어난 적이 없는 것은 아니니까. 일본에서도 한때는 적군파라는 단체가 테러를 벌인 적이 있었다. 비록 지금은 활동을 중단하고 잠잠해진 상태지만. 나는 검은 연기가 솟는 중심가 쪽을 바라보며 물었다.

"숙소는 어느 쪽입니까?"

"숙소요?"

"지금 머무는 곳 말입니다."

"아 그게… 여기서 좀 떨어진 나주시예요."

"나주시요?"

"네."

나는 이마에 맺힌 땀을 손등으로 문지르고 한숨을 내쉬었다. 지금 여자를 나주까지 데려다 준다는 것은 무리였다. 내가 일하는 삼촌 식당으로 찾아가는 것도 어려웠다. 며칠 전부터 계엄군은 광주시 외곽을 봉쇄하고 압박작전을 폈다. 그에 반해 시민군은 나주 쪽으로 봉기를 확대할 사람을 보냈다. 그런 상황을 눈치챈 계엄군이 광주시내에 통금을 선포해 버렸다. 그래서 저녁 8시만 되면 아무도 돌아다닐 수가 없었다. 나는 뛰어온 길을 돌아보는 여자에게 단도직입적으로 말했다.

"지금은 나주로 돌아가지 못합니다."

"그럼?"

"우선 이 상황을 모면해야 됩니다. 어디 가서 숨어 있다가 가야 한다는 말이에요."

여자가 담벽에 기대서서 다친 무릎을 손바닥으로 눌렀다. 나는 치마 아래로 드러난 무릎을 힐끗 쳐다보았다. 아직도 여자의 벗겨진 무릎에서는 피가 흘렀다. 나는 손수건을 꺼내 흐르는 피를 조심스럽게 닦았다. 내 모습을 지켜보던 여자가 침착한 목소리로 말을 꺼냈다.

"저는 유키코라고 합니다."

"유키코?"

나는 허리를 펴고 여자의 단아한 얼굴을 쳐다보았다. 여자가 말한 유키코라는 이름이 이상하게 들렸기 때문이었다. 여자가 어색한 감정을 느꼈는지 내 얼굴을 마주 쳐다보았다. 나는 여자의 해맑고 투명한 눈길을 피해 고개를 돌렸다.

"예쁜 이름이네요."

"그렇습니까?"

"그렇잖아요. 유키코…"

"댁의 이름은요?"

나는 겸연쩍은 마음이 들어 연신 머리를 긁적거렸다. 여자가 어서 말해 보라는 듯이 쳐다보았다. 나는 피할 수 없는 상황이라고 생각하고 입을 떼었다.

"나는 최태오라고 합니다."

"이름이 독특하네요. 태오…"

여자가 재미있다는 듯이 손으로 입을 가리고 웃었다. 나는 멋쩍은 표정으로 웃는 여자를 바라보았다. 여자가 한참 동안 소리 없이 웃다가 정색을 했다.

"태오씨보다는 그냥 최상이라고 부르는 게 좋겠네요."

"최상?"

"왜 이상합니까. 최상이?"

"아 아니요."

나는 애써 고개를 젓고 입맛을 다셨다. 나를 이해시키기보다 여자를 이해하는 게 더 빠르다는 생각에서였다. 내 반응을 지켜보던 여자가 골목 밖을 가리켰다.

"배가 고픈데 어디 가서 식당이나 찾아보죠."

"그게 좋겠습니다."

우리는 좁은 골목을 빠져나와 어둑해져 가는 이면도로를 걸었다. 군데군데 상점 문을 열어 놓은 게 보였지만, 대개가 영업을 하지 않았다. 장사를 한다 해도 우리가 먹을 만한 것은 없었다. 총소리를 들은 시민들이 영업을 포기하고 셔터를 내렸기 때문이었.

문을 걸어 잠근 것은 빌딩이나 민가도 예외는 아니었다. 사람들은 너나 할 것 없이 문을 잠그고 밖의 동정만 살폈다. 우리는 이면도로를 헤매다가 구멍가게를 발견하고 들어갔다. 골목 입구에 위치한 구멍가게는 다행히 문을 닫지 않았다. 우리는 구멍가게에서 빵과 우유를 구해 허겁지겁 먹었다.

"이렇게 먹는 것도 맛있네요."

여자가 한입 베어 문 크림빵을 손에 든 채 생끗 웃었다. 나는 여자의 희고 갸름한 얼굴을 물끄러미 쳐다보았다. 좀 전에 생각했던 것보다 훨씬 더 해맑고 투명한 얼굴이었다. 나는 눈부신 여자의 얼굴을 한참 동안 응시했다. 여자가 부끄러움을 느꼈는지 막 넘어가는 태양 쪽으로 시선을 돌렸다. 저녁노을에 비친 그녀의 얼굴은 붉은 빛을 머금어서 더욱 신비스러웠다.

"계엄군이 총을 쏴서 수십 명이 죽었대."

20세 전후로 보이는 청년이 골목에서 나오며 소리쳤다. 청년의 목소리를 들은 사람들이 일제히 거리로 쏟아져 나왔다. 모여든 사람들을 보고 청년이 힘을 내서 구호를 외쳤다. 거리로 몰려나온 사람들이 청년을 따라 구호를 연호했다.

"양키들은 물러가라. 양키들은 물러가라."

나는 사람들이 외치는 구호를 듣고 깜짝 놀라지 않을 수 없었다. 시민들을 향해 총을 쏘는 사람들은 계엄사에서 파견된 진압군이었다. 그런 상황인데도 사람들은 양키 물러가라고 소리쳤다. 여자가 이상하다는 듯이 구호를 연호하는 사람들을 가리켰다.

"왜 양키 물러가라고 하는 거죠?"

"글쎄요. 나도 좀…"

나는 딱히 무어라고 할 말이 없어서 머리만 긁적였다. 지나가던 고등학생이 우리의 의문점을 풀어 주었다.

"이게 다 미군이 사주해서 일어나는 거래요."

"미군이?"

나는 먹다 만 크림빵을 손에 든 채 망연한 표정을 지었다. 내가 왜 이곳에 와서 이런 고생을 겪는지를 생각하면서. 여자도 나와 비슷한 생각을 하는 것 같았다. 그녀의 해맑은 얼굴이 약간은 어두워져 보였으니까. 수십여 명으로 불어난 사람들이 대열을 이루며 큰길로 걸어갔다. 빵을 다 먹은 여자가 내 팔을 슬그머니 잡아끌었다.

나는 정신을 퍼뜩 차리고 옆에 있는 여자를 돌아보았다. 여자가 어서 가자는 듯이 골목 안쪽을 가리켰다. 어차피 우리는 그 자리에 머물 수 없는 입장이었다. 거리는 이미 어둠에 잠기는 중이고, 사람들은 더욱 과격해졌다. 나는 허겁지겁 손에 든 빵을 먹어 치우고 몸을 움직였다.

사람들이 폭력적으로 변함에 따라 총소리도 더욱 요란해졌다. 나는 여자의 손을 잡고 이면도로 뒤쪽 골목을 돌아다녔다. 어딘가 여관이라도 있지 않을까 하는 생각에서였다. 우리는 캄캄해질 때까지 여관을 찾다가 길가에 주저앉았다. 여자가 힘에 겨운 듯 하늘을 올려보며 한숨을 내쉬었다.

나는 여자의 손을 끌어당겨 잡고 다독여 주었다. 여관이란 여관은 모두 문을 걸어 잠그고 영업을 하지 않았다. 어쩌다 문을 열었다고 해도 손님 자체를 받지 않았다. 그것은 낯선 사람에 대한 경계심이면서 자신을 지키기 위한 수단이었다.

3

우리는 골목을 헤매고 다닌 끝에 작은 방 하나를 얻을 수 있었다. 그곳은 골목 안에 위치한 허름하기 짝이 없는 여관이었다. 주인여자는 돈을 지불하는 나를 향해 수상한 눈초리를 던졌다. 나는 짧은 머리를 한 내 모습에 대해 변명을 늘어놓았다.

"나는 군인이 아닙니다."

"그럼 머리는 왜?"

"제대한 지 얼마 안 돼서요."

"아 그라요? 난 또 군인인 줄 알고… 헌디 처녀는?"

"이 아가씨는…"

나는 유키코를 돌아보고 난감한 표정을 지었다. 사실 우리는 총탄을 피해 이곳까지 밀려왔을 뿐이었다. 우리는 죄를 지은 것도 없고, 잘못을 저지른 일도 없었다. 우리가 잘못한 건 이 도시에서 벌어진 유혈사태를 목격했다는 사실이었다. 따지고 보면 유키코는 이 도시와는 전혀 관계없는 제3자였다. 다시 말해 그녀와 나는 부조리한 상황을 피해 도망다니는 사람일 뿐이었다. 나는 피가 맺힌 유키코의 다리를 가리켰다.

"이 아가씨는 재일교포예요. 낮에 벌어진 총격전 때 부상당했고."

"댁들이 총격 현장에 있었단 말이여?"

"네 거기에 있었습니다."

"아이고, 그러문 싸게 말할 것이제."

주인여자는 안심이 된다는 듯 표정을 풀고 아래층으로 내려갔다. 우리는 얼굴을 마주본 뒤 방 문턱에 엉덩이를 걸치고 앉았다. 주인여자가 붕대와 소독약을 찾아 들고 다시 올라왔다. 나는 유키코의 무릎에 소독약을 바르고 붕대를 감아 주었다.

"이자 편히 쉬시오, 잉."

주인여자가 한결 부드러워진 어조로 말하고 계단을 내려갔다. 우리는 돌변한 주인여자를 보고 실소를 금치 않을 수 없었다. 아무리 낯선 도시에서 쫓기는 몸이지만, 무턱대고 의심하는 건 문제였다. 유키코가 아랫목으로 걸어가 재킷을 벗어 옷걸이에 걸었다. 나는 방 한가운데 서서 어쩌다 이런 처지까지 몰리게 되었는지를 생각했다.

그렇지만 아무리 돌이켜봐도 우리가 잘못한 건 없었다. 그 모든 것은 이 도시에서 벌어진 유혈사태 때문이었다. 군인들에 대항하는 시민들도 솔직히 말해 부조리한 상황에 처한 피해자였다. 총검을 휘두르는 군인들 또한 부조리한 역사의 피해자나 마찬가지였다. 유키코가 아랫목에 깔린 이불을 들추고 발을 밀어넣었다.

나는 유키코를 따라 이불 속으로 발을 넣고 눈을 감았다. 따뜻한 방 안으로 들어오자 몸이 나른해지면서 졸음이 쏟아졌다. 아래층에서 주인여자의 투박한 사투리가 작게 들려왔다. 주인여자의 기척으로 보아 어디론가 전화를 거는 모양이었다. 아직도 주인여자는 우리가 미심쩍다고 생각하는 것 같았다. 하지만 지금으로서는 어쩔 수 없는 상황이었다.

이곳은 군과 시민 간에 총격전이 벌어지는 도시 한가운데였다. 게다가 우리는 총격전 현장에서 몇 시간 전에 처음 만났을 뿐이었다. 그러니 두 사람 사이에 흐르는 어색한 기류를 주인여자가 놓칠 리 없었다. 결국 우리는 한 시간 뒤 총을 든 청년들에게 끌려가 창고에 감금되었다.

"당신들 군 정보요원이지?"

"아닙니다. 나는 제대한지 얼마 안 되는…"

"이 새끼가, 거짓말하면 죽는 줄 알아."

머리에 띠를 동여맨 청년이 총부리를 대고 윽박질렀다. 나는 공포에 질린 유키코를 보며 침착하게 말했다.

"우리도 총격전이 벌어지는 현장에 있었습니다. 이 여자분도 마찬가지고요."

"총격전 현장이라면… 와이엠씨에이 말이야?"

"와이엠씨에이?"

"와이엠씨에에 몰라? 시민들이 모여 있는데."

나는 그제야 총격전이 벌어진 장소가 YMCA 앞이라는 걸 알 수 있었다. 청년이 쭉 찢어진 눈을 부라리며 우리를 쏘아보았다. 나는 재빨리 자세를 바로하고 고개를 끄덕였다.

"그렇습니다. 바로 거기예요. 와이엠씨에이."

"그럼 왜 여관에 숨어든 거야?"

"잠을 자기 위해서죠."

"이 전쟁 중에 잠을 자?"

"아무리 전쟁 중이라도 쉴 건 쉬어야죠."

"여기서 얼쩡거리다간 쥐도 새도 모르게 죽어. 빨리 숙소로 돌아가는 게 좋아."

그들은 의심스런 점이 없다고 느꼈는지 묶은 끈을 풀었다. 우리는 다시 어디인지도 모르는 곳으로 끌려가 짐짝처럼 버려졌다. 나는 유키코의 손을 잡고 골목길을 정처없이 걸었다. 이제 시민군도 믿을 수 없고, 진압군도 신뢰할 수 없는 상황이었다. 유키코와 나는 그와 같은 감정을 동시에 느끼고 있었다.

어서 빨리 이 위험스런 장소로부터 벗어나야 한다. 단 한순간이라도 이 공포스런 곳에 머물 이유가 없다. 무조건 부조리한 상황에서 벗어나는 것만이 최선이다. 나는 어둠에 잠긴 시가지를 보며 한숨을 내쉬었다. 유키코도 막막한 감정이 들었는지 한동안 하늘을 올려보았다. 나는 유키코의 손을 끌어당겨 잡고 주위를 둘러보았다.

"어디 창고라도 찾아봅시다."

"창고요?"

"네."

유키코가 칠흑 같은 어둠 속에서 하얀 이를 드러내며 웃었다. 사실 그것은 웃는 게 아니라, 소리 죽여 우는 것이었다. 나는 어깨를 들썩이며 우는 유키코를 말없이 지켜보았다. 무엇을 어떻게 해야 된다는 생각도 들지 않았다. 그저 유키코가 울음을 그치고 평정을 되찾기만 바랄 뿐이었다. 한참만에 유키코가 울음을 그치고 슬픈 목소리로 말을 꺼냈다.

"나는 한국을 사랑했어요."

"……"

"이곳에 무척 오고 싶었고요."

"……"

"저는 일본에서도 이방인이거든요."

나는 아무런 대꾸도 하지 않고 밤하늘을 올려보았다. 이방인으로 치자면 나도 그녀와 다를 것은 없었다. 이곳 사람들과 다른 말을 쓰고 다르게 행동하는 것만 봐도 그건 틀림없었다. 이 도시의 사람들과 차별되는 요소는 그 외에도 많았다. 이 도시의 사람들처럼 도전적인 눈빛을 하지 않은 것도 그랬다. 이 도시의 사람들처럼 적개심이 없는 것도 마찬가지였다. 당연히 시위를 진압하러 내려온 계엄군을 바라보는 시선도 같지 않았다.

"이제 어디로 가야 하죠?"

유키코가 손수건으로 눈물자국을 닦고 중얼거렸다. 나는 아무런 말도, 어떤 대꾸도 할 수가 없었다. 그저 이 상황을 모면할 수 없다는 자괴감만 들 뿐이었다. 그녀도 그런 생각을 하는지 말없이 어둠을 노려보았다. 사실 어떤 집이든 찾아가면 잠자리 정도는 마련할 수 있었다.

문제는 지금이 평상시가 아니라 준 전쟁상태라는 점이었다. 그런 상황 아래서는 어느 누구든 믿지 못하는 건 당연했다. 시민들은 우리를 못 믿고, 우리는 시민군을 못 믿고, 군인들은 시민들과 우리를 못 믿었다. 나는 옷깃을 여미고 낯선 거리를 향해 발을 떼어놓았다.
"찾아봅시다. 어딘가에는 쉴 곳이 있겠지요."

4

"어때요, 이곳이 괜찮을 것 같죠?"
우리는 도시 뒷골목을 헤매고 다닌 끝에 빈 다방을 찾아냈다. 사실 그곳은 다방이라기보다 생맥주집에 가까운 커피집이었다. 다행스런 것은 주인이 홀을 비우고 출타했다는 점이었다. 우리는 다방문을 걸어 잠그고 주인이 돌아올 때까지 쉬기로 했다.
유키코가 널따란 홀을 대충 살펴본 뒤 소파에 주저앉았다. 나는 주방으로 들어가 먹다만 음식물이 남아 있는지 찾아보았다. 긴장을 한 상태에서 길을 헤맨 탓에 무척이나 배가 고팠다. 유키코도 허기가 졌는지 연신 마른 침을 삼켰다. 나는 냉장고에 넣어 둔 밥과 김치, 오징어, 과일, 땅콩, 과자, 안주 부스러기까지 쓸어왔다.
조용히 앉아 있던 유키코가 가져온 음식물을 주워먹기 시작했다. 나와 유키코는 아무런 말도 하지 않고 허기진 배를 채웠다. 우리가 음식물을 거의 다 먹었을 때 누군가 다방문을 두드렸다. 나와 유키코는 먹는 걸 중단하고 서로를 쳐다보았다.
"혹시 주인이 돌아온 건 아닐까요?"
"주인은 아닙니다."
"그럼 누구죠?"
"글쎄요. 손님도 아닌 것 같고."
나는 발소리를 죽이며 출입문 앞으로 걸어갔다. 유키코가 한껏 불안해진 눈으로 지켜보았다. 나는 벌어진 문틈에 귀를 대고 밖의 동정을 살폈다. 잠시 조용하던 밖에서 문 두드리는 소리가 들렸다. 내가 출입문을 열려고 하자 유키코가 고개를 저었다.

나는 벽에 걸려 있는 괘종시계를 힐끗 쳐다보았다. 시각은 어느덧 밤 11시를 가리키고 있었다. 이 시간대라면 어떤 사람도 자유롭게 움직일 수 없었다. 나는 문틈 사이에 눈을 대고 밖을 내다보았다. 문을 두드리는 사람은 다리에서 피를 흘리는 청년이었다. 나는 손으로 입을 가리고 최대한 작게 말했다.

"총상을 입은 사람 같은데요."

"그렇다면?"

"진압군 같지는 않아요."

"그럼 열어 줘야죠."

"하지만 어느 쪽인지 정확히 몰라서."

"군인들이 여기에 올 리가 있나요?"

"하긴."

나는 입맛을 다시고 출입문 고리를 열어젖혔다. 밖에서 문을 두드리던 청년이 빠른 동작으로 들어섰다. 나는 안으로 들어온 청년을 경계의 눈빛으로 쳐다보았다. 청년이 나와 유키코를 쓱 훑어보고 의자에 쓰러지듯 주저앉았다. 유키코가 청년의 허벅지에서 흐르는 피를 발견하고 비명을 질렀다. 나는 반사적으로 손을 들어 입을 가리켰다.

유키코가 놀란 눈으로 부상당한 청년과 나를 쳐다보았다. 청년이 나를 향해 출입문을 잠그라는 시늉을 해 보였다. 나는 재빨리 걸어가 열린 문을 닫고 고리를 걸었다. 내가 막 출입문을 잠갔을 때 호각 소리가 들렸다. 청년이 문 쪽을 힐끗 쳐다보더니 주방 너머를 가리켰다. 우리는 청년이 가리킨 주방 안으로 허겁지겁 몸을 숨겼다. 밖에서 군홧발 소리와 함께 군인들의 위협적인 목소리가 들려왔다.

"폭도는 어디로 갔나?"

"이 골목 안으로 들어갔는데 보이지 않습니다."

"놈이 총상을 입었으니까 멀리 못 갔을 거야."

군인들이 다방문을 몇 차례 발로 차더니 옆집으로 뛰어갔다. 나는 주방 테이블 뒤에서 숨도 쉬지 않고 엎드려 있었다. 유키코도 긴장이 되는지 창백한 표정으로 출입문을 바라보았다. 청년이 피가 흐르는 대퇴부를 움켜잡고 자리에서 일어섰다. 청년의 모습으로 보아 여차직하면 공격을 할 태세였다.

잠시 후 군인들의 구둣발소리가 골목 밖으로 멀어졌다. 청년이 안도의 한숨을 내쉬고 의자에 주저앉았다. 나는 청년에게 다가가 총상을 입은 곳을 살펴보았다. 다행히 청년은 허벅지를 스치는 가벼운 총상만 입었을 뿐이었다. 나는 상처를 물수건으로 닦아내고 헝겊을 찢어서 묶었다. 치료가 끝나자 청년이 차분해진 목소리로 물었다.

"당신들 여기서 뭐하고 있는 거요?"
"그냥 좀 쉬어 가려고 들어왔습니다."
"아 그래요? 난 또… 사실 여긴 우리 누이가 하는 다방이오."
"우린 그것도 모르고."
"아무튼 여기도 안전한 곳은 아니니 조용히 합시다."

청년이 아픈 다리를 끌고 내실 쪽으로 걸어갔다. 우리는 숨소리 하나 내지 않고 청년의 움직임을 지켜보았다. 청년은 능숙하게 내실의 불을 켜더니 안으로 들어갔다. 우리는 안도의 한숨을 내쉬고 소파에 주저앉았다. 청년의 태도로 보아 밖으로 나가라고 할 것 같지는 않았다. 더 이상 우리를 성가신 존재로 볼 것 같지도 않았다. 나는 탁자 위에 놓여 있는 컵에 물을 따라 들이켰다. 유키코도 목이 타는지 물을 컵에 따라 몇 모금 마셨다. 청년이 문밖으로 상체를 내밀고 명령처럼 말했다.

"누가 오더라도 문을 열어선 안 됩니다."
"……"
"놈들이 또 올지 모르니 불을 꺼요."

나는 청년의 말대로 홀 안에 있는 불을 모두 껐다. 내 행동을 지켜보던 청년이 이부자리를 깔고 누웠다. 우리는 캄캄한 어둠 속에서 마주보며 앉아 있었다. 유키코도 나도 아무런 말을 하지 않고 어둠만 응시했다. 커피집 밖에서는 이제 아무 소리도 들려오지 않았다. 간간이 들려오던 총소리도 멎고, 사람들의 소리도 사라졌다. 누워 있던 청년이 몸을 일으키고 밖을 내다보았다.

"당신들도 쫓기는 것 같은데… 눈을 좀 붙여 둬요. 내일 아침 일찍 여기를 떠나야 되니까."

나는 뭐가 어떻게 돌아가는 건지 알 수가 없었다. 청년의 행동도 그렇고, 우리가 빠진 상황도 마찬가지였다. 사실 우리가 이리로 온 것은 계엄군이 쏘는 총탄을 피해서였다. 20대 청년도 계엄군의 총을 피해 이곳으로 도망쳐 왔다.

문제는 청년이 45구경 권총과 실탄을 휴대하고 있다는 점이었다. 나는 청년의 다리를 치료해 주면서 허리춤에 끼워진 권총을 보았다. 청년도 내가 허리춤에 감추어진 권총을 발견한 것을 알아챘다. 그럼에도 청년은 아무렇지 않은 것처럼 내실로 들어가 누웠다.

"여기 이불이 있으니 가져다 덮어요."

청년이 내실 문을 열고 담요와 이불을 내놓았다. 아직은 오월 중순이어서 밤에는 제법 기온이 떨어졌다. 나는 청년이 내준 이불을 가져다가 유키코의 무릎에 올려놓았다. 유키코가 목련이 수놓아진 이불을 가슴까지 끌어올려 덮었다. 나는 이불 속으로 팔을 넣어 유키코의 손을 꼭 잡았다.

그 순간 나는 움찔하고 놀라 움켜잡은 손을 놓았다. 유키코의 손이 사시나무 떨듯 떨고 있었던 것이다. 칠흑 같은 어둠 속이었지만, 그것은 또렷이 느껴졌다. 나는 그걸 알면서도 위로의 말을 건넬 수가 없었다. 그저 그녀의 흐느낌이 그치기를 기다릴 뿐이었다.

유키코는 그렇게 한참 동안 흐느끼다가 곤하게 잠이 들었다. 나는 잠에 빠져든 유키코와 다르게 잠을 이룰 수가 없었다. 잠을 못 이루는 이유는 생각보다 단순하지 않았다. 그것은 좀 더 깊고 좀 더 아프고 좀 더 슬픈 감정 때문이었다. 아니 어쩌면 도저히 이해할 수 없는, 부조리한 상황에 빠진 나 자신을 자책하고 있는지도 몰랐다.

5

"이것들 보세요."

나는 여자의 날선 목소리를 듣고 눈을 번쩍 떴다. 아직 어둠이 가시지 않아서 사위를 분간할 수 없었다. 나는 게슴츠레한 눈으로 목소리의 주인을 찾았다. 젊은 여자가 홀 중앙을 가로질러 소파 쪽으로 걸어왔다. 그때 먼 곳으로부터 확성기 소리가 들렸다. 간간히 총성 비슷한 소리도 확성기소리에 뒤섞여 들려왔다. 우리 쪽으로 다가온 여자가 큰소리로 입을 열었다.

"여기서 뭐하는 거예요?"

나는 덮고 있는 이불을 젖히고 여자를 멍하니 쳐다보았다. 여자의 당당한 태도로 보아 커피집 주인인 것 같았다. 나는 소파에서 일어서며 기어드는 목소리로 중얼거렸다.

"갈 데가 없어서 잠시 들어왔습니다."

"그래도 그렇죠. 주인도 없는 집에 들어와 잠을 자다니요."

"미안합니다."

여자와 나의 실랑이를 들었는지 유키코가 일어났다. 여자가 주방 쪽으로 걸어가 스위치를 올렸다. 그와 함께 어두웠던 홀 안이 한순간에 밝아졌다. 나는 기지개를 켜고 다시 소파에 주저앉았다. 여자가 소파 쪽으로 돌아와 내 얼굴을 유심히 들여다보았다. 나는 환한 전등 불빛에 눈이 부셔 인상을 찌푸렸다. 잠시 후 여자가 눈을 동그랗게 뜨더니 큰소리로 말했다.

"어디서 많이 본 듯한 인상인데 혹시?"

"아 이거… 미스 안이 아닙니까?"

"어머, 최병장님이잖아요."

"이게 어떻게 된 일입니까?"

나는 소파에서 벌떡 일어서며 여자의 손을 와락 잡았다. 그렇다. 그녀는 군복무 시절 부대인근에서 술장사를 하던 미스 안이었다. 모든 부대원의 연인이자 선망의 대상이었던 여자. 한 부대에 근무하는 군인들을 쥐고 흔들던 미모의 술집 아가씨. 그 여자가 광주시내 한복판에서 다방을 운영하고 있었던 것이다.

나는 그 순간 기이하게 부딪치는 인연에 대해서 생각해 보았다. 어쩌다가 유혈사태에 휘말려 도망자 신세가 되고 이곳까지 왔는가? 어쩌다가 악연의 고리를 이어주는 미스안을 다시 만났는가? 미스안이 반신반의하는 표정을 안면 가득 지으며 쳐다보았다.

"정말 최병장님 맞죠?"

"네 맞습니다."

"기이한 인연이구나."

"정말 이상한 인연이네요."

나는 탁자 위에 있는 물컵을 들고 시원스럽게 들이켰다. 차가운 물이 넘어가자 거짓말처럼 정신이 맑아졌다. 나는 심호흡을 하고 미스안의 얼굴을 다시 쳐다보았다. 미스안은 술집에서 일할 때보다 한층 세련되고 당차보였다. 걸친 옷도 그렇고, 말하고 행동하는 것까지 예전과 달랐다.

멀어져 가던 확성기 소리가 점점 더 가까이 다가왔다. 나는 잠시 불규칙하게 들리는 확성기 소리에 기를 기울였다. 미스안도 웅웅거리는 소리를 듣는지 아무런 말이 없었다. 유키코가 널찍한 홀을 가로질러 화장실 쪽으로 걸어갔다. 잠시 침묵을 지키던 미스안이 약간 우울한 어조로 말을 꺼냈다.

"부대가 해산되었다는 얘긴 들었어요."

"아 네에…"

"최병장님도 피해자 중 하나죠?"
"나야 뭐…"
"나도 무척 미안하다는 생각은 했어요."
"미스안이 왜요?"
나는 짐짓 아무것도 모르는 것처럼 되물었다. 미스안이 씁쓸한 표정을 지으며 소리없이 웃었다. 그녀도 자신이 저지른 짓거리에 대해 어느 정도 자책하는 눈치였다. 부대가 온통 사단이 나고, 모든 사람이 불명예 제대했다는 걸. 우리가 말을 주고받는 사이 화장실에 갔던 유키코가 돌아왔다. 미스안이 이불을 정리하는 유키코를 의아스런 눈빛으로 쳐다보았다.
"이 여자분은 누구죠?"
"어제 처음 만난 여잡니다."
"그러면 금남로에서 만난 건가요?"
"그렇습니다."
"한국인 같지가 않은데, 혹시 일본인?"
"재일교표 삼셉니다. 조부 가족을 찾기 위해서 광주에 왔죠."
"아 그렇군요."
미스안이 알만하다는 듯이 유키코를 향해 고개를 숙였다. 유키코도 정중하게 허리를 숙여 답례를 했다. 잠시 어색한 침묵이 세 사람 사이에 흘렀다. 유키코가 물을 컵에 따라 소리를 내지 않고 마셨다. 나는 포켓에서 담배를 꺼내 한 대 피워 물었다. 미스안이 주방 쪽으로 걸어가면서 자조적인 어조로 말했다.
"내가 여기서 이런 장사를 하리라고는 상상치 못했죠?"
"전혀 상상하지 못했습니다."
"그럴 거예요. 나도 사실은 이런 쪽으로 돌 생각은 없었거든요."
"그럼 무얼?"
"나 사실 거기에 피신 차 갔던 거였어요."

"피신하다니요?"

"나도 최병장님처럼 학생운동을 했거든요."

"미스안이 학생운동을?"

"나 이래 봬도 데모전력이 화려해요. 중요수배자 명단에도 올랐었고요."

"그건 금시초문인데요."

"미처 몰랐죠? 내가 그런 걸 하리라고는."

"몰랐습니다."

"그러니까 사람은 겉모습으로는 알 수 없는 거예요."

미스안이 음료수를 유리컵에 따라 나와 유키코에게 내밀었다. 나는 그녀가 건네준 음료수를 마시며 생각에 잠겼다. 정말로 미스안이 대학물을 먹었고, 운동권 학생이었나? 진실로 미스안이 시국사범이고, 그 때문에 술집에 숨어 지낸 것인가? 나는 타오르는 담배연기를 바라보며 조용히 숨을 들이마셨다. 그녀의 모습 그 어디에서도 운동권이라는 느낌은 찾아볼 수 없었다. 그저 술집을 전전하는 여자일 거라는 느낌이 들 뿐. 내 생각을 눈치챘는지 미스안이 야릇한 미소를 지었다.

"아무튼 최병장님을 다시 만나서 반갑네요."

"나도 그렇습니다."

나는 밝게 말했지만 꺼림칙한 생각은 떨칠 수 없었다. 미스안으로 인해 희생을 당했으니 그건 당연한 반응이었다. 사실 미스안은 부대에서 사건이 터지자마자 짐을 꾸려 그곳을 떠났다. 반면 부대장을 비롯한 지휘관들의 말년은 엉망이 되고 말았다. 어떤 의미에서 그것은 비참할 정도로 가혹한 제대의식이었다. 또한 부조리한 조직문화가 불러온 참사이기도 했다.

미스안과 내가 대화를 나누는 사이 창문이 밝아왔다. 유키코가 자리에서 일어나 세면장 쪽으로 걸어갔다. 미스안이 얌전히 행동하는 유키코를 보며 혀를 찼다. 그때 출입문 밖에서 젊은 사람들의 목소리가 들려왔다. 미스안이 출입문 쪽으로 걸어가 밖의 동정을 살폈다. 다방 앞으로 다가온 청년들이 나지막하게 문을 두드렸다. 긴장된 표정으로 서 있던 미스안이 조심스럽게 물었다.

"누구세요?"

"저희들입니다. 동현이 친구들."

"아 잠깐만 기다려."

미스안이 반색을 하며 잠갔던 걸쇠를 풀었다. 다음 순간 청년 네댓 명과 여자 하나가 들어섰다. 그들은 짧은 머리를 한 나를 발견하고 경계의 눈빛을 보냈다. 심각한 상황을 간파한 미스안이 재빨리 해명하고 나섰다.

"걱정 마. 내가 잘 아는 분이니까."

"아 그래요? 그런데 어떻게…"

"그냥 우연히 들른 거야."

"그렇다면 다행이지만…"

그들은 중요한 일을 꾸미는 것처럼 낮은 소리로 말을 주고받았다. 나는 건장한 청년들의 동태를 긴장된 표정으로 살폈다. 예상대로 그들은 하나같이 군과 정부를 비판하는 유인물을 든 상태였다. 그들의 모습으로 보아 시민군에 편성된 사람들이 틀림없었다. 그렇지 않아도 시민들은 자위대를 만들고 광주시내 곳곳에서 총격전을 벌였다. 그들 중 일부는 예비군 무기고를 습격해 소총까지 탈취했다. 미스안이 나를 향해 부드러운 목소리로 말을 꺼냈다.

"우리 동지들인데 할 일이 있어서요."

"아 네에…"

"아참 깜빡했는데… 어제 저녁에 어떤 남자애가 찾아오지 않았나요?"

"찾아온 사람이 한 명 있었습니다."

나는 부상당한 청년이 자고 있는 내실을 가리켰다. 미스안이 빠른 걸음으로 걸어가 방문을 열어젖혔다.

"어머 다리에 총상을 입었잖아."

미스안의 외마디 소리에 청년들이 우르르 몰려갔다. 미스안이 쌓여 있는 울분을 토해 내듯 소리쳤다.

"놈들이 총을 마구잡이로 쏴댄다니까."

"말도 마, 어제는 캐리버 육공까지 동원했대."

"금남로에서는 수십 명이 죽었다는 거야."

"이대로는 안 되겠어. 더 강력한 대책을 세워야지."

그들은 분개한 마음을 애써 가라앉히며 내실로 들어갔다. 세면장에 갔던 유키코가 돌아와 소파에 앉았다. 그녀는 험하고 우락부락한 청년들의 등장에 놀란 눈치였다. 나는 불안한 태도를 보이는 유키코의 손을 잡았다. 그녀가 기다렸다는 듯이 다가오며 손을 마주 잡았다. 나는 유키코와 마주앉은 채 조용히 숨을 들이마셨다.

이런 상황 아래서는 신체의 안전을 담보할 수가 없었다. 청년들이 언제 폭력적으로 나올지도 알 수 없는 일이었다. 다방 주인인 미스안은 더욱 믿을 수 없는 인물이었다. 미스안이 보여 준 과거의 행동으로 보아 그것은 명백한 사실이었다. 문제는 이곳을 빠져나가 어디로 가느냐 하는 것이었다. 청년들이 있는 이곳도 불안하지만, 거리는 더욱 위험한 장소였다.

계엄이 선포된 시내를 탈출하는 것도 쉽지 않았다. 계엄군은 시민이나 청년을 보는 대로 체포해서 어딘가로 끌고 갔다. 자동소총으로 무장한 그들은 이유 같은 건 묻지도 않았다. 그저 거리를 배회하는 것만으로도 폭도로 치부하고 잡아들였다. 우리는 소파에 앉은 채 그들의 대책회의가 끝나기를 기다렸다.

6

"오래 기다렸죠?"

어느 정도 얘기가 정리되었는지 미스안이 방에서 나왔다. 나는 소파에서 엉거주춤 일어나며 고개를 저었다.

"아닙니다. 어차피 지금은 나갈 수도 없는데요. 뭐."

"아마 그럴 거예요. 어줍지 않게 돌아다니다간 연행되기 십상이니까요."

"저 사람들은 누굽니까?"

"우리 동네 청년들인데, 시민군에 가담하기로 한 사람들이에요."

"그러면 동생이라는 분도?"

"맞아요. 그 애가 이 지역 조직부장이면서 연락책이에요."

"연락책?"

"나주나 목포 쪽에 연락해서 지원받는 거죠. 그쪽 지역하고 연대해서 투쟁을 확대시키는 역할도 하고요."

"아, 네에…"

"조금만 기다리세요. 회의가 끝나는 대로 아침식사를 준비할게요."

"우리야 뭐."

"신세진 걸 갚는 다는 의미에서라도 그렇게 해야죠."

미스안은 마치 친 누이라도 되는 것처럼 다정스럽게 굴었다. 나는 미스안의 돌변한 태도에 놀라지 않을 수 없었다. 온 부대가 해체돼도 눈 하나 깜짝 않고 떠난 사람이 미스안이었다. 그런 여자가 따스한 누님의 모습으로 변모해 있다니. 미스안은 나와 유키코를 안심시키고 다시 내실로 돌아갔다. 미스안과 청년들은 어디론가 전화를 걸면서 대책을 논의했다. 나는 그들이 회의를 하는 동안 불안감을 달래면서 기다릴 수밖에 없었다. 한 시간쯤 지난 후 미스안이 밖으로 나왔다.

"도청을 점령했던 공수부대가 어젯밤 외곽으로 퇴각했대요."

"그러면 도청은?"

"시민군이 접수했죠."

"아 네에…"

"시민군이 무장한 걸 보고 계엄군이 철수를 결정한 거예요. 시민군 세력이 커지니까 일단 외곽으로 물러나 동향을 살피겠다는 거죠. 그렇지만 금방 다시 들어올 게 분명해요."

미스안은 모든 상황을 파악하고 있는 것처럼 말했다. 나는 고개를 끄덕여 미스안의 말을 수긍해 주었다. 방에서는 의견 충돌이 일어난 듯 다소 목소리가 높아졌다. 미스안이 걱정스럽다는 표정을 지으며 내실로 들어갔다. 나는 소파 등받이에 몸을 묻고 담배를 피워 물었다. 옆에 앉아 있던 유키코가 담배를 달라는 듯이 손을 내밀었다.

나는 담배 한 가치를 뽑아 유키코에게 건네주었다. 유키코가 담배를 한 모금 빨고 캑캑거리며 기침을 해댔다. 나는 쓰기만한 담배를 거의 무의식적으로 빨았다가 내뿜었다. 유키코도 담배연기가 매운지 계속해서 잦은 기침을 했다. 나는 끊임없이 콜록거리는 유키코에게 물었다.

"귀국 날짜는 언제죠?"

"내일이에요."

"내일이라고요?"

"네."

유키코가 체념한 듯 창밖으로 시선을 던졌다. 나는 그녀의 슬픔에 잠긴 눈을 빤히 쳐다보았다. 그 순간 그녀의 해맑은 눈은 진지하게 말하고 있었다. 일이 이렇게 악화되고 꼬일 줄은 짐작하지 못했다고. 한국에서 이런 상황에 빠지리라고는 예상치 못했다고. 나는 낯선 곳에서 두려움에 떠는 그녀를 의식하며 담배를 피웠다.

어쩌면 우리가 운명의 끈에 매여 있는지도 모른다는 생각을 하며.

그런 생각을 하는 건 그녀도 마찬가지인 것 같았다. 유키코의 슬픔에 젖은 눈이 한순간 반짝 빛났던 것이다. 나는 미스안과 청년들이 구수회의를 하는 내실 쪽을 돌아보았다. 유키코도 사람들이 있는 방을 향해 불안한 시선을 던졌다. 내실 안에서는 목소리를 낮춘 토론이 계속되었다.

나는 반쯤 탄 담배를 한번 더 빨고 재떨이에 비벼 껐다. 날은 이미 밝았지만 대책회의는 쉽게 끝날 것 같지 않았다. 나는 소파에서 일어나 재킷을 벗어 놓고 세면장 쪽으로 걸어갔다. 유키코가 빨리 씻고 오라는 듯이 손을 흔들어 보였다. 나는 세면장 안으로 들어가 손을 씻고 머리도 대충 감았다. 세안을 하자 가라앉아 있던 기분이 한층 나아졌다. 나는 한결 밝아진 마음으로 세면장 밖으로 나왔다.

유키코가 기다리고 있던 것처럼 소파에서 일어섰다. 나는 홀 중앙에 서서 다방 안을 둘러보았다. 유키코가 사람들이 회의를 하던 내실 쪽을 가리켰다. 나는 청년들과 미스안이 회의를 하는 내실 쪽으로 다가갔다. 내실은 텅 비어 있고, 아무도 없었다. 내가 화장실에 간 사이 청년들이 행동을 개시한 듯했다. 부상당한 청년도 그들과 같이 갔는지 보이지 않았다. 내가 막 소파에 앉았을 때 미스안이 주방에서 나왔다.

"계엄군이 시 외곽을 물샐틈없이 포위했대요. 그래서 행동을 개시하기로 한 거예요."

"행동을 개시하다니요?"

"나주나 목포로 항쟁을 확대시킨다는 거죠. 일부는 충청도하고 경상도 쪽으로도 지원요청을 가기로 하고요."

"그러면 투쟁을 전국적으로 확대시킨다는 얘깁니까?"

"당연히 그래야죠. 어차피 피의 항쟁은 시작됐으니까요."

나는 미스안의 얼굴을 쳐다보다가 슬그머니 고개를 돌렸다. 더 이상 이곳에 머물러 있거나 지체해서는 안 된다. 한시라도 빨리 이곳을 나가 시 외곽으로 가야 된다. 유키코도 내 생각에 동조하는지 커다란 눈을 껌뻑였다. 문제는 나와 유키코가 이곳에선 제삼자라는 점이었다.

솔직히 말해 유키코와 나는 광주라는 도시에서는 이방인이었다. 우리는 항쟁을 하고 싶지 않았고, 피를 부르는 싸움에 끼어들고 싶지도 않았다. 우리는 이 무질서한 도시에서 어서 빨리 벗어나고 싶을 뿐이었다. 그게 나와 유키코의 솔직한 심경이었다. 내가 재킷을 집어 들고 일어서자 미스안이 가로막았다.

"지금 나가려고요?"

"유키코씨가 내일 일본으로 돌아가야 하거든요."

"그래도 지금은 안 됩니다."

"안 되다니요?"

"계엄군이 시 외곽을 완전히 장악했어요. 그래서 동생 친구들도 밤에 행동을 개시할 거예요."

"그래도 일단은 움직여 봐야겠습니다."

"그러지 말고… 여기서 쉬다가 저녁 때 쯤 나가도록 하세요."

미스안은 명령이라도 내리는 것처럼 단호하게 말했다. 나는 그녀가 왜 이렇게 흥분하는지 이해할 수 없었다. 사실 지금 상황에서 문제는 내가 아니라 유키코였다. 그녀는 나주로 돌아가 짐을 챙겨서 일본행 비행기를 타야 했다. 그런 상황을 아는지 모르는지 미스안은 좀처럼 주장을 굽히지 않았다. 나는 초조한 모습으로 서 있는 유키코를 쳐다보았다. 유키코가 체념한 것처럼 들릴 듯 말 듯 입을 열었다.

"그럼 그렇게 하세요. 출국은 며칠 늦출 수 있으니까요."

"그렇게 해요. 최병장님. 내가 포위망을 뚫는 길을 가르쳐 줄게요."

"미스안이?"

"내 고향이 광주고, 대학도 여기서 다녔다는 거 몰랐죠?"

"그야…"

"내가 하라는 대로 하세요. 그래야 이 도시에서 무사히 빠져나갈 수 있으니까요."

나와 유키코는 어쩔 수 없이 주저앉고 말았다. 미스안의 말은 한 치의 어김없이 옳았다. 지금으로서는 날이 어두워지기를 기다렸다가 떠나는 수밖에 없었다. 우리는 미스안이 해주는 밥을 먹고 저녁때가 되기를 기다렸다. 미스안은 오후 내내 누군가와 전화를 하며 의견을 나누었다.

나는 통화 내용을 어렴풋이나마 알아들을 수 있었다. 그것은 다름이 아니라, 시민군의 움직임과 계엄군의 반응이었다. 결국 우리는 날이 어둑해질 때쯤 다방을 나섰다. 미스안은 다방을 나서기 전에 동생이 선택한 길을 알려주었다. 그것은 사실 미스안이 저지른 잘못을 갚는다는 의미이기도 했다.

7

"난리가 따로 없군."

나는 무거운 걸음을 옮기며 유키코를 돌아보았다. 유키코도 같은 생각을 하는지 희미하게 웃어 보였다. 날이 어두워지자 길거리는 흥분한 시민들로 가득 찼다. 시민들은 모두 나름대로의 이유를 가지고 거리를 쏘다녔다. 어떤 이는 몽둥이를 들었고, 어떤 사람은 음식물을 나누어 주었다. 어떤 사람은 머리띠를 매었고, 어떤 이는 경적을 울렸다.

그와 같은 사람들의 모습은 지난밤과는 또 다른 것이었다. 우리는 손을 잡은 채 흥분한 사람들 사이를 걸었다. 시민들도 연인처럼 보이는 우리에게 신경을 쓰지 않았다. 그저 자신들과 같은 생각을 가진 젊은이라고 여길 뿐이었다. 두어 시간을 걸어간 끝에 우리는 도심을 벗어나는 데 성공했다.

"이제 어떡하죠?"

유키코가 이마에 흐른 땀을 손수건으로 찍어냈다. 나는 우리의 행색을 확인하고 피식 웃지 않을 수 없었다. 아무리 생각해도 우리 모습은 밤새 항쟁한 시민군의 몰골이었다. 얼굴은 씻지 않아서 검었고, 옷은 피와 먼지로 꾀죄죄했다. 땀에 전 바지와 셔츠는 며칠간 귀가하지 않은 걸 말해 주었다. 나는 다시 한번 우리의 모습을 훑어보고 머리를 흔들었다.

이 상태로 가다가는 폭도로 오인받을 게 틀림없었다. 소문에 의하면 시민군으로 보이는 사람은 무차별로 잡아들인다는 거였다. 나는 미스안이 가르쳐 준 탈출로를 벗어나 야산으로 방향을 틀었다. 그쪽으로 가면 계엄군의 포위망을 뚫기 쉬울 거라는 판단에서였다. 유키코가 걱정이 된다는 얼굴로 산등성이를 쳐다보았다.

"날이 더 어두워지기를 기다리는 게 좋지 않을까요?"
"너무 어두워져도 빠져나가기 힘듭니다. 지금이 적당한 시기예요."
"그렇지만 지금 가다가 잡히면."
"아마 괜찮을 겁니다. 이쪽 산길은 인적이 드무니까요."

나는 풀과 나무가 우거진 소로를 따라 걸었다. 유키코도 내 옆에 바짝 붙어서 따라왔다. 산길은 본래 두 개의 마을을 이어주는 지름길 같았다. 산길을 온통 뒤덮은 잡초가 그걸 증명해 주었다. 우리는 정글처럼 우거진 관목과 가시나무를 헤치며 앞으로 나갔다. 아무리 덤불을 헤치고 가도 길은 좀처럼 끝나지 않았다. 멀지 않은 곳에서 소쩍새 우는 소리가 들렸다. 유키코가 걸음을 멈추며 이마에 맺힌 땀을 닦았다.

"아직 멀었어요?"
"조금만 더 가면 될 것 같습니다."
"더 이상 걸을 수가 없어요."
"여기서 잠깐 쉬었다 갑시다."

나는 길가에 펼쳐진 펑퍼짐한 바위를 가리켰다. 유키코가 아픈 다리를 부여잡고 바위에 주저앉았다. 나는 한숨을 내쉬는 그녀를 측은한 마음으로 바라보았다. 어쩌다가 피가 난무하는 사태를 만나 도망치는 처지가 되었는가? 무슨 이유로 조부의 나라를 찾아왔다가 이런 고초를 겪는가? 도시가 아비규환으로 변했지만, 그녀와는 상관이 없는 일 아닌가?

유키코도 그런 생각을 하는지 고개를 숙인 채 앉아 있었다. 나는 미안한 마음이 들었지만, 감상에 빠져 있을 때가 아니었다. 나는 입맛을 다시고 연기가 솟는 도시를 내려다보았다. 불타는 도시는 저녁노을을 받아 오히려 평화스럽게 느껴졌다. 그것은 불을 지르고 사람을 죽이는 도시의 모습이 아니었다.

어떤 의미에서 도시는 평화스럽다 못해 고즈넉해 보였다. 나는 불타는 도시를 보며 탈출자라는 사실을 잊어버렸다. 그야말로 아주 짧은 순간 찾아온 평화로운 감정이었다. 유키코도 같은 느낌인지 한동안 불타는 도시를 바라보았다. 잠시 후 우리의 달콤한 평화를 날카로운 비명소리가 빼앗아가 버렸다.

"이거 왜 이래요?"

유키코와 나는 거의 동시에 소리가 난 쪽을 돌아보았다. 또 다시 여자애의 찢어지는 비명이 숲을 흔들었다. 비명소리가 들려온 곳은 관목이 우거진 숲속이었다. 우리는 재빨리 일어나 덤불 안으로 몸을 숨겼다. 그때 다시 여자애의 단말마적 소리가 들려왔다.

"아 악… 사람…"

우리는 반사적으로 소리가 들리는 쪽으로 기어갔다. 한참을 기어가자 관목 사이로 공터가 보였다. 나는 몸을 최대한 숙이고 관목 너머를 노려보았다.

"가만히 있지 못해?"

젊은 남자의 우악스런 목소리가 가시덤불 사이로 들려왔다. 유키코가 놀란 눈으로 내 얼굴을 쳐다보았다. 나는 침착한 동작으로 관목을 헤치며 앞으로 기어갔다. 잠시 후 얼룩무늬 군복을 입은 군인들이 보였다. 그들은 어린 여자애를 쓰러뜨리고 옷을 찢는 중이었다. 유키코가 갑자기 팔을 움켜잡고 뒤쪽으로 잡아끌었다.

나는 유키코에게 조용히 하라고 눈짓을 해 보였다. 유키코가 두려움에 질린 얼굴로 머리를 흔들었다. 유키코의 생각은 괜한 일에 끼어들지 말라는 것이었다. 나는 유키코의 손을 잡고 눈앞에서 벌어지는 일을 지켜보았다. 여자애를 폭행하는 건 하급병 서너 명이었다. 그들은 고등학생으로 보이는 여자애를 강간하고 있었다.

나는 숨을 죽인 채 풀밭 위에 납작 엎드렸다. 유키코도 몸을 최대한 낮추고 거칠어진 호흡을 삼켰다. 군인들은 돌아가며 단발머리 여자애를 겁탈했다. 여자애는 항거할 힘을 잃었는지 더 이상 발악하지 않았다. 잠시 후 군인들이 여자애를 끌고 산 아래로 내려갔다. 엎드려 있던 유키코가 사시나무 떨듯 몸을 떨었다. 나는 유키코의 어깨를 끌어안고 가만히 두드려 주었다. 유키코는 충격이 컸는지 한동안 꼼짝도 하지 않았다.

나는 한 차례 심호흡 하고 상체를 일으켰다. 유키코도 새파랗게 질린 얼굴로 뒤따라 일어섰다. 우리는 돌아서서 아무런 말도 하지 않고 발을 움직였다. 그때 귀를 찢는 듯한 총성이 들려왔다. 우리는 발걸음을 멈추고 반사적으로 뒤를 돌아보았다. 또 다시 강력한 총성이 숲과 나무를 흔들었다. 잠시 후 20대 청년이 숲에서 뛰어나와 도망치는 게 보였다.

"놈이 어디로 갔지?"

군인들의 날이 선 목소리가 수풀 사이에서 들렸다. 그들은 방금 전에 도망친 청년을 찾는 것 같았다. 나와 유키코는 덤불 속에 엎드린 채 그들을 지켜보았다. 군인들은 숲을 헤치고 돌아다니며 청년의 행방을 찾았다.

"빨리 찾아 처리해야지 민가로 내려가면 큰일 난다."

중고참으로 보이는 군인이 긴장된 목소리로 말했다. 그들은 청년이 강간 장면을 목격했다고 생각하는 것 같았다. 청년의 태도를 봐도 군인들의 짐작이 맞는 게 틀림없었다. 청년이 강간 장면을 목격하지 않았다면 도망칠 이유도 없었다. 군인들은 자동소총과 대검을 휘두르며 청년을 찾아다녔다. 졸병으로 보이는 군인이 단발머리 여자애를 가리켰다.

"이걸 데리고 다닐 수도 없고, 어떡해야 되죠?"

"그냥 처치해 버리면 되잖아."

"이 계집애를 말입니까?"

"그래."

그때 단발머리 여자애가 포박된 몸을 비틀며 악을 썼다. 하급병이 여자애의 입을 헝겊으로 틀어막았다. 고참 병사가 여자애의 얼굴을 한참 동안 노려보았다. 입을 틀어막은 병사가 M16 소총의 노리쇠를 전진 후퇴시켰다. 하급병의 충혈된 눈은 상급자를 향해 말하고 있었다.

"명령만 내리십시오, 한 방에 끝내 버리겠습니다."

그들의 눈은 하나같이 살기와 광기로 번뜩였다. 그들은 마치 용맹성을 시험하기 위해 존재하는 무리처럼 보였다. 바로 그것이었다. 지금 그들은 전쟁 중 사람을 죽이는 것은 죄악이 아니라고 생각하고 있었다.

"이거 환장하겠구만."

중사 계급장을 단 군인이 신경질적으로 투덜거렸다. 하급병이 여자애의 머리에 M16 총구를 들이댔다.

"강병장, 총알이 아깝다."

탄창을 빼내고 실탄을 재장전하던 군인이 혀를 찼다. 하급병이 인상을 긁더니 대검집에서 칼을 빼들었다. 여자애가 두 손을 비비며 살려달라고 울부짖었다. 중사가 산 아래쪽으로 내려가며 씹어뱉었다.
"우리는 놈을 찾아볼 테니까, 강병장은 계집애를 처치하고 와."
나는 가시덤불에 몸을 숨긴 채 꼼짝도 않고 엎드려 있었다. 유키코도 숨소리 하나 내지 않고 지켜보았다. 잠시 후 여자애의 비명소리가 어둠을 찢으며 들려왔다. 나는 가시덤불에서 몸을 반쯤 일으킨 상태로 망설였다. 지금 뛰쳐나가 여자애를 구할 것인가? 아니면 이 자리에서 소리쳐 누군가를 부를 것인가?
그렇지만 이 상태로는 그 어떤 행위도 할 수 없었다. 그저 그들의 짐승 같은 짓거리를 지켜보는 수밖에. 유키코도 그렇게 생각하는지 아무런 반응을 보이지 않았다. 우리가 다시 고개를 들었을 때 모든 일은 끝난 상태였다. 하급병은 너무나 태연하게 뒷수습을 하고 사라져 버렸다.
"다 내려간 거죠?"
"그런 것 같아요."
나는 여자애가 쓰러져 있는 곳을 바라보았다. 하지만 그 쪽으로 다가가서 확인할 용기가 나지 않았다. 그저 머릿속이 하얗게 비어 버린 것처럼 멍할 뿐이었다. 내가 넋을 놓고 있을 때 여자애의 신음소리가 들렸다. 유키코가 눈을 반짝이며 내 얼굴을 쳐다보았다. 나는 여자애의 신음소리가 들리는 쪽으로 귀를 기울였다. 관목 사이를 응시하던 유키코가 내 팔을 잡아끌었다. 나는 덤불에서 나와 여자애 쪽으로 다가갔다.
"학생이 살아 있어요."
유키코가 단발머리 여자애의 가슴에 손을 대며 말했다. 나는 황급히 몸을 돌려 주위를 살펴보았다. 다행히 산 아래쪽에서는 아무런 기척도 들려오지 않았다. 나는 여자애를 풀밭 위에 눕히고 상처부위를 살펴보았다. 여자애는 가슴과 옆구리에서 피를 흘리고 있었다. 유키코가 포켓에서 수건을 꺼내 상처 부위를 싸맸다. 나는 여자애의 상처를 확인하고 안도의 한숨을 내쉬었다. 다행히 대검은 심장을 비켜 겨드랑이를 찔렀다.

"빨리 병원으로 가야 할 텐데…"

"시내로 돌아가다는 놈들한테 잡힙니다."

"그럼 어떡하죠?"

"생명에는 지장 없으니까 민가를 찾아봅시다."

내 결정에 유키코가 옳다는 듯이 고개를 끄덕였다. 그때 가까운 곳에서 M16 자동소총 소리가 들렸다. 그 소리는 고막을 찢을 것처럼 강력하게 들려왔다. 우리는 부상당한 여자애를 데리고 수풀 사이로 몸을 숨겼다. 총을 쏜 건 여자애를 성폭행한 군인들이었다. 군인들은 덤불 속에 숨은 청년을 향해 무차별로 총을 쏘았다.

덤불 속에 있는 청년도 총을 가졌는지 마주 응사했다. 그들은 덤불을 사이에 두고 한동안 총격전을 주고받았다. 문제는 군인들이 특수전을 위해서 조련된 집단이라는 것이었다. 그들은 사냥하듯이 덤불 속에 있는 청년을 포위해 들어갔다. 우리는 그 광경을 공포에 질린 채 훔쳐보지 않을 수 없었다. 어차피 그들에게 발각되면 현장에서 사살될 게 뻔하기 때문이었다.

"놈을 생포해."

중사가 포위망을 좁혀가며 소리쳤다. 이제 청년이 사로잡히는 건 시간 문제였다. 바위투성이인 산 위쪽으로도, 가시덤불 천지인 산 아래쪽으로도 갈 수 없었다. 그걸 아는 것처럼 군인들은 총을 겨눈 채 조여 들어갔다. 그들은 재미있다는 듯 농담까지 주고받으며 작전을 펼쳤다. 잠시 포위망을 좁히던 군인들과 청년 사이에 침묵이 흘렀다.

군인들도 청년도 작전을 짜는 듯 서로 간에 총을 쏘지 않았다. 그런 미묘한 침묵의 순간도 잠시뿐이었다. 군인들과 청년은 또 다시 치열한 총격전을 주고받았다. 그때 하급병 한 명이 청년이 쏜 총에 어깨를 맞았다. 하급병이 쓰러지자 숨어 있던 청년이 후닥닥 뛰쳐나왔다.

군인들이 달아나는 청년을 향해 일제히 총을 쏘았다. 청년은 비오는 듯한 총알을 피해 산 위쪽으로 뛰었다.

우리는 그때 비로소 청년의 모습을 자세히 볼 수 있었다. 그는 다름 아닌 다방에서 만났던 그 청년이었다. 우리가 숨어든 다방에 피를 흘리며 찾아왔던 미스안의 남동생. 그 청년이 강간을 한 군인들과 목숨을 건 총격전을 벌였던 것이다. 나는 숨을 죽이고 청년의 달아나는 모습을 지켜보았다. 청년은 45구경 권총을 들고 전력을 다해 뛰었다.

"사살해 버려!"

중사가 M16 소총 실탄을 재장전하며 외쳤다. 중사의 명령과 함께 M16 소총 서너 정이 불을 뿜었다. 귀청을 찢는 총소리가 어두워진 숲을 흔들었다. 나와 유키코는 덤불 속에서 총격전을 지켜보았다. M16 소총에서 뿜어져나간 불꽃이 불규칙적으로 어둠을 밝혔다. 청년은 비처럼 쏟아지는 총알을 뚫고 산등성이 쪽으로 뛰었다.

잠시 멈추었던 M16 총구가 다시 푸른 불꽃을 내뿜었다. 그 순간 청년이 외마디 비명을 지르며 고꾸라졌다. 군인들이 청년을 향해 일제히 실탄을 쏟아부었다. 청년도 상체를 들고 기어가면서 발악적으로 쏘았다. 군인들이 쓰러진 청년 쪽으로 다가가 확인사살을 했다.

"이하사가 나머지 조치를 해."

중사의 명령에 하급병이 야전삽으로 땅을 팠다. 그들은 금방 발목 깊이의 구덩이를 파 놓았다. 중사가 축 늘어져 있는 청년을 턱으로 가리켰다. 하급병 둘이 달려들어 청년을 구덩이 속으로 밀어 넣었다. 그들은 순식간에 청년이 처박힌 구덩이를 흙으로 덮었다. 그것을 지켜보던 중사가 강병장을 향해 돌아섰다.

"아까 그 계집애는 어떻게 됐어?"

"처치했습니다."

"그럼 사체는?"

"거기에 놔두고 왔습니다."

"빨리 가서 묻어버려."

중사의 말이 떨어지기 무섭게 강병장이 몸을 움직였다. 우리는 허겁지겁 여자애를 데리고 울창한 덤불 속으로 들어갔다. 강병장이 어두워진 숲을 돌아다니며 여자애를 찾았다. 우리는 여자애를 찾는 군인의 눈을 피해 더 깊숙이 들어갔다. 한식경 후 군인들이 여자애 찾는 것을 포기하고 산을 내려갔다.

나는 유키코에게 잠시 기다리라고 말한 뒤 청년이 묻혀 있는 곳으로 다가갔다. 청년이 묻힌 흙 위로 검붉은 핏물이 흘러나와 땅으로 흘렀다. 나는 잠시 죽은 청년을 바라보다가 흙을 조금 더 덮어 주었다. 내가 막 손에 묻은 흙을 털었을 때, 풀숲에 떨어진 45구경 권총이 보였다.

그것은 청년이 죽는 순간까지 군인들과 총격전을 벌이던 바로 그 총이었다. 나는 나도 모르게 총을 집어들고 탄창 안을 살펴보았다. 다행히 탄창 안에는 3발의 실탄이 남아 있었다. 나는 권총을 품에 넣고 유키코와 여자애가 있는 덤불 쪽으로 걸어갔다.

8

우리는 가시덤불 안에서 두 시간이 넘도록 숨어 있다가 나왔다. 다행히 여자애의 가슴에서 솟던 피는 멎은 상태였다. 나는 여자애를 등에 업고 희미한 불빛을 향해 걸어갔다. 아무런 말도 할 수 없었고, 어떤 표현도 할 수 없었다. 그저 온몸이 떨리고 소름 돋는 공포만이 엄습할 뿐이었다. 우리는 캄캄한 숲속을 헤맨 끝에 마을 어귀에 도착했다.

여자애는 이제 혼자서 걸어갈 정도로 상태가 호전되었다. 나는 업고 있던 여자애를 내려놓고 마을 안의 동정을 살폈다. 다행히 마을 쪽에서는 아무런 소리도 들리지 않았다. 우리는 불빛이 새어나오는 초가집 사립문을 밀치고 들어섰다. 우리가 들어서는 기척을 들었는지 70대 노파가 방문을 열었다.

"뉘시오?"

노파는 눈이 잘 보이지 않는 것처럼 사방을 두리번거렸다. 나는 노파 앞으로 걸어가 조심스럽게 말을 꺼냈다.

"다친 사람이 있습니다. 어디 숨을 곳은 없을까요?"

"다친 사람이라우?"

"네."

"군인들이 그랬소?"

"네 그래요."

유키코가 이때라는 듯이 앞으로 나섰다. 노파는 여자의 목소리가 들리자 긴장된 표정을 풀었다.

"여기엔 없고… 뒤란으로 돌아가면 동백나무 숲이 있지라우."

"동백나무 숲이요?"

"숲 안에 동굴 저장고가 있을 기요. 그 안으로 들어가면 안전허요. 먹을 것도 좀 있고."

"동굴 저장고라니요?"

"곡식 창곤디… 감자, 고구마 나부랭이를 넣어 둔 곳이디요. 과일도 몇 덩이 있고."

"고맙습니다. 할머니."

"부엌에 밥하고 물이 있을 거요. 시장헐 틴디 퍼다가 묵도록 혀요."

"너무 너무 감사합니다."

"아니요. 싸게 싸게 가져가시오. 군인들이 순번 돌 시간이니."

우리는 부엌으로 들어가 보리밥과 김치와 물을 떠가지고 나왔다. 노파는 문턱에서 음식물을 챙기는 걸 지켜보았다. 나는 노파에게 감사하다는 말을 하고 집 뒤로 돌아갔다. 동백나무 숲 지하 저장고는 완벽히 은폐된 장소였다. 나는 베트콩 아지트 같은 동굴에서 군인들이 철수할 때만 기다렸다.

　우리는 동굴에 숨어 지내면서 서로에 대해 알게 되었다. 유키코가 어디서 태어났으며, 어떻게 자라고, 무슨 공부를 했는지에 대해서. 정세희라는 여학생이 왜 성폭행을 당하고, 칼에 찔리게 되었는지도 알게 되었다. 나는 동백나무 숲 동굴에서 또 한 명의 여자를 만났다. 그녀는 노파의 딸이었는데, 광주의 모 대학을 졸업한 아가씨였다. 그녀는 우리가 숨어 지내는 동안 음식을 만들어다 넣어 주었다.

　나는 음식을 해 주는 아가씨의 이름이 차민지라는 걸 그때 알았다. 정세희는 그녀가 만들어 준 음식을 먹고 건강을 회복할 수 있었다. 우리가 동굴에서 나왔을 때, 광주항쟁은 끝을 향해 가고 있었다. 나는 차민지라는 여자가 안내해 주는 대로 광주에서 무사히 나왔다. 물론 유키코와 정세희도 광주의 악몽 속에서 벗어나 자신들의 삶으로 돌아갔다.

　나는 동백나무 숲 동굴에서 나오며 유키코에 대한 의문점을 모두 풀었다. 유키코는 일제 강점기 때 징병된 김종무(金鍾茂)라는 병사의 손녀였다. 그녀의 조부는 만주를 비롯해서, 소순다열도, 대순다열도, 북태평양의 비키니섬, 팔라우섬, 트럭섬 등을 돌아다니며 일본인 대신 전투를 벌였다. 이름도 조상이 지어준 것을 버리고 고지마 우스이(小島鳥水)로 바꿨던 그는 일본인보다 더 용맹스럽게 싸웠다.

　고지마 우스이는 일본이 패망하자 일등 전범으로 몰려 동남아의 이름 모를 섬에서 처형당했다. 고지마 우스이와 일본인 여자 사이에 아이가 하나 태어났다. 그 아이가 바로 유키코의 부친인 고지마 다테키(小島建樹)였다. 당연히 고지마 다테키는 유키코를 정성을 다해 일본인으로 키웠다. 일본인으로 큰 고지마 유키코는 어느 순간 자신의 정체성에 대해 고민하기 시작했다.

　자신이 온전한 일본인이 아니라는 걸 성인이 되어서야 깨달았던 것이다. 그래서 유키코는 자신의 뿌리를 찾기 위해 한국으로 건너왔다. 조부의 고향을 찾아온 유키코는 예기치 않은 정변을 만났고 도망자가 되었다. 그렇지만 그녀에게 한국의 정변은 또 다른 기회를 제공해 주었다. 그것은 다름이 아니라 마음이 소통되는 한국인을 만났다는 것이었다.

유키코의 한국식 이름은 설자(雪子)였으며, 홋까이도(北海道)의 항구도시 하꼬다떼(函館)에서 살았다. 유키코는 하꼬다떼로 돌아가 여학교 교사로 재직하고 있다가 내게 국제전화를 걸었다. 나는 유키코의 초정으로 일본으로 건너가 재회할 수 있었다. 그후 유키코와 나는 일본과 한국을 오가며 교제를 나누다가 결혼했다.

그런데 아이러니컬한 것은 미스안의 모습을 텔레비전에서 보았다는 사실이었다. 미스안은 수많은 시신들이 누워 있는 안치소에서 피를 토하듯 오열하고 있었다. 그 부조리한 모습을 보며 나는 내 정체성에 대해서 고민하지 않을 수 없었다. 나는 과연 미스안처럼 닥쳐오는 부조리한 상황에 능동적으로 대처할 수 있을까?

아니면 미스안의 또 다른 모습처럼 부조리로부터 재빨리 도망치면서 적당히 살 수 있을까? 그 대명제를 끌어안고 나는 광주를 떠나 집으로 돌아왔다. 하지만 광주에서 본 삶과 죽음의 모습은 오랫동안 가슴속에 자리잡고 나를 괴롭혔다. 그 외에 또 하나의 기억이 내 뇌리를 떠나지 않고 맴돌았다. 그것은 미스안의 동생이라는 청년과 음식을 해다 준 차민지라는 여자였다.

그들은 부조리한 시대의 희생자이면서 부조리한 삶을 적극 수용한 사람들이었다. 내게 그들의 그러한 모습은 또 다른 숙제였다. 그렇게 해서 그해 5월은 내 마음속에 깊은 상처와 또렷한 기억을 남기고 지나갔다. 사람을 죽이는 한 자루의 권총과 실탄 3발을 남겨 놓은 채.

chapter.

5

1

내가 배치된 부대는 수도권에 소재한 방공 포병대대였다. 그곳은 적기를 조기 발견해서 격침시키는 대공방어 전초기지였다. 여단 사령부는 있었지만, 주요판단은 현장 지휘관인 대대장이 내리는 체계였다. 그런 관계로 대대장은 막강한 영향력을 행사하는 단위 지휘관이었다.

"우리가 수도권 영공을 책임진다는 사실을 알아야 한다."

선임하사는 늘 포병소대의 역할을 침이 마르게 강조했다. 특히 그는 병사들을 집합시켜 놓고 연설하는 것을 즐겼다. 문제는 그의 말이 매번 한마디도 틀리지 않고 똑같다는 사실이었다. 변상사라는 이름도 연설을 즐기는 사람으로 만드는데 일조했다. 대대본부에 근무할 때도 그의 입담은 십분 발휘되었다. 그래서 그만 떴다 하면 모든 병사들이 쉬쉬하며 도망쳤다.

변상사는 반드시 국가와 민족의 존재가치로부터 연설을 시작했다. 그런 다음 군인의 임무와 사명감을 강조한 뒤, 단위 부대로서의 책무와 대공방어의 중요성. 평상시 적기 식별요령과 유사시 적기 격침요령. 포대단위 화망 사격요령과 소대단위 화망 사격요령을 거쳐, 내무생활의 중요성을 설파하고. 부대원의 단결과 근무기강 확립을 강조한 다음.

 대공포의 철저한 관리와 수입을 다시 한번 주지시킨 뒤. 내무반 정리정돈과 위병, 불침번, 포상 근무자의 졸음방지, 식사시간 외 취사행위 금지를 지시하고. 자신의 열변에 도취되어 한동안 애국심에 불타는 눈으로 소대원을 바라보다가. 마지막으로 군화당번이 누구인데 광이 안 나느냐고 호통치는 것으로 연설을 끝냈다.

 변상사는 조금이라도 심기가 불편한 날이면 여지없이 전 소대원을 동원해 사역에 들어갔다. 사역은 부대 주변 잡초 제거로부터, 진입로 정리, 포상 수리, 쓰레기장 소각, 화장실 분뇨 제거 등이었다. 특이한 것은 부식물 저장고이자 창고로 쓰는 동굴을 파는 것이었다. 동굴을 파는 것에는 병이나 하사관도 예외가 없었다. 소대원 중 누구라도 군기를 어지럽히거나, 규칙을 위반하면 반드시 동굴을 파야 했다.

 이제 그 동굴의 깊이도 어느덧 10M를 넘겼다. 그래도 변상사는 내무반 뒤쪽에 위치한 동굴에 병적인 애착을 가지고 있었다. 그의 말에 의하면 동굴은 음식물 저장고일 뿐더러, 유사시 방공호도 된다는 것이었다. 그런 변상사의 행동은 거의 광적이어서 어느 누구도 복종하지 않을 도리가 없었다.

 "야 병든 호랑이 떴다."
 "빨리 작업장으로 가라. 찍히기 전에."
 "젠장 병든 호랑이 등쌀에 살 수가 있나."

 소대원들은 너나없이 변상사를 병든 호랑이라고 불렀다. 반면 장기하사인 정하사는 깍듯이 예우를 차렸다. 정하사가 그러는 이유는 그도 언젠가는 선임이 될 것이기 때문이었다. 정하사와 다르게 내무반장이면서 1분대장인 이하사와 3분대장 심하사, 4분대장 배하사는 노골적으로 투덜거렸다.

변상사가 아무리 부소대장이지만, 부하들을 너무 부려먹는다는 것이었다. 특히 그들은 단기하사여서 장기하사이면서 오만불손한 정하사를 무척 경원했다. 어쨌든 변상사의 편집적 행동에도 불구하고, 3포대 3소대는 규율이 세고 기강이 잡힌 부대로 정평이 났다. 그런 상황이니 병든 호랑이의 편집적 기질만 나무랄 수는 없었다.

"병든 호랑이 때문에 편하긴 하다."

"편하긴 뭐가 편하나. 사역이 끝도 없는데."

"그래도 부식 하나만은 끝내 주잖아."

소대원들은 가끔 변상사의 업적과 지휘력을 추켜세웠다. 문제는 그에 대한 칭찬이 가식적인 것이라는 점이었다. 사실 병든 호랑이라는 별명도 전임지 병사들이 붙인 거였다. 그가 포대 인사계로 근무하다가 소대로 좌천되고는 온몸이 아프다고 엄살을 부렸기 때문이었다. 본래 포대 인사계는 상사로 보하는 게 원칙이지만, 비리투성이인 그를 받아 줄 포대장이 없었다.

포대장들이 받기를 거부하자 대대장은 할 수 없이 그를 소대로 내려보냈다. 그런 상황에서 변상사가 할 일이란 거의 없다고 해도 과언이 아니었다. 변상사는 머리를 싸매고 궁리한 끝에 한 가지 묘안을 생각해 냈다. 그것은 다름이 아니라 3소대를 대대본부보다 화려하면서도 반듯하게 꾸며 놓는 방법이었다.

다시 말해 그는 3소대를 완벽히 치장하고 정돈하는 것으로 감추어진 능력을 입증하려 했다. 그는 자신의 특출한 재주를 보여 주기 위해 온갖 방법을 다 동원했다. 심지어 인근 공사장에서 시멘트와 벽돌, 합판, 통나무, 보도블록, 철근까지 빼내다가 소대를 꾸몄다.

"미스안 보고 오늘 저녁에 간다고 그래."

토요일 오후, 변상사가 갑자기 나를 불러 지시를 내렸다. 그의 말은

면 소재지 맥주집에 가서 자신의 출타를 알리라는 뜻이었다. 나는 잠자코 서 있다가 볼멘소리로 이의를 달았다.

"저 말고 하급병을 시키면 안 되겠습니까?"

"최병장."

"네 병장 최태오."

"너는 이런 일을 하급자에게 시켜야 한다고 생각하나?"

변상사가 의자에서 일어서더니 지휘봉으로 어깨를 툭툭 두드렸다. 나는 부동자세를 취한 채 아무런 대꾸도 하지 않았다. 사실 그의 말이 무엇을 뜻하는지 모르는 것은 아니었다. 다만 병장이 그런 심부름을 한다는 게 내키지 않았을 뿐이었다.

"다 최병장을 믿는 마음이 있어서 그러는 거야."

"……"

"또 우리 바둑 동기이기도 하잖아."

변상사가 느물스럽게 말하고 다시 한번 지휘봉으로 어깨를 쳤다. 소대에서 2km 떨어진 곳에는 허름한 카페가 하나 있었다. 낮에는 주로 커피를 팔고, 밤이 되면 맥주와 양주를 파는 곳이었다. 그 카페에서 일하는 아가씨의 미모가 출중해서 안 드나드는 병사가 없었다.

어떤 의미에서 그녀는 군인들을 상대로 술을 팔기 위해 태어난 것처럼 보였다. 나이마저 20대 중반쯤 되었고, 얼굴과 몸매도 뛰어나 인기가 하늘을 찔렀다. 게다가 대학물을 먹은 것처럼 지적인 말투와 언행을 사용해 더욱 시선을 끌었다. 그런 여자를 변상사사 미음에 두고 온갖 선물을 하며 환심을 사는 중이었다.

"몇 시에 간다고 전할까요?"

"석식 끝나고 간다고 그래."

"알았습니다."

"빨리 갔다 와. 한판 붙어야 되니까."

"그럼 오늘 일석점호는 생략하는 겁니까?"

"바둑을 두다 보면 당연히 그렇게 되는 거 아니야?"

변상사가 내 어깨를 두드리고 넉살 좋게 웃었다. 당시 변상사에게는 바둑보다 더 좋은 오락이 없었다. 그것은 고참인 나도 변상사와 크게 다르지 않았다. 나는 얼마 남지 않은 제대기일을 어영부영 보내서 괜찮았다. 반면 변상사는 매일같이 취하는 점호를 걸러서 좋았다. 사실 변상사로서는 점호가 그리 어려운 것도 아니었다.

단지 매일 보는 부대원들을 세워 놓고 호통치는 게 내키지 않을 뿐이었다. 포상정리나 무기수입은 매시간 점검해서 별다른 것도 없었다. 그런데다가 포병소대는 정원이 20명밖에 안 돼서 점검할 인원도 없었다. 그런 상황이니 점호를 취하는 것 자체가 지겨울 정도였다. 나는 변상사에게 경례를 붙이고 소대장실에서 나왔다.

2

"미스안 오늘밤에 선임하사님께서 오신답니다."

"오늘밤에요?"

"그렇습니다."

"알았어요."

나는 단독군장을 한 채 카페를 찾아가 변상사의 말을 전했다. 미스안이 몇 마디 대꾸하더니 달갑지 않다는 표정을 지었다. 나는 머쓱해진 태도로 미스안을 쳐다보았다. 미스안이 태연스럽게 안주를 챙겨 들고 내실 쪽으로 걸어갔다. 나는 내실 쪽으로 가는 미스안을 보며 입맛을 다셨다. 미스안이 콧대가 높지만, 선임하사가 온다는데 시큰둥한 건 옳지 않았다.

또 2Km를 걸어온 선임병을 봐서라도 무어라고 답변은 해야 마땅했다. 나는 쓰고 있던 철모를 벗어 탁자 위에 소리나게 내려놓았다. 아무리 생각해 봐도 미스안의 태도가 마음에 들지 않았던 것이다. 내

기분을 알아챘는지 막 내실 안으로 들어가려던 미스안이 슬쩍 돌아보았다. 나는 화장기 진한 미스안의 얼굴을 뚫어지게 노려보았다.

그때 내실 쪽에서 와자지껄한 목소리가 들려왔다. 누군가 초저녁부터 거나하게 술판을 벌이는 것 같았다. 나는 인상을 찌푸리고 서 있다가 철모를 집어 들고 돌아섰다. 변상사의 말을 전한 이상 대답을 들을 필요는 없었다. 나는 변상사가 온다고 전했고, 미스안은 그 말을 들었다.

그러니 미스안이 변상사를 맞이할 준비를 하든 말든 상관이 없다. 나는 그렇게 결론을 내리고 출입문 쪽으로 걸어갔다. 바로 그 순간 내실 쪽에서 익숙한 목소리가 들려왔다. 나는 출입문을 열고 나가려다 그 자리에 멈춰 섰다. 방안에서 들려오는 목소리는 분명히 배하사와 정하사의 것이었다.

"모든 건 내가 책임질 테니까. 말만 잘 들어."

"어떻게 책임질 건데요?"

"살림을 차려 줄게."

"어디다가요?"

"부대 안에다가."

배하사의 진한 농지거리에 미스안이 간드러진 웃음을 터뜨렸다. 정하사도 재미있다는 듯이 걸걸한 목소리로 비위를 맞추었다. 나는 더 이상 그 자리에 서 있을 수가 없었다. 그들의 농지거리를 듣는 것도 그렇고, 맞장구치는 미스안도 못마땅했다.

물론 내실로 들어가 잠시 후 선임하사가 올 것이라고 말해 줄 수도 있었다. 문제는 하사관과 병의 갈등이 어제 오늘 일이 아니라는 점이었다. 병은 병대로 하사관들이 밉살스러웠고, 하사관은 나름대로 병들을 멸시해 왔다. 그런 상황이니 변상사가 온다고 귀띔해 주고 싶어도 할 수가 없었다.

"너희 같은 놈들 때문에 군인이 욕을 먹는 거야."

그날 저녁 우려했던 일이 기어이 벌어지고 말았다. 한 시간 뒤 미스 안을 찾아갔던 변상사가 그들을 발견했던 것이다. 술을 먹다가 기습을 당한 두 사람은 얼굴이 상기된 채 끌려왔다. 변상사는 화가 난 나머지 두 사람을 발로 차며 욕설을 퍼부었다.

변상사가 흥분하는 이유는 무단으로 부대를 이탈했다는 사실 때문이었다. 그 외에 또 한 가지 이유는 자신이 점찍어 놓은 여자를 희롱했다는 거였다. 변상사는 엎드려 있는 배하사와 정하사를 노려보며 소리쳤다.

"배하사, 어디 한번 말해 봐라. 잘한 일인지 아닌지."

"……"

"정하사는 어때?"

"잘못했습니다. 선임하사님."

정하사가 고개를 떨어뜨리며 순순히 잘못을 시인했다. 그 상황에서 문제는 정하사가 아니라 배하사였다. 배하사는 아무리 윽박질러도 잘못을 인정하지 않았다. 그것은 변상사와 배하사 간의 알력 때문이었다. 배하사는 변상사의 근무이탈 보고로 군기교육대까지 다녀왔다. 변상사는 군기교육대에서 나온 배하사를 항명한다는 이유로 상부에 일러바쳤다.

이에 열이 난 배하사는 변상사가 군대물품을 팔아먹었다고 찔러버렸다. 그 결과 변상사는 헌병대의 조사를 받은 후 대대에서 쫓겨나고 말았다. 그런 두 사람이 다시 만나 같이 근무하게 되었던 것이다. 결국 한 소대에서 근무하게 된 그들은 틈만 나면 으르렁거렸다. 아무튼 배하사를 더 미워한 변상사는 주로 그의 잘못만 꼬집었다.

"이걸 대대장이 안다면 영창감이야. 영창감… 배하사 그래도 모르겠나? 어디 말해 봐."

"죄송합니다, 선임하사님."

"그래도 죄송한 건 아는구만."

"다시는 이런 일이 없도록 하겠습니다."

"좋아, 그럼 이번만은 그냥 넘어가겠다. 하지만 자체 징계는 그냥 넘어갈 수가 없다. 배하사하고 정하사는 이 시간부터 사십팔 시간 안에 동굴을 이 미터 판다. 알았나?"

"알겠습니다."

"그럼 즉시 실시하도록."

"실시!"

배하사와 정하사는 큰소리로 복창을 하고 부대 뒤쪽으로 뛰어갔다. 내무반 뒤쪽에는 가파른 절벽이 있고, 변상사는 그곳에 식품 저장고를 만드는 중이었다. 즉 높다란 절벽에 10M 정도 되는 굴을 파고, 부식물을 저장해 왔던 것이다. 하지만 변상사의 욕심은 끝이 없어서, 그곳을 완벽한 대피소이자 창고로 만들고 싶어했다.

그래서 소대원들이 규율을 위반할 때마다 처벌을 대신해 동굴을 파게 했다. 나도 그것은 예외가 아니어서, 보초를 서다가 잠을 잤다는 이유로 1M를 판 적이 있었다. 아무튼 하사관들의 음주사건은 그렇게 해서 적당히 넘어갔다. 그 일이 터진 며칠 후, 박상병이 내무반으로 헐레벌떡 뛰어들어왔다.

"정하사가 미스안을 넘어뜨렸답니다."

"배하사는?"

"배하사가 먼저 입을 닦고, 그 다음에 정하사가 넘긴 거죠."

"그럼 우리가 게임에 졌구만."

그때 3소대 소속 사병들은 맥주집 미스안을 놓고 내기를 걸었다. 배하사와 정하사가 미스안을 건드리면 1. 2분대가 이기는 것이고. 변상사가 무서워 일을 저지르지 못하면 3. 4분대가 이기는 내기였다. 당연히 하사관 전체가 건드리면 모든 병이 돈을 내기로 했다.

우리는 내기를 걸면서 그들이 미스안을 건드리지 못한다고 단정지었다. 왜냐하면 호랑이 같은 변상사의 여자를 어찌할 도리가 없기 때문이었다. 그 외에도 배하사는 찍힌 상태여서 잘못하면 영창을 갈 수도 있었다. 박상병의 말은 그런 가설을 뒤집어 버린 놀라운 반전이었다.

그 소식이 들려온 지 얼마 되지 않아 그보다 더 충격적인 얘기가 전해졌다. 그것은 반듯한 공일병까지 미스안을 건드렸다는 사실이었다. 우리는 그 소식을 듣고 아연실색하지 않을 수 없었다. 이제 게임은 하사관들이 건드리느냐 못 건드리느냐 하는 문제만이 아니었다.

공일병의 미스안 공략사건은 소대 전체의 안위와 관련이 있었다. 우리는 하사관과 병들의 알력이 더욱 심해질 것을 우려하지 않을 수 없었다. 병들의 걱정에도 불구하고 문제는 엉뚱한 데서 풀어졌다. 그것은 바로 2주일 후로 다가온 대대장배 축구대회였다.

3

"이번에는 우리 소대가 반드시 우승해야 한다."

소대장 김중위는 축구공을 발로 밟고 서서 소대원들을 쓱 둘러보았다. 그는 축구라면 사족을 못 쓰는 사람이어서, 일년 동안 대대장배를 기다렸다. 그가 축구에 집착하는 건 대대장배에서 우승하면 능력을 인정받기 때문이었다. 그런 상황이니 매년 열리는 대대장배에 집착하지 않을 수 없었다. 그는 본래 사병으로 들어왔다가 졸병생활이 더러워서 말뚝을 박았다.

말뚝 하사관이 된 그는 죽을 각오로 근무를 하고 훈련을 받았다. 문제는 하사관 생활도 푸대접을 받는 병과 다르지 않다는 점이었다. 고참들은 그를 돌아가며 괴롭혔고, 급기야는 위관장교가 되기로 마음먹었다. 그때부터 근무시간을 쪼개 쓰며 장교가 되기 위해 공부에 매달렸다. 그의 끈질긴 노력 덕분에 장교 임용시험에 합격할 수 있었다.
"오늘부터 분대대항 축구를 실시하겠다."
"소대장님 인원이 부족한데요."
"군대는 인원 같은 건 따지지 않는다. 그냥 까라면 까는 거지."
"그래도 한 편에 열 명은 돼야죠."
"여덟 명이면 충분해."
"좀 힘들 텐데요."
"여덟 명이면 북침도 할 수 있다."

그때부터 우리는 틈만 나면 축구공을 들고 나가 뛰어다녔다. 소대 앞에는 정규 축구장보다 더 큰 돌투성이 연병장이 있었다. 그래서 소대원들은 매일 아침마다 연병장을 돌며 군가를 불렀다. 당연히 체력 단련이나 기합도 돌이 굴러다니는 연병장에서 받았다.

"지금부터 홀수 분대하고 짝수 분대를 나누겠다."

김중위의 대대장배 우승 작전은 단순하리만치 무식했다. 즉 1, 3분대와 2, 4분대를 각각 한 팀으로 묶어서 맹연습시킨다는 것이었다. 그렇게 하면 소대원 체력도 향상되고 자연스럽게 우승하리라는 생각이었다. 하지만 축구와는 거리가 먼 병사는 항상 있어서, 모든 게 뜻대로 되지 않았다.

다만 김중위의 가상한 노력에 의해 작년에는 포대대항에서 준우승을 먹었다. 사실 1개 포대 내에 3개 소대밖에 없기 때문에 준우승을 해 봐야 별 것도 아니었다. 그럼에도 김중위의 자부심은 하늘을 찌를 것처럼 높았다.

"체력은 국력. 체력에 살고 체력에 죽는다."

김중위는 축구를 시작하기 전 구호를 외치고 실전에 들어갔다. 그럴 때면 내무반장이나 배하사, 심하사는 겨우겨우 복창했다. 장기하사인 정하사도 남의 일을 구경하는 것처럼 입만 뻥끗거렸다. 반면 병들은 하사관들과 다르게 큰소리로 복창하고 축구에 들어갔다. 어쨌든 우리는 이주일 앞으로 다가온 축구대회로 인해 평화를 찾았다.

문제는 일시적이고 감추어진 평화는 오래 가지 않는다는 점이었다. 그것은 정하사와 공일병의 갈등 때문이었다. 정하사는 대학원까지 다니다가 군에 들어온 공일병을 누구보다도 미워했다. 또한 공일병의 체구가 좋고, 얼굴도 영화배우 못지않은 것에 혐오감을 느꼈다. 그에 반해 정하사는 살이 찐데다가 키도 작아서 땅에 붙은 것처럼 보였다. 그런 차이가 두 사람 사이에 존재했으니 미워하는 것도 무리는 아니었다.

"정 괴로우면 말해라."

언젠가 동기인 황병장이 공일병의 어깨를 두드려 주었다. 그럼에도 공일병은 아무런 대꾸없이 웃어넘겼다.

"같은 병끼리 그냥 두고 볼 수도 없고."

"……"

"한번 들이받아라."

"……"

"아니면 한 방 갈겨 버리든지."

"……"

조상병이 부추겨도 공일병은 가타부타 일체 표현하지 않았다. 공일병이 정하사의 횡포에 힘들어 하는 것은 나이 때문이었다. 정하사는 농고를 졸업하고 하사관 시험을 보았고, 공일병은 대학원을 다니다가 군에 들어왔다, 그런 상황이니 나이 차이가 나도 한참이나 났다. 사실 군대라는 게 계급 이외에는 아무런 의미가 없는 곳이었다.

그러니 나이가 아무리 많고 체격이 커도 어쩔 도리는 없었다. 그것은 공일병과 정하사의 관계만 그런 것이 아니었다. 한 내무반에서 생활하는 병사들은 서로간의 차이를 알면서도 묵과하고 지냈다. 아무튼 정하사는 계급을 내세워 공일병을 시도때도없이 괴롭혔다. 공일병은 그런 정하사를 보면서 아무런 내색도 하지 않았다.

4

"오늘밤에 최병장하고 이일병이 특수작전에 들어간다."
 변상사가 사격훈련을 하고 있는 나를 찾아와 작전지시를 내렸다. 4분대는 배하사를 분대장으로 사수인 나와 좌사수 손상병, 우사수 이일병으로 구성되어 있었다. 그때 우리는 하반기 검열에 대비해서 모의 사격훈련을 하는 중이었다. 즉 4분대 포상에서 적기의 내습을 설정하고 화망사격 연습을 했던 것이다.
 이와 같은 사격연습은 1분대와 2분대, 3분대도 마찬가지였다. 전 소대원이 연습에 매달리는 것은 눈앞으로 다가온 군단검열 때문이었다. 어느 부대든 군단검열에서 낙제하면 불명예를 안고 살아갈 수밖에 없었다. 또 소대 전체에 내려지는 불이익이 말할 수 없을 정도로 많았다. 그런 관계로 전 소대원이 포상에서 먹고 포와 함께 뒹굴었다.
 문제는 군단검열과 소대의 위상이 관계없다고 생각하는 병든 호랑이였다. 부소대장인 변상사는 소대장과 다르게 축구시합이나 반기검열, 체력단련에는 관심이 없었다. 그에게는 그저 환경미화나 진입로 정비, 연병장 청소가 지대한 관심사였다. 관심사가 그러니 자연스럽게 인근 공사장 건축자재에 눈독을 들일 수밖에 없었다.
 "선임하사님 이번 주는 좀 그런데요."
 배하사가 철모를 벗었다가 쓰며 사족을 달았다. 변상사가 배하사의 철모를 지휘봉으로 툭툭 쳤다.
 "배하사 이것도 훈련이야. 배워 두면 다 쓸모가 있다구."
 우리는 너무나 어이가 없어서 멍하니 서 있었다. 변상사가 우리 주위를 빙빙 돌며 점잖게 덧붙였다.
 "공네 시에 화물열차가 지나가니까, 적어도 공세 시엔 작전에 들어가서… 공네 시 십 분 전까지는 완벽히 마쳐야 된다."

변상사의 말은 부대를 통과하는 철로를 파고 비비선을 깔라는 것이었다. 변상사는 평소 그 일을 수행할 대원을 물색해 왔다. 그런데 그 적임자로 나와 이일병이 선택된 거였다. 그가 우리를 지목한 이유는, 학생운동 전력을 가지고 있다는 사실 때문이었다. 변상사는 평소 나와 이일병을 세워 놓고 목사 후보생의 가치관에 대해서 떠벌렸다.

목사 후보생은 존경받는 사람들인 만큼 언제 어디서나 모범을 보여야 한다. 훌륭한 목사는 자신을 희생해서라도 세상을 밝게 만들어야 된다. 예수를 봐라. 자신의 목숨을 바쳐 제자들을 구하지 않았는가? 그건데 신학자가 데모나 하고 연애질이나 할 것 같으면, 신이니 뭐니 떠들지 않는 게 옳다.

당연히 자신을 비난해도 묵묵히 참고 사는 게 참다운 신학자의 길이다. 목사가 된다는 것은 성스러운 것이니, 늘 높고 고고한 인격을 갖추어야 한다는 거였다. 그는 모든 사병이 보는 앞에서 대학시절 전력을 상기시키며 은근히 깔아뭉갰다. 언젠가는 수지한테서 온 편지를 전 소대원 앞에서 신파조로 낭독한 적도 있었다.

"중요한 사실은… 공한 시에서 공세 시까지는 사제물건 반입작전을 수행해야 한다는 것이다."

"사제물건 반입작전이요?"

"그렇다. 최병장, 아직까지 사제물건 반입작전도 모르고 있었나?"

"모르는 건 아니지만."

"그런데 왜?"

"사격훈련 중이고 해서."

"말이 많다. 하급자는 상관이 시키면 시키는 대로 하는 거다. 거듭 강조하지만 철로 굴착작전 전에 브릿지 공사장에서 사팔짜리 합판 열 장하고, 일점팔 미터짜리 통나무 열두 개를 빼와야 한다는 말이다. 알겠나?"

"알겠습니다."

"들키지 않는 것도 훌륭한 작전수행의 한 가지다."

변상사가 재차 강조하고 나와 이일병을 번갈아 쳐다보았다. 그가 내게 지시한 것은 단순히 비비선을 까는 차원이 아니었다. 그는 내가 그 임무를 완벽하게 수행해 낼 것을 주문하는 거였다. 다시 말해 문제가 발생하면 영창도 감수해야 한다는 뜻이었다.

나는 변상사가 무슨 의도로 그런 말을 하는지 알고 있었다. 그는 내가 제대하기 전에 반드시 항복을 받고 싶었던 것이다. 그가 내게 받고 싶은 항복은 바둑의 흑백이 바뀌는 정도가 아니었다. 그는 자신이 가지고 있는 부사관의 직책처럼 매사에 승리자고 리더이고 싶었다.

5

그날 밤 나와 이일병은 두 가지 작전을 동시에 수행했다. 밤 한 시쯤 브릿지 공사장에 침투해서 합판 10장을 훔쳐다가 무기고에 숨겼다. 이어 180센티 통나무 12개를 빼돌려 동굴 속에 감췄다. 합판 10장은 둘에서 한 번에 들고 올 수 있었지만, 통나무는 쉽게 가져올 수 없었다.

우리는 하는 수 없이 400미터 거리를 4차례나 왕복해서 임무를 완수했다. 사제물건 반입작전을 마친 뒤, 철로 밑을 가슴 깊이로 파고 핫라인을 깔았다. 즉 변상사가 지시한 시간 이내에 작전을 완벽히 수행했던 것이다. 그런데 문제는 엉뚱한 데서 터졌다.

우리가 막 작업을 마쳤을 때, 2분대 포상에서 이상한 소리가 들렸다. 무언가로 내리치는 것 같은 그 소리는 어둠 속에서도 또렷이 들려왔다. 우리는 삽과 곡괭이를 내려놓고 2분대 포상 쪽으로 다가갔다. 2분대 포상에서 기합을 받는 것은 공일병과 신일병이었다. 공일병과 신일병은 엎드린 상태에서 정하사한테 배트를 당하고 있었다.

"병이면 병답게 굴어."

정하사는 땀까지 뻘뻘 흘리며 캐리버50 예비포신을 휘둘렀다. 혼자서 들기도 어려운 포신으로 때리는 것은 큰 기합이 아니었다. 문제는 대공포대 규율상 포신으로 병사를 때리는 게 금기라는 사실이었다. 다시 말해 대공포대 기합의 최대치는 신처럼 모시는 포신으로 배트하는 거였다. 그런 상황이니 포신으로 맞는다는 것은 웬만한 잘못이 아니고는 일어날 수도 없었다.

"나가서 말릴까요?"

공일병과 입대 동기인 이일병이 긴장된 감정을 감추고 물었다. 나는 어깨 높이의 방탄둑 뒤에 몸을 숨긴 채 고개를 저었다. 그도 그럴 것이 분대장이 분대원을 징계하는 것은 당연한 규제였다. 우리는 포상 주위에 쌓아 놓은 방탄둑에 뒤에 숨어서 그들의 행동 엿보았다. 우리가 주시하는 것도 모르고 정하사는 공일병과 신일병의 둔부를 각각 30차례씩 때렸다.

"이 자식들이 이 정도를 가지고 엄살을 부려?"

정하사가 씨부렁거리더니 공일병의 철모를 벗겨 맨머리를 향해 내리쳤다. 위장망도 없는 철모에 머리를 맞은 공일병이 썩은 고목처럼 쓰러졌다. 철모로 맨머리를 맞기는 신일병도 마찬가지였다. 두 사람은 철모를 머리에 맞고 쓰러졌다가 오뚜기처럼 일어섰다.

그때 나는 어둠 속에서도 공일병의 창백한 얼굴을 볼 수 있었다. 정하사가 아무리 내리쳐도 표정 하나 일그러뜨리지 않는 공일병을. 문제는 미친 사람처럼 철모를 휘두르는 정하사였다. 정하사는 그들이 참으면 참을수록 더욱 더 잔인하게 철모를 휘둘렀다.

공일병도 작심한 것처럼 정하사의 광적인 폭력에 물러서지 않았다. 즉 정하사가 철모로 내리치면 땅바닥에 쓰러졌다가 재빨리 일어났다. 공일병의 그런 태도는 감히 넘보지 못할 신성한 행동처럼 느껴졌다. 나와 이일병은 세 사람의 공포스런 행동을 겁에 질린 채 지켜보았다. 우리가 본다는 것도 모른 채 그들은 그 짓거리를 십여 분간이나 계속했다.
"너희들 그따위로 어영부영 하면 죽을 줄 알아."
정하사는 2분대가 사격훈련에서 꼴지를 먹는 게 그들 탓이라고 여겼다. 그런 생각하고 있던 정하사가 두 사람을 포상으로 불러냈던 것이다. 나와 이일병은 캄캄한 어둠 속에서 마주보며 머리를 저었다. 소대 사격훈련에서 꼴찌를 하는 것은 정하사의 우둔한 머리가 원인이었다.
승전포는 캐리버50 기관총 네 문을 묶어서 만든 포였다. 그렇기 때문에 분대장을 포함한 네 병의 병사가 완벽히 호흡을 맞춰야 되었다. 분대장은 헤드폰을 쓰고 포대에서 내려오는 발포 명령을 전달해야 했고, 사수는 중앙에서 방아쇠를 당겨야 했다. 당연히 좌사수와 우사수는 양쪽에서 포신이 돌아가지 않도록 잡아야 되었다.
그런데다가 적기의 기종과 속도에 따라 신속히 쏘아야 했으므로, 고도의 집중력이 필요한 게 승전포였다. 그 외에도 캐리버 50은 다루기 힘든 점이 한두 가지가 아니었다. 포 자체가 2차대전 때 만들어져서, 가끔 노리쇠뭉치가 튀어나가 사람을 후려쳤다. 실탄이 발사되는 순간 제자리에서 뱅뱅 도는 이상한 일도 벌어졌다.
그런 관계로 모든 분대원이 신경을 곤두세우지 않으면 안 되었다. 그런데 훈련관인 소대장이 지시할 때마다 정하사는 어떻게 대처하는지 몰라 쩔쩔맸다. 분대장이 허둥대니 분대원도 덩달아 당황했고, 결국 2분대는 낙제점을 밑돌 수밖에 없었다.
"군대에 놀러 왔다고 생각하면 오산이야."
정하사가 예비포신을 거치대에 내려놓았을 때 신일병이 M16 소총을 집어 들었다. 공일병이 놀란 표정을 지으며 신일병의 행동을 제지했다. 신일병이 공일병의 손을 뿌리치고 노리쇠를 전진 후퇴시켰다.
"오늘 너를 죽이고 나도 죽어 버리겠다."
신일병의 느닷없는 행동에 놀란 정하사가 주춤 물러섰다.

"신일병, 왜 그래 총 치우고 얘기하자."

"총 치우고 얘기하자고?"

"그래 총은 내려놓고 해."

"너 같은 놈을 분대장이라고 명령에 복종했으니."

나는 더 이상 방치하다가는 돌이킬 수 없는 일이 벌어질 것이라고 판단했다. 이일병도 그대로 두면 큰 사고가 터진다고 생각한 것 같았다. 나와 이일병은 누가 먼저라고 할 것 없이 몸을 일으켰다. 우리가 막 포상으로 돌아 나가려고 할 때, 정하사가 도망치기 시작했다. 우리는 포상 쪽으로 나가려던 걸음을 멈추고 돌발적인 상황을 지켜보았다.

어둠 속을 쏜살같이 뛰어가는 정하사를 향해 신일병이 M16 소총을 겨누었다. 옆에서 호흡을 조절하던 공일병이 재빨리 총구 앞을 가로막았다. 잠시 씩씩거리던 신일병이 공일병을 밀치고 정하사 뒤를 쫓아갔다. 신일병은 전력을 다해 뛰어가는 정하사에게 고래고래 욕설을 퍼부었다. 이상한 것은 죽을 힘을 다해 달아나는 정하사의 바보 같은 행동이었다.

정하사는 신일병이 욕을 하면서 쫓아가도 계속 달아날 뿐이었다. 다른 사람 같으면 선임하사에게 보고 하겠지만, 그는 그렇게 하지 않았던 것이다. 그날 밤 정하사는 신일병에게 쫓겨 도망치다가 쓰레기 더미에 빠졌다. 쓰레기 더미에 빠진 정하사는 오물을 이불삼아 잠을 잤다.

반면 정하사를 찾아다니던 신일병은 추적을 포기하고 내무반으로 들어갔다. 그때 우리는 어떻게 처신하는 게 좋을지 몰라 고민하지 않을 수 없었다. 그들 사이에 벌어진 일을 최소한 내무반장에게 보고 해야 할지, 아니면 그냥 두어야 할지를. 아무튼 정하사가 도망침으로 해서 사건은 우습게도 일단락되었다.

다음 날 아침 정하사와 신일병은 천연덕스럽게 조식을 하고 사격훈련에 들어갔다. 나와 이일병은 터져 나오는 웃음을 참느라고 적지 않게 고생했다. 하지만 한편으로는 은근히 겁도 났다. 그것은 쓰다 달다 말이 없는 공일병의 태도 때문이었다.

6

"오늘은 우리 소대가 우승한 날이니까 마음껏 마셔도 좋다."
 소대장은 대대장배 축구대회를 우승하고 돌아와서 한껏 들뜬 표정으로 소리쳤다. 그는 육사 출신 소대장들을 꺾었다는 사실로 흥분한 상태였다. 병사들은 소대장의 말대로 고기와 소주를 질리도록 먹었다. 파티 초반에는 병과 하사관이 뒤엉켜서 술파티를 벌였다. 그렇게 마시고 즐기는 것은 병든 호랑이도 예외가 아니었다. 변상사는 오랜만에 맛본 승리라는 듯이 앞장서서 마시고 따라주었다. 사건은 소대장 김중위가 퇴근한 다음에 터졌다.
"모든 게 선임하사님 덕입니다."
"뭐가 내 덕인가. 소대원들이 잘해서 우승한 거지."
"그래도 선임하사님이 우리 소대에 계시니까 우승이라도 하는 거죠."
"아 그런가."
"그럼요."
 내무반장의 입에 발린 칭찬에 변상사는 너털웃음을 터트렸다. 그는 모든 게 흡족한 듯 연거푸 술잔을 기울였다. 우리는 병든 호랑이를 상좌에 모시고 가관인 술파티를 벌였다. 처음에는 3소대의 단결력에 만족을 표하며 술을 마셨다. 그 다음에는 검열 때마다 상위 소대에 드는 것을 자랑으로 늘어놓았다.
 마지막으로는 전 병사가 똘똘 뭉쳐 최강의 소대가 되자고 건배를 했다 소대원의 충성심에 변상사는 대대장이라도 된 듯 호탕하게 웃어젖혔다. 밤이 깊어감에 따라 넘치던 안주도 서서히 바닥이 드러났다. 이제는 오기로 술을 마시고 정신력으로 버티는 상황이었다.

당연히 술을 마다하지 않은 변상사와 하사관들이 먼저 취했다. 그 결과 몇 잔만 마셔도 인사불성이 되는 내무반장이 업혀 나갔다. 그 뒤를 이어 배하사와 심하사가 비틀거리며 내무반으로 돌아갔다. 이제 취사장에 남은 건 선임하사와 정하사, 나와 박상병, 공일병, 신일병뿐이었다.

"최병장, 이제 얼마 남았지?"

변상사가 빨갛게 달아오른 얼굴을 들고 물었다. 나는 돼지고기를 한 점 입에 넣고 대답했다.

"석 달 남았습니다."

"그러면 군단검열만 무사히 마치면 되겠군."

"그렇습니다."

"군인은 마지막이 중요한 거야."

변상사의 말은 제대 말년이라고 늘어져서는 안 된다는 것이었다. 나는 변상사가 즐거운 파티석상에서 왜 그런 말을 하는지 알고 있었다. 변상사는 나의 안이한 군대생활에 우려를 표했던 것이다. 그는 군생활을 20년 간 하면서 늘 그렇게 행동해 왔다. 어떤 일을 만들어서라도 잘난 놈들은 기를 꺾어 놓아야 직성이 풀렸다. 심지어는 군기 위반을 유도해서라도 점찍은 놈들은 영창으로 보냈다. 그래서 제대를 앞둔 고참병들은 너나없이 그와 같이 근무하는 걸 꺼렸다. 나는 그런 걸 알면서도 변상사와 바둑을 두고 시간을 때웠다. 옆에 앉아 있던 정하사가 재빨리 맥주컵에 소주를 따랐다.

"선임하사님 술 더 드시겠습니까?"

"됐어, 많이 마셨어."

"소대원들 사기를 위해서라도."

"아니야, 아니야."

두주를 불사하는 그였지만, 많이 마신 걸 자각한 것 같았다. 잠시 후 변상사가 일어서자 박상병도 같이 엉덩이를 털었다. 나는 술자리를 뜨는 박상병에게 눈짓을 보냈다. 모두 다 빠져나가면 사건이 벌어질 소지가 다분하기 때문이었다. 내 신호에도 박상병은 배를 부여잡고 취사장을 나가 버렸다. 나는 내무반 쪽으로 가는 박상병을 불러 세웠다.

"박상병은 더 남아 있지 그래?"

"저 근무가 있어서요."

"근무가?"

"또 술도 약하잖아요."

나는 고개를 끄덕이고 술을 마시는 정하사를 돌아보았다. 아무리 생각해 봐도 정하사와 공일병, 신일병만 남은 게 문제였다. 그걸 아는지 모르는지 그들은 연신 술잔을 주고받았다.

"우리 오늘밤 마음껏 취해 보자구."

내가 내무반으로 들어간 뒤에도 그들은 계속 술을 퍼마셨다. 나중에 안 일이지만, 공일병과 신일병은 며칠 전 일을 잊고 술을 또박또박 받아 마셨다. 그들이 어느 정도 취했다고 생각한 정하사가 식칼을 집어 들고 일어섰다. 직속 상관한테 항명하는 놈은 그냥 두지 않겠다고 고함까지 지르며. 신일병은 정하사를 피해 부대 안을 헤집고 다녔지만, 숨을 곳이 없었다. 그래서 생각해 낸 게 내무반 뒤에 있는 동굴이었다.

결국 신일병은 차디찬 동굴 바닥에서 하룻밤을 보낼 수밖에 없었다. 문제는 그 우습지도 않은 광경을 처음부터 끝까지 목격한 공일병이었다. 공일병은 미친놈처럼 날뛰는 정하사를 말리지도 뒤쫓지도 않았다. 그저 차가우리만치 냉정한 시선으로 지켜볼 뿐이었다.

그날의 축구대회 우승 파티는 그 정도로 해서 끝을 맺었다. 위신을 구겼던 정하사도 다시 분대장으로서의 위치를 되찾았다. 그렇지만 공일병이 마음을 굳힌 건 그날 밤에 벌어진 사건 때문이었다.

7

"최병장님 면회왔습니다."

내가 캐리버 50을 분해수입하고 있을 때 이일병이 포상으로 달려왔다. 나는 면회를 왔다는 소리에 잠시 얼떨떨한 표정을 지었다. 왜냐하면 나한테는 면회를 올 사람이 없기 때문이었다. 나는 부품을 제자리에 끼워 넣은 뒤 격발 게이지 측정까지 마치고 일어섰다. 누군지 몰라도 부대까지 찾아왔다는데 만나 보지 않을 도리가 없었다.

나는 변상사에게 외출보고를 하고 소대 정문으로 걸어 나갔다. 위병소 앞에서 나를 기다리고 있는 건 수지였다. 나는 수지의 모습을 발견하고 적지 않게 놀랐다. 왜냐하면 수지와 나는 이미 헤어지기로 하고 연락을 끊은 상태였다.

"할 말이 있어서 온 거야."

수지는 나를 보자 엄숙하리만치 진지한 표정으로 말을 꺼냈다. 나는 그녀의 할말이라는 것에 대해서 생각해 보았다. 이미 헤어지기로 한 수지가 무엇 때문에 찾아온 것인가? 다시 사랑을 시작하자고 말하기 위해 면회를 온 것인가? 아니면 마지막으로 얼굴을 보고 돌아가기 위해서인가?

나는 지난 번 면회 때 더 이상 찾아오지 말라고 말했다. 수지는 그 말을 듣고 눈물을 흘리며 돌아갔다. 그후 나는 수지와 주고받은 편지를 모두 불태워 버렸다. 나는 위병 근무자에게 잠시 나갔다 오겠다고 말하고 면소재지 쪽으로 걸어갔다.

수지도 내가 냉정하게 나올 걸 예상했는지 말없이 따라왔다. 부대에서 면소재까지 가려면 2km가 넘는 거리였다. 나는 앞장서서 걸으며 군용담배를 꺼내 불을 붙여 물었다. 수지가 지나가는 트럭이 일으킨 먼지를 피하며 입을 열었다.

"나 이번에 선볼 거야."

"……"

"나 다음 주에 선본다니까."

나는 아무런 대꾸도 하지 않고 비포장도로를 걸어갔다. 수지와 나의 사랑은 어차피 이루어질 것이 아니었다. 그것은 오래 전에 그녀의 아버지에 의해서 일방적으로 결정되었다. 그 부조리한 방식의 이별을 나는 아무런 저항없이 받아들였다. 더구나 그녀와 나 사이의 감정의 골도 깊어질 대로 깊어진 상태였다. 나는 한동안 담배만 피우면서 걷다가 느닷없이 돌아섰다.

"너 나 사랑하니?"

"응 사랑해."

"진정으로?"

"진정으로 사랑해."

수지가 이때를 기다렸다는 듯이 팔을 움켜잡았다. 나는 잡힌 팔을 뿌리치고 담배를 뻑뻑 빨았다.

"그냥 아버지 말을 따르도록 해."

"그건 안 돼."

"왜?"

"태오씨가 있으니까. 또 몇 달 후면 제대도 하잖아."

나는 너무나 어이가 없어서 한동안 조용히 서 있었다. 수지가 애처로운 표정을 지으며 쳐다보았다. 나는 수지의 시선을 외면하고 입맛을 다셨다. 수지는 아버지 없이는 단 하루도 살아가지 못하는 여자애였다. 부모의 허락 없이는 집 밖으로도 나가지 못하는 게 수지였다.

그런 여자애가 군부대까지 찾아와서 제대 운운 하며 떠들다니. 나는 먼 산으로 시선을 던진 채 담배만 빨았다. 수지는 학교와 교회와 도서관을 오가는 생활에서 벗어난 적이 없었다. 부모의 말을 거역하는 따위의 생각은 아예 해 보지도 못했다. 수지가 가지고 있는 장점은 그것뿐이 아니었다.

그녀는 성적이 뛰어나게 좋았을 뿐만 아니라, 학내 최고의 미인이었다. 성적이 뛰어나고 미모가 출중하니 따라다니는 남학생들도 많았다. 단지 수지가 그런 남학생들을 상대해 주지 않을 뿐이었다. 나는 먼지가 풀썩이는 도로를 걸어가며 말을 꺼냈다.

"오늘 돌아갈 거지?"

"아니 나 안 돌아가."

"여기 있으면 어떻게 되는지 알고 하는 소리야?"

"어떻게 되는지 알아."

"오늘 돌아가지 않으면 여기서 자고 가야 돼."

"알고 있어."

나는 군에 입대하기 직전까지도 수지와 잠자리를 갖지 않았다. 그것은 수지를 가치없는 인간으로 만들고 싶지 않다는 판단에서였다. 어떤 의미에서는 황목사에 대한 반항이었는지도 모른다. 내가 본 황목사는 부조리의 대명사 바로 그것이었다. 겉으로는 고고하고 성스러운 목사지만, 속으로는 가장 이기적이고 가장 부도덕한 인사였다.

황목사는 수지와 내가 교제하는 것을 만류하다 못해 훼방까지 놓았다. 수지 아버지의 그와 같은 행동은 내게 오기를 불러일으켰다. 나는 황목사에게 보복이라도 하듯 수지에게 절교를 선언했다. 내가 그렇게 행동한 것은 오로지 황목사의 부조리한 태도 때문이었다.

황목사는 입대하기 직전 나를 불러 관계를 끊어 줄 것을 요구했다. 수지와 사귀지 말 것이며, 다시는 연락하지 말 것을. 그는 신학과 주임교수이고, 내가 적을 둔 교회의 담임목사였다. 그러므로 그의 말 한마디는 신과 같이 절대적인 것이었다. 나는 수지를 만나지 않겠다고 다짐하고 황목사 앞에서 뛰쳐나왔다.

"나는 오래 전에 너를 포기했어."

나는 길가에 서 있는 포플러나무에 담배를 비벼 껐다. 수지가 옷소매를 잡으며 고개를 저었다. 나는 수지의 손을 뿌리치고 다시 걸음을 떼어놓았다. 수지가 고개를 푹 숙인 채 따라왔다. 나는 군복 윗주머니에서 담배를 꺼내 피워 물었다. 나는 이미 과거의 모든 것을 버리고 군에 입대한 사람이었다. 나는 훈련과 근무에 목을 매고 통제와 명령에 따라야 하는 사병이었다.

수지가 핸드백을 열고 편지 한 장을 꺼냈다. 나는 수지가 꺼내 든 편지를 힐끗 보았다. 그것은 입대 직전에 내가 보낸 편지였다. 수지가 예쁘게 접은 편지를 펴서 내밀었다. 나는 고개를 외로 꼬고 편지를 받지 않았다. 그 편지에는 수지를 사랑하는 마음이 솔직하게 씌어 있었다. 제대할 때까지 참아 달라는 말과 사랑을 아름답게 완성시키자는 언어들이. 그 외에 사법고시에 합격할 때까지 기다리라는 말도 적혀 있었다.

수지가 석고상처럼 굳은 내 얼굴을 똑바로 보았다. 자신의 진실된 마음을 받아 달라는 듯이 간절한 표정으로. 나는 입대를 며칠 앞두고 수지를 불러내 교외로 나갔다. 한적한 교외에서 나는 그녀의 입술을 빼앗아 버렸다. 그와 같은 나의 행동은 수지에게는 충격적인 사건이었다. 그때까지 우리는 입맞춤은커녕 포옹 한 번 해 본 적이 없었다.

"그때 생각 나?"

"언제?"

"내가 너한테 처음으로 키스하던 날."

"아 그날…"

수지는 지난 시간들을 떠올리는지 먼 하늘을 올려보았다. 나는 그 날 나이트클럽에 들어가 마음껏 마시고 춤추었다. 수지는 그런 나를 보며 묵묵히 앉아 있었다. 나는 그녀의 마음을 돌릴 결정적 행동이 필요하다고 생각했다. 나는 수지를 끌어내 블루스를 추었고 취할 때까지 술을 마셨다. 그럼에도 수지는 처음부터 끝까지 흔들리지 않고 따라다녔다.

나는 코가 삐뚤어지도록 술을 마시고 여관으로 들어갔다. 나는 허름한 여관방에서 단도직입적으로 물었다. 지금 돌아가지 않으면 너를 바쳐야 한다. 당장 집으로 돌아갈 것이냐? 아니면 나와 잠을 잘 것이냐? 수지는 잠시 당황하는 표정을 지었으나 이내 고개를 끄덕였다.

'태오씨가 원한다면 같이 잘 수도 있어.'

나는 수지의 말을 듣고 옆방으로 들어가 버렸다. 수지는 그야말로 마리아처럼 성스럽고 순수한 여자였다. 그런 여자를 범한다는 건 나 스스로를 포기하는 것이나 다를 바 없었다. 나는 그날 밤 여관 주인에게 몸 파는 여자를 불러달라고 말했다. 여관 주인은 고개를 갸우뚱거리고 나가서 여자를 들여보냈다. 나는 수지가 듣는 가운데 밤새도록 섹스를 하며 뒹굴었다.

내가 예상했던 일은 다음날 아침에 일어났다. 뜬눈으로 지새운 수지가 내 뺨을 때리고 여관을 뛰쳐나갔다. 나는 그날 내가 가지고 있던 사랑과 신뢰를 모두 잃었다. 그날 나는 이름 모를 창녀에게 20여 년 이상 간직해 온 동정을 바쳤다. 그와 함께 사랑하는 여자의 고결한 마음까지 훼손하고 말았다. 그 며칠 후 나는 머리를 깎고 군에 입대했다.

"그날 우리는 끝났어. 고집 부리지 말고 집으로 돌아가."

"아니야, 태오씨나 고집 부리지 마."

"정말 내 말 안 들을 거야?"

나는 뒤로 돌아서서 수지의 어깨를 잡고 흔들었다. 수지가 얼굴 가득 슬픈 표정을 지었다. 나는 수지의 슬픔에 찬 눈을 보다가 고개를 저었다. 그 순간 내가 생각한 건 바로 그것이었다. 진실로 사랑하니까 고이 보내 줘야 한다. 진정으로 사랑한다면 온전히 지켜 줘야 한다. 수지가 내 손을 뿌리치고 앞을 향해 걸어갔다. 나는 그 자리에 한동안 서 있다가 걸음을 떼어놓았다.

8

　수지는 내 손을 끌고 면소재지에 있는 여인숙으로 들어갔다. 나는 아무런 저항도 못한 채 허름한 방으로 끌려 들어갔다. 수지가 한쪽에 쌓여 있는 이불을 집어다가 깔았다. 나는 방 한쪽에 서서 수지가 하는 짓거리를 지켜보았다. 이부자리를 다 깐 수지가 입고 있던 재킷을 벗었다. 나는 수지의 신념에 찬 얼굴을 보며 발작적으로 소리쳤다.
　"그만두지 못하겠어?"
　"……."
　"왜 이러는 거야?"
　내가 아무리 신경질을 부려도 수지는 행동을 멈추지 않았다. 언젠가 수지가 여관 앞에서 말한 적이 있었다. 태오씨하고라면 무엇이든지 할 수 있다고. 태오씨를 따라서라면 지옥이라도 갈 수 있다고. 나는 수지의 말을 단 한마디로 잘라 버렸다.
　너를 그렇게 값싼 여자로 만들고 싶지 않다. 너는 언제나 고상하고 우아하게 살아야 한다. 그게 신을 위해 살아가는 너의 뜻이 아니냐. 나는 수지가 벗은 재킷을 집어 들고 거칠게 입혀 주었다. 수지가 재킷을 입혀 주는 내 팔을 뿌리치며 쏘아붙였다.
　"제대하고 고시를 보면 되잖아."
　"나는 이미 예전의 내가 아니야."
　나는 주전자의 물을 컵에 가득 따라 들이켰다. 수지가 입혀 준 재킷을 벗어 방구석으로 던졌다. 수지가 슬픈 표정을 지으며 쳐다보았다. 나는 한동안 수지의 눈을 응시하다가 머리를 저었다. 수지가 내 허리에 팔을 두르고 가만히 껴안았다. 나는 수지의 몸에서 풍기는 내음을 마시며 눈을 감았다.
　군에 입대한 이후 한 번도 느껴보지 못한 여인의 체취였다. 특히 수지의 향기는 얼어붙은 마음을 녹이기에 충분한 것이었다. 나는 수지의 가는 허리에 팔을 두르고 끌어당겨 안았다. 수지가 기다렸다는 듯이 몸을 바짝 밀착해 왔다. 나는 수지를 쓰러뜨리고 짐승처럼 옷을 벗겼다.

수지는 난폭한 태도에도 불구하고 어떤 저항도 하지 않았다. 오히려 수지는 팔과 다리와 몸을 움직여 내 행동을 도왔다. 나는 수지를 알몸으로 만들고 정신없이 애무를 했다. 수지의 고조된 신음소리가 누추한 방안을 울렸다. 나는 아주 오랫동안 섹스를 하고 수지의 몸에서 내려왔다. 수지가 거칠어진 호흡을 조절하며 천정을 올려보았다. 나는 캄캄해질 때까지 누워 있다가 이불 속을 빠져나왔다.

"나 부대로 돌아가야 돼. 몇 시간 후에 야간근무가 있거든."

수지는 아무런 반응도 없이 누워 있었다. 나는 벗어던진 군복을 서둘러 주워 입었다.

"앞으로는 면회 오지 마."

나는 방문을 소리나게 닫고 나가 버렸다. 수지의 가냘픈 울음소리가 등 뒤에서 들려왔다. 나는 귀를 틀어막고 뛰듯이 여인숙 복도를 걸어갔다. 수지의 애절한 울음소리가 계속해서 귓속을 파고들었다. 나는 어둠에 잠긴 길을 걸어가면서 미친 듯이 중얼거렸다.

나는 이미 학생시절로 돌아갈 수 없는 몸이야. 우리의 사랑은 이미 오래 전에 끝났어. 나를 원망하지 말고 집으로 돌아가. 그게 아버지를 위하고, 너의 미래를 위하는 길이야. 또한 그게 부조리에 역행하지 않고 순행하는 길이야. 부조리에 역행하면 파멸하는 길밖에 없어.

나는 도망치듯 부대로 돌아와 야간근무에 들어갔다.

9

"데프콘 완이 발령되었다. 전 대원은 전투대기에 들어간다."

소대장이 긴장된 목소리로 전투명령을 내린 건 10월 말쯤이었다.

나는 수지에 대한 감정을 정리하고 고강도 훈련에 들어갔다. 다른 소대원들도 들뜬 마음을 다잡고 사격훈련에 임했다. 병과 하사관의 갈등을 노골화시켰던 신일병과 정하사도 안정을 되찾았다. 그들의 갈등이 가라앉은 것과 함께 부대는 다시 평화를 되찾았다.

나도 몇 달 남지 않은 군생활을 안정적으로 마무리해 나갔다. 선임하사도 병적이던 환경정리에 조금은 시큰둥해진 상태였다. 부대 안의 모든 갈등은 이제 먼 산의 불이 되었다. 그런 상황에서 떨어진 전투대기 명령은 우리를 긴장시켰다. 전 부대원은 소대장의 지시에 따라 포상으로 달려나갔다.

우리는 대공포에 실탄을 장전하고 발포명령이 떨어지기만 기다렸다. 문제는 적기의 공격징후는 없고 연신 무전만 오간다는 사실이었다. 그렇게 며칠간 포상에서 잠을 자고 포상에서 밥을 먹었다. 평소 선임하사는 전투를 위한 군인의 자세를 귀가 아프도록 떠들었다.

"대공포 대원은 승전포와 함께 살고 승전포하고 같이 죽는다. 우리에게는 후퇴도 없고 철수도 없다. 우리는 포를 끌어안고 포와 함께 장렬하게 산화해야 한다. 그게 승전포 대원의 사명이고 의무다."

나는 선임하사가 주지시킨 대로 포상에서 죽을 것을 각오했다. 그야말로 포를 쏘다가 죽는 날이 눈앞에 다가온 거였다. 다른 소대원들도 모두 그렇게 생각하고 포상에서 먹고 잤다. 우리의 각오에도 불구하고 데프콘 완은 일주일 만에 해제되었다.

우리는 맥이 풀린 상태로 내무반으로 들어가 군장을 풀었다. 나는 며칠 뒤에야 데프콘 완이 발령되고 풀린 이유를 알았다. 데프콘 완이 발령되던 날 대통령이 시해되었던 것이다. 하사관과 병들은 그 일을 10. 26 사건이라고 수군거렸다.

"내일부터는 야전 기동훈련을 실시한다."

"야전 기동훈련이라니요?"

"이유는 없다. 위에서 까라면 까는 거다."

소대장의 지시에 우리는 또 한번 아연실색하지 않을 수 없었다. 포상에서 죽고 살아야 할 포대원이 기동훈련이라니. 그야말로 말도 되지 않는 명령이었다. 병사들은 모두 의문점을 가졌지만, 아무도 이의를 달지 않았다. 그것은 최근에 터지는 굵직굵직한 시국사건들 때문이었다.

10

"전 소대원 출동이다."

눈보라가 몰아치는 12월 중순, 드디어 출동명령이 떨어졌다. 우리는 수송차량에 올라 어딘지도 모르는 곳으로 달려갔다. 그곳에서 우리는 실탄을 장전하고 매복에 들어갔다. 문제는 우리에게 내려진 출동명령이 어딘가 어설프다는 점이었다. 출동명령을 내린 소대장도 이해할 수 없다는 표정이었다. 왜냐하면 포상에서 죽어야 할 승전포대원이 무장을 하고 도심으로 뛰어들었기 때문이다.

이상한 것과 이해할 수 없는 일은 한두 가지가 아니었다. 우리를 인솔하는 포대장도 무슨 일로 배치되었는지 알지 못했다. 우리는 어디인지도 모르는 곳에서 언제 떨어질지 모르는 명령만 기다렸다. 한강이 보이는 언덕에 매복해 있던 우리는 번뜩이는 섬광을 보았다. 그 섬광은 분명히 소총의 불빛이었고, 조명탄과 수류탄 파열광선이었다.

우리는 강 건너에서 벌어지는 총격전과 병력 이동을 지켜보았다. 그때 나는 전쟁이라는 공포감과 죽음이라는 불안감에 대해서 알게 되었다. 나는 언제든 명령을 받으면 적진으로 뛰어들어야 하는 군인이었다. 언제든지 나의 죽음과 동료의 죽음을 받아들여야 하는 병사였다.

나는 눈이 부시도록 푸른 섬광과 파열음만 듣고 부대로 돌아왔다.

부대로 돌아오는 수송차량 안에서 누군가 '12. 12 군사쿠데타가 발생했다.'고 수군거렸다. 나를 비롯한 하사관과 병들은 모두 '쿠데타'란 말을 입속으로 되뇌었다. 그때 또 다른 누군가가 '쿠데타가 일어나야 부조리한 관행이 깨지는 법이다.'라고 작은 소리로 말했다.

작은 소리였음에도 그 말은 잠재된 의식을 흔들어 놓고 앉았다. 쿠데타, 라는 말을 들은 병과 하사관들의 눈빛이 갑자기 번뜩였기 때문이었다. 특히 '쿠데타'라는 말에 민감하게 반응한 사람은 공일병이었다. 죽음을 각오하고 출동했다가 돌아오면서 병사들의 감정은 더욱 날카로워졌다. 즉 내부적으로 곪아 있던 종기가 출동을 빌미로 터질 것 같았다.

"최병장님, 일어나 보세요. 빨리요."

누군가가 깊은 잠에 빠져 있는 내 어깨를 흔들었다. 나는 실눈을 뜨고 서 있는 사람을 올려보았다. 나를 깨운 사람은 다름 아닌 이일병이었다. 이일병은 M16 소총을 멘 채 안절부절못하고 있었다. 나는 입가에 흘러내린 침을 닦고 다시 눈을 감았다. 이일병이 내무반 안을 오락가락하더니 침상에 주저앉았다. 나는 철모를 베고 방금 전에 꾼 꿈속으로 빠져들었다.

꿈속에서 나는 파랑새를 따라가는 중이었다. 마을 친구 창진이와 대학 후배 명우도 엽총을 들고 파랑새를 뒤쫓았다. 우리들은 누가 먼저라고 할 것 없이 파랑새를 쫓아갔다. 파랑새는 잡힐 듯 말 듯 거리를 두고 날아갔다. 창진이가 나무 사이를 옮겨다니는 파랑새를 향해 엽총을 쏘았다. 그걸 본 명우도 엽총을 쏘아대며 파랑새를 쫓았다.

그들의 총에서 뿜어진 검붉은 섬광이 파랑새의 날개를 스치고 지나갔다. 나는 창진이와 명우에게 총을 쏘지 말고 산 채로 잡으라고 소리쳤다. 내 제지에도 불구하고 창진이가 파랑새를 향해 또 다시 총을 발사했다. 크고 강력한 총소리가 숲과 나무와 계곡을 흔들었다.

파랑새는 다친 날개를 퍼덕이며 동굴 속으로 숨어들었다.
　창진이는 날개를 다친 파랑새를 향해 계속 총을 쏘았다. 파랑새는 동굴 깊숙한 곳으로 필사적으로 도망쳤다. 나는 창진이의 엽총을 움켜잡고 앞으로 잡아챘다. 그 바람에 창진이와 나는 동시에 땅바닥에 나뒹굴었다. 그 순간 이일병이 어깨를 흔들었던 것이다. 나는 감기는 눈을 치켜뜨며 나른한 목소리로 물었다.
　"왜 그래? 한창 꿈을 꾸고 있는데."
　"최병장님, 공일병이 사고를 쳤습니다."
　"공일병이 사고를 치다니?"
　나는 일이 심상치 않음을 깨닫고 상체를 일으켰다. 이일병이 어깨에 멘 소총을 벗으며 말했다.
　"공일병이 정하사를 쏘고 탈영했습니다."
　"공일병이 정하사를?"
　"그렇습니다."
　"언제?"
　"조금 전에요."
　"그게 정말이야?"
　"정말입니다. 지금 사분대 포상에 쓰러져 있습니다."
　나는 그 순간 눈앞이 캄캄해져 오는 걸 느낄 수 있었다. 사실 그것은 세상이 온통 노랗게 변하면서 무너져 내리는 느낌이었다. 나는 M16 소총을 집어 들고 허둥지둥 내무반을 뛰쳐나갔다. 그때 우리는 데프콘 투 상태였고, 소대원 이분의 일이 포상근무 중이었다. 문제는 나와 공일병이 한조로 포상근무를 한다는 점이었다.
　"공일병이 정하사를 쏘다니?"
　나는 정신없이 소대 북쪽에 위치한 4분대 포상으로 달려갔다. 4분대 포상은 사람을 죽여도 모를 정도로 후미진 곳에 있었다. 그래서 신병이 들어오면 항상 4분대 포상으로 끌고 가 기합을 주었다. 하사관들끼리의 기합이나 군기도 그곳에서 잡았다.
 그런 관계로 사병들은 4분대 포상을 죽음의 포상이라고 불렀다. 내가 4분대 포상에 도착했을 때, 내무반장과 배하사의 모습이 보였다. 그들은 사색이 되어 포상을 오락가락하고 있었다. 나는 파랗게 질린 내무반장과 배하사 앞으로 다가갔다.
 "어떻게 된 일입니까?"
 내무반장이 나를 보고 머리를 흔들었다. 그들의 심각한 표정으로 보아 문책을 걱정하는 게 분명했다. 사실 내무반장과 배하사는 중간 책임자로서 문책을 피할 길이 없었다. 나도 공일병과 한조이므로 책임을 모면할 길이 없는 상황이었다. 결국 그곳에는 직간접적으로 책임이 있는 사람들만 모인 셈이었다. 나는 왼쪽 가슴에 총을 맞고 쓰러진 정하사를 힐끗 내려다보았다. 그는 포상 바닥에 길게 누워 있었는데, 단 한 방에 즉사 한 것 같았다.
 "이걸 어떻게 하지?"
 배하사가 고개를 숙인 채 낙담한 목소리로 중얼거렸다 내무반장이 냉정한 표정으로 배하사의 말을 받았다.
 "우선 공일병을 찾아야지."
 "공일병을요?"
 "그래야 사건 전모를 파악할 수 있으니까."
 "공일병이 정하사를 쏜 건 확실하지 않습니까."
 "자살일 수도 있잖아."
 "내가 보기엔 그런 것 같지 않은데요."
 "자살이 아니라도… 자살로 만들어야 돼."
 "그럼 탈영한 공일병은 어떻게 합니까?"
 "그러니까 빨리 찾아봐야 한다는 거지."
 "게다가 공일병은 무장까지 했는데요."
 "공일병은 최병장 말을 잘 들으니까 빨리 움직여 봐."

내무반장이 멀거니 서 있는 나를 쳐다보았다. 나는 그 절체절명의 순간에 많은 것을 생각하고 있었다. 이 사건을 어떻게 수습해야 하는가에서부터. 누가 책임을 지고 어떤 사람이 처벌받아야 하는가를. 축구만 아는 소대장과 안일만 생각하는 변상사는 어떻게 되는가를. 내가 반응을 보이지 않자 배하사가 크게 소리쳤다.

"최병장, 내무반장님 말 들은 거야?"

"아 난 그냥…"

"최병장 정신차려."

배하사가 한 손을 들어 어깨를 세게 내리쳤다. 그제야 나는 심각한 상황 속에 처해 있다는 생각을 떠올렸다. 나는 머리를 젓고 내무반장을 향해 침착하게 말을 꺼냈다.

"공일병이 잘 가는 데를 압니다."

"빨리 그곳으로 가서 잘 설득해서 데려와. 아직 정하사가 죽지 않았다고 말하고."

"그게 먹힐까요?"

"무조건 공일병을 부대로 데려와야 돼."

내무반장의 결정에 배하사가 고개를 끄덕였다. 그들은 지금 어떻게 하면 책임을 모면하느냐를 궁리하고 있었다. 그것은 공일병과 한 조인 나도 마찬가지였다.

"우리 분대에서 죽었지만, 내가 감독자는 아니지요?"

배하사의 말에 내무반장이 고개를 흔들었다.

"배하사도 책임을 모면할 길은 없어. 최병장도 마찬가지고."

나는 그때 머릿속에서 번쩍이는 백색 섬광을 볼 수 있었다. 그것은 빠른 속도로 번쩍였고, 절대로 사라지지 않을 것처럼 계속되었다. 머릿속에서 번뜩이던 섬광은 꿈속에서 보았던 검붉은 색이 아니었다. 출동했을 때, 강 건너편에서 번뜩이던 푸른색도 아니었다. 그것은 흰색이면서도 예리했고, 작으면서도 크게 번쩍였다. 그때 나는 깨달았다. 부조리에 색깔이 있다면 바로 백색 섬광일 것이라고.

　그 사건으로 인해 나는 남은 날짜를 영창에서 보낼 수밖에 없었다. 사건을 은폐한 내무반장과 배하사도 영창행을 모면하지 못했다. 장성은 따놓은 것이라는 포대장도 마찬가지였다. 그들은 모두 이등병으로 제대하는 불명예를 안고 민간인이 되었다. 온갖 고생 끝에 장교가 된 김중위도 이등병 제대를 모면할 수 없었다.
　군에 일생을 바친 병든 호랑이도 이등병으로 군생활을 마쳤다. 반면 대공포 부대를 한강변으로 출동시켰던 대대장은 별을 달았다. 그 시점을 전후해 승전포 부대도 벌컨포 부대로 전격 교체되었다. 사건의 중심에 있던 미스안은 부대가 해체되자 곧바로 카페를 떠났다.

chapter.

1

  나는 어머니의 진지한 권유에 따라 신학대에 들어갔다. 다시 말해 교회 권사인 어머니의 선택을 부정하고 싶지 않았던 것이다. 나는 신학을 공부하면서 목회자도 그리 나쁜 직업은 아니라고 생각했다. 왜냐하면 고시만이 인생의 전부가 아니라는 사실을 깨달았던 것이다. 문제는 박대통령의 비상계엄과 유신독재 정권 탄생으로 떠오른 민주화 열기였다.

  당시는 데모 열기가 뜨거워서 신학서적만 들여다보고 있기가 어려웠다. 그 외에 끓어오르는 젊은 혈기도 거리로 뛰쳐나가는 데 한몫했다. 당연히 유신정권에 저항하지 않으면 대학생으로 취급하지도 않았다. 그런 실정이니 반정부 시위를 벌이는 것은 당연한 행동이었다. 그 외에도 레닌이나 마르크스를 탐독하지 않는 건 곧 진보적 젊은이가 아니었다.

  시대적 상황이 그러니 공부가 제대로 될 리 없었다. 나는 3학년이 되던 해에 뜻 맞는 친구들과 함께 모임을 만들었다. 다시 말해 정부

시책을 성토하는 홍문회라는 단체를 조직했던 것이다. 홍문회 멤버는 박창진을 주축으로 10여 명의 친구들로 짜여졌다. 우리는 홍문회를 만들고 곧바로 가두시위와 대정부투쟁에 뛰어들었다.

과격한 대정부 투쟁은 우리를 지명수배자로 만들기에 충분한 것이었다. 결국 홍문회 회원들은 활동 6개월 만에 모두 지명수배자가 되어 흩어졌다. 지명수배가 되기는 리더격인 창진이나 나도 마찬가지였다. 결국 나는 근회와 함께 남부지방으로 피신해 갈 계획을 세웠다. 평소 근회는 자신의 집이 어느 곳보다 안전할 것이라고 말했다.

나는 친구들 집을 전전하다가 어쩔 수 없이 근회를 따라나섰다. 근회는 수사당국의 추적을 피해 열차표를 사 놓고 나를 기다렸다. 나는 따라붙는 수사관이 없는 걸 확인하고, 남해행 기차에 올라탔다. 그렇게 해서 나와 근회는 남해안 끝자락에 있는 기차역에서 내렸다. 역 구내를 빠져나온 근회가 시골길을 가리키며 중얼거렸다.

"조금 있으면 우리 누이가 마중 나올 거예요."
"누이?"
"나보다 한 살 원데, 지금은 휴학하고 쉬는 중이죠."
"아 그래?"

나는 고개를 주억거리고 근회를 따라 걸었다. 근회가 배낭끈을 바짝 조이고 성큼성큼 앞서 갔다. 나는 걸음을 옮기며 정말로 근회 누이가 나올 것인지 생각해 보았다. 아무리 동생의 대학선배지만, 낯선 사람을 마중 나온다는 게 믿어지지 않았다. 처음 보는 사람을 집안에 숨겨 두는 것도 쉬운 일은 아니었다.

나는 기차를 타고 오면서 도피생활이 평탄치 않으리라고 생각했다. 그런 우려를 불식시키는 것처럼 근회는 걱정말라고 큰소리쳤다. 게다가 근회는 기차를 타기 전부터 누이를 소개해 주겠다고 으스댔다. 자신의 누이가 나와 잘 어울릴 거라는 아주 소박한 이유에서였다. 나는 호기심 반 기대 반의 심경으로 근회 누이를 기다렸다.

"왜 이렇게 안 오는 거야?"

금방 올 거라는 근회 누이는 한 시간이 지나도록 나타나지 않았다. 우리는 먼저 시장기를 때우기로 하고 식당을 찾아 움직였다. 근회가 나를 데리고 찾아가는 곳은 면소재지에 위치한 기사전용 식당이었다. 근회의 말에 의하면 그곳은 반찬만 30여 가지가 나오고 맛도 일품이라는 거였다. 나는 수사기관이 걱정됐지만, 배를 채우고 보자는 심정에서 걸음을 떼어놓았다.

"기사식당에서 밥을 먹고, 영산강을 따라가다가 집으로 들어갑시다."

근회는 비밀작전을 수행하는 첩보요원처럼 말하고 씨익 웃었다. 나는 어두워진 들녘을 보며 발걸음을 옮겼다. 적재함에 흙을 실은 트럭들이 먼지를 날리며 지나갔다. 나와 근회는 쏜살같이 내달리는 트럭들을 등지고 걸었다. 잠시 말없이 걷던 근회가 주머니에서 담배를 꺼내 내밀었다. 나는 담배에 불을 붙이고 가슴이 뻐근하도록 빨았다.

근회도 담배에 불을 붙여 한 모금 빨고 히죽 웃었다. 우리는 한동안 담배 피우기에 열중하며 발걸음을 옮겼다. 길가에 인접한 동네에서 개짖는 소리가 간헐적으로 들렸다. 근회가 떨어져 뒹구는 깡통을 주워 들더니 멀리 차버렸다. 깡통은 요란한 소리를 내며 굴러가서 논고랑에 처박혔다. 나는 담배를 몇 모금 더 빨고 꽁초를 논 쪽으로 집어던졌다. 또 다시 흙을 실은 트럭이 굉음을 내며 지나갔다.

뿌연 먼지와 찬바람이 얼어붙은 얼굴을 때렸다. 근회가 멀어져 가는 트럭을 향해 주먹을 쑥 내밀었다. 나는 눈 속으로 들어간 먼지를 손등으로 문질러 닦아냈다. 근회도 먼지가 들어갔는지 주먹으로 눈물을 찍어냈다. 우리는 비포장도로를 걸어 조그마한 면 소재지에 도착했다. 그곳은 우체국과 단위농협, 면사무소가 붙어 있는 쇠락한 소도읍이었다. 우리는 논가에 가건물로 지어진 허름한 식당으로 들어섰다.

"아니 이게 누구여?"

주방을 청소하던 중년 여자가 손을 내저으며 달려나왔다. 근회가 여자를 향해 꾸벅 고개를 숙였다. 여자가 근회의 손을 부여잡고 난로가로 이끌었다.

"서울서 대학에 댕긴다더니 웬일이여?"

"그냥 다니러 왔습니다. 농번기도 다가왔고."

"허긴 집에 농사일이 워낙 많으니께. 헌데 이 청년은 누구여?"

"대학 선뱁니다."

"허긴 여그 사람 같진 않구먼."

여자가 신뢰 반 경원 반의 눈빛을 쏘아 보냈다. 나는 연탄난로 앞으로 다가가며 허리를 숙였다. 여자가 난로 위에 있는 주전자를 들고 물을 따랐다.

"어째, 식사 해야제?"

"정식으로 한 상 차려 주세요."

"아무렴, 근회가 내려왔는디 푸짐하게 채려 줘야제."

나는 배낭을 벗어 바닥에 내려놓고 의자에 앉았다. 근회가 건너편 의자에 엉덩이를 걸치며 웃었다.

"걱정 마세요. 신고할 사람은 아니니까요."

"아 그래?"

"이곳이 아무리 시골이지만, 아무나 의심하지는 않으니까요."

"근데 누이는 왜 안 오는 거지?"

"아마 기차 시간을 잘못 안 것 같습니다. 막차로 내려올지도 모른다고 그랬거든요."

나는 언제부터인가 사람을 믿지 못하는 버릇이 생겼다. 그것은 경찰에게 쫓겨다니면서 생긴 습관이었다. 사실 사람을 믿었다가 검거되기 직전까지 간 일이 있었다. 그 일을 겪은 뒤부터는 친한 사람이라도 믿지 못하게 되었다.

"홍문회 모임은 어떻게 돌아가는 겁니까?"

음식이 나오기를 기다리던 근회가 생각났다는 듯 물었다. 나는 쓴웃음을 짓고 물을 컵에 따라 들이켰다. 창진이가 주도한 홍문회 모임은 결성 초기와 다르게 시들해졌다. 홍문회 회원들이 그렇게 된 이유는 당국의 끈질긴 추적 때문이었다. 당국의 집요한 수사는 모든 간부들을 지하로 숨어들게 만들었다. 그때부터 홍문회 회원들은 점조직 형태로 회합을 가졌다. 문제는 점조직 형태로 변한 투쟁마저도 이제는 할 수 없다는 사실이었다.

"모두 다 뿔뿔이 흩어져 버렸어."

"어떻게 그렇게 되었죠?"

"수사당국이 강하게 나오니까."

나는 사실 홍문회 외에도 두 개의 모임을 더 가지고 있었다. 신학생들의 서클 모임인 실로암과 철학을 연구하는 칠인방이 그것이었다. 칠인방은 뜻 맞는 친구들끼리 모여 철학을 토론하는 회합이었다. 반면 실로암은 신학대를 중심으로 하는 종교적 모임이었다. 그 모임들에는 나름대로 개성이 있어서 한데 규합하기가 어려웠다.

가령 칠인방은 전적으로 입신출세를 추구하는 친구들로 짜여졌다. 반면 실로암은 신앙 안에서 사랑을 실천하는 사람들로 구성되었다. 당연히 대정부 투쟁단체인 홍문회는 공격적 성향을 가진 친구들 일색이었다. 그런 관계로 각 모임 간에는 부합되는 이념이나 가치관 같은 게 있을 수 없었다. 나는 모임 간의 이질감을 인정하면서도 적극적으로 끌고 나갔다.

"모두 다 나처럼 쫓기는 신세가 되었을 거야."

"회원 전체가 그렇게 됐습니까."

"아마 대다수가 그럴 거야."

"아 네에."

근회가 알 만한 일이라는 듯이 고개를 주억거렸다. 언젠가 근회도 홍문회에 가입하려고 한 적이 있었다. 우리는 그때 근회의 가입을 두고 심사숙고하지 않을 수 없었다. 왜냐하면 근회는 모임에 가입하지 않은 채 투쟁을 벌여도 되었다. 그 외에 입회를 거부한 이유는, 정립되지 않은 사상적 배경 때문이었다.

정확히 말해 근회는 학구파로 진로를 잡느냐 민주투사로 가느냐도 결론짓지 못했다. 그런 신입생에게 학생운동의 폭력성을 전수한다는 것은 무리였다. 아무튼 근회는 홍문회 모임과는 별도로 학생운동 배후에서 움직였다. 그런 이유로 경찰의 수배를 받거나, 당국의 견제도 받지 않았다. 근회가 음식을 차리는 여자를 바라보며 말했다.

"여기까지는 수사기관 손길이 미치지 않을 겁니다."

"아니야, 이곳도 안심할 수는 없어."

"하긴 여기도 유신헌법이 미치는 대한민국 땅이니까"

음식이 나오자마자 우리는 정신없이 먹기 시작했다. 기차에서 먹은 김밥이 전부여서 배가 등가죽에 들러붙어 있었다. 우리는 말도 주고받지 않고 음식만 퍼먹었다. 우리의 식욕을 채워 주듯 각종 반찬이 끝도 없이 나왔다. 근회가 노릇하게 구워진 생선을 발라먹다 말고 씨익 웃었다.

"선배, 술 한 잔 할래요?"

"술?"

"안주도 좋고 하니까요."

"그러지 뭐. 어차피 집에 다 왔으니."

"아줌마, 여기 소주 세 병 주세요."

근회가 목을 길게 빼고 주방을 향해 소리를 질렀다. 여자의 대답하는 소리가 작게 들려왔다. 나는 반찬을 집어 입에 넣고 근회의 눈치를 살폈다.

"세 병은 너무 많지 않을까?"

"밤길을 걸어가려면 많이 먹어 두는 게 좋습니다."

"그래?"

근회의 말대로 우리는 아무도 모르게 집으로 들어가야 하는 처지였다. 나는 내가 처한 상황을 생각하고 씁쓸한 표정으로 밥을 먹었다. 잠시 후 여자가 소주병을 들고 나왔다. 근회가 병뚜껑을 입으로 따서 물컵에 채워 건네주었다. 나는 숨도 쉬지 않고 소주 두 컵을 비웠다. 근회도 목이 타는 듯 연신 술을 털어 넣었다.

비어 있던 속에 술과 음식이 들어가자 긴장감이 풀어졌다. 근회가 반찬을 이것저것 집어 입에 넣고 으적으적 씹었다. 우리는 반찬을 안주 삼아 소주 세 병을 마시고 자리에서 일어섰다. 우리가 막 밖으로 나섰을 때, 젊은 여자가 헐레벌떡 달려왔다. 근회가 앞으로 나서며 반가운 듯 손을 들었다.

"역으로 나온다더니 어떻게 된 거야?"
"사복경찰이 집에 다녀가서 나오지 못한 거야."
"사복경찰이?"

근회가 당황한 표정을 짓더니 힐끗 돌아다보았다. 나는 망치로 뒤통수를 얻어맞은 기분이었다. 경찰들이 어떻게 알고 이곳까지 다녀갔단 말인가? 내가 남해로 내려왔다는 걸 벌써 눈치챘다는 말인가? 그게 아니면 다른 볼일이 있어 다녀갔다는 말인가? 아무리 생각을 하고 머리를 굴려도 이해할 수가 없었다. 나는 한 차례 헛기침을 하고 배낭을 조여 맸다. 근회 누이가 내 모습을 훑어보고 속삭이듯 입을 열었다.

"자세히는 모르겠고, 아무튼 네 안부를 묻더라."
"나를?"
"집은 위험한 것 같으니까, 삼촌 집으로 가."

그때 나는 어둠 속으로 근회 누이의 모습을 뜯어보았다. 그녀는 갸름한 얼굴과 창백할 정도로 하얀 피부의 소유자였다. 몸매도 얼굴처럼 가녀리고 연약해 보였다. 게다가 어깨까지 늘어진 긴 머리는 15세

소녀를 연상시켰다. 나는 그녀를 보는 순간 운명 같은 걸 느끼고 몸을 떨었다. 그녀의 청초한 모습이 내 마음을 흔들고 남았던 것이다. 나는 한동안 넋을 놓고 서 있다가 정신을 차렸다. 근회 누이가 내게 목례를 해 보이고 어둠 속으로 걸어갔다. 근회가 멍한 표정으로 서 있는 내 팔을 툭 쳤다.

"큰 걱정은 하지 마세요. 그전에도 가끔 그랬으니까요."

"그전에도?"

"우리 형 때문에요. 형도 한때는 이 지역에서 유명한 운동권이었거든요."

"그러면 근회 형도 민주화운동을 했단 말이야?"

"그런 셈이죠. 하지만 지금은 이 세상 사람이 아닙니다."

"이 세상 사람이 아니라니?"

"학생운동을 하다가 경찰에 끌려가 죽도록 얻어맞았어요. 그리고는 정신이 돌아 이리저리 떠돌다가 객사했죠. 아마 그런 전력이 있어서 집에 다녀갔을 겁니다."

"그럴 수도 있겠군."

나는 고개를 주억거렸지만, 의문은 지워 버릴 수 없었다. 앞장서서 걷던 근회가 멀리 보이는 철교를 가리켰다.

"저 철다리 밑에서 많은 사람들이 학살당했어요. 육이오 때 우리 동네 사람들이 무더기로 총살당한 곳이라는 얘기죠."

"아 육이오."

"그때 둘째 삼촌도 빨갱이로 몰려 죽었어요. 아버지 말로는 빨치산한테 주먹밥 하나 준 사람도 처형당했대요."

"이념이 극한으로 대립하던 시기였으니까."

나는 자조적인 목소리로 말하고 씁쓸하게 웃었다. 이념의 대립이 극단적이기는 지금도 마찬가지였다. 어쩌면 그때보다 더 날카로운 이념 충돌이 일어나는지도 모른다. 민주화니 유신이니 개헌이니 호

헌이니 우경이니 좌경이니 하면서. 나는 뿌연 달빛이 비치는 들판을 보며 한숨을 내쉬었다.

사실 유신을 선포한 독재자들은 잔인하게 민주인사를 탄압 중이었다. 그들은 자신들이 세운 정권의 정당성을 위해 물불을 안 가렸다. 재야인사와 학자를 구속하는 한편, 모든 집회는 불법이라고 허가해 주지 않았다. 이에 흥분한 학생들은 '유신독재타도'라는 구호가 적힌 띠를 매고 거리로 나섰다.

학생들의 행동은 재야인사와 학자들을 자극하기에 충분했다. 독재 정권에 눌려 있던 학자, 교수, 예술가들이 거리로 뛰쳐나왔다. 당연히 당국은 탱크를 동원해 재야인사들의 가두투쟁을 막았다. 결국 군사정권과 재야인사들은 충돌했고, 민주화는 어둠 속으로 사라지고 말았다.

근회가 갑자기 길가로 뛰어가 진달래꽃을 꺾어가지고 돌아왔다. 나는 근회가 꺾어온 진달래꽃을 한동안 들여다보았다. 희뿌연 달빛 아래서도 진달래꽃은 청초한 자태를 잃지 않았다.

"그때도 이렇게 진달래가 피었대요. 학살 당시 말입니다."

근회가 무언가를 생각하는 듯 까마득히 펼쳐진 들판을 바라보았다. 초봄의 밤길은 예상 외로 쌀쌀하고 추웠다. 나는 외투깃을 바짝 올리고 근회의 옆에서 걸었다.

"선배 영산강 하구뚝을 왜 막았는지 압니까?"

말없이 걷던 근회가 멀리 보이는 영산강을 가리켰다. 나는 근회가 가리킨 영산강을 힐끗 바라보았다. 소리없이 흐르는 강은 달빛을 받아 검푸른 도로처럼 보였다. 근회가 영산강을 응시하며 고조된 목소리로 말을 이었다.

"영산강 하구뚝은 말이에요. 호남 혈맥을 끊어 놓기 위해 유신정권이 의도적으로 막는 거랍니다."

"혈맥을 끊어?"

나는 근회의 말을 이해할 수 없어서 큰소리로 되물었다. 근회가 헛기침을 몇 번 하고 입을 열었다.

"본래 영산강은 호남평야의 젖줄이었어요. 그런데 유신정권이 호남의 기를 끊기 위해 하구뚝 공사를 시작한 거랍니다. 호남평야를 소금물로부터 보호한다는 허울 좋은 이유는 있었지만."

근회가 핏대를 세우면서 언성을 높이는 이유는 이러했다. 원래 영산강은 신라시대 이전부터 내륙교역의 본거지였다. 바다가 내륙 깊이 뻗어 있어서 다른 곳보다 교역이 쉬웠다. 그 물길을 이용해 연안 사람들은 도기와 곡물을 수출했다. 그렇게 국내외의 수출항구로 이용되던 물길이 한순간에 막혔다.

유신정권이 물길을 막은 건 논과 밭을 늘인다는 의미에서였다. 당연히 잦은 홍수로부터 농민들을 보호한다는 명목도 내세웠다. 영산강을 막음으로 해서 농민들에게 이익이 전혀 없는 건 아니었다. 다만 돌아오는 이익보다는 폐해가 더 크다는 게 문제였다. 물의 흐름을 막으니 생태계가 파괴되는 것은 물론이고, 물마저 썩어가기 시작했다.

물이 썩자 잡히는 고기조차 기형으로 변해 먹을 수가 없었다. 그와 때를 같이 해 영산강변 사람들의 인심도 살벌하게 변해갔다. 툭 하면 영산강 사람들은 싸움질을 하고 남을 헐뜯고 모함을 했다. 그런 일들이 영산강 하구뚝 공사로 인해 생긴 현상이라는 것이다. 근회의 끓어오르는 울분은 거기에서 그치지 않았다.

"내가 하구뚝 공사현장을 폭파하러 갔었어요."

"그래서?"

나는 호기심 반 장난 반의 심정으로 물었다. 근회가 입을 씰룩거리더니 침을 퉤 뱉었다.

"막상 하구뚝을 폭파하려니까 공사현장이 너무 거대하더라고요. 그래서 주위만 뱅뱅 돌다 돌아서고 말았죠. 나중에 반드시 폭파해 버리겠다고 굳게 다짐했지만."

"어려운 일이지."

"언젠가는 지서에 잡혀간 적도 있었어요. 하구뚝 공사 현장을 맴돌다가."

근회가 분통이 치미는 듯 계속 열변을 토해 냈다. 군사정권이 하구뚝을 막는 이유는 유신체제를 영구히 존속시키고자 하는 뜻이다. 다시 말해 호남의 기를 허하게 만들고, 상징적 인물의 등장을 제어하자는 목적이다. 그들의 허울 좋은 정책에는 농민을 위한, 농민에 의한, 농민의 영산강이 되게 하겠다는 가면이 씌워져 있다는 거였다.

"모든 게 장기집권 야욕 때문에 벌어진 일이에요."

근회의 주장은 어쩌면 일리가 있는 것처럼 들렸다. 왜냐하면 군사정권은 영구집권의 빌미로 유신헌법을 만들었다. 그들은 자신들이 만든 유신헌법의 희생양으로 민주투사와 농민을 짓밟았다. 군부가 정책적으로 희생시킨 사람들 속에는 학자와 종교인, 예술인, 노동자까지 포함되었다.

"매년 영산강에 뛰어들어 자살하는 사람들이 한두 명이 아니에요. 어차피 굶어 죽을 바엔 영산강 물이나 실컷 마시고 가겠다는 거죠."

"그랬군."

"선배 추운데 쉬었다 갑시다."

울분을 토해 내던 근회가 강변에 있는 식당을 가리켰다. 나는 근회가 지목한 식당을 힐끗 쳐다보았다. 식당의 외관은 분명히 번듯하게 갖추어진 횟집이었다. 문제는 횟집이라는 곳에 손님이 없다는 사실이었다. 나는 의아한 생각이 들어 고개를 갸우뚱거렸다. 근회가 입을 씰룩거리더니 따라오라고 손짓을 했다. 나는 배낭을 고쳐 메고 횟집 쪽으로 걸음을 옮겼다. 근회가 식당 안으로 들어서며 자조적인 어조로 중얼거렸다.

"횟집 치고는 너무 썰렁하죠?"

"그건 그런 것 같은데."

"이게 다 하구뚝 공사 때문입니다."

우리가 말을 나누는 사이 남자가 걸어 나왔다. 근회가 40대 남자를 향해 머리를 까닥 숙였다.

"아저씨 저 모르세요? 저 박진사댁 막내 손잡니다."

"그러문 서울서 대학을 댕긴다는?"

"맞습니다."

"아 그렇구먼."

"집으로 가는 길인데 출출해서 들렀습니다."

"그려 그려, 이쪽으로 들어오더라고."

남자가 테이블이 배열된 홀을 가로질러 방쪽으로 걸어갔다. 근회가 남자의 뒤를 따라가며 눈을 찡긋해 보였다. 나는 식당 안을 둘러본 뒤 두 사람을 따라 들어갔다. 남자가 아랫목에 꽃방석을 깔면서 쑥스럽다는 표정을 지었다.

"횟집이지만 회는 없당게."

"우리 회 먹으로 온 거 아니에요. 소주 한 잔 하러 온 거지."

"그래도 변변한 안주가 없는디."

"돼지고기는 있겠죠?"

"그야 있제."

"그러면 김치에 돼지고기 몇 점 넣고 팔팔 끓여 주세요."

"그럼 그라지."

남자가 머리를 몇 차례 주억거리고 방을 나갔다. 근회가 덩그러니 빈 홀을 가리키며 열을 올렸다.

"보세요. 강이 눈앞에 있는데 손님 하나 없지 않습니까? 이게 영산강이 가진 문제점이에요."

"하긴 그렇구만"

나는 그제야 왜 뚝을 폭파해야 된다고 떠드는지 이유를 알았다. 근회의 말대로 하구뚝은 폭파되어야 하는 것은 명백해 보였다. 근회가 꽃방석 아래로 양손을 밀어넣으며 투덜거렸다.

"세상이 온통 거꾸로 돌아간다니까요."

"하긴 세상이 온전하다면 내가 도망다니지도 않지."

우리는 횟집 간판이 걸린 술집에서 소주를 세 병이나 비웠다. 남자도 우리의 얘기가 재미있는지 관심을 보였다. 우리는 신이 나서 공사의 폐해성과 폭파의 필연성을 떠들었다. 하구뚝은 유신정권의 상징과도 같은 시설물이고, 호남을 썩게 만드는 요인이라고.

우리는 하구뚝은 잘못된 공사이며, 즉시 중단해야 될 사업이라는데 공감했다. 여차하면 폭파해 버리는 것도 좋은 방법이라고 입을 모았다. 우리의 말에 흥분한 남자는 서비스로 계란말이를 만들어 왔다. 근회는 더욱 신이 나서 유신정권의 퇴진과 군사독재의 부당성을 꼬집었다. 당연히 장기집권에 이용되는 유신헌법도 폐기해야 한다고 목소리를 높였다.

근회와 나는 통금 시간이 되어서야 술집을 나섰다. 우리는 머리까지 올라오는 취기를 느끼며 발걸음을 떼어놓았다. 근회가 캄캄한 밤하늘을 올려다보며 중얼거렸다.

"산을 두 개만 넘으면 됩니다."

"산을 두 개나 넘다니?"

"어차피 큰길로는 갈 수 없으니까요."

"그럼 여기서 집까지 몇 킬로나 되는 거야?"

"약 육 킬로쯤 됩니다."

나는 산속으로 들어가는 근회의 뒤를 따라 발걸음을 재촉했다. 캄캄한 어둠 속이어서 그런지 속도가 나지 않았다. 숲속 깊은 곳에서 들짐승 우는 소리가 들려왔다. 들짐승 소리에 이어 개짓는 소리도 간간이 들렸다. 나와 근회는 한동안 말없이 잡초가 우거진 산길을 걸었다.

칼바람이 나뭇가지와 억새줄기를 흔들며 지나갔다. 갑자기 싸늘하고 냉랭한 한기가 외투 안으로 파고들었다. 나는 외투깃을 세우고 초승달이 뜬 사위를 둘러보았다. 기온이 떨어진 데다가 깊은 산속이어서 주위를 분간할 수 없었다. 나는 발목에 감겨드는 덤불을 걷어차며 한숨을 내쉬었다.

"누가 우리를 보면 간첩이라고 하겠다."

"그러니까 산길을 택한 거죠. 시간도 통금 이후로 잡은 거고."

"하긴 남의 이목이 있으니까."

2

우리가 삼촌 집에 도착했을 때, 사랑방은 이미 치워져 있었다. 방에 불을 뜨끈하게 지핀 것으로 보아 근회 누이가 다녀간 게 틀림없었다. 우리는 서둘러 점퍼를 벗고 이불 속으로 파고들었다. 따뜻한 방에 들어오자 술기운이 머리 쪽으로 올라왔다. 우리는 누가 먼저랄 것도 없이 눈을 감고 잠을 청했다. 근회와 내가 막 꿈속으로 빠져들 때 문 두드리는 소리가 들렸다.

나는 설핏 든 잠 속에서 문 두드리는 소리를 들었다. 근회도 인기척을 느꼈는지 이불을 걷어 내고 일어나 앉았다. 나는 끊임없이 감겨드는 눈을 치켜뜨기 위해 안간힘을 썼다. 그럼에도 한번 감겨들기 시작한 눈까풀은 쉽사리 떠지지 않았다. 잠시 후 근회가 귀찮다는 듯이 궁시렁거리며 점퍼를 걸쳤다. 밖에 있던 사람이 문을 열어젖히고 안으로 들어섰다. 나는 실눈을 뜨고 방안으로 들어선 사람을 훔쳐보았다.

그는 50대 초반쯤으로 보이는 골격이 장대하게 생긴 남자였다. 남자는 방문 앞에 서서 근회를 못마땅한 표정으로 쳐다보았다. 근회가 엉거주춤한 자세로 일어나 바지를 찾아 입었다. 남자가 방 한가운데

버티고 선 채 혀를 끌끌 찼다. 근희가 방안으로 들어온 사람을 향해 퉁명스럽게 내뱉었다.

"내일 아침에 내려가 찾아뵈려고 했어요."
"인사고 뭐고 이 밤중에 어쩐 일이다냐? 한마디 연락두 없이."
"집에 뭐 연락을 하고 온답디까?"
"뭐라?"
"그렇지 않습니까."
"니가 이러고도 대학생이라고 헐 수 있냐?"
"제 일에 참견 마세요."
"니 일에 참견허지 말라고?"

방에 들어온 남자는 근희 아버지가 틀림없었다. 근희를 상대로 호통치는 것으로 보아 분명한 사실이었다. 나는 계속 실눈을 뜨고 부자 사이의 대화를 엿들었다. 근희 아버지는 부아가 치미는지 연신 거친 숨을 내뱉었다. 언젠가 근희로부터 가족사에 관한 이야기를 들은 적이 있었다. 근희의 말에 의하면, 그의 아버지는 10여 년 전에 이혼을 했다.

근희 어머니는 이혼 후 광주로 올라가 좌판으로 생계를 이었다. 전처가 아무리 어려워도 근희 아버지는 도움을 주지 않았다. 오로지 새로 들어앉힌 젊은 여자의 비위를 맞추기에 여념이 없었다. 근희 아버지는 딸 같은 젊은 아내를 위해 모든 것을 아낌없이 베풀었다. 전처의 자식들을 홀대하는 것은 물론이고 재산까지 나누어 주었다.

그 사건 이후 근희는 밖으로만 나돌고 경조사가 생겨도 찾아오지 않았다. 근희의 그런 태도로 인해 부자 사이는 더욱 나빠졌다. 반면 막내 삼촌과는 부자지간 이상으로 사이가 좋아졌다. 근희가 옆으로 돌아앉은 채 아버지의 따가운 시선을 외면했다. 근희 아버지가 도저히 참을 수 없다는 듯이 소리를 질렀다.

"니가 시방 아비한테 대드는 거냐?"

"대드는 게 아니라 사실을 말하는 거예요."
"이 놈이 그래도."

한동안 무겁고 긴장된 침묵이 두 부자 사이에 흘렀다. 나는 숨을 죽이고 일촉즉발의 상황을 지켜보았다. 근회가 머리맡에 있는 물그릇을 집어 들고 벌컥벌컥 들이켰다. 근회 아버지가 흥분을 가라앉히듯 나직한 목소리로 입을 열었다.

"요새 니 데모혀러 댕긴다며?"
"데모가 아니라 학생운동이에요."
"그게 그거 아니냐."
"그래도 데모하고 학생운동하고는 다르죠."
"암튼 데모 허는 애들 쫓아댕기는 거 아녀. 그라고 저 청년은 누구냐?"

근회 아버지가 숨을 죽이고 누워 있는 나를 가리켰다. 근회가 떨떠름한 목소리로 말을 받았다.

"학교 선배예요."
"수배된 학생이냐?"
"그건 아니에요."
"나는 경찰이 찾아댕기는 꼴 못 본다. 허니 처신 잘해."
"걱정 마세요. 그런 일은 없을 테니까요."
"어쨌든 오늘밤은 예서 자고 명일엔 본가로 내려오너라."
"본가는 왜요?"
"아침이라도 묵어야 헐 것 아니냐. 손님도 있고."

근회 아버지가 내 쪽을 힐끗 쳐다보고 밖으로 나갔다. 근회가 심통 난다는 듯이 벌렁 누우며 투덜거렸다.

"이래서 집에 내려오고 싶은 마음이 들지 않다니까요."
"그래도 아버지한테 그러면 되나."
"아버지도 아버지 나름이죠."

나는 자리에서 일어나 머리맡에 있는 물그릇을 끌어당겼다. 밤늦도록 술을 먹어서 그런지 갈증이 일었다. 나는 물을 반 그릇쯤 마시고 근회 앞으로 밀었다. 근회가 물그릇을 집어 들고 한 방울도 남김없이 들이켰다.

3

다음 날 우리는 본가로 내려가 아침을 먹고 길을 나섰다. 근회는 아무런 말도 하지 않고 높다란 둑을 따라 걸었다. 나는 그저 근회가 가는 대로 따라갈 수밖에 없었다. 왜냐하면 나는 근회가 아니면 갈 곳조차 없는 처지였다. 내 생각을 아는지 모르는지 근회는 앞만 보며 걸었다. 나는 헐렁한 배낭끈을 조여서 어깨에 메고 말을 꺼냈다.
"어디로 가는 거지?"
"멀지 않은 곳에 종형이 살고 있어요."
"종형? 뭐하는 분인데?"
"이쪽 지방에서는 알아주는 민주투사였는데, 지금은 집에서 세월을 죽이고 있죠."
"거길 찾아가도 괜찮은 거야?"
"괜찮습니다."
근회가 걱정 말라는 듯이 말하고 씨익 웃었다. 나는 반신반의하는 마음으로 근회를 따라 발걸음을 옮겼다. 우리는 둑 위에 찍힌 수레바퀴 자국을 밟으며 걸었다. 이른 봄이어서 개천을 타고 불어오는 바람은 차가웠다. 앞장서서 걷던 근회가 점퍼를 여미고 부지런히 발을 움직였다. 나는 바람을 뚫고 걸어가며 일이 꼬인다는 생각을 했다. 근회 아버지와의 불편한 조우도 그렇고, 일찍 집을 나선 것도 마찬가지였다.
예상대로라면 근회 가족들과 인사를 나눈 뒤 눌러 앉는 게 옳았다.

근회도 그렇게 될 것이라고 생각하고 나를 데려온 게 아닌가. 나는 함박눈이 쏟아질 것 같은 하늘을 올려보며 한숨을 쉬었다. 마음이 답답했는지 근회가 개천 쪽을 향해 가래침을 뱉었다. 나는 늘어진 버드나무 가지를 꺾어 이리저리 비틀었다. 아직 물이 오르지 않아서 버드나무 껍질은 잘 돌아가지 않았다.

사실 버드나무 가지에 물이 오르면 버들피리를 만들어 불 수도 있었다. 나는 어린아이 같이 행동하는 내 모습을 돌아보고 피식 웃었다. 근회가 뚝 가장자리로 가더니 버드나무 가지를 꺾어 들었다. 우리는 한동안 물이 오르지 않은 버드나무 가지 비틀기에 매달렸다. 나는 반쯤 비틀어진 버드나무 가지를 개천 쪽으로 던졌다. 버드나무 가지를 비틀던 근회가 생각났다는 듯이 말했다.

"이 하천이 본래 영산강 하구에서 올라오는 바닷길이었어요."

"바닷길?"

"여기가 뚝을 막기 전에는 바닷물이 올라오는 수로였다는 거죠."

"아 그랬군."

"그런데 영산강을 막으면서 지금처럼 뚝방길이 됐죠. 그 덕분에 이웃 마을로 가는 지름길이 생긴 셈이지만."

근회의 말대로 뚝방길은 높고 탄탄하게 조성되어 있었다. 마치 넓은 대로를 개천을 따라 뚫어놓은 것처럼. 나는 한동안 매서운 칼바람을 얼굴에 맞으며 걸었다. 앞서 가던 근회가 손에 든 버드나무 가지를 멀리 던졌다.

"예전에 이 길로 학교를 오가곤 했죠."

"학교? 무슨?"

"국민학교하고 중학교요."

"그랬군."

"고등학교는 광주로 진학하는 바람에 여길 떠났지만, 정든 길인 건 분명해요."

나도 근희처럼 고향 마을에서 읍내까지 걸어서 학교를 다녔다. 나는 그 길 위에서 영어단어를 외우고 수학문제를 풀었다. 등굣길에 친구와 싸움질도 하고, 여학생들과 장난을 쳤다. 더울 때는 냇물에서 미역을 감았고, 과수원에서 자두를 서리해 먹었다. 비가 쏟아지는 날에는 비를 맞고, 눈이 오면 눈싸움을 벌였다. 그런 의미에서 통학로는 재미와 고단함을 함께 지닌 길이었다. 내가 생각에 잠겨 있자 근희가 감회 어린 표정을 지었다.

"이 뚝방길을 오가면서 꿈을 키웠는데."

"꿈이 뭐였는데?"

"그때는 덕망을 갖춘 법관이 되는 게 꿈이었어요."

"그러면 지금이라도 그렇게 하면 되잖아."

"그게 그렇게 쉽지만은 않을 것 같아서."

"왜?"

"덕망이 있는 법관보다는 민주투사가 더 우선이니까요."

"하긴 진정한 민주화가 되지 않고는 참다운 법관도 존재하지 않지."

나는 둘러멘 배낭을 벗어 자크를 열고 물병을 꺼냈다. 근희가 속이 탄다는 듯 입맛을 쩍쩍 다셨다. 나는 물을 서너 모금 마시고 근희에게 주었다. 근희는 받아든 물병을 거꾸로 들고 벌컥벌컥 들이켰다. 나는 물을 마시는 근희를 보며 머리를 저었다.

나와 근희는 신학대에 적을 두었지만, 목사가 될 생각은 없었다. 우리는 신앙심을 키운다기보다 학문을 배운다는 자세로 임했을 뿐이었다. 나는 매서운 칼바람을 얼굴에 맞으며 곧게 뻗은 길을 바라보았다. 이 길처럼 우리의 앞날도 탄탄대로였으면 좋겠다는 생각이 들었던 것이다. 근희도 그런 생각을 하는지 아무런 말도 하지 않았다.

나는 물병을 돌려받아 배낭에 넣었다. 근희가 곧게 뻗은 뚝방길을 일별한 뒤 발걸음을 때어놓았다. 우리는 신학을 공부하고 있었지만,

현실은 그냥 내버려 두지 않았다. 십수 년간 독재로 일관된 역사는 아직도 민주투사의 피를 불렀다. 그와 함께 사회정의를 부르짖던 민주투사들은 하나둘 희생되어 갔다.

마치 세찬 비바람을 견디지 못하고 허물어지는 제방처럼. 나는 이런저런 생각을 하며 높고 긴 둑방길을 걸었다. 근회도 많은 생각을 하는지 심각한 표정으로 걸음을 재촉했다. 나는 주위를 두리번거리다가 대나무 숲에 서 있는 정자를 가리켰다.

"저기서 좀 쉬었다 가자."
"아직 반도 못 왔는데요."
"발이 아파서 그래."
"발이요?"
"발뒤꿈치에 물집이 잡혔거든."
"매일처럼 책만 들여다보니 그럴 만도 하지요."

근회가 혀를 끌끌 차고 정자 뒤쪽 숲으로 들어갔다. 나는 근회가 소변을 보는 사이 정자에 쓰러지듯 앉았다. 먼 거리를 걸어온 터라 발뒤꿈치와 발바닥에서 통증이 일었다. 나는 아픈 다리를 주무르며 소리없이 한숨을 내쉬었다. 근회가 소변을 보고 시원하다는 표정으로 나왔다.

나는 우리의 차림새를 보고 피식 웃지 않을 수 없었다. 우리의 모습은 영락없이 도망자의 그것이기 때문이었다. 근회는 농구화에 신사복 바지를 입고 점퍼를 걸쳤다. 반면 나는 재킷 위에 외투를 걸치고 골덴바지를 입은 상태였다. 두 사람 공히 거무칙칙한 배낭까지 어깨에 메고 있었다.

나는 머리를 절레절레 젓고 목이 긴 양말을 벗었다. 근회가 배낭을 정자 마루에 팽개치듯 내려놓았다. 나는 발을 들어 아픈 곳을 들여다보았다. 물집은 예상보다 훨씬 많이 부풀어 오른 상태였다. 내가 물집을 쥐어 터트리자 근회가 손을 내저었다.

"그냥 놔두는 게 더 나을 텐데요."

"어차피 터져 버릴 텐데 뭐."

"하긴 곪은 것은 언제든 터져야 하니까."

나는 포켓에서 담배를 꺼내 앞으로 내밀었다. 근회가 담배를 받아 들고 불을 붙였다.

"나 사실 여기서 처음 담배를 피웠어요."

"여기서 처음 담배를 피우다니?"

"학교에 갔다오다가 이 정자에서 생전 처음 담배를 피웠다는 얘깁니다."

"아 그래?"

"그때가 아마 중학교 일학년 때였을 거예요. 같이 하교하던 친구가 갑자기 담배를 꺼내 피워 보라고 꼬드겼죠. 그래서 호기심 반 객기 반으로 받아 피웠어요."

"담배를 처음 피운 느낌이 어땠어?"

"담배를 한 모금 빠니까 머리가 핑 돌더라고요."

"새로운 세상을 맛본 느낌이었겠군."

"그때서야 비로소 새로운 세상을 경험했죠. 환상적이면서도 신비스런 그런 세상을 말이에요."

근회가 지난 시간을 추억하듯 담배연기를 가늘게 내뿜었다. 나는 근회의 애틋한 마음을 이해할 수 있었다. 나도 근회처럼 그런 느낌을 받으며 첫 담배를 피웠으니까. 결국 담배 피우는 행위는 어른들의 세계로 들어가는 통과의례 같은 거였다. 그렇기 때문에 소년들은 너도 나도 피우지 말라는 담배에 손을 댄다. 하루 빨리 어른이 되고 싶다는 어줍지 않은 마음에서. 근회가 담배를 피우다 말고 대나무 숲을 가리켰다.

"저 숲에서 첫 키스까지 했어요."

"첫 키스까지?"

"같은 마을에 사는 여학생이었는데, 하교길에 데리고 들어가서 기습적으로 키스를 퍼부었죠."

"그래서?"

"그걸로 끝이 났죠?"

"왜?"

"시골에서 그런 소문이 나면 끝장이니까요."

"하긴 작은 동네에 소문이 나면 그럴 수밖에 없겠지."

나는 울창한 대나무 숲을 바라보며 지난 시간을 떠올렸다. 나도 근회와 비슷한 시기에 수지한테 키스를 했다. 그날 나와 수지는 파랑새를 찾아다니다가 길을 잃었다. 우리는 억수같이 퍼붓는 빗속을 헤맨 끝에 동굴을 발견했다. 좁은 동굴에서 우리는 꼭 붙어 앉은 채 밤을 보냈다. 우리를 찾아나선 마을 사람들은 끝내 우리를 발견하지 못했다. 그것은 우리가 동굴 속 깊은 곳에서 잠들었기 때문이었다.

나중에 안 사실이지만, 그 동굴은 조부가 일제 헌병의 총을 맞고 피신한 장소였다. 조부는 그 동굴에서 총에 맞은 상처를 치료하고 집으로 돌아왔다. 마치 파랑새가 3. 1운동을 한 조부를 숨겨 주고 치료해 준 것처럼. 그 일을 조부는 수십 년이 흐른 뒤에 내게 말해 주었다. 그 일이 너무나 신비스러워서 아무한테나 얘기할 수 없었다고 덧붙이며. 조부의 얘기처럼 우리가 눈을 떴을 때 비는 멎은 상태였다.

우리는 즐거운 소풍을 떠났던 아이들처럼 집으로 돌아왔다. 어른들은 우리에게 밤새 어디서 어떻게 지냈느냐고 물었다. 나는 파랑새를 따라가 안전하게 있다가 왔다고 털어놓았다. 내 주장에도 어른들은 파랑새를 쫓아가 몸을 피했다는 말을 믿지 않았다. 다만 조부만이 모든 것을 아는 사람처럼 고개를 끄덕였다. 그날 나는 동굴 속에서 수지에게 첫 키스를 했다. 나는 멀리 보이는 산등성이로 시선을 던지며 입을 열었다.

"사실은 나도 비슷한 경험을 했어."

"선배도요?"

"고향에서 국민학교에 다닐 땐데, 좋아하던 여자애가 있었어."

"선배 로맨티스트였군요."

"로맨티스트는 아니지만, 진정한 사랑의 감정은 느껴 봤지."

"물론 지금은 헤어졌겠죠?"

"아니 지금도 진행 중이야."

"그래요. 그건 좀 의왼데요."

근회가 알 수 없다는 표정을 지으며 쳐다보았다. 나는 헛기침을 큼큼 한 뒤 마루에서 일어섰다. 근회가 담배를 끄고 배낭을 집어 어깨에 둘러메었다.

"그 여자가 대체 누구죠?"

"너도 알 수 있는 여자야."

"그러면 수지 선배…?"

나는 대답 대신 근회의 어깨를 툭툭 두드려 주었다. 근회가 알만한 일이라는 듯이 비긋이 웃었다. 나는 구두끈을 조여 매고 뚝방길 위로 걸음을 떼어놓았다.

4

근회가 마을을 가로질러 가서 멈춘 곳은 고택 앞이었다. 나는 배산임수의 원칙대로 지어진 고택을 찬찬히 살펴보았다. 첫눈에는 그럴듯한 기와집이었으나, 자세히 보면 낡은 곳 천지였다. 그래도 굵은 기둥과 튼튼한 서까래는 쌀섬깨나 소출하던 토호임을 말해 주었다. 근회가 섬돌이 둘러쳐진 안마당으로 들어서더니 누군가를 불렀다.

근회의 목소리를 들었는지 젊은이가 쪽문을 열고 내다보았다. 쪽문을 열어젖힌 사람은 20대 후반의 청년이었다. 근회가 청년을 향해 고개를 끄덕 하고 섬돌 위로 올라섰다. 청년이 한동안 쳐다보더니 이

내 놀란 표정으로 달려나왔다. 나는 반가운 얼굴로 근회를 맞는 청년의 모습을 뜯어보았다. 귀밑까지 내려오는 머리에 창백한 얼굴을 가진 청년은 고택과 묘한 대조를 이루었다.

집은 다 쓰러져 가지만, 남자의 모습은 제법 도시적이었다. 차림새도 패나 세련되었는데, 흰색 와이셔츠와 카키색 바지는 좀처럼 보기 어려운 옷이었다. 그 외에도 흰 피부와 이지적인 얼굴이 청년의 입장을 대변해 주었다. 다만 한 가지 흠은 청년의 인상이 전체적으로 병약해 보인다는 거였다. 근회가 봉당까지 달려나온 청년의 손을 잡으며 입을 열었다.

"형님, 그동안 별고 없으셨죠?"
"별고야 있겠어? 다 사람 살아가는 세상인데."
"어른들도 안녕하시고요?"
"그야 잘 계시지."

근회와 청년은 손을 잡은 채 형식적인 인사말을 주고받았다. 나는 마당 중앙에 서서 집안을 흘끔거리며 둘러보았다. 널따란 집안은 가꾸지 않아서 온통 허물어지고 기울었다. 기와는 깨져서 빗물이 흐르고, 지붕 한가운데는 풀까지 솟아났다. 기와를 겹쳐서 쌓아올린 담은 이미 무너져서 대문이 필요없을 정도였다. 그런데다가 뒤란에서 자란 대나무가 집안으로 들어와 뿌리를 박았다. 내가 심각한 표정으로 집 안팎을 기웃거리자 근회가 옆구리를 꾹 찔렀다.

"인사하세요. 내가 얘기한 종형입니다."
"최태오라고 합니다."
"난 박지상입니다. 보다시피 이집 장손이지요."
"아까도 얘기했지만, 종형도 한때는 학생운동을 했어요. 지금은 낙향해서 자연을 벗삼아 살아가지만 말입니다."
"얘기는 많이 들었습니다."
"아 그랬습니까? 어서 안으로 들어오세요."

청년이 앞장을 서서 대청 안쪽 큰방으로 들어갔다. 나는 청년의 뒤를 따라 안방인 듯한 곳으로 들어섰다. 밖에서 보는 것과 다르게 방 안은 제법 반듯하게 정리되어 있었다. 천정도 보통 집보다 높았고, 도배도 비단벽지로 발라 놓았다. 다만 도배를 한 지 오래된 것처럼 여기저기 누런 기름때가 흘렀다. 나와 근회는 청년이 권하는 대로 아랫목에 주저앉았다. 청년이 방바닥에 솜이불을 깔며 겸연쩍은 듯이 웃었다.

"방바닥이 좀 찰 겁니다. 아직 군불을 때지 않아서."

청년의 말대로 방바닥은 냉기가 흐르다 못해 차가웠다. 나는 메고 온 배낭을 벗어 놓고 이불 속으로 파고들었다. 근회도 배낭을 한쪽 구석에 던지고 이불을 끌어당겼다. 나는 두터운 솜이불 속에 발을 집어넣고 아픈 곳을 주물렀다. 발바닥과 뒤꿈치에서 칼로 베는 듯한 통증이 일었다. 이불 속에서 언 몸을 녹이던 근회가 청년을 쳐다보았다.

"어른들은 어디 가셨습니까?"

"아랫마을에 초상이 나서 내려가셨어."

"그랬군요. 난 무슨 일이 생겼나 했죠."

"무슨 일이 생길 턱이 있나? 이 한적한 시골구석에."

"아무튼 어른들이 안 계시니 다행입니다."

"다행이라니?"

청년이 방한점퍼를 입다가 의아하다는 표정을 지었다. 근회가 벗어 놓은 배낭 속에서 소주병을 꺼냈다.

"종형하고 술을 한잔 하려고요."

"어른들이 계시면 술을 못 먹을까 봐?"

"아무래도 좀 그렇죠."

"하기야 너는 어렵겠지. 아무리 대학생이라 해도."

"오늘 우리 편하게 술 한잔 하십시다. 오랜만에 서울에서 손님도 내려오셨고 하니까."

"그거 좋지."

청년이 고개를 끄덕이고 무언가를 찾아 방안을 돌아다녔다. 청년의 태도로 보아 불을 지피려고 하는 것 같았다. 근회가 솜이불을 가슴께까지 끌어당기고 비스듬히 누웠다. 3월이지만 저녁 무렵에는 기온이 영하로 내려갔다. 나는 이불 속에 넣은 발을 잡고 주물렀다. 청년이 벽장 속에서 성냥갑을 찾아 들고 밖으로 나갔다. 근회가 덮고 있는 솜이불을 들추며 씨익 웃었다.

"이리로 바짝 들어오세요. 몸이 얼었을 텐데."

"아니야 괜찮아."

"내가 존경하던 형님인데, 이젠 시골 사람이 다 됐네요."

"지금은 무얼 하고 있는데?"

"보다시피 집에 처박혀서 책만 읽고 있죠."

"책? 무슨?"

"철학서나 이념서 같은 거겠죠."

근회가 몸을 돌려 아랫목에 붙어 있는 뒷방을 가리켰다. 나는 근회가 가리킨 뒷방을 힐끗 돌아다보았다. 반쯤 열린 문 사이로 빈틈없이 진열된 책장이 보였다. 제법 큰 책장에는 사상서를 비롯한 인문서들이 빼곡히 꽂혀 있었다. 대충 눈짐작으로 세어 봐도 천여 권은 넘을 듯싶었다. 내 반응을 살피던 근회가 넌지시 자랑을 늘어놓았다.

"저 형님 이곳에서는 알아주는 수재였어요. 그런데 민주화운동을 한답시고 쫓아다니다가 몇 차례 감옥에도 들어갔다 나왔죠."

"전공은 뭘 했는데?"

"철학을 전공했어요."

"아 그랬구나."

"그런데 문제는… 너무 사회주의 이념에 물들어 있다는 거예요."

"사회주의 이념?"

"저 형님 마르크스하고 레닌에 빠져서 요주의 인물이 됐거든요. 게다가 이념서클까지 만들어서 활동하기도 했고요."
"그래서 고향으로 돌아와 근신하는 거구만."
"구속됐다가 풀려날 때 각서를 썼대요. 다시는 마르크스나 레닌을 보지 않겠다고."
"어쩌면 종형이 진정한 민주투사인지도 모르겠군."
"그래서 내가 좋아하는 거예요. 자신을 돌보지 않고 앞으로만 달려가거든요."

나는 다시 한번 많은 인문서들이 진열된 뒷방을 돌아보았다. 이념에 경도된 사람답게 책장에는 판금서적이 수두룩했다. 시중에서는 구해 보기도 어려운 책들로만. 나는 헛기침을 큼큼 하고 이불 속으로 몸을 밀어넣었다. 근회의 말대로라면 종형은 반체제운동을 제대로 한 사람이 틀림없었다.

종형이라는 사람의 외모를 보아도 그런 냄새는 금방 맡을 수 있었다. 문제는 사상의 첨단에 선 사람이 낙향해 범부로 살아간다는 점이었다. 결국 시대에 대한 투쟁은 한 인간을 투사로 만들기도 한다. 잘못된 투쟁은 한 인간으로 초라하게 전락시키기도 한다. 그것은 지금까지 이어온 인물사를 돌이켜봐도 명백한 사실이었다.

나는 그 순간 한 청년의 피폐해진 삶을 보며 역사의 부조리를 떠올렸다. 그 역사의 부조리 속으로 나 역시 추락하는 건지도 모른다고 생각하며. 우리가 꽁꽁 언 몸을 녹였을 때 청년이 방안으로 들어왔다. 청년은 북어와 김치, 고추장 같은 안주 감을 손에 들고 있었다.

"방에 불을 넣었으니까, 조금만 지나면 따듯해질 겁니다."

청년이 윗목에 놓여 있던 소반을 끌어당기며 씨익 웃었다. 나는 겸연쩍은 마음에 상 차리는 일을 거들었다. 근회가 가지고 온 소주병을 따서 사기잔에 따랐다. 청년이 나를 힐끗 쳐다보고 궁금하다는 표정을 지었다.

"학생 같은데 여행 중입니까?"

청년의 말을 근회가 재빨리 받았다.

"우리학교 선배예요. 지금은 당국에 수배되어 쫓기는 몸이고요."

"수배가 되었다고? 무슨 일로?"

"그야 당연히 학생운동이죠."

"그랬구만… 난 배낭여행을 하는 학생인 줄 알았지."

"사실 여기에 내려온 것도 피신처를 찾기 위해서예요."

"피신처라면 이쪽에 제격이지."

"그래서 내가 같이 내려가자고 했어요."

"잘했다. 도피자한테는 온전한 은신처가 필요하니까. 또 사상적 수배자라면 서울에서 멀어질수록 더 좋지. 나도 온갖 부조리에 찌들대로 찌든 서울을 피해서 도망쳐 온 거지만 말이야. 자 한 잔 합시다. 진정한 민주화와 올바른 투쟁을 위해서."

청년이 내 술잔에 자신의 잔을 부딪치며 비긋이 웃었다. 나는 소주가 가득찬 술잔을 들고 단숨에 털어 넣었다. 근회가 북어를 뜯어 입에 넣고 화제를 돌렸다.

"그런데 형님은 요새 무슨 책을 봅니까?"

"그저 그런 책을 읽는 중이지. 요즘은 딱딱한 책보다는 재미있는 게 더 좋으니까."

"그럼 이제 마르크스나 레닌은 버린 겁니까?"

"버렸다기보다는 당분간 멀리하는 셈이지."

"왜요? 사회주의 혁명에 실증이 나서요?"

"그건 아니고. 요새는 소설책 같은 게 더 구미가 당기거든."

"시골로 내려오니까 사상도 흐려지는군요."

근회의 빈정거리는 말투에 청년이 큰소리를 내며 웃었다. 나는 그저 멀뚱한 얼굴로 쓴 소주만 들이켰다. 청년은 근회와 내가 잔을 비울 때마다 술을 채워 주었다. 손님에 대한 예의가 그것뿐이라고 생각하는 것처럼. 우리가 술을 주거니 받거니 하는 사이 날이 어두워졌다. 방에 불을 넣어서 그런지 몸이 따스해지며 잠이 쏟아졌다. 연신 소주잔을 비우던 근회가 옆구리를 꾹 찔렀다.

"왜, 피곤합니까?"

"아 아니 그냥 술기운이 좀 돌아서."

나는 구부렸던 허리를 꼿꼿하게 펴고 자세를 바로 했다. 청년이 술잔을 내려놓고 슬쩍 질문을 던졌다.

"최형은 맑시즘에 대해서 어떻게 생각합니까?"

"글쎄요. 전 그런 건 잘 모릅니다."

"그래도 어느 정도는 알고 있을 것 아닙니까? 학생운동을 하고 있는 실세니까 아는 대로 말해 보세요."

청년이 계속 빙글거리며 대답할 것을 종용했다. 나는 난감한 얼굴로 옆에 있는 근회를 쳐다보았다. 근회가 제법 재미있는 질문이라는 듯 씨익 웃었다. 나는 어차피 피해갈 수 없다고 생각하고 입을 떼었다.

"맑시즘은 변증법적 유물론의 사상적 기반이 된… 사회주의 이론이라고 알고 있습니다."

"그러면 아나키즘요?"

"아나키즘은… "

청년이 어른을 놀리는 악동처럼 싱글거리며 쳐다보았다. 나는 고개를 숙인 채 청년의 의도를 생각해 보았다. 근회도 그런 생각을 하는지 술잔을 내려놓고 침묵을 지켰다. 청년이 또 다시 짓궂은 눈빛을 던지며 빙글거렸다. 나는 입맛을 다시고 청년의 얼굴을 슬쩍 쳐다보았다. 청년은 그저 재미삼아 질문을 던질 뿐 악의는 없는 것 같았다. 내가 머뭇거리며 대답을 않자 청년이 큰소리로 웃었다.

"잠이 달아나라고 질문한 것뿐입니다. 오해 마십시오."

"아 네에…"

"종형이 엉뚱한 데가 있습니다. 선배가 이해하세요."

근회가 이때라고 판단한 듯 거들고 나섰다. 나는 고개를 주억거리고 다시 술을 들이켰다. 어디선가 이름을 알 수 없는 새 울음소리가 들려왔다. 남녘의 봄밤을 가르며 들려오는 새소리는 청량하게 느껴졌다. 언 몸은 어느새 풀어져 땀이 솟을 지경이었다. 나는 입고 있던 외투를 벗어 한쪽으로 밀어 놓았다. 근회도 몸이 더워졌는지 점퍼를 벗어 집어던졌다. 청년이 잔에 술을 채우는 근회 쪽으로 다가앉았다.

"근회는 맑시즘에 대해서 어떻게 생각하지?"

"글쎄요. 공산주의라는 게 의도는 좋지만, 결과적으로 볼 때 미완성이고 불완전한 제도가 아닙니까."

"그렇게 생각해?"

"잘은 모르지만 무르익지 않은… 좀 어설픈 제도라는 생각이 듭니다."

"제도만큼은 그럴지도 모르지. 하지만 이념만큼은 아주 훌륭한 이론이야."

"난 아직은 뭐가 뭔지 잘 모르겠어요."

"그러면 무정부주의에 대해서는 어떻게 생각하지?"

나는 근회와 청년의 대화를 들으며 술잔을 기울였다. 청년의 말대로 맑시즘은 훌륭한 이론적 토대를 가진 이념이었다. 문제는 그런 이념이 한 체제를 송두리째 흔들어 놓는다는 점이었다. 무정부주의도 문제가 있기는 맑시즘과 크게 다르지 않았다. 무정부주의는 권력적 지배나 국가, 정부의 존재를 부정하는 혁명적 사상이었다.

초기 무정부주의는 인간의 자유에 최고의 가치를 두고 태동되었다. 그런 무정부주의가 본색을 드러내면서 점차 인간의 자유를 억압해 나갔다. 인간들은 그런 무정부주의를 배척하고 다른 이념을 그 안에 채워 넣었다. 결국 무정부주의는 민주주의를 근간으로 삼는 근대 국가에서는 몽환적인 이념일 수밖에 없었다.

물론 아나키즘이 인간의 자유를 보장하는 면에서만큼은 진보적이라고 아니할 수 없다. 하지만 근대 자본주의의 획기적 발전은 경제적, 사회적 불평등을 가져올 수밖에 없었다. 이 격차를 유지하기 위해서는 자유의 확대도 같이 제한되었다. 그 결과 노동자, 농민의 지위 개선을 목표로 하는 여러 가지 사회주의 사상이 나타나게 되었다.

아나키즘은 이러한 혼란스런 상황 속에서 등장한 기형적 사조 중 하나였다. 아나키즘도 결국 맑시즘처럼 사회주의 사상의 테두리에서 벗어나지 못하고 말았다. 문제는 아나키즘이 맑시즘과 정면으로 대립을 하게 된 사실이었다. 이 양파의 대립은 러시아에 사회주의국가를 만들어 놓았다. 그런 아나키즘이 볼셰비즘에 무릎을 꿇음으로 해서 지상에서 영원히 사라지게 되었다.

결국 무정부주의는 맑시즘을 이 시대의 사조로 만든 장본인이 된 셈이었다. 그런 의미에서 무정부주의는 새로운 이념을 태동하게 한 단계적인 이념이라고 할 수 있다. 역사는 그런 디딤돌 같은 이념과 제도의 연대로서 이루어져 가는 것이니까. 근희가 술을 마시고 진지한 목소리로 말을 꺼냈다.

"아나키즘은 역사의 전면에 서기보다는… 역사의 뒤안에서 조용히 시대를 보조하다가 사라진 이념 아닙니까?"

"그렇게 생각하나?"

"그렇지 않습니까? 어차피 맑시즘에 도태돼서 역사의 피안으로 사라졌으니까요."

"그렇게 본다면 그럴 수도 있겠지. 하지만 아나키즘은 미래적인… 꿈의 제도라고 할 수 있어."

"어떤 의미에서요?"

"잘 생각해 봐. 아나키즘이 무슨 제도나 체제를 주장하고 내세웠나를. 무정부주의는 말이야. 국가기관이나 정부 같은 권력적 기반을 부정하고 개인의 자유의지를 부르짖는 차세대적 제도야."

"그건 그렇죠."

"그런데 문제가 된 것은 아나키즘이 내세우는 제도가 정치적 기능을 배제하고, 경제적인 기능만을 고집했다는 점이야. 그런 제도는 사실 자본주의가 말기를 거쳐 새로운 제도로 거듭나고자 할 때 제기되는 제도거든. 다시 말해 아나키즘은 변증법적 유물론으로 볼 때, 이미 합의 단계에 가 있는 제도라는 거지. 어때? 내 말을 이해할 수 있겠어?"

"글쎄요. 난 뭐가 뭔지."

"그런데 더 재미있는 건 맑시즘이야."

"맑시즘이요?"

"맑시즘은 정치적으로는 계급투쟁을 부르짖고, 경제학설로는 잉여가치설을 내세우지. 변증법적 유물론의 결론으로 자본주의 붕괴를 예언했고."

"그건 그렇죠."

"그런데 맑시즘이 대단한 것은… 계급투쟁을 통해서 자본주의를 붕괴시켜야 한다고 주장한 거야. 또 맑시즘의 근간을 이루는 노동자 농민을 중심축으로 삼아서 노동운동이나 사회주의운동을 일으켰다는 사실이고. 내 말은 맑시즘이 소외받고 외면받는 대중을 역사의 중심에 세웠다는 그 자체가 중요하다는 거야. 위정자들은 언제나 자기들이 역사의 중심에서 시대를 움직인다고 믿거든. 그런데 맑시즘이 그걸 뒤집어엎은 거지. 사회주의 혁명을 통해서 말이야."

"그래도 제도로서의 맑시즘은 실패하지 않았습니까?"

"아직은 실패했다고 볼 수 없어. 왜냐하면 지금도 맑시즘의 근간이 되는 노동자 농민이 사회를 주도해 가거든."

"그럼 형님은 우리나라도 그런 제도를 수용해야 된다고 보는 겁니까?"

"군사독재정권이 유지되는 한 부인할 필요는 없겠지."

"그래요?"

근회가 적지 않게 놀란 것처럼 연신 눈을 껌뻑거렸다. 나는 맑시즘을 신봉하는 청년을 물끄러미 쳐다보았다. 그의 주장은 맞는 것처럼 보이지만, 많은 모순점을 내포하고 있었다. 이 시점에서 문제는 사회주의나 공산주의를 맹목적으로 받아들이는 태도였다. 나는 청년의 확고부동한 가치관과 역사관을 불안한 마음으로 바라보았다. 근회도 그런 생각을 하는지 말없이 소주만 들이켰다. 청년이 계속해서 맑시즘과 변증법의 역사적 가치에 대해서 늘어놓았다.

"맑시즘은 말이야. 처음에는 아주 좋은 이념이고 토대로서… 긍정적으로 받아들여졌어. 그러던 것이 변증법적 유물론에 접목되면서 점차 왜곡되기 시작한 거지."

나는 술을 조금씩 마시며 청년의 주장을 경청했다. 근회도 말없이 종형이라는 사람의 논조를 들어 주었다. 사실 청년의 말처럼 초기 맑시즘은 프랑스 계몽사상의 영향을 받으면서 커갔다. 그렇지만 헤겔 철학의 관념론적 측면을 현실적 인간의 입장으로 전개하면서 문제가 되었다. 즉 헤겔의 초기 이론을 유물론적 변증법으로 활용하면서 급격히 왜곡되어 갔던 것이다.

그 당시 마르크스는 그리스도교적인 보편주의와 프로이센국가의 환상적 공공성을 인간의 유적(類的) 본질의 소외형태라고 보았다. 그는 또 인간의 공동성 회복을 위해서는 사적 이해대립을 가져오는 사적소유를 폐지해야 한다고 부르짖었다. 마르크스는 역사 발전의 주체를 현실적 개개인으로 간주하고, 인간 생존의 제1조건인 생산에 착안해 사상을 전개시켜 나갈 것을 주장했다.

그리하여 마르크스는 생산 속에서 이루어지는 인간과 자연의 물질대사, 인간과 인간의 사회적 교통방법에 초점을 맞춘 역사관, 사회관인 사적 유물론을 성립시켰다. 그런 마르크스의 이론은 곧이어 커다란 문제점에 봉착하게 되었다. 잉여가치 착취에 반대하는 노동자의 계급투쟁은 생산수단의 공동소유를 기반으로 하는 공산주의를 목표로 하는 것임에도 그것을 설득시킬 힘이 없었던 것이다.

당시로서는 사회주의 혁명이 일어나는 즉시 공산주의가 실현되는 게 아니고, 그 과도기에 프롤레타리아 독재국가가 필요한 상황이었다. 그 외에 자본주의 사회에서 갓 태어난 공산주의의 제1단계에서도 자본주의 사회의 흔적이 남는다는 결점을 가지고 있었다. 레닌은 이 제1단계를 사회주의단계라고 했지만, 러시아혁명 이후 생겨난 사회주의 국가에 대해서는 논쟁하지 않을 수 없었다.

다시 말해 마르크스가 구상한 공산주의로 나아가는 발전단계 중 어느 단계에 있는지 논쟁해야 했던 것이다. 그런 의미에서 마르크스가 말한 사회주의나 공산주의는 불완전한 제도일 수밖에 없었다. 나는 열띤 논쟁을 벌이는 두 사람을 놔두고 자리에서 일어섰다. 밖은 칠흑같이 어두웠으며, 눈발마저 어지럽게 흩날렸다. 나는 캄캄한 길을 더듬어 대문 밖으로 나섰다. 집밖으로 나서자 개 짖는 소리가 들려왔다. 나는 개가 짖어대는 방향으로 무작정 걸음을 떼어놓았다.

5

근회와 내가 청년의 집을 나온 것은 다음 날 정오였다. 청년은 내게 자신의 집에서 머물 것을 간곡히 요청했다. 나는 청년의 마음이 진심이라는 것을 알았지만, 미련없이 길을 나섰다. 사실 청년의 집이라면 얼마간은 안심하고 지낼 수 있을 터였다. 문제는 청년이 가진 극단적인 이념과 왜곡된 가치관이었다. 청년이 가지고 있는 이념적 동굴은 너무나 편협하고 위험한 거였다.

인간은 태어날 때부터 동굴에 갇힌 죄수처럼 사물의 이치를 모르고 살았다. 인간의 눈에 투영된 것은 진실이 아닌 그림자일 뿐이며, 인간은 그런 사실조차 인식하지 못했다. 가끔 동굴 밖으로 나가는 죄수들만이 그 진실을 볼 수 있었다. 여기서 동굴 안의 그림자는 물체의 원형이 아닌 복사본이며, 왜곡된 진실일 뿐이다.

청년이 우선적으로 해야 할 일은 동굴에 비친 자신의 그림자를 볼 게 아니라, 밖으로 나가 물체의 원형을 보는 것이다. 그리하여 선의 이데아를 직시함으로써 진리를 터득하고, 잘못된 시각을 수정해야 한다. 내가 청년의 주장에 반박하지 않은 것은, 허상을 진실이라고 믿는 사람을 설득하는 게 쉽지 않다는 생각 때문이었다.

내가 아무리 선의 이데아를 얘기한다 해도, 그는 자신의 그림자가 원형이라고 주장할 게 분명했다. 아니 오히려 사물의 원형을 본 내게 왜곡된 생각을 가지고 있는 인물이라고 반박할 지도 몰랐다. 그런 생각을 가진 사람과 같이 지낸다는 것은, 나 또한 왜곡된 진실을 받아들일 수밖에 없다는 걸 자인하는 셈이었다. 지난밤의 일이 생각났는지 근회가 넌지시 말을 꺼냈다.

"태오 선배, 그 형님 조금 이상하지요?"

"이상하다니?"

"사고방식이나 이념 말이에요."

"뭐 그렇게 이상하지는 않아. 조금 좌익 쪽으로 기울었을 뿐이지."

"그렇게 생각해요?"

"어차피 이념이라는 게 해석하기 나름이거든."

나는 우려를 표하는 근회의 마음을 이해할 수 있었다. 왜냐하면 청년의 경도된 좌익이념은 위험스런 생각일 수밖에 없었다. 나는 단순히 유신정권의 부도덕성을 타도하기 위해 화염병을 던졌을 뿐이다. 구태여 유신정권이 지향하는 민주주의를 부정하고 사회주의를 내세울 이유는 없었다. 근회가 지나가는 버스를 가리키며 외쳤다.

"선배 달 뜨는 거 보러 가지 않을래요?"

"달 뜨는 거?"

"월출산 말이에요. 거기에 올라가면 달 뜨는 게 잘 보입니다."

"저 버스가 월출산 방향으로 가는 거야?"

"그래요. 빨리 탑시다."

근회가 버스 앞을 막아서며 손을 흔들었다. 달려가던 버스가 급정거 하며 멈춰 섰다. 우리는 버스에 올라 창가에 자리를 잡고 앉았다. 근회가 배낭을 벗어 무릎에 놓고 히죽 웃었다.

"십여 분만 가면 월출산이 나타날 겁니다."

"월출산이 그렇게 가까이에 있나?"

"여기가 강진이에요. 그러니 당연히 눈앞에 있는 거죠."

"정말로 월출산에 올라가면 달이 보여?"

"달이 보이니까 월출산이라고 했겠죠."

나는 배낭을 벗어 안고 창밖으로 스쳐가는 들판을 바라보았다. 근회의 말은 한 치의 오차도 없이 옳았다. 달이 떠오르는 산이니까 월출산이라고 불렀을 게 아닌가? 나는 월출산에 올라 달을 보면 새로운 일이 생길지 모른다는 생각에 가슴이 뛰었다. 근회도 나와 같은 생각을 하는지 고무된 표정으로 밖을 내다보았다. 한참 동안 비포장도로를 달리던 버스가 마을 입구에서 멈춰 섰다. 근회가 자리에서 일어나 배낭을 메었다.

"다 왔습니다."

"벌써?"

"벌써가 뭐예요? 근 이십 분을 달려왔는데."

"그래?"

"자 빨리 내립시다."

근회는 무언가 재미있는 일을 꾸미는 악동처럼 서둘렀다. 나는 배낭을 등에 메고 월출산 입구에서 내렸다. 근회가 뒤를 힐끗 돌아보더니 너털웃음을 터뜨렸다.

"월출산에 올라가면 호남평야 정기를 마실 수 있답니다. 그래서 조선시대 선비들이 자주 찾아와 기를 받고 가곤 했대요. 선배도 한번 월출산 정기를 받아가 보시죠."

"도망자가 정기를 마셔서 어디에 쓰게?"

"그래도 누가 압니까? 수배가 해제될지."

"하긴 호남평야 정기를 마시면 일이 잘 풀릴지도 모르지."

나는 근회의 뒤를 따라 돌투성이 산을 올라가기 시작했다. 월출산은 첫눈에 보아도 가파른 지형을 가진 산이었다. 정상 쪽으로 갈수록 하늘을 찌를 듯한 기암 괴석들이 나타났다. 우리는 깎아지른 경사를 한 발짝씩 내딛으며 힘겹게 올라갔다. 한 시간을 넘게 올라가자 평야가 내려다보이는 장소가 나타났다.

근회가 이마에 흐른 땀을 닦으며 널따란 바위에 주저앉았다. 나는 등에 멘 배낭을 벗어 바위 한쪽에 내려놓았다. 근회가 배낭 안에서 물병을 꺼내 한 모금 마시고 건네주었다. 나는 물로 목을 축인 뒤 발아래 펼쳐진 평야를 내려다보았다. 갑자기 가슴속이 시원해지면서 모든 근심이 사라지는 느낌이었다. 근회도 지난 일이 생각나는 듯 가슴을 펴고 심호흡을 했다.

"몇 년 전에 한번 와 봤는데, 올 때마다 새로워요."

"산이란 게 다 그런 거니까."

"하지만 월출산은 그 맛이 더 독특합니다. 오르면 오를수록 더욱 신비로워 보인다고 할까요. 가까이 다가가면 갈수록 웅장해 보인다고 할까요. 아무튼 오늘은 정상까지 올라가 봅시다."

"정상까지 몇 시간이나 걸리는데?"

"한 대여섯 시간 정도는 걸릴 겁니다."

"이 차림으로 정상까지 올라가는 건 무리가 아닐까?"

"산은 장비를 갖추고 올라가는 것보다 마음먹었을 때 즉흥적으로 올라가는 게 더 재미있는 겁니다. 또 신발 같은 게 우리 의지를 꺾지는 못할 거예요."

나는 아무런 대꾸도 않고 고개를 끄덕여 주었다. 산을 오르려는 의지가 있는데 무엇이 두려울 것인가? 산을 올라가는 자에게 산은 적이 아니라 곧 친구이다. 산은 오르려고 하는 사람에게 언제든지 길을 내준다. 길을 내주기 위해 산은 존재하는 것이고, 인간은 산이 있기에 오른다. 문제는 세상 이치가 산을 오르는 것과 같지 않다는 점이다.

역사와 시대는 언제나 오르고 개척하려는 선지자를 방해한다. 그것은 이념과 제도도 예외가 아니다. 자본주의가 근대사회를 장악해 갈 때 사회주의는 반기를 들고 역사 앞에 나타났다. 사회주의자는 자신들의 제도가 가장 우수하다며 자본주의를 비판대에 세웠다. 자본주의는 그런 사회주의의 도전과 비난을 무릅쓰고 현대를 향해 달려갔다. 근회가 점퍼 안주머니에서 담배를 꺼내 불을 붙였다.

"변증법하고 변증법적 유물론하고는 어떻게 다른 겁니까?"
"변증법하고 변증법적 유물론?"
"나는 그게 가끔 혼동이 되거든요."
"그야…"

나는 너무나 어이가 없어서 피식 웃음을 터트렸다. 돌투성이 산을 등반하면서 변증법이라니. 나는 터져 나오는 웃음을 참으면서 되물었다.

"왜 지금 그걸 물어볼 생각을 했지?"
"종형하고 논쟁할 때부터 쭉 물어보고 싶었어요. 그런데 틈이 나지 않았죠."
"그게 그렇게 간단한 문제가 아니야."
"그래요?"
"한마디로 설명할 순 있겠지만, 변증법을 제대로 알려면 책을 몇 권 정도는 독파해야 돼. 그래도 정확히 파악하기는 어렵겠지만 말이야."
"그래도 간단히 요약해서 말할 수는 있지 않습니까?"

"뭐 이렇게 말할 수는 있겠지. 하나의 사물을 대립하는 두 가지 규정의 통일로서 파악하는 논리적 방법이라고 할까. '사랑은 충족과 결핍의 통일이다'라는 얘기처럼 말이야."

"어렵군요."

"그러니까 변증법이라고 하는 거지."

나는 손수건을 꺼내 이마에 맺힌 땀을 닦았다. 변증법은 동일인물이 대립하는 속담이나 전승문학에서 자주 등장한다. 다시 말해 변증법은 일면적인 견해를 가져서는 안 된다고 하는 훈계로서 얘기되는 이론이다. 여기서 회의주의자는 어떠한 일에도 일의적인 규정을 부여할 수 없다고 주장한다. 또한 그들은 일의적인 규정을 위해서는 '아무 말도 할 수 없다'라는 결론에 도달한다.

즉 하나의 행위가 한쪽에서는 선이고 다른 한쪽 악이 된다면, 행위를 하는 사람은 비극에 빠진다는 것이다. 가문의 법도를 지켜서 오빠를 매장한 안티고네의 행위는 반역자의 매장을 금하는 국법에 비추어 보면 죄가 성립한다. 그런 예는 비극적 이야기에만 회자되는 게 아니다. 희극에서도 비슷한 예를 찾아볼 수 있다.

예컨대 피가로의 결혼에서도 아내를 하녀로 알고 유혹하는 백작과 같이 동일인물이 대립하는 게 바로 그것이다. 여기서 대립의 통일, 모순을 실제와 필연으로 볼 것인가. 아니면 우연과 가상으로 볼 것인가 하는 것은 숙제다. 물론 아킬레스와 거북과 같은 모순을 지적해서 운동, 변화, 다양의 존재를 부인한 제논은, 아리스토텔레스에 의해 변증법의 아버지로 간주되었다.

하지만 제논의 논리를 인정하고 운동의 존재를 긍정하는 사람은 '운동이 모순의 실재를 증명한다'고 말한다. '만물은 유전한다'고 주장한 헤라클레이토스는 '사람은 같은 강에 두 번 들어갈 수가 없다'고 한다. 그에 의하면 우주는 끊임없이 타서 스러져 가는 불과 같은 것이다. 정지하여 존속하고 있는 물체도 실제로는 2개의 대립하는 힘이 균형을 이루는 불안정한 상태다. 이것은 근대 철학자 헤겔에 의해서도 명확히 규명되었다. 근회가 내 마음속을 들여다본 것처럼 입을 떼었다.

"변증법을 제일 먼저 주창한 사람이 제논이죠?"

"맞아. 제논이 제일 먼저 변증법을 주창했지. 하지만 그 뒤로도 변증법은 계속 발전하고 변형되어 갔어. 그 실질적인 예가 헤겔이지."

"그러면 헤겔이 변증법을 완성시킨 셈인가요?"

"그렇다고 볼 수 있겠지만, 변증법은 소크라테스나 플라톤 같은 그리스 철학자들을 거쳐 오면서 심오하게 발전을 거듭했어. 완성도도 예전보다 한층 높아졌고. 그런 의미에서 변증법은 누구의 것도, 누구의 주장도 아니라는 거야."

"문제는 어디서든 그리스 철학자들이군요."

"문제라기보다 인류의 선구자들이지."

"하긴 그런 인간들이 없었다면 역사는 발전하지 않았겠죠."

근회가 산 아래쪽을 바라보며 자조적으로 중얼거렸다. 나는 손수건을 포켓에 넣고 널따란 평야를 바라보았다. 헤겔의 개방되고 진보된 사고가 하나의 이념과 하나의 체제를 만들어 냈다. 그것도 한 시대를 풍미하는 아주 강력한 힘을 가진 국가를. 사실 헤겔은 존재라는 것은 끊임없는 신진대사를 통해 자기를 외계로 분해시킨다고 보았다.

이와 동시에 헤겔은 존재는 자기를 재생산함으로써 동일성을 유지하는 것이라고 여겼다. 대립하는 힘의 균형이라고 하는 본질이, 정지한 존속이라고 하는 현상을 지탱한다고 생각한 것이다. 변증법의 어원에 해당하는 그리스어의 디알렉티케란 문답법이라는 뜻이다. 플라톤의 저술에서는 소크라테스의 비판에 응답하면서 진리에 도달하는 방법을 변증법이라고 한다.

즉 어떤 대상에 대한 부정을 통해 정신이 진리에까지 도달하는 과정이 변증법이라고 덧붙인다. 종래 헤겔의 변증법은 정립(테제), 반정립(안티테제), 종합(진테제)의 3단계(정,반,합)로 구성되는 논리라고 얘기되어 왔다. 이 어법은 헤겔의 텍스트 안에는 그 어디에서도 찾아볼 수 없다. 이것은 사실 피히테의 용어를 빌려서 헤겔 변증법을 설명한 것에 불과하다.

헤겔의 변증법에서는 수(數)의 연속체에서 한계의 변증법, 등질성의 변증법과 안과 밖의 변증법, 비등질서의 변증법이 종합되어 있다. 그에 반해 키에르케고르의 질적 변증법에서는 비등질성 속에 역설적인 것이 도입된다. 예컨대 '예수와 자기와 2000년을 사이에 둔 동시성'이라는 개념이 바로 그것이다. 키에르케고르와 바르트의 사상은 연속성, 등질성을 거부한 단절에서 역설적인 매개가 변증법의 개념을 형성한다.

그렇지만 마르크스는 인식 이전의 물질구조가 정신에 반영되어 변증법의 구조가 된다고 단호히 부르짖는다. 다시 말해 자기 의식의 내성구조의 변증법을 부인하고, 관계의 실재성이라는 존재론적인 구정으로서 변증법을 받아들인다는 것이다. 마르크스의 이러한 사상이 나중에는 유물론적 변증법으로 발전해 갔다. 또한 유물론적 변증법이 이념적 변환을 거쳐 사회주의를 태동시키게 한 모체가 되었다.

내가 변증법을 조금이나마 이해하게 된 것은 칠인방 모임 때문이었다. 칠인방 모임에서 변증법과 변증법적 유물론에 대해 격렬한 토의를 거친 일이 있었다. 그때 칠인방은 변증법의 원리와 이치에 대해서 어느 정도 해득하게 되었다. 근회가 피우던 담배를 바위에 비벼 끄고 힐끗 돌아보았다.

"종형이 말한 맑시즘은 도대체 어떻게 된 겁니까? 난 맑시즘이란 얘기만 나와도 머리가 아프니."

"맑시즘?"

"맑시즘을 알아야 학생운동을 한다니까요."

"그걸 꼭 알아야 학생운동을 하는 건 아니야. 그저 진보적 대학생의 필독서일 뿐이지."

"그래도요."

"시간이 나면 한번 읽어 봐."

나는 씨익 웃고 근회의 등을 툭툭 두드려 주었다. 근회가 벗어 놓았던 배낭을 메고 일어섰다. 나는 발아래 펼쳐진 산과 들을 일별한 뒤 몸을 일으켰다. 이 산하도 한때는 유물사관의 추종자들이 유린하고 지나간 곳이다. 그 유물사관을 신봉하는 자들은 아직도 이 아름다운 산하를 호시탐탐 노린다. 그들이 주창한 이념과 제도를 이 땅에 뿌리내리기 위해서.

사실 마르크스나 엥겔스가 자기들 이론에다가 변증법적 유물론이라는 용어를 쓴 적은 없다. 이 용어는 원래 다른 철학사상에 대해 맑시즘의 성격을 특징짓는 말로서 사용된 것뿐이다. 변증법적 유물론이라는 말은 본래 플레하노프에 의해 처음으로 사용된 언어였다. 그 뒤 레닌이 변증법적 유물론이라는 말을 사용하면서 역사의 전면에 나타났다.

맑시즘도 마찬가지였다. 데보린이나 부하린이 맑시즘을 다른 사상으로부터 특징지움과 동시에, 자연과 사회에 공통하는 원리적 규정으로서 간결한 교조(教條) 형식으로 정식화했다. 문제는 그 공로가 그들에게 전적으로 돌아가지 않았다는 점이다. 그 뒤에 스탈린이 맑시즘을 완벽하게 사회주의 이념으로 접목했으니까. 결국 맑시즘의 사상적 논리는 변증법적 유물론과 사적유물론, 잉여가치설이라는 것이다.

이와 같은 이론들의 결론은 자본주의사회의 붕괴와 사회주의, 공산주의 사회의 도래를 전망한다. 그들의 일반적인 염원에도 근현대는 그런 방향으로 흘러가지 않았다. 다만 마르크스의 이념이 아직도 살아남아서 우리들의 정신을 지배하려 들 뿐이다. 마치 기형적으로 성장한 부조리가 바르게 성장한 부조리를 제압하려는 것과 같은 현상처럼. 나는 배낭의 멜빵을 단단히 조여 매고 걸음을 떼어놓았다. 근회도 운동화 끈을 바짝 조이고 정상 쪽을 올려보았다.

"아무튼 오늘은 반드시 천황봉을 밟아 봅시다."

"좋아."

나는 산을 타는 근회의 뒤를 느긋한 마음으로 따라갔다. 어차피 산은 오르라고 존재하는 것이고, 이념 또한 극복하라고 나타나는 것이다. 부조리 또한 순류보다는 역류를 위해 존재하는 것이고. 나는 크게 심호흡을 하고 아픈 다리를 움직였다. 잠시 걸음을 옮기던 근회가 생각났다는 듯이 물었다.

"선배는 부조리에 대해서 어떻게 생각해요?"

"부조리?"

"갑자기 부조리는 왜?"

"그냥 그게 알고 싶어졌어요. 내 삶도 부조리에 갖힌 것 같기도 하고요."

나는 부조리에 대해 말을 꺼내는 근회를 힐끗 쳐다보았다. 사실 나 자신도 부조리한 세상과 부조리한 사회와 부조리해진 나 자신에 대해 회의를 느끼고 있었던 것이다.

"부조리라는 개념이 너무 복잡하고 어려워서…"

"쉽게 정리해서 말하면 무엇입니까?"

"글쎄… 그게 쉽지만은 않아."

근회가 궁금하다는 듯이 빤히 쳐다보았다. 나는 고개를 가로젓고 걸음을 옮겼다. 부조리를 한 마디로 설명하는 것은 너무나 어려운 얘기였다. 즉 부조리는 한 마디 말로 정의를 내릴 수 있는 게 아니었다. 본래 부조리는 불합리, 배리, 모순, 불가해 등을 뜻하는 단어로서, 철학에서는 의미를 전혀 찾을 수 없는 것을 뜻한다.

부조리는 원래 조리에 맞지 않는 것이라는 논리적 의미만 표시하는 말이었다. 그러나 그게 발전을 거듭해 합리주의 철학의 한계 속에서 새롭게 등장한 실존주의 철학에서 중요한 의미를 지닌 용어가 되었다. 인간은 아무리 애를 써도 자신을 둘러싼 세계를 완전히 알 수 없고, 모든 일을 완전히 해 낼 수도 없으며, 반드시 죽음을 맞이하기 마련이다.

인간은 죽음이라는 명백한 한계를 가지고 있기 때문에 영원에 대한 환상을 품거나, 다가올 내일에 대해 희망을 품는 것은 어리석은 일이 된다. 왜냐하면 인간이 미래를 위해 아무리 노력해도 결국 미래는 인간에게 죽음을 가져다 줄 것이기 때문이다. 사르트르는 사물 그 자체를 직시할 때, 그 우연한 사실성 그것이 부조리이며, 그럴 때 인간은 불안을 느낀다고 한다.

즉 사르트르가 느낀 불안의 정체는 죽음의 전제적 감정으로서 자아충돌의 형태를 가리킨다. 카뮈는 사르트르의 불안의 정체를 진일보시켜, 부조리란 본질적인 관념이고, 제1의 진리라고 주장하고 나선다. 또한 카뮈는 인간에게 있어서 삶의 끝이 결국 죽음이라면, 인간의 생은 명백히 부조리한 것이라고 지적한다. 하지만 인간의 삶이 부조리한 것이라 해도, 인간은 계속해서 오직 인간이기를 원한다고 덧붙인다.

다시 말해 인간에게만 주어진 생각하고 사고하는 능력을, 인간은 절대로 포기하지 않을 것이며, 인간 자신의 이성을 사용해 끊임없이 세계를 이해하기 위해 노력할 것이라는 것이다. 인간은 이처럼 어처구니없는 상황에서 벗어나기 위해 인간적이지 못한 신의 구원을 기대하지 않을 것이며, 미래나 영원에 대해 희망이나 기대를 갖지 않을 것이며, 인간 자신은 바로 지금, 바로 여기의 삶에 충실할 것이라고 주장한다.

카뮈는 인간에게 있어서 진실로 심각한 철학적 문제는 단 한 가지, 즉 자살의 문제라고 말한다. 습관과 타성으로 인해 진실에의 욕망을 속이며 살아가던 인간에게 어느 날 문득 죽음이라는 근원적인 사실이 떠오르고, 죽음에 질문을 던지는 자는 당연히 삶에 질문을 던지게 된다. 애초에 대답이 없는 이 물음들로 인해 인간에게는 소위 부조리의 감수성이 태동한다.

이로써 세계 내에 던져진 실존의 부재하는 존재 이유와 그 부재의 존재 이유를 찾고자 하는 인간의 불굴의 이성이 공존하게 된다. 부조리는 그 양자 간의 화해 없는 대립, 괴리, 갈등으로부터 비로소 태동한다. 카뮈는 어느 날 갑자기 나는 왜 사는가, 라는 의문이 들었을 때, 사람들이 취하는 반응을 세 가지로 분류한다.

첫 번째는 삶에 회의를 느끼고 자살하는 것이고, 두 번째는 일상으로 돌아와 습관적으로 살아가는 것이며, 세 번째는 운명에 도전하며 삶의 의미를 찾아내는 반항적인 반응을 보이는 것이다. 이 중 마지막 반응은 비극적 결말을 낳는다고 말한다.

카뮈에 의하면, 인간이나 세계가 그 자체로서 부조리한 것은 아니다. 모순되는 두 대립항의 공존 상태, 즉 이성으로 모두 설명할 수 없는 상태가 바로 부조리한 상태인 것이다. 코스모스가 카오스의 부분집합이듯 합리는 부조리의 부분 집합이다. 부분이 전체를 다 설명할 수 없는 까닭에, 부조리의 합리적 추론이란 애당초 과욕인 것이다.

요컨대 부조리란 논리로써 설명할 수 있는 것이 아니라, 단지 감정으로써 느낄 수 있을 뿐이라고 부조리를 규정한다. 그러면서 인간은 부조리한 세계에 대해 좌절을 각오하고, 인간적인 노력을 거듭하여 인간적 가치를 복권해야 한다고 주장한다.

이로써 부조리의 감정이나 감각에 빠져 절망이나 자살에 이르는 허무주의를 긍정하는 대신, 나와 타인, 인간과 세계, 의식과 현실의 긴장 속에서 치열하게 살아가는 반항적 인간의 길을 제시한다. 카뮈가 말하는 부조리 인간은 부조리를 의식하며 살아가는 인간, 즉 깨어 있는 의식을 가진 인간이라는 뜻이지, 인간 자체가 부조리한 인간이라는 뜻은 아니다. 내가 생각에 잠겨 있자 근회가 입맛을 쩍쩍 다셨다.
"내가 처한 환경이나 선배가 빠진 삶 자체가 부조리한 거겠죠?"
"그렇지. 그렇게 보면 부조리는 쉽게 설명할 수 있어."
"난 또… 그걸 가지고 난해하게만 생각했죠."
"모든 게 부조리야. 삶도, 투쟁도, 체제도, 이상도, 문명도…"

나와 근회는 월출산 정상 부근까지 갔다가 다시 내려왔다. 그것은 우리의 걸음이 느렸고 몸도 많이 지쳤기 때문이었다. 그래도 우리가 예상했던 소기의 목적은 달성한 셈이었다. 우리는 월출산 정상 아래서 호남평야를 향해 5분간 숨을 들이마셨다. 호남의 정기를 모두 빨아들여야 된다고 고래고래 외치면서. 우리는 호남평야 위로 떠오르는 달을 바라보며 사배를 올렸다.
우리의 그런 행태는 이상스런 것이어서 다른 사람들의 웃음거리가 되었다. 그들은 우리를 보고 정상이 아닌 사람들이라고 판단한 것 같았다. 하지만 우리는 부조리한 현실에서 어떻게 해서라도 벗어나야만 되었다. 우리는 그야말로 냉소를 사면서까지 부조리에로의 역류를 다짐하고 또 다짐했했다. 그런 다음 득의양양한 마음으로 내려와 땅끝으로 가는 버스에 올라탔다.

6

"태오 선배 여기가 바로 땅끝이에요."
근회가 길게 뻗은 방파제 위를 뛰어가며 소리쳤다. 나는 파도가 일렁이는 바다를 침울한 심경으로 바라보았다. 사실 내가 남쪽으로 내려온 것은 박대통령의 비상계엄과 막 탄생한 유신정권의 탄압을 피하기 위한 방편이었다. 수배자인 내가, 부조리한 사회의 피해자인 내가 한가로운 여행자처럼 감상에 젖어서 돌아다니다니. 나는 가슴속에서 피어오르는 자괴감으로 입맛이 썼다. 근회가 배낭을 벗어던지고 방파제 위에 주저앉았다.

나는 버스에서 내리자마자 사 두었던 소주와 안주를 꺼냈다. 술을 마시지 않고는 피폐해진 감정을 추스르기 어렵다는 생각에서였다. 근회가 종이컵에 술을 따라 내 앞으로 밀었다. 나는 소주가 든 종이컵을 들고 단숨에 털어 넣었다. 사실 남해안 쪽으로 배낭여행을 하는 대학생들이 없는 건 아니었다. 자신의 정체성을 찾고 나아갈 길을 모색하기 위한 방법으로.

문제는 내가 당면한 처지와 벗어나야 할 입장이었다. 내게는 찾아야 할 정체성도 없었고, 나아갈 미래도 보이지 않았다. 부조리에 적극적으로 대항하지도 못했고, 부조리를 적극적으로 끌어안지도 못했다. 그저 부조리한 세상과 사회와 규제로부터 도망치기에 바빴다. 그야말로 세상은 암흑처럼 어두웠으며, 혼돈만이 앞을 가로막고 있을 뿐이었다. 홍문회에 가입한 것도 그랬고, 화염병을 던지는 행위도 마찬가지였다.

그것들은 모두 이유 없는 반항일 뿐이고, 어줍지 않은 객기에 불과했다. 게다가 내게는 시대와 역사를 바라보는 시선이 뚜렷하지 않았다. 국가나 민족에 대한 시각은 더더욱 불투명하고 모호했다. 그저 박창진과의 싸움에서 밀리지 않겠다는 어리숙한 판단만이 정신을 지배할 뿐이었다. 나는 방파제에 앉아서 하늘에 뜬 밝은 달을 쳐다보았다. 달은 내 마음을 아는지 모르는지 세상을 밝게 비추었다. 근회가 소주를 들이켜고 감개무량한 표정을 지었다.

"선배하고 이곳에 올 줄은 꿈에도 생각 못했습니다."

"그건 나도 마찬가지야."

"가끔 이곳에 오고 싶은 생각이 들기도 했어요. 하지만 번번이 기회를 놓쳤죠."

"목포에서는 그리 멀지 않은데, 한 번도 와 보지 않았단 말이야?"

"가까우니까 더욱 오지 못하는 거죠."

"하긴 가까운 곳이 더 가기 어려운 법이지."

"고등학교 때 이곳으로 오다가 돌아간 적이 있었죠. 그때는 무작정 이곳에 와서 태평양을 바라봐야 한다고 생각했거든요."

"여긴 땅끝이자 태평양이 시작되는 곳이기도 하지."

"어떤 의미에서는 출발점이죠. 우리나라를 호랑이 형상으로 본다면요."

"땅끝이라는 지명은 사실… 사대주의적 발상에서 나온 말에 불과해."

근회가 알만하다는 듯이 머리를 주억거렸다. 나는 파도가 일렁이는 바다를 보며 술잔을 기울였다. 집을 떠나 객지를 떠돌아다닌 것도 벌써 몇 달째였다. 그런데도 아직 어떻게 할지 몰라 우왕좌왕하는 중이었다. 근회도 그런 생각을 하는지 검푸른 바다를 바라보았다. 우리가 술을 마시는 사이 무장을 한 군인들이 다가왔다. 그들은 위협적인 동작으로 걸어와서 다짜고짜 언성을 높였다.

"당신들 지금 여기서 뭐 하는 거요?"

"보다시피 술을 마십니다."

"여기는 해안선이오. 그거 알고 있소?"

"알고 있습니다."

"그런데도 노닥거리면서 술을 마신단 말이오?"

"땅끝 마을에 왔으니까 기념주를 마셔야 하지 않습니까."

"땅끝이고 뭐고 당장 나가시오. 그렇지 않으면 연행하겠소."

"연행?"

근회가 못마땅한 표정을 짓더니 벌떡 일어섰다. 나는 근회의 소매를 슬그머니 잡아당겼다. 지금은 통금 시간이 훨씬 지난 새벽 두시였다. 무장한 군인들과 실랑이를 벌여 봐야 좋을 게 없었다. 어차피 이곳은 해안가이고, 군인들이 경계를 서는 장소였다. 다시 말해 이곳이 남해안이지만, 최전방이나 마찬가지인 곳이었다. 중사 계급장을 단 군인이 방파제 안쪽을 가리켰다.

"지금 당장 여기서 나가시오."

"대한민국 사람이 대한민국 땅 안에서 술도 못 먹는단 말이오?"

"땅도 땅 나름이지."

나는 중사의 태도를 어느 정도 이해할 수 있었다. 군인이란 다 그런 것이다. 자신들이 책임진 구역 안에서는 어떤 행동도 용납할 수 없다. 비록 경계구역에서 아무런 일이 벌어지지 않는다 해도 그건 마찬가지다. 이런 것이 특수집단에 속한 자들이 만들어 가는 부조리한 행위이고, 부조리를 적극 껴안는 태도이다. 나는 자리에서 일어나 근회를 잡아끌었다. 근회가 방파제에 놓여 있는 배낭을 집어 들었다.

"젠장 이거 술 한잔 제대로 마실 곳이 없구만."

"이 사람이…"

중사가 M16 소총을 벗어 들며 눈을 부라렸다. 나는 허겁지겁 중사 앞을 가로막고 나섰다.

"죄송합니다. 우리가 이곳 실정을 잘 몰라서."

"그냥 보내 주려고 했더니 안 되겠구만."

"나가면 될 거 아니오."

근회가 큰소리로 투덜거리더니 방파제를 따라 휘적휘적 걸어갔다. 나는 인상을 긁는 중사를 향해 정중하게 허리를 숙였다. 그렇게 하지 않으면 일이 꼬일 것 같은 생각에서였다. 아니 작은 부조리가 극대화되어 더 크고 강력한 부조리를 만들어 낼 것 같아서였다. 부조리는 단순하고 가볍고 작을 때 순응하고 따르는 게 좋다.

부조리가 커질대로 커져서 어떤 것으로도 막을 수 없을 때는, 인간은 부조리에 종속되는 노예의 처지에 빠지게 된다. 내가 보인 저자세

때문인지 중사는 험악한 인상을 풀었다. 나는 앞서 가는 근회를 따라 방파제를 나왔다. 우리가 당면한 부조리한 현실과 불합리한 제도를 곱씹어 보면서. 근회가 걸음을 옮기다 말고 힐끗 돌아보았다.

"제길 이 나라에서는 마음 놓고 갈 데가 한 군데도 없구만."

"그러니까 분단국가라는 거지."

"분단 때문에 이러는 거 같습니까?"

"그렇지 않으면?"

"이게 다 군사독재정권 때문에 일어나는 현상이라고요. 그 덕분에 군부는 더욱 힘을 얻는 거고요."

나는 드넓게 펼쳐 있는 바다 쪽으로 시선을 던졌다. 어차피 삶이라는 것 자체가 이념과 제도의 희생물인 것이다. 어차피 인생은 부조리한 바다를 헤엄쳐 가는 과정이다. 부조리에 순응하는 사람들은 행복하고, 부조리에 대항하는 사람들은 불행에 빠진다. 물론 부조리에 대항해 부조리 자체를 거꾸러트리면 시대와 역사의 지배자가 된다. 그게 부조리가 가지고 있는 이중성이고, 부조리가 가진 포악성이다.

그렇지 않다면 대중은 시대상황과 사회제도에 순응하는 게 좋다. 수레가 이쪽으로 가면 재빨리 저리로 몸을 피해야 한다. 수레가 저쪽으로 가면 재빨리 이쪽으로 움직여야 한다. 이같은 상황 아래서 삶을 유지하는 소시민은 자유와 권리를 주장할 수 없다. 그것이 역사와 시대라는 거대한 수레를 밀거나 끌고 가는 대중의 모습이다.

대중은 간혹 자신이 미는 수레에 깔려 신음할 수도 있다. 역사라는 크나큰 수레는 반드시 대중의 안전을 보장하지 않으니까. 물론 부조리도 순응하지 않는 사람은 절대로 용서하지 않는다. 오히려 부조리에 순응하지 않는 사람의 피를 빨아 역사와 시대를 만들어 간다. 나와 근회는 방파제에서 나와 허름한 여관으로 들어갔다. 우리는 거기서 하룻밤을 지낸 다음 목포로 가는 버스에 몸을 실었다.

7

"난 광주 어머님 댁에 다녀올 테니까, 선배는 과수원에서 지내고 계세요. 모든 건 누이가 알아서 도와줄 테니까요."

근회는 나를 과수원에 남겨 놓고 휑하니 길을 떠났다. 나는 과수원 창고에서 밥을 해먹으며 지낼 수밖에 없었다. 말이 과수원 창고지 높은 언덕에 파 놓은 동굴이었다. 제법 깊고 널찍한 동굴 안에는 모든 게 갖추어져 있었다. 식기로부터 화덕, 난로, 각종 음식물까지. 그밖에 출입문과 이부자리, 침대, 석유램프까지 구비되어 있었다.

동굴은 마을과 떨어져 있어서 숨어 지내기에는 더없이 좋았다. 과수원에서 내가 하는 일이란 밥을 해먹고 청소하고 불을 지피는 정도였다. 나는 너무나 할 일이 없어 과수원 일대를 쏘다니는 것으로 일과를 때웠다. 시간이 갈수록 날씨도 따듯해져서 숨어 지내는 게 죽을 지경이었다. 나는 휴대용 라디오를 켜 놓고 음악을 들으며 무료함을 달랬다.

과수원 동굴에 머문 지 나흘째 되던 날, 나는 인기척에 놀라 밖을 내다보았다. 발소리를 내서 놀라게 한 건 마을에서 올라온 근회의 누이였다. 근회의 누이는 분홍색 치마에 꽃무늬 블라우스를 입고 서 있었다. 그녀의 모습은 한창 피어나는 배꽃과 어울려 청초하게 보였다. 나는 서둘러 외투를 입고 출입문을 열었다. 그녀가 들고 온 보따리를 펼치며 수줍은 표정을 지었다.

"반찬을 해 가지고 왔어요. 먹는 게 부실할 것 같아서."

"저는 괜찮은데."

"지내기는 불편하지 않으세요?"

"불편하긴요. 편하기만 한데요."

"근회가 저한테 부탁했어요. 손님이 편하게 해 드리라고."

"아 네에."

"이것 좀 먹어 보세요. 제가 직접 만든 건데."

그녀가 온기가 가시지 않은 진달래전을 꺼내 놓았다. 나는 그녀가 만들어 온 진달래전을 집어 들었다. 향기로운 참기름 내음이 코끝을 간질이며 풍겼다. 나는 한 접시 가득한 진달래전을 깨끗하게 먹어 치웠다. 먹는 모습을 지켜보던 그녀가 조심스럽게 물었다.

"전공이 신학이라면서요?"

"그렇습니다."

"그러면 목사님이 되실 건가요?"

"그건 그렇지 않습니다."

"그러면 왜?"

"그냥 어머님 기대도 있고 해서 공부하는 것뿐이에요."

나는 씨익 웃고 수건으로 입가를 문질러 닦았다. 그녀가 알만한 일이라는 듯이 머리를 끄덕였다. 사실 나는 어릴 때부터 황목사의 외동딸인 수지를 좋아했다. 나와 수지는 같은 고향에서 태어나 함께 공부하며 자랐다. 우리는 다른 사람의 이목 따위는 생각하지 않고 사랑을 쌓아 나갔다.

문제는 우리의 순수한 관계를 이상한 시선으로 보는 수지의 아버지 황목사였다. 황목사는 마을에서 벌이던 목회사업을 접고 갑자기 상경해 버렸다. 온 가족을 데리고 서울로 간 이유는 불을 보듯 뻔했다. 황목사는 수지와 나의 관계를 인정하고 싶지 않았던 것이다. 근회 누이가 내 생각을 깨뜨리듯 보자기에서 컵을 꺼냈다.

"언제까지 이렇게 숨어 지낼 거죠?"

"글쎄요. 잡힐 때까지겠죠."

"잡힐 때까지요?"

"네."

"나도 사실… 대학에 다닐 때 데모에 가담해 봤어요."

"댁도요?"

"왜 내가 데모를 했다니까 이상한가요?"

"아니 그런 게 아니라. 좀 의외라서요."

"하지만 적극적이지는 못했어요. 보다시피 병약한 체질이라서."

"병약하다니요?"

나는 김치를 한 점 집어 입에 넣고 소리없이 씹었다. 그녀가 부끄러운 듯이 얼굴을 살짝 붉혔다.

"폐가 좀 약해서요."

"아 그랬군요."

"그래서 휴학을 하고 고향에 내려와 쉬는 거예요."

나는 그제야 그녀의 얼굴이 창백하다는 생각을 떠올렸다. 그녀가 꺼내 놓은 플라스틱 컵에 물을 가득 따랐다. 나는 김이 뽀얗게 피어오르는 컵을 들고 조금씩 들이켰다. 그녀의 머리칼이 솔바람에 날리면서 흰 피부가 드러났다. 눈이 부시도록 매끄럽고 고운 피부였다. 나는 그 순간 그녀를 안고 싶다는 충동에 몸을 떨었다.

내 마음의 동요를 읽었는지 그녀가 스웨터 깃을 여몄다. 나는 그녀의 눈을 뚫어지게 응시하다가 와락 끌어안았다. 그녀가 몸을 틀며 빠져 나가려고 안간힘을 썼다. 나는 그녀의 몸을 마룻바닥에 쓰러뜨리고 입술을 덮쳤다. 이와 같은 행동은 이미 며칠 전에 정해진 일이었다. 처음 만난 날 밤 나는 그녀의 마음을 읽을 수 있었다.

그녀도 내 마음속에서 일어나는 뜨거운 감정을 받아들였다. 그것은 근회 모르게 교감된 둘만의 감정이었다. 그렇게 우리는 처음 만나는 순간부터 마음을 주고받았다. 나는 배꽃이 날아 떨어지던 날 그녀의 순결을 빼앗았다. 그녀는 22년 간 간직해온 순결을 바치면서도 슬퍼하지 않았다. 오히려 내게 순결을 바친 것을 자랑스럽게 여기는 눈치였다.

근회의 누이인 선화와 나의 밀애는 그렇게 과수원 동굴에서 시작되었다. 나는 선화와의 밀애로 수배자로서의 위치를 잊을 수 있었다.

어떤 의미에서는 선화와의 사랑으로 인해 행복감마저 느꼈다. 그녀는 반찬을 가져다 준다는 명목으로 매일 동굴을 찾아왔다. 나는 배꽃 향기를 맡으며 번즈와 디킨슨, 고티에의 시를 읊어 주고 밀어를 속삭였다.

8

"저 할 말이 있어요."
세상이 초록색으로 물들던 날, 그녀가 조심스럽게 말을 꺼냈다. 나는 애써 궁금증을 참으면서 커피잔을 집어 들었다. 한동안 망설이던 그녀가 혼잣말처럼 중얼거렸다.
"저 임신 했어요. 이 개월째예요."
"임신?"
나는 놀란 나머지 들고 있던 커피를 엎지르고 말았다. 그녀는 말을 하고도 민망스러웠는지 동굴 밖으로 시선을 던졌다. 나는 서둘러 커피를 닦고 담배를 꺼내 피워 물었다. 떨리는 손길을 본 그녀가 나직한 목소리로 말했다.
"걱정 마세요. 내가 알아서 할 테니까요."
"어떻게?"
그녀는 먼 곳만 바라볼 뿐 아무런 대꾸도 하지 않았다. 나는 담배를 폐속 깊숙이 빨아들였다가 내뿜었다. 담배연기가 폐속으로 들어가자 사래가 일고 가슴이 답답해졌다. 나는 헛기침을 해 호흡을 조절하고 고개를 저었다. 나를 데려온 근회도 이런 상황은 원치 않을 게 틀림없었다. 숨어 지내는 내게도 그녀의 임신은 상상할 수 없는 일이었다. 그녀가 무언가를 굳게 결심한 듯 단호한 표정을 지었다.
"저는 태오씨를 괴롭힐 의사가 없어요. 그러니까 편한 대로 하세요."

"편한 대로 하라니요?"

"그냥 평소처럼 생각하고 행동하라는 말이에요."

나는 그때 이상하게도 어머니가 했던 말을 떠올렸다. 어머니는 대학교 3학년이 된 나를 앉혀 놓고 말을 꺼냈다. 너는 절대로 불온서클에 가입하거나 데모를 해서는 안 된다. 너는 학생운동을 하거나 대정부 투쟁을 벌여서도 안 된다. 무분별하게 여자를 사랑하고 함부로 버려서도 안 된다. 그때 나는 세상을 위해 과감한 모험을 준비 중이었다.

나를 분신해서 투쟁의지를 만천하에 보여 주려고 했던 것이다. 당연히 그렇게 행동해야만 진정한 민주투사라고 믿었다. 사실 창진이와 나의 악연은 국민학교 시절부터 시작되었다. 우리는 같은 고향에서 학교를 다니며 모든 것을 두고 경쟁을 벌였다. 그 경쟁이 중학교와 고교를 거쳐 대학생이 된 뒤에도 이어졌다. 창진이는 법대에서 사회정의를 공부하고, 나는 신학대에서 목회자로서의 꿈을 키웠다.

창진이는 법관이 되어 불의를 심판하는 것만이 승리자라고 여겼다. 나 또한 신학자로서 세상에 사랑을 베푸는 것만이 승리라고 믿었다. 그러한 우리의 경쟁은 어떤 면으로서는 아름답게 보였다. 문제는 우리의 경쟁이 무모하리만치 극단적이라는 사실이었다. 그럼에도 나와 창진이는 경쟁을 멈추지 않았다. 오히려 우리의 경쟁은 시간이 갈수록 점점 더 극렬해져 갔다.

나와 창진이의 경쟁은 대정부 투쟁을 벌이면서도 지속되었다. 창진이는 나를 이기기 위해 분신도 마다하지 않겠다고 떠벌렸다. 나도 창진이에게 지지 않기 위해 극단적인 투쟁을 계획했다. 그런 마음을 굳힌 내게 어머니는 조부와 삼촌들의 행적을 들려주었다.

할아버지는 슬하에 아들 네 명과 딸 두 명을 두었다. 첫째 딸은 광복군으로 활동하다 죽었고, 둘째 딸은 관동 대지진 때 잃었다. 내게 작은아버지가 되는 첫째 삼촌은 1. 4후퇴를 하면서 죽었다. 셋째 삼촌은 월남전에 참전했다가 장렬히 전사했다. 대부분의 자식들을 역사적 시련과 함께 잃은 조부는 유언을 남기지 않을 수 없었다.
"네 할아버지께서 남긴 유언이시다. 너는 절대로 데모나 학생운동 같은 걸 하면 안 된다."
나는 그때 어머니가 왜 그런 말을 하는지 알 수 있었다. 어머니는 내가 삼촌들처럼 역사의 희생물이 될까 봐 걱정했던 것이다. 그것은 증조부로부터 내려온 가계의 험난한 역정 때문이기도 했다. 그런 이유로 명문대보다는 신학대에 들어가라고 했던 거였다. 어머니는 용감한 투쟁가보다는 평범한 학생이 되기를 진실로 바랐다.
어머니의 염원에도 불구하고 나는 모든 것에서 도망치고 말았다. 사랑과 이상과 현실과 자존심과 부조리로부터. 그것은 부조리한 역사와 시대를 끌어안은 조부나 삼촌들과는 거리가 먼 행동이었다. 그걸 나는 임신한 근회 누이를 앞에 놓고 생각하고 있었다. 이 부조리한 상황에서 어서 빨리 도망쳐 버리자고. 그래서 자유로운 몸이 되어 동굴 밖으로 훨훨 날아가자고. 나는 담배연기를 허공으로 길게 내뿜고 중얼거렸다.
"아이는 지우지 말아요."
"그 말 믿어도 되죠?"
"그럼요."
나는 머리를 끄덕이면서도 가슴이 아려오는 걸 어쩔 수 없었다. 사실 그것은 아려오는 게 아니라, 가슴을 저미는 아픔이었다. 나는 그때 비로소 내 마음을 알 수 있었다. 내가 근회 누이를 사랑하고 있지 않다는 걸. 내가 그녀를 거추장스럽게 생각한다는 걸. 나는 나의 이중적 태도와 부조리한 생각에 몸서리칠 수밖에 없었다.
이것은 동굴에 갇힌 채 바깥세상만 그리워하는 바보 같은 대중의 모습과 같은 것이었다. 내가 못난 대중과 다르다면 과감히 동굴 밖으로 뛰쳐나가 모험을 해 나가야 했다. 하지만 나는 나를 한 단계 발전시키는 탈출이 아니라, 비굴하기 짝이 없는 도주를 생각하고 있었다. 한동안 침묵을 지키던 선화가 작은 소리로 중얼거렸다.

"저는 태오씨를 믿어요."

나는 그 순간 사실은 그게 아니라고 말할 수가 없었다. 나는 그대를 버리고 도망칠 파렴치한이라고 털어놓을 수가 없었다. 나는 언제나 부조리로부터 도망치는 나약한 놈이라고 말할 수가 없었다. 선화는 내 말을 신뢰하는 것처럼 품속으로 파고들었다. 나는 선화의 가녀린 어깨를 끌어안고 팔에 힘을 주었다.

그녀의 믿음과 나의 신뢰를 확신시켜 준다는 의미에서. 그러나 나는 그녀를 품에 안고 미래를 걱정하지 않을 수 없었다. 몰염치한 모습을 보인 나를 근회가 어떻게 생각할 것인지도 두려웠다. 나는 불안한 마음을 가지고 삼일을 더 보낸 다음 야반도주하고 말았다. 서울에서 집회가 벌어진다는 걸 핑계삼아 동굴에서 탈출했던 것이다.

9

"태오 선배, 큰일 났어요."

대학가 동정을 살피던 명우가 하숙방으로 뛰어들어왔다. 나는 이불을 뒤집어쓰고 있다가 벌떡 일어났다. 명우가 방으로 들어서기 무섭게 수배전단을 내밀었다. 나는 수배전단을 보다가 그 자리에 얼어붙고 말았다. 수배전단에는 홍문회 회원 명단이 빠짐없이 들어 있었다. 사실 남해로 내려갈 때까지만 해도 현상금은 걸리지 않았다.

당국에서도 우리의 투쟁이 극렬하다고 생각지 않았던 것이다. 그런데 수배전단에는 나를 비롯한 모든 회원들에게 현상금이 걸려 있었다. 문제는 그것뿐이 아니었다. 우리에게는 일계급 특진이라는 보상물도 곁들어져 있었다. 홍문회 회원들을 일급 수배자로 만든 건 바로 창진이였다. 창진이는 내가 남해로 내려간 사이 더욱더 극렬하게 대정부투쟁을 벌였다.

공공기관을 습격하는 것은 물론이고, 외국공관과 파출소에 화염병까지 던졌다. 그것은 마치 국가를 전복시키겠다는 것과 같은 행동이었다. 상황이 그렇게 전개되자, 당국에서도 홍문회를 그냥 둘 수가 없었다. 결국 수사당국은 홍문회 회원 전부에게 현상금을 걸고 수배를 내렸다. 명우가 수배전단을 들여다보는 나를 향해 불안한 어조로 물었다.

"이제 어떻게 하죠?"

나는 수배전단을 손에 든 채 멍하니 앉아 있었다. 사실 이렇게까지 일이 커지리라고는 상상도 못했던 것이다. 그건 대학 후배인 명우도 크게 다르지 않았다. 엄격히 말해 명우는 나를 따라다녔을 뿐 특별한 투쟁도 벌이지 않았다. 그런 명우에게 거액의 현상금이 걸린 건 가혹한 일이었다.

"일단 사태를 관망해 보자."

나와 명우는 그날부터 꼼짝도 않고 하숙집에 처박혀 지냈다. 가끔 친구와 후배들이 수사기관의 동태를 알려줬지만 달갑지 않았다. 그때 나는 군부독재 전복이라는 투쟁에 회의를 느끼고 있었다. 다시 말해 남해 여행을 끝으로 나는 학생신분으로 돌아가기로 마음먹었다. 나는 국내정세를 돌아보며 사법고시를 보느냐, 신학을 공부하느냐로 고민했다. 그런 상황에 거액의 현상금까지 걸렸으니 충격이 컸던 것이다.

"어쩔 수 없다. 군에 입대하는 수밖에."

우리는 군에 지원하면 모든 행위를 용서받는다는 걸 알고 있었다. 문제는 군에 지원하려 해도 먼저 자수를 해야 한다는 사실이었다. 나와 명우는 친구 자취방에서 나와 기도원으로 들어갔다. 동굴에 만들어진 기도원은 수배자가 숨어 지내기에는 더없이 좋은 장소였다. 나와 명우는 어떤 게 현명한 것인지를 생각하며 동굴에 숨어 있었다.

우리의 이같은 행동은 부조리로부터의 도피나 다름이 없었다. 명우도 그걸 아는지 침울한 표정으로 나를 대했다. 사실 말이 기도원이지 동굴은 어둡고 암울하기 이를 데 없었다. 기도를 하기 위해 찾아오는 신도들도 모두 울고 소리치고 땅을 두드렸다. 그들의 울부짖음을 들으며 우리는 어떤 것이 옳은지, 어떤 것이 그른지를 생각했다.

하지만 나와 명우는 아무것도 판단할 수도, 결론지을 수도 없었다. 중요한 것은 옳은 행동은 음지로 숨어들고, 그릇된 행동은 양지를 누빈다는 것이었다. 마치 부조리한 제도와 이념이 활개를 치고, 올바른 행동과 사고가 도망다니는 것처럼. 우리는 울음소리가 가득한 동굴에서 열흘을 더 버틴 다음 수사기관을 찾아갔다.

10

"최태오는 왜 이런 짓을 하고 다니는 거야?"

나를 조사하던 수사관이 가족의 이력을 보고 혀를 찼다. 수사관은 그때 아버지와 삼촌이 훈장까지 받은 애국자라는 사실을 알아냈다. 수사관을 더욱 놀라게 한 건 모든 가족이 역사적 시련과 함께 희생됐다는 점이었다. 그는 내 얼굴을 건너보며 안타까운 듯이 중얼거렸다.

"너는 절대로 데모 같은 걸 해선 안 된다. 네 아버지나 고모하고 삼촌들을 생각해서라도."

나는 그저 멍하니 앉아서 수사기록을 내려다볼 수밖에 없었다. 그때 나는 삼촌들과 내 삶은 엄연히 다르다고 말하고 싶었다. 그런 사실 때문에 학생운동을 포기하는 것도 아니라고 덧붙이고 싶었다. 나는 지금 부조리로부터 도망치는 게 아니라고 주장하고 싶었다. 나는 조사실 의자에서 일어나 수사관에게 발작적으로 외치고 싶었다. 내가 학생운동에서 손을 떼는 것은 삶 자체에 회의를 느껴서일 뿐이라고.

"이제 데모는 그만 하고 군대나 가라."

수사관은 이미 결정된 사항인 것처럼 말하고 일어섰다. 나는 그 말이 무엇을 뜻하는 것인지 알고 있었다. 그들은 국가를 위해 헌신하고 희생한 아버지와 삼촌들을 위해서 허물을 덮어 두려는 거였다. 부조리에 대항하고 동시에 부조리를 껴안은 아버지와 삼촌들을 위해 나를 용서하려는 것이었다. 그 순간 나는 먹은 것이 올라올 정도로 역겨웠지만, 꾹 눌러 참았다. 수사관이 책상 위에 놓여 있는 조사서류를 집어 들고 돌아섰다. 나는 고개를 들고 같이 온 명우의 안부를 물었다.

"나하고 같이 자수한 후배는 어떻게 됩니까?"

"그 녀석은 구속이야."

"그 애도 군대에 보낼 순 없습니까?"

"그 녀석은 안 돼."

수사관은 딱 잘라 말한 뒤 출입문을 열고 나가버렸다. 나는 조사실에서 나가는 수사관을 한동안 노려보았다. 수사관에게 정의를 얘기한다는 것은 역시 어불성설이었다. 그들에게는 상황이 어떻더라도 통치적 이념만이 최우선으로 고려된다. 부조리를 지키고 정당화하는 그들은 이미 수많은 서민의 피를 빨아먹은 부조리라는 괴물이었다.

나는 사방이 막힌 작은 공간에 앉아서 명우의 처지를 생각했다. 명우는 나의 간곡한 자수 제안을 거부하지 않고 따라왔다. 수사기관으로 오는 동안 명우는 아무런 말도 하지 않았다. 그저 정의는 어디서든지 살아 숨쉰다는 걸 믿는다는 표정이었다. 나는 그런 명우에게 돌아오지 못할 곳으로 안내하고 말았다. 부조리에 정면으로 맞선다는 그럴 듯한 명목을 대면서.

나는 한 달 후에 입대한다는 각서를 제출하고 풀려났다. 당연히 명우는 데모 전력을 조사받은 후 구속되었다. 죄질이 나쁘고 도주할 우려가 있으며, 주거가 불분명하다는 이유였다. 나는 훈련소에서 창진이가 데모 중 분신했다는 사실을 전해 들었다. 근회의 누이 선화가 과수원 사택에서 자살을 했다는 연락도 받았다.

  그 세 가지 사건은 나를 충격 속으로 몰아넣기에 충분했다. 나는 모든 것에 대해 회의와 절망을 느낄 수밖에 없었다. 학생운동과 군부독재 타도와 사시에 합격하는 것까지 의미가 없었다. 사회가 부조리하든, 정부가 부조리하든, 이념이 부조리하든 아무런 의미가 없었다. 나는 내가 갇혀 있는 동굴 속에서 멀리멀리 도망치고 싶었다. 그곳이 어디이든, 무엇을 하는 장소이든 상관이 없었다.

chapter.

3

1

 국민학교 5학년 겨울방학, 나는 할아버지를 졸라 썰매날 스케이트를 만들었다. 앉은뱅이 썰매날을 뜯어 운동화에 달고 스케이트처럼 지쳤다. 능현리 앞쪽에는 넓은 논이 있고, 그곳에는 스케이트를 타기에 충분한 얼음판이 있었다. 썰매날 스케이트를 타기 위해서는 몇 가지 번거로운 과정을 거쳐야 했다. 그 첫 번째가 투박한 무쇠 날을 매일 숫돌에 가는 일이었다.
 두 번째가 발판에 빙 둘러 박은 못을 반복해서 점검하는 거였다. 세 번째가 운동화를 발판에 동여맬 노끈을 준비해 두는 것이었다. 마지막으로 양말을 몇 벌 껴 신은 뒤에야 스케이트를 탈 수 있었다. 스케이트를 타는 과정이 번거로워도 나는 즐겁게 얼음판을 지쳤다. 그것은 아이들이 썰매날 스케이트만 보면 탄성을 발하며 쫓아다니기 때문이었다.
 "야 그거 멋있다. 누가 만들어 준 거니."
 "할아버지가 만들어 준 거야."

"진짜 스케이트 같은데, 잘 나갈 것 같기도 하고."

"너희들도 만들어 달라고 그래."

"난 그거 그냥 줘도 못 타. 어떻게 일어나서 달려?"

아이들이 부러워할수록 나는 신이 나서 썰매날 스케이트를 탔다. 그것은 내가 대장이라는 걸 확신시키기 위해서도 필요했다. 그때 우리는 외날 썰매타기나 팽이치기, 딱지치기로 서열을 매겼다. 다시 말해 엽전을 잘 따먹고, 구슬이 많은 걸로 계급이 정해졌다.

나는 우리가 정한 규칙대로 작전참모와 소대장, 분대장을 뽑았다. 그렇지 않으면 즉시 게임에 들어갈 수 없기 때문이었다. 그 날도 아이들은 썰매를 타다 말고 다른 게임을 하자고 졸랐다. 나는 상대편 대장인 경신이를 불러서 의향을 물어보았다. 경신이가 잠시 생각을 하더니 마을 뒤쪽을 가리켰다.

"뒷동산에 올라가서 칼싸움을 하는 게 어때?"

"칼싸움은 안 돼."

"왜?"

"칼하고 방패를 준비해야 하니까."

"그럼 무슨 게임을 하는 게 좋지?"

"눈싸움이 어때?"

돌을 잘 던지기로 유명한 홍대가 논두렁에 쌓인 눈을 뭉쳐 들었다. 눈싸움은 다른 아들도 좋아해서 아무도 이의를 달지 않았다. 우리는 썰매를 얼음판 한쪽에 쌓아 놓고 즉시 눈싸움에 들어갔다. 당연히 북쪽 편은 나와 규준이, 성오, 승삼이, 용오, 수형이, 세정이, 호준이, 효정이, 승덕이였다.

반면 남쪽 편은 대장 경신이와 재군이, 홍대, 태현이, 재강이, 영준이, 보연이, 경덕이, 태선이, 경오였다. 편은 남북으로 가른다 해도 눈싸움의 승패와 항복하는 방법이 문제였다. 왜냐하면 기껏 눈싸움을 해 놓고 어느 편이 이겼는지 알 수 없기 때문이었다. 사실 눈싸움에 승리하려면 반수 이상의 항복을 받아야 했다. 그렇기 때문에 일정한 거리를 전쟁터로 삼고, 그 안에서 게임을 할 수밖에 없었다.

우리는 평소대로 여덟 명씩 편을 나누어 북쪽의 상목과 남쪽의 거북비석으로 흩어졌다. 눈싸움은 격렬하다는 점에서 구슬치기나 엽전 따먹기 놀이하고는 차원이 달랐다. 그래서 툭하면 싸움이 일어나거나, 부상을 당하고 울면서 돌아가는 상황이 벌어졌다. 그럼에도 눈싸움의 묘미는 부상자가 나오고 코피가 터지는 거였다.

"게임은 정정당당히 한다."

"좋아."

"상목 다리와 거북비석을 먼저 빼앗는 팀이 이기는 거야."

"당연하지."

나는 우리편을 데리고 상목으로 올라가 마을회관에 진지를 만들었다. 경신이도 자기편 아이들을 끌고 거북비석 쪽으로 내려갔다. 우리는 그때부터 온동네를 뛰어다니며 눈싸움을 벌였다.

"성오 코피가 터졌어."

눈싸움이 절정에 이르렀을 때, 규준가 전황보고를 해 왔다. 나는 성오의 부상 정도를 확인하고 적장에게 휴전을 요구했다. 내 요청을 받은 경신이가 아이들을 데리고 올라와 휴전협정을 맺었다. 그것은 성호의 부상 때문이지만, 지친 아이들을 위한 배려였다.

그 상황에서 문제는 아이들이 집으로 돌아가고 싶지 않다는 것이었다. 그것은 아이들의 생기 넘치는 표정만 보아도 알 수 있었다. 또한 아직도 해가 완전히 기울지 않은 상태였다. 상대편 대장 경신이가 잠시 고민하더니 앞으로 한 걸음 나섰다.

"우리 집뺏기 놀이를 하는 게 어때?"

"집뺏기?"

"응."

경신이의 제안에 아이들이 일제히 소리를 질렀다.

"그래 그게 좋겠다."

"그건 안 돼."

나는 아이들이 주장하는 집뺏기 놀이를 보이콧 하고 말았다. 그것은 몇몇 아이들이 소죽을 쑤러 가야 하기 때문이었다. 하루 종일 많은 게임을 했으므로, 더 이상 뛰어다닌다는 것도 무리였다. 보연이가 산등성이에 걸린 해를 보며 큰소리로 중얼거렸다.

"아직 해가 남아 있는데 뭐."

"그래도 안 돼."

"벌써 돌아간단 말이야?"

"이건 명령이다."

"그럼 오늘밤에는?"

"오늘밤은 각자 집에서 연을 만들어 둬. 내일 연싸움을 할 테니까."

아이들도 내 의중을 파악했는지 일제히 머리를 끄덕였다. 나는 놀이가 끝날 때쯤 다음 날 할 게임을 미리 예고해 두었다. 그러면 아이들은 집으로 돌아가 잠을 자고 다음날 다시 모였다. 그런 결정은 내 판단에 따른 것이고, 그건 정확히 맞아 떨어졌다.

그날 저녁도 아이들은 밤늦은 시간까지 연을 만들었다. 평소처럼 경신이는 태극무늬 방패연을 만들어 가지고 나올 게 뻔했다. 재군이와 태현이는 아교를 먹인 연줄을 준비할 게 틀림없었다. 나는 아이들이 준비해 올 연을 예상하고 종류가 다른 두 개를 만들었다. 하나는 상대방 대장하고 싸울 방패연과 아이들하고 견줄 가오리연이었다.

2

"모두 연을 만들어 가지고 나왔겠지?"

다음 날 오전 10시쯤, 나는 연을 들고 상목에 모인 아이들을 둘러보았다. 아이들이 일제히 간밤에 만든 연을 머리 위로 들어 보였다.

짐작대로 경신이는 태극무늬가 그려진 방패연을 만들었다. 재군이와 태현이도 연줄에 아교를 두텁게 먹인 상태였다. 그 외에 홍대, 성오, 승삼이, 규준이도 개성이 넘치는 연을 만들었다.

나는 바람의 세기를 가늠해 보고 연날리기 시합에 들어갔다. 당연히 능현리 윗동네 대장은 나였고, 아랫동네 대장은 경신이었다. 경신이는 명성황후 생가에 사는 아이로 나와는 동갑이었다. 나는 경신이를 적군 대장으로 삼고 부대를 이끌도록 해 주었다. 경신이는 나의 배려를 못마땅해 하면서도 게임에는 적극적으로 응했다.

"자, 이제부터 연싸움을 시작하자."

"누구부터 하지?"

"그건 네가 알아서 결정해."

"그래? 그러면 우리 편은 나를 따라와."

경신이가 아랫동네 아이들과 마을회관 뒤쪽으로 돌아갔다. 나는 윗동네 아이들을 개울을 가로지르는 나무다리 앞으로 불러 모았다. 아이들이 눈을 반짝이며 대장인 나를 쳐다보았다. 나는 우리편 아이들을 둘러본 뒤 한 학년 아래인 성오를 지목했다.

"첫 번째 선수로는 성오가 나가는 게 좋겠다."

"성오가?"

"응."

"왜?"

"지난번 싸움에도 이겼으니까."

나는 며칠 전 뒷동산에서 벌어졌던 가래떡 내기 연싸움을 상기시켰다. 그때도 성오는 상대편 아이를 이기고 가래떡 몇 개를 넘겨받았다. 내가 작전참모 성오를 내보내자 경신이도 정보참모 홍대를 출전시켰다. 성오와 홍대는 같은 학년이어서 경쟁이 누구보다 심했다. 단지 홍대가 성오보다 덩치가 커서 힘을 앞세운 게임에는 조금 나았다. 반면 성오는 꾀돌이답게 머리를 쓰는 게임에선 물러서지 않았다.

홍대는 키만 컸지 담력이 약해서 항상 성오와 대비되었다. 아무튼 둘은 공부뿐이 아니라 게임에서도 물러나지 않는 앙숙이었다. 그런 관계로 두 아이의 연싸움은 흥미진진할 수밖에 없었다.

우리의 예상대로 두 사람의 연싸움은 팽팽한 긴장 속에서 이어졌다. 두 아이는 연줄을 당겼다 놓고, 감았다 풀기를 반복하며 연싸움을 벌였다. 문제는 두 사람의 연줄이 동시에 끊어졌다는 점이었다. 그들은 넓은 개울을 따라 날아가는 연을 보며 서로 이겼다고 우겨댔다.

나는 실랑이를 벌이는 두 아이에게 무승부라고 판정해 버렸다. 상대편 대장인 경신이도 내 결정에 이의를 달지 않았다. 나는 다음에 출전할 선수로 부대장인 규준이를 지명했다. 경신이도 한 학년 아래인 태현이를 2번 주자로 내세웠다.

"우리 쪽 이번타자는 태현이야."

태현이는 똑똑하고 공부도 잘하나, 고집이 세고 융통성이 없는 게 흠이었다. 그래도 승부에는 집착을 보여서, 호락호락한 상대는 아니었다. 규준이가 태현이의 가오리연을 힐끗 쳐다보고 연을 띄어 올렸다. 태현이도 규준이가 만든 긴꼬리연을 일별하고 연을 날렸다. 두 아이가 띄운 연은 금방 바람을 타고 하늘 높이 올라갔다.

상목에 있는 30미터짜리 나무다리는 연을 날리기에는 더없이 좋은 장소였다. 위치가 워낙 좋아서 어른들도 가끔 방패연을 들고 나와 실을 풀었다. 문제는 다리 위에서 연을 날리려면 개울 양쪽에 있는 고목들을 피해야 한다는 점이었다. 그와 같은 것은 동네 어른들이나 형들도 마찬가지였다. 결국 게임에서 승리하려면 나뭇가지와의 싸움에서도 이겨야 되었다.

태현이와 규준이는 그런 장애물을 껴안고 연싸움에 들어갔다. 우리는 나무다리 양쪽으로 갈라 서서 소리를 지르며 응원을 보냈다. 한동안 연싸움을 벌이던 태현이와 규준이가 멍하니 하늘을 쳐다보았다. 예상대로 두 아이의 연이 각각 오리나무와 아카시아나무에 걸렸던 것이다. 나는 입맛을 다시고 다음 아이에게 출전을 준비시켰다.

"다음 선수 나갈 준비해."

"이번에는 누가 나가는 게 좋을까?"

작전참모인 성오가 내 얼굴을 쳐다보며 물었다. 나는 규준이 동생 호준이를 앞으로 불렀다.

"호준이가 좋겠다."

호준이는 형 규준이와 다르게 머리도 좋고 행동도 빨랐다. 게다가 호준이는 제비연을 가지고 있어서 동네 안에서는 무적이었다. 그 연은 호준이 아버지가 연줄에다 아계까지 먹여서 만들었다. 그런 관계로 호준이와는 아무도 연싸움을 하려 들지 않았다. 우리 편에서 호준이를 내세우자, 경신이는 동생 경덕이를 출전시켰다.

경덕이는 키가 작고 다부진 체격이지만, 누구보다 승부욕이 강했다. 경덕이가 가져온 나비연은 땅에 떨어지지 않는 게 장점이었다. 그 사실을 안 경신이가 제비연 상대로 나비연을 지정한 거였다. 호준이와 경덕이는 곧바로 연을 띄워 올리고 싸움에 들어갔다.

"우리 연싸움은 꼬리 떼어내기로 하자."

"줄 끊기가 어때서?"

"넌 연줄에 아계를 먹였잖아."

"그럼 너도 아계를 먹이면 되지."

"나는 그런 짓 안 해."

"좋아, 그러면 네 말대로 연꼬리 떼어내기로 하자."

"진작 그럴 것이지."

"그래도 내가 지지 않을 걸."

"연꼬리 떼기는 내가 이길 거야."

경덕이 말대로 꼬리 자르기는 누구한테도 뒤지지 않았다. 언젠가는 동네 형들하고 연싸움이 붙은 적이 있었다. 경덕이는 그 게임에서도 일방적으로 눌러 버렸다. 호준이와 경덕이는 상대편 연꼬리를 끊기 위해 안간힘을 썼다. 경덕이가 연줄을 늦춰 주면 호준이가 앞으로 잡아당겼다. 반면 호준이가 연줄을 돌리면 경덕이가 위로 잡아챘다.

그들의 묘기가 뛰어나서 연싸움이 쉽게 끝날 것 같지 않았다. 제비연과 나비연의 충돌을 지켜보던 아이들이 응원을 시작했다. 그와 함께 하늘을 맴돌던 제비연 꼬리가 끊어지며 떨어졌다. 첫 번째 승부는 어이없게도 아랫동네 승리로 돌아갔다. 나는 더 이상 참고 기다릴 수가 없었다.

"지금부터는 대장이 직접 시합을 하는 게 어때?"

"좋아, 우리가 결판을 내기로 하자."

나는 대장들 게임을 위해 준비한 방패연을 하늘로 띄워 올렸다. 내가 방패연을 날리자 경신이도 지지 않고 방패연을 풀었다. 경신이는 태극 방패연으로 게임에 들어갔고, 나는 해골 방패연으로 맞섰다. 우리는 평소 대장의 상징으로 해골깃발과 태극깃발을 만들었다. 전쟁놀이, 절벽타기, 나무 오르기 게임에 깃발을 그려 놓고 승부를 가렸던 것이다.

"연줄을 바짝 당겨 줘."

"아니야, 너무 당기면 연이 처박혀 버린다니까."

승삼이가 높이 올라간 경신이의 태극연을 가리키며 소리쳤다. 나는 연줄을 당겨 멀리 날아간 해골연을 수직으로 세웠다. 경신이가 줄을 풀어 빙빙 도는 태극연을 안정시켰다. 나는 해골연 줄을 잡아채 태극연 쪽으로 향하도록 만들었다. 경신이가 옆으로 슬쩍 피하며 태극연의 줄을 풀어 주었다. 성오가 내 옆으로 다가와서 작은 소리로 속삭였다.

"저것 봐, 연줄을 당기니까 높이 뜨잖아."

"바람이 셀 땐 늦춰 주는 게 좋아. 당기는 것보다는."

대장끼리 벌이는 방패연 싸움은 예상보다 쉽게 끝나지 않았다. 그것은 연줄을 끊거나 꼬리를 떼어내기 시합이 아니기 때문이었다. 나와 경신이는 누가 더 멀고 더 높이 날리는가로 승부를 가렸다. 다시 말해 상대를 이기려면 연을 하늘 높이 띄워야 했다.

당연히 연이 곤두박질치거나 뱅뱅 돌면 게임에 지는 것이었다. 우리는 한식경이 되도록 묘기에 가까운 연싸움을 벌였다. 연싸움이 지루해지는 순간 의외로 쉽게 승부가 나 버렸다. 경신이 방패연이 허공에서 원을 그리다가 죽은 연에 걸렸던 것이다.

"재수 더럽게 없네."

경신이가 300년 묵은 당산나무 꼭대기를 올려보며 투덜거렸다. 우리가 놀이터로 삼는 상목에는 고목들이 한두 그루가 아니었다. 그 고목들은 나름대로의 사연을 가지고 서 있었다. 수령 300년의 참나무는 매년 벼락을 맞으면서도 위용을 잃지 않았다. 200년을 산 향나무는 큰 일이 날 때마다 붉은 물을 흘렸다. 50년 된 오리나무와 아카시아나무도 개천으로부터 마을을 지켜 주었다. 그 나뭇가지 중 하나에 경신이의 방패연이 걸렸던 것이다.

"오늘 연싸움은 윗동네 승리다."

내 선언에 경신이를 비롯한 아랫동네 아이들은 패전을 인정했다. 윗동네 아이들은 승리를 자축하며 연을 일제히 띄워 올렸다. 아랫동네 아이들은 윗동네 아이들의 환호를 들으며 다른 게임을 제의했다. 점심을 일찌감치 먹고 뒷동산으로 모이자는 거였다.

나는 아랫동네 아이들의 게임 제의를 흔쾌히 받아들였다. 그들은 뒷동산에서 전쟁놀이를 하자고 할 것이 틀림없었다. 사실 전쟁놀이는 윗동네의 전매특허나 마찬가지인 게임이었다. 그런 게임을 제안하는 것은 승리를 바치겠다는 말이나 다름없었다.

3

"전부 납총을 가지고 왔겠지?"

나는 뒷동산에 모인 20여 명의 아이들을 쓱 둘러보았다. 아이들이 일제히 가져온 납총을 머리 위로 들고 흔들었다.

"다 가지고 나왔어."

"실탄은?"

"실탄도 가져왔어."

"오늘은 윗동네가 남쪽 기지를 사용하고, 아랫동네가 북쪽 기지를 쓰기로 하자."

"기지를 바꿔서 하자고?"

상대편 대장 경신이가 의아스럽다는 표정으로 물었다. 나는 경신이의 어깨를 두드리고 씨익 웃었다.

"매일 같은 장소에서 하니까 재미없잖아."

"하긴 바꿔서 하는 것도 괜찮겠다."

내 말에 윗동네 아이들보다 아랫동네 아이들이 더 환영했다. 왜냐하면 북쪽에는 참나무와 소나무, 바위가 많아서 싸우기에 좋았다. 반면 남쪽에는 싸리나무와 딸기나무, 찔레나무 같은 관목만 자라서 불리했다. 다만 남쪽이 유리한 점은 구릉이어서 도망치기에 편하다는 것뿐이었다. 나는 평소처럼 전쟁놀이에 관한 기본규칙을 알려주었다.

"초를 몸에 맞으면 무조건 죽는 거다."

"아무데나 맞아도?"

"팔이나 다리에 총을 맞으면 부상을 치료하고 다시 싸우면 돼."

"그럼 아무데나 막 쏴도 된다는 거야?"

"그게 아니라, 가슴이나 엉덩이, 등 같은 데만 쏘라는 거지. 다치지 않게."

"진작 그렇게 말할 것이지."

우리는 사망과 부상에 관한 규칙을 정하고 게임에 들어갔다. 포로를 반 이상 확보할 때는 이기고, 부상자가 많을 때는 휴전한다는 식으로. 그 외에 잡은 포로의 수가 같을 때는 맞교환하기로 합의를 보았다. 이와 같은 것은 납총이 가진 위험성 때문이었다. 하지만 오늘 게임에서는 총알로 납 대신 초를 쓰기로 했다. 나는 아이들한테 다시 한번 주의를 주고 능 남쪽으로 내려갔다.

"무기 관리 잘해. 오발사고 일어나지 않게."

우리는 전쟁놀이에 사용하는 화약총을 부서진 우산대로 만들었다. 우산대 화약총은 완벽한 기능을 갖춘 신종 무기였다. 화약총을 만드는 과정도 그리 어렵지 않았다. 총열은 우산대를 잘라 썼고, 약실은 자전거 공기 주입기를 시용했다. 뇌관은 못을 다듬어 맞추었으며, 개머리판은 각목을 깎아 만들었다. 격발은 고무줄을 이용한 나무 젖히기 방식을 채택했다. 우리가 만든 납총은 화력이 강해서 20m 전방의 목표물도 정확히 맞췄다.

"일군은 내가 맡을 테니까 이군은 네가 지휘해."

나는 부대장 규준이에게 특공대를 이끌 것을 주문했다. 규준이가 옆에 서 있는 승삼이를 보며 물었다.

"그럼 승삼이는?"

"승삼이는 정보참모니까 나하고 같이 움직이면 돼."

"그럼 나는 수형이하고 승덕이, 효정이, 호준이를 데려갈게."

"그렇게 해. 너희가 특공대니까."

"그럼 간다."

규준이가 특공대에 편성된 아이들을 데리고 산을 내려갔다. 부대장 규준이는 내 곁을 그림자처럼 따라다니는 아이였다. 나는 체격이 크고 순한 규준이를 호위병처럼 데리고 다녔다. 규준이도 그런 상황에 대해 크게 반발하지 않았다. 게다가 규준이는 체격이 어른 만큼 커서 아무도 시비를 걸지 않았다. 다만 규준이는 키만 컸지 아이들을 통솔할 만한 배짱이 없었다. 그래서 부대장이나 참모장이 되는 것에 만족했다. 나는 본부중대인 성오, 승삼이, 용오, 세정이를 데리고 산 중턱에 자리잡았다.

"전 부대원 매복 위치로."

나는 부대병력을 일군과 이군으로 나누어 전투에 들어갔다. 그 이유는 이군이 적진을 돌파하는 사이 일군이 배후를 치기 위해서였다. 그런 이유로 이군은 대부분 동작이 둔한 이이들로 짜 놓았다. 반면 내가 직접 지휘하는 일군에는 날쌘 아이들을 배속시켰다. 나는 일군 아이들이 휴대한 무기를 하나하나 살펴보았다.

"탄약은 충분히 있지?"

"충분해."

"방탄용 모자도 다 착용했어?"

"빈틈없이 착용했어."

"그럼 다시 한번 총을 점검하고 위장용 나무를 촘촘히 꽂아."

우리는 한 사람당 다섯 발의 탄약을 휴대하고 전투에 들어갔다. 그런 작전은 적군인 경신이도 잘 알고 있었다. 다만 두 부대가 다른 점은 남군 쪽에 여분의 실탄이 더 많다는 것이었다.

"자 공격 개시다."

나는 큰소리로 명령을 하달하고 능을 돌아 적진 쪽으로 다가갔다. 이러한 작전은 매일 쓰는 거여서 적군도 방비책을 세워 놓았다. 문제는 우리가 휴대한 화약총의 유효 사거리였다. 유효 사거리가 25M인 화약총 앞에서 북군은 허무하게 무너졌다. 그 외에도 북군은 총알이 비오듯 날아가면 곧바로 손을 들었다. 반면 경신이나 부대장 재군이, 작전참모 홍대와 태현이, 경덕이, 재강이는 끝까지 싸웠다.

다만 그들도 총알세례를 감당할 수 없을 때는 항복해 버렸다. 중요한 건 전쟁놀이 과정이지 승패가 아니기 때문이었다. 사실 우리는 승패보다 총을 들고 숲속을 뛰어다니는 게 더 좋았다. 모든 아이들이 풀과 나무를 몸에 꽂고 노는 것 자체를 즐겼다. 아이들 모두가 그러니 승패가 뻔해도 반복할 수밖에 없는 놀이였다. 남군이 포위를 해 들어가자 북군들은 허둥지둥 도망치고 말았다.

"우리가 졌다."

적군 대장 경신이가 숲에서 나오며 항복을 선언해 버렸다. 나는 적군의 대장기를 빼앗는 것으로 승리를 확인했다. 그렇게 해서 그날의 전쟁놀이도 윗동네 승리로 돌아갔다.

4

우리가 땅따먹기를 할 때 성오가 헐레벌떡 뛰어왔다. 아이들은 땅따먹기를 중단하고 성오 주변으로 모여들었다. 성오는 거칠어진 호흡을 조절하고 큰소리로 말했다.

"낙운이네 집에 서울 아이가 이사왔대."

"서울 아이가 이사를?"

"근데 그 아이가 대장하고 같은 또래래."

"나하고?"

"응."

나는 성오의 말을 듣는 순간 불길한 예감에 사로잡히지 않을 수 없었다. 그것은 서울에서 온 아이가 가져올 계급체계의 변화 때문이었다. 다시 말해 그 아이로 인해 서열이 무너질지 모른다는 생각이 들었다. 성오는 내 마음을 아는지 모르는지 계속 큰소리로 떠들었다. 서울 아이가 어떤 옷을 입었고, 말과 행동은 어떻게 하는지 등등을. 나는 목구멍까지 솟아오르는 긴장감을 감추며 물었다.

"생긴 건 어때?"

"키도 크고 덩치도 좋아. 거기다가 공부도 무척 잘한대."

"덩치가 큰 데다가 공부까지 잘해?"

나는 서울 아이가 공부를 잘한다는 말에 또 한번 놀랐다. 지금까지 우리는 공부는 먼 나라 일이라고 치부해 왔다. 다시 말해 우리는 하교하자마자 뛰어나가 노는 것에 전념했다. 즉 책이나 공부는 쓸데없는 것이고, 새집을 찾는 게 더 훌륭하다고 여겼다. 그렇게 재밋거리를 찾아 뛰어노는 게 일상이 된 우리에게 공부라니. 성오가 눈을 껌뻑이며 계속 서울 아이 자랑을 늘어놓았다.

"그 애네 집에 텔레비전까지 있대."

"텔레비전까지?"

"그렇다니까."

"네 눈으로 봤어?"

"본 건 아니지만 분명해."

나는 서울 아이 집에 텔레비전이 있다는 말을 듣고 얼어붙었다. 왜냐하면 텔레비전은 큰 도시에나 있는 물건이라고 생각해 왔던 것이다. 그런데 이런 시골구석까지 텔레비전이 들어오다니. 그 외에도 놀라운 이야기는 끝도 없이 튀어나왔다. 성호에 의하면, 그애 아버지는 전기 기술자라는 것이었다. 그 아이 엄마는 뛰어난 미모에다 서울에서 대학을 나온 인텔리라는 거였다. 가진 돈도 많아서 휴양 차 시골로 내려왔다는 것이었다.

"그애 엄마가 그러는데, 자기 아들하고 친하게 지내는 애들한테만 텔레비전을 보여 준대."

"그 애하고 친하게 지내는 아이들한테만?"

"그뿐이 아니야, 노는 것도 그렇고 공부도 잘 해야 된대."

아이들은 모두 성호의 너스레에 넋을 잃고 들었다. 그도 그럴 것이 우리는 텔레비전을 한 번도 본 적이 없었다. 텔레비전에서 무엇을 방영하고, 누가 나오는지도 아는 게 없었다. 나는 성오의 말을 들으면서 비참하기 이를 데 없는 심정에 사로잡혔다. 그것은 서울 아이로 인해 벌어질 갈등과 반목 때문이었다.

"너희들 오늘밤 술래잡기 하기로 한 거 알지?"

나는 재미있는 놀이로 아이들을 꼬였지만, 아무도 귀 기울이지 않았다. 아이들의 마음은 이미 텔레비전에 빼앗긴 상태였다. 나는 다시 한번 진지하게 아이들을 구슬렸다.

"오늘 저녁에 나를 따라오는 사람한테는 딱지를 열 장씩 나누어 줄게."

"난 오늘밤에 텔레비전을 보러 갈 거야."

"나도 가 봐야지."

"난 텔레비전을 한 번도 본 적이 없어."

"지금 가도 된대?"

아이들은 당장이라도 서울 아이네 집으로 몰려갈 태세였다. 땅따먹기는 물론이고, 저녁 게임도 보이콧하겠다는 거였다. 그런 생각은 나나 상대편 대장인 경신이도 마찬가지였다. 다만 나와 경신이는 텔레비전한테 아이들을 빼앗기고 싶지 않았다. 그래서 일부러 화까지 내며 아이들을 달래 보았다.

평소 같으면 우리 말에 복종하던 아이들이 이번에는 그렇지 않았다. 나는 땀까지 흘리며 텔레비전의 부당성과 저해요소를 늘어놓았다. 경신이도 우리가 하는 놀이가 얼마나 좋은 것인지 침이 마르게 떠들었다. 대장들의 노력에도 불구하고 아이들은 텔레비전을 보러 몰려가 버렸다. 나 또한 애들을 따라 서울 아이네 집으로 가지 않을 수 없었다.

"아유, 귀한 손님들이 오셨네. 앞으로 우리 창진이하고 잘 놀아요."

창진이 엄마의 얼굴은 뽀얀 게 영화에 나오는 배우처럼 예뻤다. 목소리 또한 부드럽고 상냥해서 누구든 반하지 않을 수 없었다. 창진이 엄마가 아름다운 건 얼굴과 목소리뿐이 아니었다. 창진이 엄마는 몸가짐에서 손가락 까닥이는 것까지 품위가 넘쳤다. 아이들은 창진이 엄마를 보고 한순간에 압도당해 버렸다. 장난기가 심하다는 재강이도 꿀먹은 벙어리처럼 앉아 있었다.

재강이가 그러니 다른 아이들은 언급할 필요도 없었다. 나도 창진이 엄마가 말하고 움직이는 걸 보고 할 말을 잃었다. 사실 우리 엄마도 서울에 살지만, 창진이 엄마에 비할 바가 아니었다. 우리는 텔레비전을 보러 갔다가 서울 사람들한테 질려 입도 뻥끗 못했다. 우리가 놀란 눈으로 텔레비전을 볼 때 창진이 아버지가 돌아왔다.

"어이구, 이거 꼬마 손님들이 잔뜩 오셨구만… 근데 너희들 중에 누가 옥근이 아들이냐?"

나는 방 뒤쪽에 앉아 있다가 슬그머니 머리를 내밀었다.

"저희 아버지인데요."

"오 그래. 그 녀석 제법 똘똘하게 생겼구나. 그래 이름이 뭐냐?"

"최태오예요."

"이름도 귀엽구나. 그래 아버지는 요새 무얼 하시니?"

나는 무너진 자존심 때문이라도 아버지 자랑을 해야겠다고 마음먹었다. 그래서 자리에서 벌떡 일어나 큰소리로 말했다. 우리 아버지는 지금 서울에 계시고, 경찰관으로 근무한다고. 지금은 엄마와 누나만 서울에서 살지만, 조만간 나도 올라갈 것이라고. 내 말을 들은 창진이 아버지가 머리를 쓰다듬어 주었다.

"나는 종식이라는 사람인데, 너희 아버지 친구란다."

"아저씨가요?"

"그렇단다."

"그럼 우리 엄마도 아시겠네요."

"너희 엄마는 아는 정도가 아니라, 아주 잘 안단다."

"그럼 우리 엄마가 내려오시면 말씀 드릴게요."

"오, 그렇게 해라. 아무리 봐도 녀석이 아버지를 쏙 빼닮았단 말이야. 앞으로 우리 창진이하고 잘 지내거라."

창진이 아버지는 벽장을 열고 과자를 한 바구니 꺼내 놓았다. 나와 아이들은 눈 깜짝할 사이에 과자를 먹어 치웠다. 나는 과자를 먹으면서 창진이 아버지를 연신 쳐다보았다. 창진이 아버지도 내 모습이 미더운지 좀처럼 눈을 떼지 않았다. 창진이 엄마가 빈 바구니를 치우고, 사탕을 서너 개씩 쥐어 주었다. 우리는 그것마저 게 눈 감추듯 먹어 버렸다. 사탕을 먹는 걸 바라보던 창진이가 벌떡 일어섰다.
"난 박창진이다. 앞으로 잘 부탁한다."
창진이는 첫 인사를 도도하면서도 자신감 넘치게 꺼냈다. 아이들은 그런 창진이에게 일제히 머리를 숙여 대답했다.
"그래, 사이좋게 지내자."
우리는 그날 밤을 사람이 나오는 기계 앞에서 보낼 수밖에 없었다. 또한 그 푸르등등한 기계는 아이들 마음을 한순간에 사로잡아 버렸다.

5

나와 박창진은 그렇게 만나서 모든 걸 걸고 경쟁을 벌이기 시작했다. 그 첫 번째가 동네 아이들 대장이 누가 되느냐 하는 거였다. 문제는 창진이의 뛰어날 정도의 창의력과 해박한 지식이었다. 서울에서 태어나고 자란 창진이는 모르는 게 없었다. 다시 말해 창진이는 신형 장난감과 고급 물건에 둘러싸여 사는 아이였다.
나는 방학이 끝나기 전에 창진이의 기를 꺾어야겠다고 마음을 굳혔다. 그렇지 않으면 동네에서는 물론이고, 학교에서도 외톨이가 될 수밖에 없었다. 나를 따르고 좋아하는 수지를 위해서라도 창진이는 반드시 제압해 놓아야 되었다. 나는 창진이한테 쏠린 관심을 돌려놓기 위해 조기에 승부를 걸었다.
"우리 썰매 지치기로 대장을 뽑자."

"썰매 지치기?"

"그래."

"너 썰매 타는 거에 자신 있어?"

"물론이지."

"그럼 스케이트 타기는 어때?"

"그것도 좋지."

나는 창진이가 제안한 스케이트 타기 시합을 흔쾌히 받아들였다. 나는 그때 승리는 따놓은 당상이라고 쾌재를 불렀다. 제가 아무리 서울에서 자랐어도 스케이트만은 못 탈 거라는 생각 때문이었다. 여기는 내가 태어나고 자라고 뛰어다닌 홈그라운드였다. 마음만 먹는다면 창진이 정도는 충분히 이길 수 있었다.

더구나 나는 공부만 한 창진이와 다르게 스케이트를 타면서 겨울을 보냈다. 그런 상황이니 창진이가 아무리 똑똑하다 해도 나를 이길 수는 없었다. 나는 아이들에게 대장자리를 걸고 스케이트 시합을 한다고 알렸다. 당연히 수지에게도 시합을 통보하고 얼음판으로 나와줄 걸 요청했다.

수지는 쓸데없는 일을 한다며 핀잔을 주었지만, 이내 고개를 끄덕였다. 나는 다음날 정오쯤 썰매날 스케이트를 들고 마을 앞 빙판으로 나갔다. 동네 아이들과 수지도 빙판에 나와서 대장 뽑기시합을 지켜보았다. 나는 썰매날 스케이트를 신고 빙판 한가운데로 쓱쓱 지쳐나갔다.

"벌써 나왔니?"

잠시 후 창진이가 가방 하나만 달랑 메고 얼음판을 가로질러 왔다. 그 순간 나는 창진이가 굴복을 선언하는 것이라고 생각했다. 그렇지 않다면 작은 가방 하나만 메고 나올 리가 없었다. 수지와 아이들도 모두 의아한 눈으로 창진이를 쳐다보았다. 중요한 건 내 착각이 그리 오래 가지 않았다는 점이었다.

창진이는 가방을 내려놓더니 번쩍번쩍 빛나는 스케이트를 꺼냈다. 그것도 몇 번 타지 않은 것처럼 흠집 하나 없는 신제품을. 그 순간 나와 동네 아이들은 입이 딱 벌어지고 말았다. 수지도 번쩍이는 스케이트를 보고 무척이나 놀란 눈치였다. 아이들은 창진이가 꺼낸 스케이트를 보며 한마디씩 중얼거렸다.

"이거 진짜 스케이트잖아."

"한 번도 타지 않은 건가 봐. 광이 나는 걸 보니까."

"야, 무지무지하게 비싸겠다."

그 순간 나는 눈앞이 캄캄해져 오는 걸 어찌할 수 없었다. 사실 그건 캄캄한 게 아니라, 온 세상이 땅속으로 꺼지는 듯한 느낌이었다. 나는 그때 나도 모르게 썰매 스케이트를 슬쩍 내려다보았다. 썰매날 스케이트를 반사적으로 본 건 나뿐이 아니었다.

그 동안 내 스케이트를 영물처럼 대했던 아이들도 일제히 쳐다보았다. 수지는 절망적인 표정이 되어 내 스케이트와 창진이 스케이트를 번갈아 보았다. 나는 썰매날 스케이트의 끈을 조이며 입술을 깨물었다.

"태오야, 스케이트 날 갈아야지."

부대장 호준이가 내 옆으로 다가와 슬쩍 일러 주었다. 나는 가방 속에 넣어 둔 숫돌을 꺼내려다 그만두었다. 이미 신은 썰매날 스케이트를 벗고 날을 갈 수는 없었다.

"어제 갈아 뒀어."

나는 썰매날 스케이트 끝으로 빙판을 찍으며 아이들을 둘러보았다. 아이들은 안쓰러운 표정으로 내 썰매날 스케이트를 바라보았다. 안쓰러운 표정을 지은 건 아이들 뿐이 아니었다. 창진이도 묘한 웃음을 입가에 머금은 채 내 스케이트를 보았다. 나는 당장 썰매날 스케이트를 벗어던지고 도망치고 싶었다. 창진이에게 패배를 선언하고 집으로 뛰어가고 싶었다.

문제는 수지가 슬픈 눈으로 지켜본다는 사실이었다. 수지는 질 때 지더라도 해 보라는 듯이 뚫어지게 응시했다. 나는 하는 수 없이 얼음판 중앙을 향해 비척비척 걸어 나갔다. 창진이가 보라는 듯이 세련된 폼으로 얼음 위를 지쳤다. 나도 창진이 뒤를 따라 썰매날 스케이트를 밀고 나갔다. 아이들의 걱정스런 시선이 내 썰매날 스케이트에 멈춰 있었다.

나는 아이들의 시선을 의식하며 스케이트를 타다가 옆으로 쭉 미끄러지고 말았다. 나와 창진이를 비교해 보던 아이들 입에서 일제히 탄성이 튀어나왔다. 이제 승부는 불을 보듯 뻔한 것이 되어 버렸다. 창진이의 포즈로 보아 나보다는 잘 탈 것이기 때문이었다.

"자, 이제 시작하자."

창진이가 왕자같이 멋진 자세를 취하고 출발선에 섰다. 나는 엉거주춤한 폼으로 창진이와 어깨를 나란히 했다. 수지가 힘을 내서 타라는 듯이 미소를 지어 보였다. 나는 바짝 마른 입술을 깨물며 조용히 고개를 가로저었다. 창진이와 나의 게임은 애초부터 잘못된 거였다.

창진이는 아이들의 시작 소리와 함께 번개같이 달려나갔다. 나중에 안 일이지만, 창진이는 전국 빙상대회에서 입상까지 했다는 것이었다. 나는 그날 부로 신처럼 모시던 스케이트를 벗어던져 버렸다.

6

유난히 추웠던 그해 겨울, 나의 수난은 그렇게 해서 시작되었다. 즉 나는 대장 지위를 창진이에게 넘겨주고 졸병으로 추락해 버렸다. 다시 말해 나는 모든 놀이를 그만두고 방안에만 처박혀 지냈다. 문제는 아직까지 나를 대장으로 여기는 아이들과 수지였다.

나 또한 한 가지 게임으로 대장 자리를 내준 걸 인정할 수 없었다. 아이들과 뛰어노는 것은 내게 있어선 삶과 죽음과도 같은 것이었다.

단적으로 말해 내게 아이들이 없는 삶이란 상상할 수도 없었다. 스케이트 시합이 벌어진 후 수지는 나를 찾지도 않았다. 나는 수지를 만나러 갈 용기도 못 내고 집안에서만 맴돌았다.

수지도 나의 바보 같은 행동에 화가 난 것처럼 침묵을 지켰다. 나는 수지의 마음을 되찾기 위해서라도 반드시 창진이를 꺾어야 되었다. 동네 아이들 몇 명은 어느새 나를 대장으로 인정하지도 않았다. 나는 빼앗긴 대장 자리를 찾기 위해 두 번째 게임을 제안했다.

"이번에는 활쏘기로 대장을 정하자."

"활쏘기?"

"태조 이성계도 활쏘기로 서열을 정했잖아. 여진족 장사인 퉁두란하고."

"좋다. 활쏘기로 대장을 뽑자."

"장소는 뒷동산 잔디밭이다."

"뒷동산?"

"부원군 능이 있는 산 말이야."

우리 마을 뒷산에는 널찍한 잔디밭을 가진 능이 있었다. 우리는 잔디밭을 운동장 삼아 공을 차거나 자치기 놀이를 했다. 정월 대보름날 쥐불놀이나 중추절 달맞이 행사도 잔디밭에서 가졌다. 우리가 좋아하는 칼싸움이나 활쏘기도 잔디밭에서 치렀다. 그 정도로 능과 잔디밭은 우리에게 없어서는 안 될 장소였다. 당연히 마을 사람들도 부원군 능을 신성한 장소처럼 떠받들었다.

문제는 능을 지키는 묘지기가 경신이네 집안이라는 점이었다. 우리가 능에 세워진 문신석에 올라가면 경신이 어머니가 소리를 지르며 달려왔다. 우리는 비석에서 내려와 도망쳤다가 다시 돌아와 봉분 위로 올라갔다. 봉분을 미끄럼틀 삼아 놀기는 경신이도 마찬가지였다. 결국 경신이 어머니는 우리들을 막는 것을 포기해 버렸다.

요즘 아이들은 아무리 야단쳐도 말을 듣지 않는다고 투덜거리며 우리는 그렇게 뛰어놀면서도 그 능이 누구의 것인지 몰랐다. 그저 능이 여양 부원군 민유중이라는 사람의 무덤이라는 사실만 짐작할 뿐이었다. 묘 주인이 인현왕후라는 왕비의 아버지이고, 인품이 뛰어났다는 것도 알았다. 그 외에 능지기 가계에서 명성황후가 태어났다는 것과 동네 뒷산에 능이 있어서 마을 이름도 능현리라고 지었다는 것도 알았다.

"창진이한테 대장 자리를 내줄 수 없어."

나는 철저히 보안을 유지하며 시합에 쓸 활을 만들었다. 우선 황학산에 있는 사람바위를 찾아가 절을 올렸다. 그 다음 뒷동산 조개바위를 향해 간절한 기도를 드렸다. 마지막으로 고려시대 장군이 무예를 닦았다는 명석바위에 빌었다. 이 산에서 명궁에 쓰일 나무를 발견하게 해 달라고. 정성을 다해 빈 덕분에 2~3년생 박달나무 군락을 찾아냈다.

평소 우리는 1년 생 참나무로 활과 화살을 만들었다. 왜냐하면 다른 나무보다 참나무가 탄성이 뛰어나기 때문이었다. 어떤 아이들은 탄성이 떨어지는 대나무로 활과 화살을 만들었다. 그런 마당에 2~3년생 박달나무 군락을 찾았으니 하늘이 도운 셈이었다. 나는 이번에야말로 창진이 코를 납작하게 만들 기회라고 생각했다.

그것은 활의 재료가 되는 박달나무만 보아도 충분히 짐작할 수 있었다. 나는 박달나무 껍질을 벗긴 다음 불에 구우면서 활모양을 만들었다. 그런 다음 박달나무 양쪽 끝을 파고 군인들이 사용하는 비비선을 걸었다. 나는 잘 만들어진 박달나무 활을 들고 시합에 이길 것을 맹세했다.

"이제 활쏘기 게임을 시작하자."

며칠 후 나는 공들여 만든 활을 들고 뒷동산으로 올라갔다. 창진이도 뒤질세라 동네 아이들을 대동하고 올라왔다. 나는 창진이간 든 활을 보고 피식 웃지 않을 수 없었다. 창진이가 만든 대나무 활은 컸지만, 어딘가 엉성해 보였다. 대나무를 굽지도 않았고, 활줄 또한 흔한 나일론으로 걸었다.

더 가관인 것은 창진이가 들고 있는 싸리나무 화살이었다. 창진이가 만든 화살은 너무 투박하고 무거워서 날아갈 것 같지도 않았다. 대나무 양쪽 끝에 걸어 만든 활시위도 팽팽하지 않고 느슨해 보였다. 나는 창진이가 만들어 온 활과 화살을 보며 비아냥거렸다.

"활 좋다."
"네 활도 멋있어 보이는데."
"그래?"
"그렇잖아. 불에 구운 활이니까."
"하긴 불에 구운 활이 대나무 활보단 탄성이 낫지."
"을지문덕도 대나무 활을 사용해서 이긴 거 알아?"

창진이가 대나무 활을 들어 보이며 혀를 쏙 내밀었다. 나는 기가 꺾여서는 안 된다고 생각하고 맞받아쳤다.

"네가 을지문덕이라면 나는 성웅 이순신이다."
"성웅 이순신? 네가?"
"네가 을지문덕이라니까."
"언제는 태조 이성계라며."
"그야 이성계가 명궁이었으니까."
"우리 말씨름 하러 온 건 아니겠지?"
"그야 그렇지."
"그럼 활쏘기를 승부를 가르자."
"진작 그럴 것이지."
"지금부터 본격적으로 활쏘기를 시작하는 거다."

창진이가 대나무 활에 싸리나무 화살을 먹이며 싱끗 웃었다. 나는 마주 웃어 보이고, 어깨에 멘 박달나무 활을 벗었다. 창진이가 나일론 줄에 먹인 화살을 슬쩍 당겼다. 예상대로 창진이가 만든 대나무 활은 탄력이 떨어져 보였다. 나는 그 순간 안도의 한숨을 내쉴 수 있었다. 그것은 내 활이 창진이가 만든 것보다 강력해 보였기 때문이었다. 아이들은 나와 창진이의 신경전까지도 흥미롭다는 듯이 지켜보았다. 나는 창진이를 향해 돌아서며 어깨를 으쓱했다.

"네가 먼저 쏴."

"아니야, 네가 먼저 쏴."

창진이도 목에 힘을 주고 자신만만한 표정을 지었다. 나는 활을 비껴들고 언덕 끝으로 다가섰다. 산 아래쪽으로 논과 밭이 계단처럼 펼쳐져 있었다. 나는 거리를 가늠해 본 다음 밭 끝까지 쏜다면 이긴다고 생각했다. 창진이도 거리를 측정하는 것처럼 아래쪽을 내려다보았다.

나는 활줄의 탄성을 몇 번 퉁겨 확인하고 손에 힘을 주었다. 창진이가 옆으로 비켜 서서 내가 하는 양을 지켜보았다. 나는 보라는 듯이 대나무 화살을 시위에 먹여 힘껏 쏘았다. 화살은 내 예상을 벗어나 아주 먼 거리를 날아갔다. 화살이 날아간 거리를 확인하고 아이들이 탄성을 질렀다.

문제는 창진이가 보이는 이상할 정도로 느긋한 태도였다. 창진이는 얼굴 가득 미소를 머금더니 화살을 여유 있게 쏘았다. 우리는 눈을 크게 뜨고 창진이가 쏜 싸리나무 화살을 쫓았다. 그 순간 나는 물론이고 아이들까지 모두 경악하고 말았다. 창진이가 쏜 화살은 밭을 지나 논까지 날아갔던 것이다.

"자, 이제 네가 쏠 차례야."

창진이가 화살이 박힌 곳을 확인하고 의기양양한 표정을 지었다. 창진이의 태도는 승리자의 것이나 다를 바 없었다. 나는 가슴이 답답해지는 걸 느끼며 두 번째 화살을 쏘았다. 나를 비롯한 아이들은 화살이 날아간 거리를 보고 실망하고 말았다. 내가 날려 보낸 두 번째 화살은 논 부근에도 미치지 못했다. 이미 활쏘기 시합은 끝이 난 것이나 다를 바 없었다.

　창진이의 힘은 가공할 만한 것이어서 시합 자체가 우습게 여겨졌다. 나의 참담한 마음에도 불구하고 창진이는 두 번째 활을 쏘았다. 나 역시 활을 쏘았는데, 내 화살은 점점 더 거리가 짧아졌다. 반면 창진이의 세 번째 화살은 눈에 보이지 않을 만큼 멀리 날아갔다. 나는 화살을 쏘아 보낸 자리에 선 채 그대로 얼어붙었다. 아이들의 수군거리는 소리가 앵앵거리며 귓속으로 파고들었다.

　"우와, 칠십 미터도 넘겠다."
　"칠십 미터가 뭐야. 백 미터는 될 것 같은데."
　그 소리는 마치 벌떼가 무리지어 날아가는 것처럼 크게 들렸다. 나는 창진이와 아이들의 웃음소리를 뒤로하고 능을 내려왔다. 집으로 돌아오는 내내 나는 걷는지 뛰는지도 알 수 없었다. 나는 정신없이 집으로 돌아와 고목처럼 쓰러져 잠이 들었다.

　나는 그날 밤 아주 무섭고 고통스러운 악몽을 꾸었다. 그것은 험하디 험한 산속에서 파랑새를 찾아다니는 꿈이었다. 나는 온몸에서 피가 나고 발이 부을 정도로 파랑새를 따라갔다. 파랑새는 계속 울음소리를 내며 나무와 수풀 사이를 날아다녔다. 나는 큰 산을 넘고, 넓은 개울을 건너고, 동굴을 통과하며 파랑새를 쫓아갔다. 나의 필사적인 노력에도 불구하고 끝내 파랑새는 잡을 수 없었다.

7

"요새 왜 밖에 나가 놀지 않느냐?"
"놀기가 싫어졌어요."
"아이들이 놀아주지 않는구나."
"놀아주지 않는 게 아니라, 내가 안 노는 거예요."

나는 땅바닥에 덧셈과 뺄셈을 쓰며 심드렁하게 대꾸했다. 내 태도를 본 할아버지가 껄껄 웃고 곶감을 꺼내 주었다. 나는 할아버지가 내준 곶감을 입에 넣고 으적으적 씹었다.

"아이들은 아이들하고 놀아야 된다."

할아버지는 인자한 목소리로 타이르고 한약재를 작두에 대고 썰었다. 나는 한약재를 다듬는 할아버지를 향해 입을 삐죽 내밀었다. 할아버지는 내 머리를 쓰다듬고는 계속 한약재를 썰었다. 그때 할아버지는 인근 부락을 상대로 하는 간이 한약방을 운영하고 있었다. 자신의 지병 치료와 동네 사람들의 건강을 보살펴 줄 겸 한약방을 차린 거였다.

나는 할머니 할아버지와 같이 살았는데, 무엇보다 편하게 지낼 수 있어서 좋았다. 다만 아쉬운 것은 어머니와 아버지, 누나와 같이 살 수 없다는 점이었다. 내가 가족과 떨어진 건, 아버지가 서울에서 경찰관으로 근무하기 때문이었다. 사실 아버지는 육이오 때 세운 전공을 인정받아 경찰에 특채되었다.

얼마간 혼자 근무하던 아버지는 어머니와 누나를 데리고 올라갔다. 즉 나를 걱정한다는 의미에서 할아버지 곁에 남겨 두었던 것이다. 나는 조부모님 곁에 남아서 엄마가 부를 날만 목을 빼고 기다렸다. 할아버지는 그런 나를 앉혀 놓고 공자와 맹자를 가르쳐 주었다. 할아버지의 말에 의하면 그 문구들은 모두 훌륭한 뜻이라는 거였다.

"잘 들어 두면 다 쓸모가 있단다."

나는 할아버지가 일러 주는 말들을 뜻도 모른 채 들었다. 할아버지는 내가 이해하든 말든 훈장님처럼 문구들을 들려주었다. 그 뜻은 나중에 안 것이지만, 문구들은 대개 이러했다. 지사와 인인은 삶을 구하여 인을 해치는 경우가 없고, 제 몸을 죽여 인을 이루는 경우는 있다(志士仁人無求生以害仁, 有殺身以成仁).

군자는 친화하되 부화뇌동하지 않으며, 소인은 부화뇌동하되 친화하지는 않는다(君子和而不同, 小人同而不和). 땅이 척박한 곳에서는 큰 나무가 나지 않고, 물이 얕은 곳에서는 큰 고기가 놀지 않는다(地薄者大木不産, 水淺者大魚不遊). 사람을 희롱하면 덕을 잃고, 물건을 희롱하면 뜻을 잃는다(玩人喪德 玩物喪志).

복숭아나 오얏은 말이 없지만, 그 아래에는 자연히 작은 길이 생긴다(桃李不言 下自成蹊). 태산은 작은 흙덩이도 사양하지 않고, 하해는 작은 지류도 거부하지 않는다(泰山不辭土壤, 河海不讓支流), 등등이었다.

"공자께서 말씀하시기를 '덕불고 필유린(德不孤 必有隣)이라고 했다. 유덕한 사람에게는 반드시 덕이 있는 무리가 따른다는 뜻이다. 그러니 아이들을 적으로 생각하지 말고 친구로 여기거라."

나는 그 말의 깊은 뜻은 몰랐지만, 한 가지 사실은 알 수 있었다. 그것은 친구들을 미워하거나 멀리하지 말라는 뜻이었다. 할아버지의 말에도 불구하고 창진이에 대한 분노는 가시지 않았다. 수지도 시합에 이긴 창진이를 나보다 더 좋아하는 것 같았다. 창진이 역시 온 마을의 귀여움을 독차지하는 수지가 좋은 눈치였다.

나는 할아버지의 말을 들으면서도 창진이를 꺾을 궁리만 했다. 뜻이 있으면 길이 열린다고 결국 나는 묘안을 생각해 냈다. 그것은 몸이 뚱뚱한 창진이가 감당하기 어려운 게임을 하는 거였다. 나는 아이들을 불러놓고 창진이와 마지막 게임을 하겠다고 선포했다.

"태오가 창진이하고 마지막 게임을 한대."

아이들은 큰소리로 떠들며 창진이가 사는 집 쪽으로 뛰어갔다. 잠시 후 창진이가 아이들과 함께 나타났다. 나는 기세등등한 창진이를 보며 다짜고짜 쏘아붙였다.

"마지막으로 너를 꺾을 게임이 생각났어."

"그래? 그게 뭔데?"

"가 보면 알아."

"어디로?"

"멍석바위 산으로."

"좋아. 그럼 한번 그 산으로 가 보자."

창진이는 따라오면서도 가소롭다는 듯이 연신 빙글거렸다. 우리는 그 길로 멍석바위가 있는 산으로 올라갔다. 당연히 동네 아이들도 모두 나와 창진이를 따라왔다. 나는 멍석바위를 앞쪽에서 오르는 것으로부터 게임을 시작했다. 본래 멍석바위는 신령스런 장소여서 아무나 올라가지 않았다.

전설에 의하면 고려시대 장수가 멍석바위에서 무술을 닦고 국가동량이 되었다는 거였다. 그렇기 때문에 함부로 올라가거나 그릇된 소원을 빌어서도 안 된다는 것이었다. 그곳에 잘못 오르면 집안이 재액을 당한다고 혀를 내둘렀다. 또 한 가지 멍석바위 밑에는 깊고 긴 동굴이 있는데, 그곳에는 절대로 들어가서는 안 된다는 것이었다.

어떤 사람이 그 동굴에 들어갔다가 나오는 길을 찾지 못하고 죽었다는 거였다. 그 정도로 멍석바위와 동굴은 모든 사람들이 꺼려하는 장소였다. 사람들이 무어라고 해도 나는 멍석바위에 오르는 걸 단념할 수 없었다. 그것은 재액이나 죽음 따위가 내 의지를 꺾지 못한다고 판단했기 때문이었다. 수지에 대한 사랑도 포기할 수 없는 것이었다.

"첫 번째 게임은 저 바위를 올라가는 거야."

"저 바위를?"

"그래, 그 바위."

"어느 쪽으로?"

"정면 쪽으로."

"좀 위험할 텐데."

"그러니까 시합이지."

"그럼 네가 먼저 올라가."

"좋아, 내가 먼저 올라간다."

나는 일부러 가파른 부분을 선택해 위쪽으로 기어 올라갔다. 창진이도 바위를 오르는 것에는 뒤지지 않았다. 그는 여유로운 표정까지 지으며 멍석바위를 타고 올라갔다. 첫 번째 시합은 그렇게 해서 승자 없이 끝나고 말았다. 나는 창진이와 아이들을 데리고 멍석바위 아래쪽으로 내려갔다.

멍석바위 아래에는 입구가 좁은 동굴이 있었다. 그 동굴로 들어가면 산 반대편이 나오고, 그 끝은 높은 벼랑이었다. 나는 마지막 게임으로, 동굴을 통과해서 벼랑 아래로 뛰어내리는 것으로 정했다. 문제는 그 동굴을 끝까지 가본 사람이 없다는 것과, 살아서 나올지 알 수 없다는 점이었다.

"지금부터 이 굴을 통과해 반대편으로 나가는 거다."

내 말에 창진이가 조금은 겁먹은 표정을 지었다. 모여선 아이들도 모두 경악스럽다는 얼굴로 쳐다보았다. 사실 동굴을 통과하는 게임은 목숨을 걸어야 되는 시합이었다. 그것은 어른들도 시도해 보지 못한 시합이자 모험이었다. 부대장인 호준이가 앞으로 한 걸음 나섰다.

"그건 너무 위험한 거 아니야?"

"대장이 되려면… 그 정도는 감수해야지."

나는 어깨를 세우고 당당하게 말했다. 내 말은 들은 창준이가 뒤질 수 없다는 듯이 대꾸했다.

"좋아, 이깟 동굴 하나 통과하는 건 식은 죽 먹기지."

"그럼 너희들은 산 반대편으로 가 있어. 우리가 동굴을 뚫고 나갈 테니까."

아이들이 걱정스런 표정을 지으며 고개를 끄덕였다. 다면 경신이만이 당연하다는 듯이 말했다.

"우리 대장이 되려면… 목숨 정도는 걸어야지."

"그럼 이제 출발하자."

내 말에 창진이가 운동화 끈을 조여 맸다. 나도 허리띠를 단단히 매고 동굴 앞에 섰다. 부대장인 호준이가 나와 창준이를 보며 말했다.

"누가 먼저 들어갈 거지?"

"가위바위보를 해서 정하는 게 좋겠다."

기발한 제안을 꺼낸 건 재군이었다. 나는 얼른 고개를 끄덕여 동조했다. 창진이도 좋은 생각이라는 듯이 끄덕였다. 우리는 즉시 순위를 정하는 가위바위보에 들어갔다. 세 번의 가위바위보 끝에 내가 이겼다. 창진이는 겁먹은 표정으로 어둑한 동굴 속으로 발을 들여놓았다.

아이들이 일제히 탄성을 발하며 우려를 표시했다. 나는 창진이의 뒤를 이어 신령스럽기 그지없다는 동굴로 들어섰다. 동굴 안은 생각보다 음습했고, 한 치 앞도 보이지 않았다. 한 발짝 앞서 가던 창진이가 뒤를 돌아보았다.

"꼭 이런 걸로 대장을 뽑아야 돼?"

"이게 끝이 아니야."

"그럼 뭐가 또 있어?"

"이 동굴 끝에 높은 절벽이 있는데, 거기서 뛰어내리는 사람이 최종적으로 대장이 되는 거야."

"절벽? 몇 미터나 되는데?"

"어른들 말로는 십미터도 넘는대."

내 말과 함께 창진이의 움직임이 멈추었다. 나는 겁을 집어먹은 창진이의 등을 떠밀었다.

"겁이 나면 여기서 포기해."

"뭐, 겁날 건 없지. 너도 가는데 내가 못 갈 리 없잖아."

창진이는 말을 하면서도 겁을 먹은 게 틀림없었다. 그것은 창진이가 좀처럼 앞으로 나가지 못하는 걸 봐도 알 수 있었다. 나는 미리 준비해 두었던 손전등을 꺼내 들고 앞장을 섰다. 창진이가 놀랐다는 듯이 내 얼굴을 쳐다보았다. 나는 손전등을 비추며 동굴 안쪽으로 들어갔다.

창진이도 지지 않겠다는 듯 내 뒤를 바짝 따라붙었다. 동굴은 안쪽으로 들어갈수록 점점 더 넓어졌다. 어떤 곳은 집 한 채만큼 넓고 큰 곳도 있었다. 문제는 동굴 곳곳에서 입을 벌리고 있는 검은 구멍이었다. 동굴 속에 있는 구멍은 끝이 보이지 않을 정도로 깊었다. 말없이 따라오던 창진이가 떨리는 목소리로 말했다.

"나는 더 이상 못 가겠어. 너무 무서워."

"그럼 게임에서 지는 거야."

"게임이고 뭐고… 나는 돌아갈 거야."

"대장도 포기할 거야?"

내 말에 창진이는 창백해진 얼굴로 끄덕였다. 나는 손전등을 창진이 얼굴에 들이댔다.

"정말 포기할 거야?"

"네가 대장을 해. 나는 밖으로 나갈 테니까."

그때 동굴 깊숙한 곳에서 이상한 소리가 들렸다. 그것은 벽을 두드리는 소리 같기도 했고, 짐승의 울음소리 같기도 했다. 어떻게 들으면 귀신의 울음소리처럼 들리기도 했다. 창진이가 거의 울먹이는 듯한 목소리로 중얼거렸다.

"우리 돌아가자. 너무 무서워."

"너 혼자 돌아가. 나는 계속 앞으로 갈 테니까."

"너 정말 안 돌아갈 거야?"

"난 안 돌아가. 동굴이 끝이 없다고 해도."

"그럼… 난… 돌아간다."

"마음대로 해."

내 말이 끝나기 무섭게 창진이가 왔던 길을 더듬어 나가기 시작했다. 나는 창진이가 가는 곳을 향해 불빛을 비춰주었다. 창진이는 벽에 비친 그림자를 보고 몇 번인가 쓰러졌다가 일어났다. 나는 허둥대며 달아나는 창진이의 등에 대고 소리쳤다.

"지금부터 대장은 나야! 너는 영원히 내 졸병이 된 거야!"

내 목소리를 들었는지 못 들었는지 창진이는 쓰러지고 일어나기를 반복했다. 창진이의 허둥대는 모습은 마치 귀신에게 쫓기는 사람 같았다. 나는 넘어지고 자빠지는 창진이를 향해 소리를 질렀다. 내 목소리는 어느 순간에 동굴의 울림이 되어 돌아왔다. 동굴의 울림은 처음에는 섬뜩하게 느껴졌다.

하지만 점차 승리의 노랫소리처럼 아름답게 들리기 시작했다. 나는 동굴이 부르는 노래를 들으며 앞으로 나아갔다. 좁은 곳을 지나면 다시 커다란 공간이 나타났다. 큰 공간을 지나면 다시 좁은 통로가 드러났다. 동굴은 생각보다 깊고 어둡고 길고 무더웠다. 나는 땀으로 범벅이 될 정도로 걷고, 기어가고, 올라가고, 내려갔다.

이제는 어디가 시작이고, 어디가 끝인지도 알 수 없었다. 하지만 나는 단 한순간도 걸음을 멈출 수가 없었다. 어서 가서 동굴 반대편에서 기다리는 아이들을 만나야 했다. 그래서 그들로부터 대장이라는 호칭을 들어야 되었다. 나는 비몽사몽간에 동굴 끝을 향해 몸을 움직였다. 갑자기 손전등 불빛이 흐려진다고 느껴질 때였다. 나는 깊고 어두운 구멍 속으로 떨어져 내렸다. 그리고는 정신을 잃었다.

8

내가 다시 눈을 떴을 때는 할아버지의 한약방 안이었다. 할아버지는 안쓰럽다는 표정으로 나를 내려다보았다.

"쯧쯧, 어린 것이 어쩌자고 동굴 속을…"

나는 동굴 안에서 이틀 동안 기절해 있었다. 밖으로 나간 창진이는 아무런 말도 없이 집으로 돌아갔다. 동굴 반대편에서 기다리던 아이들은 밤이 돼서야 어른들에게 사실을 알렸다. 아이들의 말을 들은 어른들은 수색조를 편성해 나를 찾았다. 하지만 나를 찾는 일은 쉬운 게 아니어서, 사흘이나 동굴 속을 뒤지고 다녀야 했다.

결국 나는 동굴 입구에서 1km 떨어진 곳에서 발견되었다. 나를 찾아낸 동네 형들은 몇 시간만 늦었어도 생명이 위험했다고 털어놓았다. 나는 10미터나 되는 구멍에 떨어져 다리가 부러졌던 것이다. 그리하여 나는 그때부터 다시 아이들의 대장이 되었다. 당연히 잃어버렸던 수지의 신뢰도 되찾았다.

나는 그때부터 수개월 동안 절름발이 생활을 하지 않으면 안 되었다. 나는 목발을 짚고 교회사택으로 수지를 만나러 갔다. 수지는 걱정스럽다는 듯이 깁스한 다리를 만져 주었다. 나는 수지에게 목발의 위대성을 침이 마르도록 늘어놓았다. 부러진 다리를 가지고 무과를 통과한 충무공 얘기도 들려주었다.

나는 그렇게 해서 잃었던 대장 자리와 좋아하는 여자애의 마음을 되찾았다. 다만 그로부터 며칠 후 하나의 비보가 집안으로 날아들었다. 내가 대장 자리를 되찾은 사흘 뒤, 아버지가 순직했던 것이다. 서울에서 경찰로 근무하던 아버지는 무장공비를 막다가 현장에서 목숨을 잃었다. 사람들은 그 일을 1. 21 무장공비 침투 사건이라고 수군거렸다.

나는 대장이 되었다는 생각에 무장공비 침투 따위는 신경쓰지 않았다. 내게는 아버지의 죽음보다 아이들 대장이 더 중요했기 때문이었다. 아무튼 나는 그해 겨울, 우여곡절 끝에 대장의 자리를 되찾았다. 나한테는 없어서는 안 될 사랑의 감정도 돌려받았다. 박창진은 그 해 여름방학을 끝으로 다시 서울로 올라갔다.

chapter.

1

　23실의 청년 최옥근은 한국전쟁이 끝나가던 무렵 집으로 돌아왔다. 옥근이 전쟁을 끝까지 치르지 못한 것은 부상 때문이었다. 즉 옥근은 적정을 살피기 위해 정찰을 나갔다가 지뢰를 밟았다. 정신을 잃고 쓰러져 있는 옥근을 살린 것은 직속상관인 대대장이었다. 대대장은 지뢰를 밟은 소대장을 발견하고 즉시 후송조치했다.
　하늘이 도왔는지 옥근은 다리를 절단하지 않고 퇴원했다. 당연히 전투에 재투입할 수 없는 상태여서 전상제대를 하게 되었다. 그때부터 옥근은 여주군 내에서 제일 유명한 인사가 되었다. 그것은 옥근이 낙동강전투, 한강도하를 거쳐 압록강까지 진격한 전쟁영웅이기 때문이었다. 또한 옥근은 인민군이 매설한 지뢰를 밟고도 살아온 불사신 같은 존재였다.
　"적진을 돌파할 때는 신속하고 과감해야 된다."
　"목숨이 걸려 있는 데도 과감해야 됩니까?"
　"목숨이 걸렸으니까 과감해야 된다는 거지. 그렇지 않으면 삶을 보장하지 못하니까."

　제대 후 옥근은 20대 전후의 젊은이들을 모아 놓고 군사훈련을 시켰다. 즉 훈련교관이 된 옥근은 실전경험을 살려 청년들을 교육해 전쟁터로 보냈다. 옥근의 군사훈련은 지독하기로 소문이 나서, 청년들 사이에서는 지옥의 사자라고 불렸다. 옥근은 자신에게 붙여진 별명을 그리 나쁘게 생각하지 않았다. 왜냐하면 훈련을 극한까지 몰아붙이지 않으면 총알이 날아다니는 전쟁터에서 살아남을 수 없기 때문이었다.

　지옥의 사자처럼 훈련시키는 옥근을 아무도 나무라거나 손가락질하지 않았다. 그것은 옥근의 얼굴과 허벅지, 어깨에 난 지뢰 파편자국 때문이기도 했다. 옥근은 지뢰를 밟은 것 외에도 몇 발의 따발총을 맞고도 멀쩡히 돌아왔다. 물샐틈없이 포위된 적진을 돌파한 적도 한두 번이 아니었다. 아무튼 옥근은 압록강까지 진격했다가 퇴각해서 지리산 토벌대에 들어갔다.

　거기서 옥근은 십여 명의 공비를 사살하는 전공을 세우고 훈장을 탔다. 여주군 내에는 옥근 외에도 부상을 당하고 돌아온 용사가 몇 명 더 있었다. 그 첫 번째가 해병대에 입대해서 일등상사 계급장을 달고 싸운 정철재였다. 철재는 인천상륙, 함흥철수, 백마고지 등의 전투경력을 가진 사람이었다. 그는 사선을 서너 번이나 넘은 사람답게 용기만큼은 타의 추종을 불허했다.

　게다가 그는 따발총을 십여 발이나 맞고도 인민군을 때려죽인 용사였다. 그런 상황이니 지뢰를 밟고 살아온 옥근과 쌍벽을 이루지 않을 수 없었다. 그 두 사람 간에 생긴 갈등은 전쟁담 외에도 한 가지가 더 있었다. 그것은 향리 부호인 김진사의 딸을 놓고 벌이는 혼인경쟁이었다.

　김진사에게는 세 명의 딸이 있는데, 그들 중 막내가 단연 뛰어났다. 다른 두 명의 딸도 미모와 지혜를 갖추었으나, 지혜와 덕성이 모자랐다. 게다가 첫째와 둘째는 배필이 정해진 터여서 아무도 눈독을 들이지 않았다. 반면 셋째는 혼처도 정해지지 않았고, 막 열아홉 살이 된 터라 인기가 높았다.

그 꽃다운 처자를 놓고 능현리의 옥근과 점봉리의 철재가 혼인경쟁에 뛰어들었다. 그들 외에도 혼인경쟁을 벌이는 젊은이는 두 명이 더 있었다. 그들은 다름이 아니라, 한국전쟁에 참가했다가 돌아온 월성리의 박종식과 여홍리의 김백천이었다. 성격이 호방한 김진사는 네 명의 사윗감들을 한날한시에 북내면 오학리 종택으로 불러서 물었다.

"그래 자네는 군에서 뭘 했나?"
"저는 인천상륙작전 때 선봉에 섰습니다."
정철재의 대답에 김진사가 감탄스럽다는 듯이 고개를 끄덕였다. 그도 그럴 것이 인천상륙작전이 전쟁을 반전시킨 전투이기 때문이었다.

"그럼 자네는?"
김진사는 팔척장신의 거구인 김백천에게도 똑같은 질문을 던졌다. 백천은 본래 머슴으로 살다가 육이오로 영웅이 된 사람이었다. 다시 말해 백천은 한국전쟁으로 인해 입신출세한 셈이었다. 그는 전쟁이 끝나갈 무렵에는 한 부대를 이끄는 소대장까지 지냈다. 그런 그에게도 단점은 있어서, 여자를 너무 밝힌다는 게 문제였다. 즉 그는 내로라하는 집안의 규수는 모조리 집적거리고 다닌 팔난봉 같은 인물이었다.

"저는 개마고원까지 진격했다가 미군과 함께 장진호에 갇혔습니다. 거기서 미 해병대하고 필살의 탈출을 시도했죠. 추적하는 중공군을 셀 수도 없이 죽였고요."
"그 유명한 장진호 전투 말인가?"
"그렇습니다. 장진호 전투… 그 현장에 제가 있었습니다."

"대단한 일을 해냈구만, 백천은 그렇고 종식이 자네는?"

김진사는 감탄사를 터트리고 박종식을 쳐다보았다. 종식이 가부좌를 틀고 앉아 있다가 얼른 무릎을 꿇었다.

"저는 압록강까지 올라갔다가 내려와서⋯ 철의 삼각지에서 중공군하고 목숨을 건 공방전을 치렀습니다. 그 덕분에 몸 전체가 총알구멍 투성이지만 말입니다."

"그렇게 대단한 격전을 치렀나?"

"말도 마세요. 중공군이 인해전술을 쓰면 산천초목이 다 벌벌 떨었으니까요. 그래도 우리는 한 치도 물러서지 않았습니다."

"하긴 인해전술 앞에선 그렇겠지."

김진사는 돌아가며 질문을 던진 뒤 술을 한 잔씩 따라주었다. 네 명의 젊은이는 김진사가 내리는 술을 호기롭게 받아 마셨다. 잠시 숨을 돌린 김진사가 전쟁 얘기 말고 다른 건 없느냐고 물었다. 네 사람은 김진사의 말이 무엇을 뜻하는지 몰라 눈치만 살폈다. 김진사가 정자관을 반듯하게 고쳐 쓰고 좌중을 둘러보았다.

"군대 얘기 말고⋯ 좀 실전적이면서 현실적인 것 말이네. 군대항 씨름대회에서 우승했다던가, 달리기 대회에서 일등을 했다는 따위 말이야."

"그거라면 제가 말할 수 있습니다."

정철재가 목에 힘을 주며 앞으로 다가앉았다.

"저는 전쟁에 나가기 전⋯ 씨름대회에서 몇 번인가 우승한 적이 있습니다."

"그래 그게 무슨 타이틀인가? 그러니까 군수배냐 아니면 면장배냐 이 말일세."

"마을 대항 씨름대회였습니다. 상은 돼지새끼 한 마리고요."

정철재의 말에 김진사가 너털웃음을 터뜨렸다.

"마을 대항 말고 더 큰 것 말이야."

"그건 제가 바로 그 당사자입니다"

우물거리는 정철재를 제치고 나선 게 김백천이었다. 그는 큰 키에다가 황소 같은 눈을 가진 헌헌장부였다. 사람들은 그를 가리켜 현대판 임꺽정이니, 항우장사니 하며 떠들었다. 김백천은 팔 척이 넘는 거한답게 술 또한 말로 들이켰다. 전쟁 중에는 한 항아리를 다 마시고도 모자란다고 소리친 적도 있었다. 김진사가 장죽에 불을 붙여 물고 김백천을 쳐다보았다. 김백천이 눈을 몇 차례 껌뻑이고 입을 열었다.

"저는 씨름대회에서 황소를 탄 적이 있습니다."

"오, 그래? 그게 언제인가?"

"군에 있을 땝니다."

"군에 있을 때?"

"평양에 입성한 다음 승리 기념으로 소대장끼리 씨름을 벌였죠. 거기서 일등을 했습니다."

"장하군. 장교들끼리 벌인 힘자랑에서 일등을 했으니."

김진사는 고개를 끄덕이고, 네 사람에게 술을 한 잔씩 따랐다. 그들이 술을 들이켜자 김진사가 느긋한 시선으로 둘러보았다.

"소싯적에는 누구든 장사가 아닌 사람은 없지. 허니 지금부터는 앞으로의 일… 즉 내가 직접 눈으로 확인하거나 들어서 알 수 있는 것으로 보여 주게."

"직접 확인할 수 있는 것이라니요?"

박종식이 이해할 수 없다는 표정을 지었다. 김진사가 흰 모시저고리 앞섶을 단정히 여미고 말했다.

"군대항 달리기 대회에서 결승 테이프를 끊던가, 쌀가마를 메고 십여 리를 뛴다던가, 말술을 숨도 쉬지 않고 들이켜던가 하는 것들 말일세."

"……"

"물론 군대항 씨름대회에서 우승하면 더욱 좋고."

네 사람은 김진사가 무엇을 요구하는지 그때야 알아차렸다. 어떤 의미에서 김진사의 말은 뜬금없는 것일 수도 있었다. 왜냐하면 사윗감 고르는 장소에서 힘자랑은 어울리지 않기 때문이었다. 그럼에도 그들은 김진사의 말을 부당하다고 생각하지 않았다. 정철재가 헛기침을 큼큼 하고 허리를 꼿꼿하게 폈다.

"진사 어르신, 두고 보십시오. 제가 어르신을 흡족하게 해 드리겠습니다."

"아 철재 자네가 해 보겠나?"

"제가 한번 해 보겠습니다."

"그럼 자네 말을 한번 믿어 보겠네."

김진사가 장죽을 깊게 빨고는 흡족한 표정을 지었다. 그 모습을 본 네 사람은 너도나도 해 보겠다고 다짐을 두었다. 그렇게 해서 첫 번째 면접 대결은 승부를 가리지 못한 채 끝났다. 그들은 김진사의 오학리 종택을 나오면서 정정당당하게 승부를 가리자고 합의를 보았다.

그 제의는 시종일관 아무런 말이 없던 최옥근이 한 것이었다. 다른 사람들도 대부분 장가가기 시합에 흥미를 보였는데 정철재만이 예외였다. 그는 마치 자신이 김진사의 사위로 선택된 것처럼 호기를 부렸다. 즉 여주 읍내로 건너가는 나룻배 위에서 큰소리를 쳤던 것이다.

"아무리 그래도 자네들이 나를 이길 순 없을 걸."

"우리들이 자네를 이길 수 없다구?"

"당연하지. 내가 이미 사윗감으로 내정돼 있으니까."

"그걸 지금 말이라고 하는 건가?"

"두고 보세나. 내가 최후의 승자가 될 테니."

2

　그날부터 네 사람은 각자 생각해 둔 방식대로 시합을 준비했다. 옥근은 농사일을 도우며 체력을 단련하고 경서를 읽었다. 백천과 종식도 체력을 키우고 담력 쌓는 일을 병행해 나갔다. 문제는 인근 마을에 붙어 사는 옥근과 철재 간의 갈등이었다. 그들은 가까운 동네에 살았는데, 콩쿠르나 국민학교 운동회, 축구대회 때마다 부딪쳤다.
　특히 성격이 난폭하고 급한 철재는 술만 마시면 옥근을 괴롭혔다. 옥근은 술에 취한 철제와 부딪치지 않고 적당히 피해 다녔다. 옥근이 피할수록 철재는 더욱 더 의기양양해서 행패를 부렸다. 사실 철재는 덩치만 컸지 술만 깨면 양처럼 온순한 사람이었다.
　그런 사정을 잘 아는 옥근이 철재의 술주정에 응할 리 없었다. 그런데다가 옥근은 젊은이들을 모아 놓고 군사훈련을 시키는 중이었다. 그 외에도 천막을 치고 개설한 소학교 교사도 겸직하고 있었다. 옥근이 교사를 하는 것은 일찌감치 한학을 터득했기 때문이었다. 그런 사람이 술주정뱅이 인사와 으르렁거리며 다툴 리가 없었다.
　"이번 단옷날 씨름대회에서 우승하는 사람이 진사 어른 사위가 되는 걸로 하세."
　어느 날 철재가 세 사람을 불러 두 번째 시합을 제안했다. 세 명의 젊은이는 철재의 제안을 이의없이 받아들였다. 왜냐하면 씨름이라면 그들도 자신이 있기 때문이었다. 네 사람은 단옷날을 기다리며 막바지 체력단련에 들어갔다. 그들 중 제일 먼저 체력을 끌어올린 사람이 종식이었다. 종식은 매일 여주에서 이천까지 뛰며 몸을 만들었다.
　그에 반해 철재는 기본 체력만 믿고 훈련을 하지 않았다. 백천도 체력이 강한 걸 은근히 자랑하는 터여서 체력단련 자체를 우습게 여겼다. 옥근은 역기를 들고 쌀가마니를 메고 뛰는 연습을 게을리 하지 않았다. 제각기 체력이 단련되었다고 판단한 네 사람은 단옷날 읍내

경찰서 운동장에 모였다. 그들은 조별로 나누어진 대진표대로 승승장구해서 8강까지 올랐다.

8강에 진출한 그들은 모두 우승컵은 자기 것이라고 의심치 않았다. 문제는 준준결승에 오른 8명의 후보가 4강전을 벌일 때 일어났다. 제일 첫 번째 조에 속해서 경기를 하던 철재가 부상을 입었던 것이다. 그 광경을 본 세 젊은이는 시합을 다음으로 미루자고 합의를 보았다. 결국 철재의 부상으로 우승컵은 다른 사람의 품으로 돌아갔다.

"이번에는 내가 우승할 수 있었는데…"

백천이 머리를 치며 4강전을 치루지 못한 아쉬움을 드러냈다. 종식도 안타까운 마음을 막걸리 집에서 말술로 달랬다. 철재는 정정당당한 시합을 주장하는 세 사람에게 사과의 말을 건넸다. 모든 건 자신의 준비 부족과 치밀하지 못한 성격 때문이라고.

사실 그날 8강에 오른 건 네 사람과 이름을 알 수 없는 청년들이었다. 시합이 정상으로 진행된다면 옥근과 종식이 붙고, 백천과 이름을 모르는 청년이 대적할 상황이었다. 그 게임의 결과는 뻔해서 옥근과 백천이 상대를 이길 것이 명백했다.

그런 사실은 게임 도중에 부상을 당한 철재도 짐작하고 있었다. 아무튼 네 사람은 우승보다 김진사 마음에 드는 것이 더 중요했다. 그리하여 네 사람이 동시에 기권하자 군대항 씨름대회는 싱겁게 끝나고 말았다. 그 경위를 전해들은 김진사도 네 사람의 용기에 찬사를 보냈다.

3

"오늘은 술 먹기로 승부를 겨뤄 보자구."

네 사람은 진정한 승부를 가리기 위해 여주읍 내 대폿집에 모였다. 그들은 부상당한 동지를 위한다는 명목으로 일정한 시간을 가지고 만났다. 철재나 백천도 신사라는 것을 보여 주기 위해 당당히 동참했다. 그들은 한 말들이 막걸리 통을 서너 개 가져다 놓고 시합에 들어갔다. 그런데 문제는 전혀 예기치 못한 곳에서 터졌다.

"이자식이 선후배도 몰라보는구만?"

"누가 선배라는 거야?"

"너는 네 코앞에 있는 사람이 후배로 보이냐?"

옆 좌석에서 술을 마시던 청년들이 언성을 높이며 다투었다. 그들은 청년들의 말다툼을 모른 척하고 술만 들이켰다. 왜냐하면 그들에게는 술 마시는 시합이 무엇보다 중요하기 때문이었다. 그들의 인내심에도 불구하고 청년들은 계속 소동을 부렸다. 나중에는 의자를 집어던지고 그릇을 깨며 싸움질을 했다. 그 꼬락서니를 보다 못한 철재가 한마디 씹어뱉었다.

"너희들 군대도 갔다오지 않은 것 같은데, 좀 조용히 마셔라."

"그 말 지금 우리한테 하는 소리요?"

"그럼 누구겠나? 여기는 너희들밖에 없는데."

"이 작자가 눈에 보이는 게 없나?"

얼굴에 칼자국이 난 청년이 인상을 긁으며 일어섰다. 철재가 말뚝처럼 굵은 팔뚝을 걷어붙이고 쏘아보았다.

"너 우리가 누군지 알아?"

"당신들이 누군데?"

"우리로 말할 것 같으면… 한 사람당 총알을 서너 방씩 맞고 돌아온 역전의 용사들이다."

"역전의 용사들? 병신들 주제에 웃기는구만."

"뭐 병신들?"

백천이 벽력같이 소리치며 팔 척 장신을 일으켜 세웠다. 청년들이 해 볼 테면 해 보라는 듯이 백천을 노려보았다. 그들은 자기들이 수적으로 우세하다는 걸 믿는 것 같았다. 문제는 철재와 백천, 종식이 일당백의 용사들이라는 점이었다. 그들이 힘을 쓴다면 장정 칠팔 명쯤은 순식간에 때려눕힐 수 있었다. 상황이 심각해진 것을 느낀 옥근이 재빨리 말리고 나섰다. 그 순간 청년들이 각목과 몽둥이를 집어 들고 달려들었다.

"병신들이 죽고 싶어서 환장했구만."

"이 새끼들 안 되겠다. 본때를 보여 줘야지."

열이 뻗친 세 사람은 닥치는 대로 청년들을 두들겨 팼다. 철재의 호언대로 청년들은 전쟁영웅의 적수가 아니었다. 칠팔 명의 청년들은 순식간에 피를 흘리며 나뒹굴었다. 결국 그날의 술 먹기 시합도 엉뚱한 사건으로 틀어지고 말았다. 나중에 안 일이지만 청년들은 여주 ×× 원 원생들이었다. 네 사람은 파지를 줍는 아이들을 구타했다는 명목으로 조사를 받았다.

그들은 한동안 경찰서를 들락거리며 고생한 뒤 혐의없음으로 풀려났다. 당연히 그들이 방면된 동기는 나라를 위해 싸운 전쟁영웅이라는 점이었다. 옥근과 철재, 백천이 훈련교관이라는 점도 고려되었다. 아무튼 그 일은 네 사람의 패기를 어느 정도 꺾어 놓았다. 그래도 그들은 만석지기 갑부를 장인으로 삼는 행운을 포기하지 않았다.

4

"우리 담력으로 승부를 결정짓는 게 어때?"

며칠 후 종식이 세 사람을 불러내 새로운 시합을 제안했다. 백천이 기다리던 말이라는 듯 맞장구를 쳤다.

"담력 그거 좋지."

"담력이라면 나도 자신 있다구."

담력시합을 환영하고 나선 건 술주정뱅이 철재도 마찬가지였다. 그도 담력이라면 누구에게도 뒤지지 않는다고 자처해 왔다. 그런 자신에게 담력으로 승부를 가리자고 말을 꺼내다니 우스웠던 것이다. 철재는 마치 담력시합에 이기기나 한 것처럼 우쭐대었다. 다만 한쪽에 조용히 앉아 있던 옥근만 부정적인 태도를 보였다.

그것은 누가 이기고 졌는지 가릴 수 없다는 이유에서였다. 쉽게 말해 캄캄한 밤중에 무슨 일을 어떻게 벌이는지 아느냐는 거였다. 옥근은 무모한 게임이라고 주장했지만 종식의 고집을 당할 수가 없었다. 은근히 담력시합에 동조하는 백천과 철재도 말리기 어려웠다. 결국 네 사람은 날을 잡고 담력시합을 벌이기로 결정지었다.

사실 옥근은 세 사람 못지않게 담력에 대해선 자신이 있었다. 그것은 전쟁 당시의 극단적인 경험을 통해서도 이미 입증되었다. 옥근은 압록강에서 후퇴하다가 죽은 전우 옆에서 열흘이나 버텼다. 옥근은 그때 동굴 속에서 적군의 시체를 먹으며 목숨을 부지했다. 그런 상황이니 군화가죽을 먹고 오줌을 마시는 건 일도 아니었다.

오줌을 먹고 군화를 식사대용으로 한 것은 철재도 다르지 않았다. 그도 적 후방에 침투했다가 단독으로 살아온 역전의 용사였다. 그런 젊은이들이 모였으니 밤중에 고개를 넘는 일은 장난일 수밖에 없었다. 아무튼 네 사람은 달도 없는 캄캄한 밤에 모래포대를 메고 모였다.

"게임은 어떤 방식으로 하는 거지?"

백천의 물음에 게임을 제안한 종식이 차근차근 설명했다.

"각각 용강굴 공동묘지를 출발해서… 황학산 능선을 타고 넘어가… 모돌기 고개까지 가면 되는 거야."

"출발은?"

"출발은 오분 간격으로 하고."

"모래포대는?"

"그건 알아서 가지고 가야지. 그게 없으면 의미가 없으니까."

"하긴."

"그럼 제일 빠른 시간 안에 주파하는 사람이 우승하는 거네."
"그거야 당연하지."
네 사람은 백천을 시작으로 해서 철재, 종식, 옥근 순으로 떠났다. 처음에는 아무런 사고없이 중간경로를 거쳐 모돌기 고개까지 갔다. 문제는 목적지인 모돌기 고개에 도착한 뒤 일어났다. 즉 모돌기 고개까지는 모두 다 갔으나, 어떻게 왔는가가 문제였다. 어떤 사람은 달도 없는 캄캄한 숲속을 두 시간에 걸쳐 종주했다.
어떤 사람은 지름길을 찾아서 쉽게 완주한 이도 있었다. 10Km가 넘는 거리를 밤중에 가려면 한 시간 이상은 걸렸다. 코스 중간에 공동묘지가 있고, 귀신이 나온다는 골짜기를 지나야 했다. 게다가 깊은 협곡까지 있어서 웬만하지 않고는 종주를 할 수도 없었다. 그런데다가 네 사람 30kg 짜리 모래포대를 둘러멘 상태였다.
"이걸로는 승부를 가리기 어렵겠구만."
네 젊은이는 모두 시합 결과에 불만을 토로했다. 시합을 제안한 종식도 만족스럽지 않기는 매한가지였다. 땀을 닦던 백천이 게임이 무효라고 선언해 버렸다. 바지에 묻은 흙을 털어내던 철재도 당연한 결과라고 거들었다. 나중에 안 일이지만 종식은 코스의 1/3까지 가다가 옆길로 샜다. 백천은 일찍이 코스를 벗어나는 편법을 써서 종주했다. 철재는 아무도 모르게 손전등을 준비해서 게임에 들어갔다. 단지 옥근만 횃불을 만들어 가지고 완벽하게 종주를 마쳤다. 네 사람은 종착지인 모돌기 고개에서 네 번째 게임에 들어갔다. 모돌기 고개에서 장호원 버스 정류장까지 뛰어가기로 했던 것이다. 당연히 30Kg짜리 모래포대도 멘 채 가기로 합의를 보았다.
그들이 시도한 네 번째 시합에도 문제가 없지는 않았다. 그것은 장호원 읍내에 있는 버스 정류장의 위치 때문이었다. 50리 밖에 있는 장호원 버스 정류장은 본래 두 군데였다. 그런데 각기 다른데 도착한 그들은 서로 빨리 왔다고 우겨댔다. 결국 네 번째 시합도 무효로 판정이 나고 말았다.

5

초여름 어느 날, 김진사는 네 명의 사윗감 후보를 북내면 오학리로 불렀다. 네 사람은 기다렸다는 듯이 종택으로 모여들었다. 김진사는 그들에게 차를 대접하며 점잖게 말을 꺼냈다.

"자네들을 부른 건 쉽게 우열이 드러나지 않아서야. 해서 내가 직접 두 가지 사실을 확인해 보기로 했네."

"두 가지 사실이라니요?"

백천이 황소 같은 눈알을 굴리며 물었다. 김진사가 곰방대를 빤 뒤 입을 열었다.

"하나는 힘이고, 또 하나는 의지일세."

"힘과 의지라고요?"

"지금부터는 내가 묻는 말에 꾸밈없이 대답해 주기 바라네."

"대답이라면 얼마든지 하겠습니다."

네 사람은 이구동성으로 말하고 김진사를 쳐다보았다. 그들은 당장 사지로 뛰어들라고 해도 몸을 던질 판이었다. 또한 삼팔선을 넘어갔다가 다시 돌아오라고 해도 실행할 판이었다. 그 정도로 그들은 만석지기 가문의 사위가 되는 일을 절체절명의 과제로 여겼다. 김진사가 곰방대를 재떨이에 턴 다음 조용히 질문을 던졌다.

네 사람에게 앞으로 무엇을 할 것이며, 어떻게 살아갈 것인가를 물었던 것이다. 즉 신부를 어떻게 먹여 살릴 것이고, 직업은 무엇을 택할 것이며, 꿈과 이상은 무엇인지 물었다. 김진사의 진지한 질문에 그들은 쉽게 입을 열지 못했다. 다만 매사에 자신감이 넘치던 종식이 먼저 운을 떼었다.

"저는 아버님 유지대로 장사를 계속 하겠습니다."

"장사를 계속하다니?"

"부친께서는 지금 여주 읍내에서 전파사하고 포목상을 운영하고 계신데, 그걸 좀 더 크게 확장해 볼 작정입니다."

"단지 그것뿐인가?"

김진사의 가벼운 질책에 종식이 뜨악한 표정을 지었다. 종식은 잠시 생각하다가 단호한 어조로 덧붙였다.

"사실 장사보다 공부가 더 중요하다고는 생각했습니다."

"공부?"

"큰 도시로 나가서 공부를 더 하는 거죠. 그렇게 하려면 부단한 노력이 필요하지만 말입니다."

김진사가 알만하다는 듯이 고개를 끄덕였다. 종식의 말은 김진사의 마음을 움직이기에는 역부족이었다. 왜냐하면 종식의 파락호 같은 짓거리는 여주 읍내에서 모르는 이가 없을 정도였다. 이미 종식은 입대하기 전에 여염집 처녀 서너 명을 작살내 버렸다. 그의 괴이한 여성편력과 허무맹랑한 짓거리는 거기서 그치지 않았다.

그는 총알이 날아다니는 중에도 여자만 보면 쫓아가 치근덕거렸다. 전우들은 종식이 무엇 때문에 전쟁터에 나온 것인지도 알 수 없을 지경이었다. 종식의 파락호 같은 생활은 부모들에게도 골칫거리였다. 그의 부모들은 종식의 행실을 바로잡기 위해 온갖 방법을 기울였다. 그렇지만 종식의 못된 짓거리는 끝내 고치지 못하고 말았다.

종식이 파락호 같이 행동해도 장점이 전혀 없는 건 아니었다. 그것은 다름이 아니라, 머리 하나만은 누구보다 좋다는 사실이었다. 그는 뛰어난 머리를 이용해서 어려운 문제를 손쉽게 풀었다. 그의 재기는 전쟁터에서 십분 발휘되어 화랑무공훈장까지 탔다.

종식은 잠시 생각한 다음 단호한 어조로 고해 올렸다. 이제 과거의 여성편력 같은 건 중요치 않으며, 다시는 반복하지 않겠다고. 화랑무공훈장까지 받은 전쟁영웅이 더 이상 그런 짓거리를 해야 되느냐고.

김진사는 종식의 말을 듣고 백천에게도 같은 질문을 던졌다.
"그럼 백천 자네는?"
"저는 장사치보다 건축가가 되려고 합니다."
"건축가?"
"전쟁으로 폐허가 된 국토를 재건하는 게 무엇보다 급선무라고 생각했기 때문입니다."
백천의 말은 그럴 듯했지만, 실현시키기에는 어려운 상황이었다. 왜냐하면 그는 당장 끼니를 걱정해야 하는 판이었다. 김진사가 입에 문 장죽을 빼들고 단도직입적으로 물었다.
"그럼 당장 무얼 먹고 무엇을 가지고 연명할 셈인가? 또 처자는 어떻게 먹여 살리고?"
"뜻이 있는 곳에 길이 있다고, 무슨 짓을 해서라도 처자식은 굶기지 않겠습니다. 아직은 젊고 튼튼한 몸이 있으니까요."
"하긴 젊음이 밑천이긴 하지."
김진사가 중얼거리고 백천의 얼굴을 빤히 쳐다보았다. 사실 백천은 인내와 끈기가 부족한 게 흠이었다. 그래서 무슨 일이든 벌여놓기만 하고 마무리를 못 지었다. 김진사도 백천의 그런 소문은 익히 들어서 알고 있었다. 단지 그런 것으로 사람을 판단할 수 없다고 기회를 주었을 뿐이었다. 아무튼 백천은 야무지게 일을 처리하는 데는 적임자가 아니었다.
평소 그는 혼자 버려져 있는 것을 병적으로 싫어했다. 그래서 사람들은 그를 가리켜 폐쇄공포증 환자라고 수군거렸다. 어떤 사람은 아직도 전쟁의 몽상에 빠져 지낸다고 흉을 보았다. 어떤 이는 머리를 스친 총알 때문에 이상해졌다고 떠들었다. 백천은 장죽을 빠는 김진사를 향해 넙죽 절까지 올렸다.
"셋째 딸을 제게 주시면 목숨을 걸고 사랑하겠습니다. 평생 동안 왕비처럼 모시고 살고요."

"왕비처럼 모시고 산다?"

"그렇습니다."

"백천은 그렇다 치고 철재는?"

김진사는 바위처럼 앉아 있는 철재에게 질문을 던졌다. 철재가 때를 기다렸다는 듯이 입을 열었다.

"저는 전쟁 영웅으로서의 기개와 자존심을 지키면서… 작지만 농사를 열심히 지으며 살아가겠습니다."

"농사를 열심히 짓겠다?"

"그렇습니다."

"어째서?"

"부모님께서 물려주신 건강한 육체와 정신을 기리기 위해서라도… 농촌에 남아 농업을 유지하며 사는 게 최선이라고 생각했습니다."

김진사가 마른기침을 큼큼 하고 똑바로 앉았다. 철재가 주장하는 말은 어느 정도 일리가 있는 것이었다. 그것은 그의 집안에서 부치는 전답이 꽤나 많기 때문이었다. 문제는 철재가 술 마시기를 너무 좋아한다는 점이었다.

"자네 요즘 술을 많이 한다며?"

"요사이는 절제하고 있습니다. 결혼을 하게 되면 완전히 끊어 버릴 계획이고요."

"오 그래? 그거 좋은 계획이구만."

"요 며칠은 술 냄새도 맡지 않았습니다."

김진사는 고개를 끄덕였으나 믿을 수 없다는 기색이었다. 사실 철재는 요즘도 술로 날을 지새우는 중이었다. 그가 술에 전 것은 얼굴색만 보아도 알 수 있었다. 그의 얼굴은 흑빛이었으며, 눈을 초점을 잃고 허공을 맴돌았다. 활기가 넘쳤던 움직임도 중년사내처럼 느리고 굼떴다.

술로 인한 후유증이 그 정도라면 그래도 괜찮았다. 그는 시도때도 없이 지나가는 사람을 붙들고 시비를 걸었다. 사람들은 그가 눈에 띄면 몸을 피하기 일쑤였다. 그는 그런 것도 모른 채 전쟁 공로에 취해서 살았다. 사람들은 그가 그렇게 사는 이유를 대며 뒤에서 소곤거렸다. 그가 전쟁 중에 죽인 사람이 너무 많아서 폐인처럼 산다는 거였다.

어떤 이는 죽은 이들 영혼들이 머리에 씌워서 그렇다고 떠들었다. 어떤 사람은 그가 죽인 망령들과 아직도 싸움을 하는 중이라고 수군거렸다. 김진사는 장부의 기질을 가진 철재를 무척 아껴서 따로 불러다가 술까지 내렸다. 김진사가 그러는 것은 철재 부친과의 특별한 관계 때문이었다. 김진사와 철재 부친은 일제강점기 당시 의형제까지 맺은 사이였다.

두 사람의 관계는 단순히 의형제로서 지키는 의리에 그치지 않았다. 두 사람은 같은 날 끌려가서, 같은 장소에서 일하다가, 같이 살아 돌아온 징용영웅이었다. 즉 두 사람은 석탄을 채굴하는 탄광으로 끌려가 막장에서 일하다가 여러 번 죽을 고비를 넘겼다. 그런 상황이니 철재를 각별하게 생각하지 않을 수 없었다.

"철재는 그렇고 옥근이는?"

김진사가 장죽을 재떨이에 내려놓고 옥근을 쳐다보았다. 옥근은 선비처럼 단아한 외모를 가진 사람이었다. 반듯한 말투와 맑은 눈빛, 꼿꼿한 자세는 사람의 마음을 빼앗을 정도였다. 옥근은 헛기침을 해 목소리를 가다듬고 차분히 말을 올렸다.

"저는 가진 게 아무것도 없습니다. 그래서 무얼 한다거나 무엇을 이룬다는 생각을 해 본 적이 없습니다. 그저 본분에 맞게 그날그날 최선을 다해 살아갈 생각입니다."

김진사는 담백하게 고하는 옥근을 믿음직한 시선으로 쳐다보았다. 옥근은 좌중을 둘러본 다음 낭랑한 어조로 말을 이었다. 자신은 전쟁영웅도 아니며, 불사신은 더욱 아니다. 미래는 공부를 하면서 천천히 생각해 보겠다. 성공이나 부귀영화는 하늘이 정해 주는 것이니, 그 뜻에 따라 열심히 일을 하겠다. 또한 사나이 대장부로서 여자 하나만은 고생시키지 않겠다고 덧붙였다. 김진사는 옥근의 솔직한 말을 듣고 고개를 끄덕였다.

"그럼 자네는 어떻게 해서… 무엇으로 처자를 먹여 살릴 셈인가?"

"저는 지금 소학교에서 임시로 아이들을 가르치고 있습니다. 하지만 앞으로는 정식 교사 자격증을 딸 계획입니다."

"아, 학교에서 아이들을 가르치는구만."

"기회가 온다면 공직에도 진출해 볼 계획입니다."

"공직에?"

"그렇습니다."

옥근의 말을 듣고 김진사는 만족스런 표정을 지었다. 옥근과 김진사의 태도를 본 세 사람은 입맛을 다셨다. 김진사가 옥근의 입장을 십분 이해해 주는 것 같기 때문이었다. 김진사가 장죽을 입에 물고 네 사람을 쓱 둘러보았다.

"이제 일차 면접은 끝났고 이차 테스트만 남아 있네."

"이차 테스트라니요?"

종식이 궁금하다는 듯 작은 눈을 크게 떴다. 김진사가 껄껄 웃고 장죽을 힘있게 빨았다.

"우선 들 앞에 놓여 있는 차부터 마시게."

옥근을 비롯한 네 명의 젊은이는 차를 조심스럽게 마셨다. 그들은 사윗감 선별시험이 막바지에 접어들었다고 생각했다. 그건 김진사의 확신에 찬 표정을 봐도 알 수 있었다. 차를 마시던 백천이 조급증을 참지 못하고 입을 열었다.

"이차 테스트는 어떤 것입니까?"

"그건 용기와 힘을 시험해 보는 테스트라네."

"용기와 힘이요?"

"그렇네."

"그게 도대체 뭡니까?" 철재도 차를 마시다 말고 궁금하다는 표정을 지었다. 김진사가 한바탕 껄껄 웃고 문지방 너머를 가리켰다.

"여강을 도하하는 걸세."

"여강을요?"

"그렇다네."

김진사의 종택은 여강이 내려다보이는 언덕빼기에 있었다. 여강, 즉 남한강을 건너면 여주읍이고, 읍과의 소통은 나룻배로 이루어졌다. 그런 상황에서 종택은 강을 굽어보는 망루처럼 언덕배기에 자리 잡았던 것이다. 그 외에도 사랑방에 앉아 있으면 여강 나루가 손에 잡힐 듯 가까웠다. 그래서 누가 헤엄을 잘 치며, 누가 요령을 부리는지 알 수 있었다.

"이제 쉴 만큼 쉬었으니 슬슬 시작해 보세."

김진사가 긴장감이 역력한 사윗감들을 향해 부드럽게 입을 열었다. 네 사람은 어안이 벙벙한 채 앉아 있다가 엉거주춤 일어섰다. 그들은 여강 도하가 상상을 초월한 발상이라고 생각하는 중이었다. 왜냐하면 지금은 초여름이어서 강물이 얼음처럼 차가웠다. 그뿐이 아니었다. 한 달간 계속된 장마로 물살도 거칠대로 거칠었다. 그런 상황에 600여 미터도 훨씬 넘는 여강을 도하하라니. 백천이 황소처럼 커다란 눈을 껌뻑이며 질문을 던졌다.

"도하하는 방법은 무엇입니까?"

"방법은 간단하네. 헤엄을 쳐서 건너가는 것일세."

"헤엄을 쳐서요?"

"자 준비가 끝났으면 출발하도록 하게."

김진사는 더 이상 설명 같은 건 필요없다는 듯이 다그쳤다. 네 사람은 일제히 웃통을 벗어던지고 밖으로 뛰어나갔다. 김진사는 앞서거니 뒤서거니 달려가는 젊은이들을 흡족한 표정으로 바라보았다. 네 사람은 단숨에 백사장을 가로질러서 여강에 몸을 던졌다. 사실 헤엄을 치는 것으로 따지자면 철재가 단연 으뜸이었다.

철재는 전쟁 전부터 여강에서 낚시질을 하고 놀았다. 군대도 귀신을 잡는다는 해병대에 들어간 사람이었다. 헤엄을 잘 치기로는 백천과 옥근도 뒤지지 않았다. 두 사람은 입대 전에 여강을 몇 번 왕복한 일이 있었다. 개헤엄으로 횡단했지만 물에 대한 두려움은 그때 떨쳐버렸다.

"수영 하면 나지."

종식은 특공대 일등중사로 죽을 고비를 수없이 넘긴 용사였다. 언젠가는 해주에서 무인도까지 15Km를 10여 시간 동안 헤엄쳐 건넜다. 그때는 적에게 쫓기는 상황이었지만, 결코 쉬운 일이 아니었다. 아무튼 네 사람은 서로 앞을 다투면서 헤엄을 쳤다.

"못 건널 사람은 일찌감치 포기하라구."

철재가 선두에서 전진해 가며 의기양양한 목소리로 외쳤다. 뒤따라가던 종식과 백천이 어림없다는 듯이 웃었다. 옥근은 말없이 건너편 강둑을 향해 헤엄쳐 나갔다. 그런 상황이라면 도강을 못하는 사람은 없을 것처럼 보였다.

문제는 네 사람이 200여 미터를 갔을 때 벌어졌다. 30미터를 앞서 가던 철재가 숨을 헐떡이기 시작했던 것이다. 거친 숨을 몰아쉬기는 백천과 종식도 마찬가지였다. 그들은 하나같이 팔과 다리를 주무르며 물속에서 허우적거렸다.

"이거 몸이 왜 이러지?"

철재가 헤엄치다 말고 따발총에 관통당한 옆구리를 주물렀다. 철재의 모습으로 보아 후유증은 심각한 것처럼 느껴졌다. 백천도 통증이 솟는지 인상을 찡그리고 헐떡거렸다. 백천은 중공군과의 전투에서 견갑골을 관통당하는 중상을 입었다. 좌측 측두골도 스무 바늘을 봉합하는 대수술을 받았다.

종식도 몸이 쑤시고 아픈 것은 백천과 별반 다르지 않았다. 그는 구월산 전투에서 늑연골과 치골이 부서지는 총상을 입었다. 종식은 몇 개월간의 치료를 마치고 다시 전장으로 달려갔다. 그들이 강 한가운데서 멈칫거리는 사이 옥근이 앞서 나갔다.

사실 옥근도 그들처럼 총상을 입은 것은 분명한 사실이었다. 다만 옥근은 하악골과 늑골, 미골 부위에 지뢰 파편이 몇 개 박혔을 뿐이었다. 결국 옥근이 번개같이 헤엄을 쳐 건너감으로써 승리를 쟁취했다.

"수고들 많았구만."

김진사가 남한강을 도하하고 돌아온 사윗감들의 손을 잡아 주었다. 김진사는 네 사람의 수영 솜씨를 보고 사윗감을 낙점할 수 있었다. 어느 누구보다도 옥근의 용기를 높이 샀던 것이다. 옥근의 진가는 도하 후에 가진 술자리에서 여지없이 발휘되었다. 김진사는 네 사람에게 자랑거리를 털어놓아도 좋다고 부추겼다.

"선조에 대한 칭송이나 귀감되는 얘기도 괜찮아."

"제가 먼저 해도 되겠습니까?"

김진사의 희고 긴 턱수염을 쳐다보던 박종식이 먼저 말문을 열었다. 다른 세 사람도 긴장된 표정으로 종식의 말을 들었다. 종식은 ××박씨 30대 손이며 판서와 정승을 지낸 선조가 헤아릴 수 없다고 운을 떼었다. 구체적인 관직은 대지 못했지만, 종식의 말은 신빙성이 높아 보였다.

종식의 일가친척의 재산상태로 보아 그것은 사실처럼 느껴졌다. 문제는 얘기를 다 들은 김진사가 던진 예상치 못한 질문이었다. 김진사는 ××박씨 자체가 일제강점기에 만들어진 성씨가 아니냐고 물었다. 종식은 한동안 대꾸를 못하다가 기어들어가는 목소리로 자복했다.

사실은 평소 기제사도 지내지 않고 변변한 족보도 없어서 의문점이 많았다고. 어른들 면면이 양반 같지 않아 실망한 점이 한두 가지가 아니라고 털어놓았다. 그 모습을 지켜본 김진사가 곰방대로 재떨이를 탕탕 두드렸다. 즉 ××박씨는 일제강점기 때 창씨개명한 성씨라고 일축해 버렸던 것이다.

"저의 가문은 그렇지 않습니다."

비참하게 깨진 종식의 뒤를 이어 나선 것이 김백천이었다. 백천도 종식과 마찬가지로 으스대며 입을 열었다. 자신은 ××김씨 43대 손이며 종택은 경주에 있다고 서두를 꺼냈다. 과거에 장원급제한 사람과 목숨을 걸고 충언한 선비들도 적지 않다는 것이었다.

그의 20대 선조는 대사헌을 지냈고, 17대 선조는 우의정을 제수받았다. 15대 선조는 좌참찬, 11대조는 한성판윤을 지내는 등 정승 판서가 한 두 명이 아니라고 덧붙였다. 그의 일장연설도 김진사의 한마디로 물거품이 되었다.

그것은 ××김씨 자체가 조선 말기에 한 명의 급제자를 냈을 뿐이라는 지적 때문이었다. 급제도 시문을 짓는 진사과나 경서를 다루는 생원과가 아닌 잡과에서 나왔다는 거였다. 백천이 난감하다는 표정을 지으며 뒤로 물러앉았다.

"진사 어르신께서는 그걸 어떻게 그렇게 자세히 알고 계십니까?"

"내가 바로 경순왕의 직계인 ××김씨 사십육 대 손일세."

"진사 어르신께서요?"

"그렇다네."

결국 백천은 송충이 씹은 표정으로 앉아 있을 수밖에 없었다. 김진사는 백천의 어깨를 두드리고 술을 따라주었다. 술을 들이킨 백천이 족보가 있으니 가져다가 보여 드리겠노라고 덧붙였다. 김진사가 당연한 일이라는 듯이 고개를 끄덕였다. 다른 사람들 말을 경청하던 철재가 목청을 가다듬고 나섰다.

"우리 집안으로 말하자면… 대대로 충의우국하고 불사이군한, 그야말로 선비 중에서도 군자의 집안입니다."

 정철재가 늘어놓는 일장연설은 다음과 같았다. 그는 ××정씨 37대 손인데 조선 초기에 정승이 세 명, 대사헌이 두 명 배출되었다. 조선 중기에는 대사간이 세 명, 판서가 여섯 명, 참찬과 승지가 네 명이 나왔다. 고려나 조선을 통틀어 각종 민란에 토벌대장으로 나가지 않은 이가 없었다.

 그 외에 중종반정이나 인조반정에 가담한 선조가 한두 명이 아니라 말하고 입을 다물었다. 그의 말에 의하면 모든 조상들이 충신 열사인 것에는 틀림없어 보였다. 철재의 말을 듣던 김진사가 빙그레 웃고 옥근을 쳐다보았다.

 "그럼 옥근은 어떤가?"

 옥근은 얼른 무릎을 꿇고 진지한 목소리로 말씀을 올렸다.

 "저는 아무것도 말씀드릴 게 없습니다."

 "아무것도 말할 게 없다?"

 "그렇습니다."

 "어떤 것이든 있을 게 아닌가? 가령 선조들 치적이나 가문 자랑 같은 것 말일세."

 김진사가 계속 얘기할 것을 종용했다. 최옥근은 난감한 표정을 짓다가 할 수 없다는 듯이 운을 떼었다. 자신은 해주 최씨 좌랑공파(佐郞公派) 33세이고 시조는 온(溫)이다. 이세는 문헌공 충(沖)이며 삼세는 문화공 유선(惟善)이다. 역대로 벼슬한 선조는 많지만 그것은 별로 대단하지 않다. 선조들이 얼마나 나라를 위해 일하고, 인군에게 충성했는가가 중요하다.

 자신만을 위해 살아온 정승과 판서는 역사적으로 볼 때 가치가 없다. 오직 인군과 나라와 백성을 위해 목숨을 바친 사람만이 진정한 충신이다. 그런 의미에서 부윤이나 부제학에 올랐던 안해(安海)나 만리(萬理)보다 다른 선조가 낫다. 다시 말해 임진왜란 때 의병으로 참전한 무명의 20세 선조와 병자호란 때 끝까지 항거하다가 산화한 23세 선조가 더 자랑스럽다고 덧붙였다.
"그 외에도 존경하는 선조는 많이 계십니다."
"오 그런가? 그게 누구신데?"
"그분이 바로 동학혁명을 이끌었던 구 대 선조십니다."
"아 동학혁명…"
김진사가 가슴속에서 올라오는 감탄사를 내뱉었다. 김진사는 옥근이 말하는 의도를 단번에 알아챘던 것이다. 가난한 선비로 살아가던 선조 이야기를 꺼내는 의도를. 옥근이 계속해서 선조의 충정과 덕업을 늘어놓았다. 어떤 선조는 군란에 참가했으며, 갑오경장 현장에도 있었다.

어떤 조상은 지방의 민란에 신분을 감추고 뛰어들었다. 어떤 선조는 삼부자가 장원(壯元)과 방안(榜眼), 탐화랑(探花郎)을 돌아가며 차지했다. 그렇지만 진정으로 칭송받는 선조는 나라를 위해 목숨을 바친 선비라고 목소리를 높였다. 그런데 묘한 것은 변란에 참가한 선조들 앞에 나타나는 새가 있었다.

그 새는 다름이 아니라 길조 중의 길조인 파랑새였다. 파랑새는 홀연히 나타나서 선조들을 변란 속으로 인도해 갔다. 선조들은 파랑새가 인도한 곳에서 자랑스럽게 목숨을 바쳤다.

"파랑새는 저희 가문의 새라 할 수 있습니다. 다시 말해 가문을 일으키는 영조라는 얘기지요."
"파랑새 말인가?"
"그렇습니다."
"그래 그 연유에 대해 말해 보게."
옥근은 자신의 부친이 일제강점기 때 겪은 일을 고해 올렸다. 3. 1운동에 참가한 부친은 일본 헌병의 총을 맞고 산속으로 도망쳤다. 부친은 산속을 헤매다가 파랑새 울음소리를 듣고 따라갔다. 청아한 목소리를 가진 파랑새는 부친을 동굴로 인도해 갔다.

　동굴 속에서 부친은 흐르는 피를 지혈하고 잠이 들었다. 꿈속에서도 파랑새는 총에 맞은 부친의 상처를 돌봐 주었다. 파랑새의 모습은 마치 청산리 전투에서 전사한 선친의 환영처럼 보였다. 결국 파랑새 덕분에 부친은 상처를 치료하고 동굴에서 나올 수 있었다.

　문제는 파랑새가 위기 때만 나타나는 게 아니라는 점이었다. 파랑새는 충절을 지키는 선조를 어김없이 동굴로 인도해 갔다. 반면 자신의 안위만 지키는 선조는 죽음 속으로 몰아 넣었다. 그래서 파랑새를 본 선조들은 국가를 위해 목숨을 바칠 수밖에 없었다. 옥근의 말을 숨죽이고 듣던 김진사가 정자관을 고쳐 썼다.

　"그럼 자네도 직접 파랑새를 본 일이 있는가?"

　"파랑새를 본 적이 있습니다."

　"그래, 그걸 언제 보았는가?"

　"압록강에서 후퇴하다가 동굴 속에서 보았습니다."

　"동굴 속에서?"

　"그렇습니다."

　"아 그랬군."

　김진사가 깊은 감탄사를 터트리고 마른침을 소리없이 삼켰다. 그 광경을 본 세 사람은 동시에 헛기침을 캑캑 해댔다. 김진사가 반신반의하는 세 사람에게 질문을 던졌다.

　"다른 사람 중에 파랑새를 본 사람은 없는가?"

　"……"

　"하긴 파랑새라는 것이 영물이니, 함부로 모습을 드러낼 리 있겠는가."

　김진사가 장죽을 입에 물고 한 모금을 길게 빨았다. 그때 김진사는 모든 것을 결정지을 수 있었다. 파랑새를 본 옥근의 운명이 어떻게 전개될 것인지 예감했던 것이다. 그날의 일로 김규수에게 장가가는 사람은 확실히 정해졌다. 문제는 철재가 끝까지 욕심을 버리지 않는다는 것이었다. 철재는 김진사의 종택을 나오면서 묘한 말을 던졌다.
"아직 승부는 결정난 게 아니네."
"물론이지."
"다음에 만나면 반드시 승패를 가리도록 해 보세."
"좋도록 하게."
 옥근은 세 사람 정도라면 어떤 시합이든 이길 자신이 있었다. 그도 그럴 것이 옥근은 전쟁터에서 파랑새를 본 사람이었다. 총알이 비오듯 날아다니는 사지에서 파랑새를 따라가 목숨을 건졌다. 파랑새는 부상당한 옥근을 험산의 깊은 동굴로 안내했다. 동굴 속에서 몸을 치료한 옥근은 무사히 부대로 복귀할 수 있었다. 그런 상황이니 그들이 아무리 힘이 세다 해도 이길 수 있다고 믿었다.

6

 더위가 막바지로 접어들 즈음 김진사가 사윗감들을 오학리로 불렀다. 네 사람은 하던 일을 집어던지고 종택으로 모여들었다. 김진사는 사윗감들을 사랑방에 앉혀 놓고 진지한 어조로 말을 꺼냈다.
"내가 자네들을 부른 건… 마지막 테스트를 하기 위해서라네."
"마지막 테스트요?"
"그렇다네."
"테스트는 다 끝나지 않았습니까?"
 백천이 이게 웬 떡이냐, 하는 표정을 지으며 다가앉았다. 김진사가 모시저고리를 단단히 여미고 좌중을 둘러보았다.
"본래 테스트는 삼차로 잡혀 있었다네."
"삼차까지요?"
"당연하지. 내가 그렇게 간단히 사윗감을 고를 줄 알았나?"

김진사의 말에 철재와 종식, 백천은 안도의 한숨을 내쉬었다. 그들은 사실 모든 테스트는 끝났다고 생각하던 참이었다. 그런데 다시 삼차 테스트를 한다니 감지덕지할 수밖에. 그들은 삼차 테스트가 무엇일까 궁금해 하며 김진사를 쳐다보았다. 김진사가 준비해 두었던 먹과 벼루를 방바닥에 펼쳐 놓았다.

"자네들을 테스트할 과목은 다른 게 아니라, 생원시와 진사시라네."

"생원시와 진사시요?"

"그렇다네."

"그러면 우리가 시문을 작성해야 한다는 겁니까?"

"바로 맞혔네."

김진사가 갑자기 꺼내 든 테스트에 철재가 당혹스런 태도를 보였다. 그것은 철재가 경전과 시문에 유독 약하기 때문이었다. 종식이나 백천도 철재와 별반 다르지 않았다. 다만 그들은 한때 서당을 드나들며 한학을 배운 적이 있었다. 그때 그들은 사자소학이나 훈몽자회, 명심보감 정도는 떼었다. 곰방대를 뺀 김진사가 화선지와 붓을 나눠 주었다.

"자네들 꿈이나 목적, 용기 같은 건 이미 보아서 잘 알겠네. 그런데 아직 모르는 게 한 가지 있다네."

"그게 뭐죠?"

"바로 자네들 학문이라네. 자네들이 어느 정도 학식이 있고, 덕과 교양을 갖추었나를 알아봐야겠다는 말일세."

"그러면 지금 당장 시험을 본다는 말입니까?"

"그럴세. 여기서 보는 것이네. 그렇게 해야 공정한 시험이 될 테고… 그럼 점심을 내줄 테니 그걸 먹고 논어나 맹자, 시경, 서경 같은 고전들을 읽어 보게. 시간이 남는다면 야사나 잡록을 훑어봐도 되고."

"정말 저걸 토대로 시험을 본다는 말입니까?"

종식이 믿을 수 없다는 듯이 쌓여 있는 고서적들을 가리켰다. 김진사가 흰 턱수염을 쓸어내리고 비긋이 웃었다.

"당연히 그래야 하지 않나. 자네들은 한학에는 그다지 익숙지 않으니까 미리 공부 좀 해두라는 말일세."

"그럼 문장을 짓는 건 어느 것으로…?"

"그건 이 방안에 있는 경전이나 사서, 잡록 중에서 출제한다는 것만 알게. 물론 시문은 그리 어렵게 출제하지는 않을 걸세. 그러니 기본적인 소양만 갖추면 어렵지 않게 답을 쓸 수 있을 걸세. 자네들도 사자소학이나 천자문 정도는 떼었지 않나."

"그래도 어느 책에서 어떤 게 나온다는 정도는…"

"자 그럼 점심 후에 보세나."

김진사는 말을 마치고 안채로 들어가 버렸다. 네 사람은 진사댁에서 차려준 점심을 먹고 시험준비에 들어갔다. 즉 그때부터 각자 경전과 야사를 들여다보기 시작했던 것이다. 그들 중에는 대동기문이나 일성록, 동국통감을 들척거리는 사람도 있었다. 그들은 부른 배가 꺼질 때까지 경서와 잡록을 훑어보았다. 김진사는 그들의 노고를 우려해 수박냉채까지 내려 주었다.

그들은 비치된 고서를 훑어보며 나름대로 자신감을 가질 수 있었다. 그것은 다름이 아니라 어릴 때 배운 경전이 생각났기 때문이었다. 또한 뇌리에서 사라져 버렸던 잡록의 내용도 대부분 떠올랐다. 그들은 꽤나 의기양양해져서 김진사가 나타나기를 기다렸다. 김진사는 해가 기웃해졌을 때 사랑채에 모습을 드러냈다.

"그래 공부는 좀 해두었나?"

"조금은 했습니다만…"

백천이 기어들어가는 소리로 대답을 올렸다. 목소리가 작기는 종식과 철재도 예외가 아니었다. 반면 옥근은 엷은 미소를 입가에 드리우고 있었다. 그는 경전을 가지고 시험을 볼 것에 대비해 미리 공부를 해두었다. 그래서 사서오경은 물론이고 야화, 잡록까지 훑어보고 때를 기다렸다.

옥근은 상황이 유리하게 돌아가도 좋다 싫다 내색하지 않았다. 그것은 경합이 공정하다는 걸 보여 줘야 하기 때문이었다. 철재도 경전을 공부할 생각을 해 보지 않은 건 아니었다. 다만 철재의 예습은 명심보감이나 사자수학 정도에 그치고 말았다. 아랫목에 좌정한 김진사가 네 사람을 향해 점잖게 입을 열었다.

"누가 먼저 한시를 읊어 보겠나?"

"읊어 보다니요? 작시를 하는 게 아니고요?"

종식이 의외라는 듯이 눈을 크게 뜨고 물었다. 예상치 못한 것은 다른 세 사람도 마찬가지였다. 그들은 모두 긴장된 표정으로 김진사를 쳐다보았다. 김진사가 대나무로 만든 곰방대에 불을 붙이고 힘주어 빨았다.

"시작은 좀 어려울 테고, 아는 한시가 있으면 한 수씩 읊어 보게나."

"당나라 시든 고려시대 시든 아무거나 읊어도 괜찮습니까?"

"물론일세. 아는 것이 있다면 명조 시든 조선조 시든 상관없네."

네 명의 사윗감은 모두 안도의 한숨을 소리없이 내쉬었다. 그들도 한시라면 한두 수는 외운다고 자부하기 때문이었다. 다만 그것을 어떻게 완벽하게 외어 내느냐가 문제였다. 그들은 제각기 심각한 표정으로 희미해진 기억을 더듬었다. 김진사가 곰방대를 입에 문 채 점잖게 말을 이었다.

"자 누가 먼저 시작할 것인가? 먼저 시작하는 것도 좋은 점수를 따는 방법이야."

"그렇다면 제가 먼저 읊어 보겠습니다."

제일 먼저 한시를 외워 보겠다고 나선 것은 백천이었다. 김진사가 만면에 미소를 머금고 백천을 쳐다보았다. 백천이 헛기침을 해 목청을 가듬더니 거침없이 외워 나갔다.

夫萬歲一期有生之通途
千載一遇 賢智之嘉會
友止不能無欣
喪之何能無慨.

만년에 한번 태어나 사는 것은 이 세상의 통칙이며
천년에 한번 만남은 현군과 명신의 좋은 모임이다.
잘 만나면 기뻐하지 않을 수 없으니
그것을 잃는다면 어찌 슬퍼하지 않을 손가.

백천이 시를 다 읊자 김진사가 곰방대를 오른쪽으로 바꾸어 잡았다. 김진사는 백천이 동진시대 시를 외웠다는 사실에 감동한 모습이었다. 적지 않게 놀란 건 김진사뿐이 아니었다. 종식이나 철재, 옥근도 감탄을 금치 못하고 눈을 크게 떴다. 그들은 평소 백천이 힘만 쓰는 무식한 인사라고 치부해 왔다. 그런 백천이 동진시대를 대변하는 시를 막힘없이 외다니.

사실 백천이 읊은 시는 한학자로 유명한 원굉(袁宏)이 지은 것이었다. 원굉은 매일 자작시나 읊조리며 살아가는 빈한한 선비였다. 그런 그를 장군인 사상(謝尙)이 발견해 조정에 소개해 올렸다. 벼슬길에 나선 원굉은 이부랑, 동양태수를 거치며 현관으로 명성을 쌓아갔다.

문제는 원굉이 가진 시에 대한 그리움과 저술에 대한 집착이었다. 원굉은 학자의 길을 버릴 수 없어서, 후한기(後漢紀), 죽림명사전(竹林名士傳) 등을 틈틈이 썼다. 그 외에도 원굉은 많은 시문을 저술했는데, 삼국명신서찬이 빼어났다. 원굉이 지은 삼국명신서찬(三國名

臣序贊)은 삼국시대의 오(吳), 위(魏), 촉(蜀)의 명신 20명의 행장을 찬양한 문서였다.

그 저서에서 원굉은 지혜로운 임금과 뛰어난 신하의 만남을 시에 녹여냈다. 그 삼국명신서찬 중 제1절을 백천이 암송한 것이었다. 자신과 김진사의 만남이 이름답게 이루어질 것을 암시하면서. 김진사가 흡족한 표정을 지으며 다른 세 사람을 둘러보았다.

"그 다음에는 누가 읊어 볼 것인가?"

"제가 한번 해 보겠습니다."

큰소리로 고하고 나선 건 엽색행각의 달인 종식이었다. 종식은 집안 내력과 다르게 한학에는 제법 조예가 깊었다. 그것은 선비적 기개를 갖춘 부친의 선견지명 때문이었다. 그의 부친은 종식의 앞날을 예상하고, 어릴 때부터 한학을 가르쳤다. 종식이 자신만만한 표정을 지어 보이고 눈을 질끈 감았다. 김진사가 곰방대를 재떨이에 털고 종식을 쳐다보았다. 종식이 한동안 기억을 더듬더니 시를 읊기 시작했다.

關關雎鳩 在河之洲
窈窕淑女 君子好逑

參差荇菜 左右流之
窈窕淑女 寤寐求之
求之不得 寤寐思服
悠哉悠哉 輾轉反側

參差荇菜 左右采之
窈窕淑女 琴瑟友之
參差荇菜 左右芼之
窈窕淑女 鐘鼓樂之.

꽉꽉 하며 우는 물새는 모래톱에 있네
요조숙녀는 군자의 좋은 짝이로다.

들쭉날쭉 마름풀을 이리저리 찾는구나
요조숙녀를 자나깨나 그리워한다.
찾아도 얻지 못하는지라 자나깨나 생각해서
길고 긴 이 생각에 이리저리 뒤척이네.

들쭉날쭉한 마름풀을 이리저리 캐는도다.
요조숙녀를 금슬로 사귀는도다.
들쭉날쭉한 마름풀을 이렇게 저렇게 삶는구나
요조숙녀를 종과 북과 함께 즐기는도다.

종식이 읊기를 마치자 김진사가 얼굴 가득 미소를 머금었다. 김진사는 종식이 시경 중 주남(周南)편에 나오는 시를 외는 것에 놀란 모습이었다. 미리 읊었던 백천도 당황한 모습을 감추지 못하고 헛기침을 했다. 김진사가 연기가 피어오르는 곰방대를 입에 물고 길게 빨았다.
"그래 이 시는 언제 외워두었는가?"
"군대 가기 전에 틈틈이 공부해 두었습니다."
"호 그래? 그거 기특한 일이구만."
종식이 겸연쩍은 미소를 지으며 옆으로 물러나 앉았다. 김진사가 허공을 향해 껄껄 웃고 정자관을 고쳐 썼다. 김진사는 자신이 선택한 테스트가 성공을 거둔다는 표정이었다. 그런 표정을 지은 건 시를 읊은 백천과 종식도 마찬가지였다. 다만 한 사람만이 사색이 된 채 안절부절못하고 있었다.

그것은 다름이 아닌 술주정뱅이로 살아가는 철재였다. 철재는 백천과 종식이 시를 읊는 것을 보고 적지 않게 놀랐다. 사실 그건 놀랐다기보다 경악을 금치 못했다는 표현이 옳았다. 그 정도로 철재의 마음은 어둡고 절망스러운 상태였다. 철재는 푹 숙였던 고개를 들고 옥근의 얼굴을 살펴보았다.

예상대로 옥근은 자신만만한 태도로 차례를 기다리는 중이었다. 철재는 시를 읊은 백천과 종식을 곁눈질로 훔쳐보았다. 백천과 종식은 세상을 점령한 사람처럼 목에 힘을 주고 앉아 있었다. 철재는 길게 한숨을 내쉬고 슬그머니 고개를 떨어뜨렸다.

보나마나 옥근은 상황에 맞는 시를 세련되게 읊을 것이 틀림없었다. 평소 옥근이 하고 다니는 짓거리를 보아도 그건 명확한 사실이었다. 힘만 자랑하던 백천도 시를 암기해 두었다가 보라는 듯이 낭송하지 않았던가. 천하의 난봉꾼이라고 제외시킨 종식도 빼어난 시를 줄줄 읊은 터였다. 종식의 한시 실력이 그것뿐이라면 그래도 괜찮았다.

종식은 시를 읊으며 자신을 군자에 비유하고 김규수를 요조숙녀로 추켜세웠다. 그야말로 상황에 들어맞는 금상첨화 같은 시를 꺼내 들었던 것이다. 종식이 읊은 시에서 말하는 군자는 주나라의 문왕(文王)을 가리키는 것이었다. 즉 요조숙녀는 문왕의 비가 된 태사(太似)를 지칭하는 거였다.

이 시는 문왕이 태사를 배필로 삼았을 때 그의 높은 덕을 칭송하며 읊은 것이었다. 물론 후대에는 절도를 잃지 않고 상호 공경하는 남녀의 모습으로 해석했다. 그 정도로 종식이 암송한 시는 남녀의 고귀한 사랑을 노래하는 절구(絶句)였다. 철재가 침울한 표정을 짓자 김진사가 점잖게 질문을 던졌다.

"그래 철재는 무슨 시를 읊겠는가?"

"저는 삼국시대 시를 읊어 보겠습니다."

"삼국시대? 중국 말인가?"

"그렇습니다."
"그래. 그럼 한번 읊어 보게."

煮豆持作羹
鼓以爲汁
在釜底然
豆在釜中泣
本是同根生
相煎何太急.

콩을 가지고 국을 만드니
받치고 걸러서 즙을 만든다.
콩깍지는 가마솥에서 타고
콩은 가마솥 안에서 우는도다.
본디 같은 뿌리 안에서 태어났건만
서로 삶아대는 것이 어찌 이다지도 급한가.

시를 겨우겨우 읊은 철재가 어깨를 펴고 좌중을 둘러보았다. 철재가 그런 행동을 보인 것은 만만치 않은 시를 읊었다는 표현이었다. 다른 사람들도 철재가 좋은 시를 때에 맞게 외웠다고 생각했다. 특히 먼저 시를 읊은 종식과 백천이 크게 놀란 눈치였다. 철재의 시를 다 듣고 난 김진사가 파안대소를 하며 웃었다. 철재가 의아하다는 표정으로 김진사의 얼굴을 쳐다보았다. 김진사가 곰방대를 재떨이에 털고 말을 꺼냈다.
"지금 자네가 읊은 건… 세실신어 문학 편에 나오는 시가 아닌가?"
"그건 잘 모르겠습니다만 뜻은 알고 있습니다."
"그래 시가 말하고자 하는 뜻이 뭔가?"

"형제 사이에서 핍박하는 것을 비유한 시라고 알고 있습니다."

"비슷하게 알고 있기는 하구만. 아무튼 이 시는 현재 상황하고는 어울리지 않는 것이네."

김진사가 부정적으로 말했지만, 실은 좋은 시를 읊은 것에 대한 칭찬이었다. 다른 세 사람도 철재가 읊은 시를 듣고 놀란 것은 분명했다. 그들은 모두 자세를 고쳐 앉고 철재의 얼굴을 쳐다보았다. 사실 철재가 읊은 시는 형제들의 왕위다툼을 비판하는 데서 유래된 것이었다. 조조(曹操)에게는 아들이 두 명 있었는데 비(丕)와 식(植)이 그들이었다.

두 형제 간의 문제는 형 비보다 동생 식이 탁월한 재주를 지녔다는 점에 있었다. 평소 비는 식이 자신보다 식견이 뛰어난 것에 대해 못마땅하게 여겼다. 동생은 동생답고 좀 어리석어야 된다는 게 비의 생각이었다. 그렇지 않으면 왕자의 난이 일어나 국가가 위태롭게 된다는 거였다. 그런 사소한 갈등이 잠재해 있던 차에 조조가 급병으로 죽었다.

조조가 죽자 비는 후한(後漢)의 헌제(獻帝)를 폐하고 문제(文帝)가 되어 황제에 올랐다. 비는 황제에 오르자 식이 자신보다 더 총명하다는 생각을 떠올렸다. 황제가 된 비, 즉 문제는 동생을 죽이지 않으면 자리가 위태롭다고 느꼈던 것이다. 문제는 식을 불러다가 칠보 안에 시를 짓는 즉흥시를 읊게 했다.

다시 말해 일곱 걸음 안에 시를 짓지 못하면 죽는 놀이를 시켰다. 위기감을 느낀 식은 칠보를 옮기며 자두연두기(煮豆然豆其)를 읊었다. 동생의 시를 듣고 난 문제는 자신의 시기심을 부끄러워하고 즉시 사과했다. 그런 내용을 가지고 있는 희대의 명시를 철재가 읊었던 것이다. 김진사가 단정하게 앉아 있는 옥근을 힐끗 쳐다보았다.

"그러면 옥근이 자네는 어떤 시를 준비해 두었나?"

"저는 아주 짧고 간단한 시를 읊을까 합니다."

"짧고 간단한 시?"

"그렇습니다."

"이유는?"

"이유는 시를 읊고 난 다음에 말씀 드리겠습니다."

"좋네. 그러면 한번 읊어 보게."

김진사가 무척 기대된다는 듯이 헛기침을 큼큼 했다. 옥근은 호흡을 가다듬은 다음 낭랑한 목소리로 시를 읊었다.

季布無二諾
侯嬰重一言
人生感意氣
功名誰復論.

계포는 두 번 승낙함이 없고
후영은 일언을 중히 한다.
인생은 의기에 감하니
공명을 그 누가 다시 말하랴.

옥근이 시 읊기를 끝내자 김진사가 길게 한숨을 내쉬었다. 김진사는 옥근이 의기를 중히 여긴다는데 공감했던 것이다. 시를 읊은 옥근이 허리를 숙이고 뒤로 물러앉았다. 문가에 앉아 있던 종식이 목에 힘을 주며 앞으로 나섰다

"아무리 의기가 중요하다 해도, 사랑하는 마음보다는 못하지."

종식의 말에 백천이 맞장구를 쳤다.

"암 당연하지. 의기보다는 좋은 만남이 우선이야."

"그건 그렇지가 않네."

김진사의 반박에 종식과 백천이 머쓱한 표정을 지었다. 잠시 침묵

을 지키던 김진사가 곰방대에 연초를 비벼 넣었다.
"옛 사람들도 말했네. 인생에 있어서 의기만큼 중요한 것도 없다고 말일세. 의기가 충천한 사람은 불의를 보고 그냥 지나가지 않는 법이네. 그리고 의기를 가진 사람만이 인생을 성공으로 이끌 수 있지."
김진사의 예리한 지적에 세 사람은 씁쓸한 얼굴이었다. 그도 그럴 것이 옥근이 읊은 시를 극찬했기 때문이었다. 사실 김진사의 말이 아니더라도 그들은 의기가 중요하다는 걸 알고 있었다. 문제는 김진사가 옥근을 필요이상으로 두둔한다는 사실이었다. 게다가 옥근이 읊은 시는 당나라의 명신 위징(魏徵)이 지은 술회(述懷)라는 시였다.
위징은 마흔이 될 때까지 공을 세우지 못하고 가난한 선비로 살았다. 그러다가 대도적 서세적(徐世勣)을 투항케 함으로써 당고조의 신임을 얻었다. 그때 당고조의 은혜에 보답키 위해서 읊은 시가 바로 술회였다. 위징은 계포(季布)나 후영(侯瀛)과 같이 한번 맹세한 일은 반드시 지킨다고 다짐했던 것이다.
그가 그렇게 행동한 것은 의기감(意氣感)이 무엇보다 중요하다고 생각했기 때문이었다. 또한 의기감 하나만으로 죽을 수도 있고 살 수도 있다는 뜻이기도 했다. 김진사가 흡족한 시선으로 옥근을 바라보더니 자리에서 일어섰다.
"이제 진사과가 끝났으니 서너 시간가량 쉰 뒤 다시 생원시를 보겠네. 모두 준해 두도록."
"생원시라면 경서를 가지고 작문을 하는 것 아닙니까?"
"이번에는 경서가 아니라 임진난 중에서 문제를 출제하겠네. 잘 대비하도록 하게."
그들은 김진사가 방을 나가자 서책들을 펴들고 읽기 시작했다. 이제야 말로 사윗감을 낙점하는 시간이 다가왔다고 생각했던 것이다.

세 시간이 지난 후 김진사가 다시 사랑방에 모습을 드러냈다. 옥근을 비롯한 세 명의 젊은이는 자세를 고쳐 앉았다. 김진사가 좌중을 둘러보고 느긋한 어조로 입을 열었다.

"자네들이 볼 생원시는 선조실록 중에서 임진왜란 당시에 일어났던 사건을 기술하는 것이네. 임진란에 일어난 사건 중 어떤 것이든 기술해 보란 말일세."

"임진란 중에서요?"

종식이 조금 못마땅한 듯 입을 씰룩거리며 물었다. 김진사가 다리를 구십 도로 꺾어 가부좌를 틀고 앉았다.

"그렇다네. 반드시 임진란이 일어난 해에서 끝난 해까지 사건 중에서 기술해야 하네."

"그러면 책을 보면서 해도 됩니까?"

철재가 약간 떨떠름한 목소리로 질문을 던졌다. 긴진사가 곰방대에 불을 붙이며 대답했다.

"그건 가능하네. 하지만 번역문만을 보면서 해야 하네. 그러니까 번역문을 한자로 만들어 보란 말이네. 알겠나?"

네 사람은 비치된 고서를 나누어 가지고 문장 만들기에 들어갔다. 김진사는 한문은 물론이고 문장까지 판단의 대상으로 삼는다고 엄포를 놓았다. 네 사람은 과거시험을 보는 심경으로 머리를 짜내 글을 지었다.

7

그때 네 사람이 작성한 답안지는 즉시 공개되지 않았다. 다만 김진사는 그들의 답안지를 읽어 본 뒤 최종적으로 낙점할 수 있었다. 얼마의 시간이 흐른 뒤 김진사는 답안지를 여주 지역 원로들에게 보여 주었다. 답안지를 본 원로들은 네 젊은이가 보통 실력이 아님을 인정했다.

그것은 생원시 답안지를 읽어 보면 금방 알 수 있었다. 원로들은 나름대로 순서를 정해 시험에 대한 평가를 내렸다. 그 첫 번째로 관심을 끈 게 종식이 작성한 답안지였다. 종식은 한자 실력을 십분 발휘하며 유창하게 임진란을 기술해 놓았다.

敎中外曉諭哀痛書, 王. 若曰, 國家之厄, 逾六七年, 危亡垂迫於岌岌. 生民之害, 非一二計, 膏血盡竭於嗷嗷. 言念多艱, 痛若切己, 自. 予叨奇于人上, 常懼獲戾於祖先.
遊畋聲色之絶無, 敢自爲能事, 政令施措之愼, 祇冀庶免大愆. 予豈樂乎爲君, 實亂由於否德, 蠢玆揑齒之蠻種, 久肆閃舌之虺心. 負海爲强, 蔑正朔聲敎之攸曁, 謂天可射. 習戈槍刀劍以爲能.
無寧絶物而興師, 可忍假道而犯上. 兵連禍結, 擧國莫能安厥居. 辱極讎深, 萬世不可忘此賊. 悶强寇之未滅, 奈綿刀之已殘. 危急存亡, 何但束手無策, 生聚訓練, 每恐不足以自强, 至于今號令之沓叢, 無非爾百姓之殫刀. 抑其間事爲之便否.

왕이 중외에 교시하여 백성들을 깨우치고 타이르는 애통서를 내렸다. 왕이 다음과 같이 말했다. 이 나라의 액이 6, 7년 넘게 이어져 위망이 직전에 박두했다. 민생의 피해가 한두 가지가 아니어서 고혈은 이미 다 말라 버렸다. 이 많은 고생을 생각하니 아픔이 내 몸을 베는 듯하다. 내가 외람되어 만인의 위에 있으면서 늘 조상님께 죄를 지을까 두려웠다.

사냥이나 성색(聲色)이 전혀 없었다. 그래서 감히 스스로 잘하는 일이라 여기지는 않았으나, 정령(政令)과 시책을 삼가서 다만 큰 허물만 면하기 바랐다. 내 어찌 임금 됨을 즐거워하랴마는, 난은 실로 부덕함에서 말미암았으니, 우준한 저 검은 이빨의 야만종이 오랫동안 독사의 마음을 품고 있었다.

바다에 둘러싸인 것을 강점으로 삼아 정삭(正朔)의 성교(聲敎)가 퍼진 것을 멸시하고 하늘을 쏘겠노라 말하며, 과창과 도검 익히는 것을 능사로 삼았다. 우리가 차라리 그들과 관계를 끊고 난을 당할망정, 길을 빌려주어 위(명나라)가 위난에 처하는 것을 볼 수 있으랴. 그리하여 군대가 잇대고 화가 맺혔으니, 온 나라가 평안히 살 수 없게 되었다.

이에 욕됨이 극에 이르고 원한이 깊어, 이 적을 만세라도 잊을 수 없다. 민망스럽게 강적이 아직 멸망치 않았는데 어찌하리, 약한 힘이 나마 쇠잔해 버렸다. 위급존망의 시국에 어찌 그저 속수 무책할 수 있으랴. 백성을 모으고 군사를 훈련함에 매양 자강치 못함을 걱정했다. 지금까지 온갖 호령(號令)이 번다한 것은, 결국 백성들의 힘을 빼낸 것뿐이다. 己亥年. 宣廟 32년. 1599년.

종식은 선조가 백성들에게 내신 교서를 답안지로 선택했다. 종식의 이러한 판단은 크게 잘못된 것은 아니었다. 왜냐하면 종식이 작성한 답안지는 과거에도 급제할 정도였다. 문제는 종식의 답안지에는 비전과 희망이 없다는 점이었다. 종식은 단순히 문장을 만들고, 한자를 제대로 쓰기에 급급했을 뿐이었다.

그럼에도 불구하고 종식이 제출한 답안지는 빼어난 것이었다. 원로들을 더욱 고민에 빠져들게 한 것은 옥근의 답안지였다. 옥근도 빈틈없는 답안지를 작성하기는 종식과 같았다. 다만 옥근은 충무공의 업적과 덕망을 추켜세우는 데 일조했다는 점이 높이 평가되었다. 옥근은 다음과 같이 활달하고 힘이 넘치는 답안지를 만들었다.

李舜臣與陳璘, 率諸船爲左右協. 我軍屯于南海觀音浦, 天兵屯于昆陽竹島, 撤碇待變. 夜半賊船自光洲山濤, 雲合霧集. 直過露梁, 方向倭橋. 一捧鑼響, 炮鼓兼動, 兩軍突發, 左右掩擊. 矢石交下, 紫火亂投,許多倭船太半延爇.

　賊兵殊死血戰,勢不能支,乃退入觀音浦,日已明矣. 舜臣親自援枹先登追殺,炮賊伏於船尾,向舜臣齊發. 舜臣中丸不省人事. 急命將佐,以防牌支身體,使之秘不發喪. 時其子薈在船,從父分付,鳴鼓揮旗. 日未午,賊船幾盡,投水死者無算,逃脫者僅五十餘艘.

　露梁事聞,當宇震悼. 贈李舜臣崇祿大夫議政府左議政,錄用子孫. 其後庚子,賜諡忠愍,立碑于全羅左水營賜祭. 陳下軍卒,亦樹石思望,名曰墮淚碑,碑陰曰,營下水卒,爲統制使李公立短碣. 名曰墮淚,盖取襄陽人思羊祜,而望其碑者,淚必墮也.

　　六載閑山擁虎態　幾時龜船剪狐叢
　　偃城金牌招鵬擧　河上單師返魏公
　　三捷碧波生盡節　一朝瓦海死輸忠
　　揮旗鳴鼓盟山設　留與英雄淚不窮.

　이순신과 진인(陳璘)이 여러 전선을 거느리고 좌우협이 되었다. 아군은 남해 관음포에 주둔했고, 명군은 곤양의 죽도에 주둔하여 닻을 거두고 대기했다. 한밤중에 적선이 광주 산도로부터 구름이 합치듯 안개가 끼듯 모여들었다. 그리고는 곧장 노량을 지나 왜교로 향해 나갔다. 한번 바라소리가 울리니, 포 소리와 북 소리가 진동하고, 아군과 명군이 돌발하여 좌우에서 엄습했다.

　화살과 돌이 뒤섞여 떨어지고, 섶에 붙은 불을 던지니, 왜선이 태반이나 연소되었다. 적병은 목숨을 걸고 혈전했으나, 형세가 지탱할 수 없어 곧바로 물러갔으며, 관음포로 들어가니 날이 밝았다. 이순신이 친히 북채를 잡고 올라가 추격하며 죽이는데, 적의 포병이 배꼬리에 엎드려 있다가 이순신을 향해 일제히 쏘았다.

　이순신은 총알을 맞고 인사불성이 되었다. 급히 장좌에게 명하여 방패로 신체를 지탱케 하고, 그들로 하여금 비밀로 하여 발상치 못하게 했다. 이때에 아들 이회가 배 안에 있다가, 부친의 분부에 따라 북을 울리며 기를 휘둘렀다. 낮도 되지 않아서 적의 배는 거의 다 침몰되었고, 물에 뛰어들어 죽는 자가 헤아릴 수 없었으며, 도주한 배는 겨우 50여 척이었다.

노량의 일이 들려오자 임금께서는 슬퍼하셨다. 이순신에게 숭록대부 의정부 좌의정을 추증하고 자손을 등용했다. 그 뒤 경자년에 시호를 충민이라 내리고, 비석을 전라 좌수영에 세워 제사 지내게 했다. 부하 군사들도 돌을 세워 사모하며 부르기를 '타루비(墮淚碑)라' 했다.

비석 후면에 '영하(營下)의 수졸(水卒)이 통제사 이공을 위해 짤막한 비석을 세웠다.'했다. 이름을 타루(墮漏)라 한 것은, 대체로 양양(襄陽) 사람이 양호(羊祜)를 생각하여 그 비석을 바라보는 자는 반드시 눈물을 흘렸다는 뜻을 취한 것이다.

육년 동안 한산에서 호랑이 위엄을 지녔다.
몇 번이나 거북선은 적의 소굴을 갈겼다.
언성(偃城) 금패는 붕거(鵬擧)를 부르는데
하상(河上)의 외로운 군사는 위공(魏公) 돌아오게 했네.
세 번이나 벽파(碧波)에서 이겨 생전에 절개를 다하고
하루아침 와해(瓦海) 부근 바다에서 죽어 충성 바쳤네.
깃발 휘두르고 북을 울리며 산을 두고 맹세한 말은
영웅에게 물려주어 눈물이 한없이 흐르네.

이 밖에 백천과 철재도 만만치 않은 문장을 만들어 제출했다. 문제는 그들이 형식에 벗어난 글을 썼고, 내용도 부정적이라는 점이었다. 그들은 문장을 기술하는 것에서 오류까지 범하고 말았다. 그런 점을 감안한 김진사가 그들의 답안지는 공개하지 않았다. 그 결과 네 명의 젊은이는 누가 사윗감으로 유력한지 알게 되었다. 상황이 그럼에도 철재는 마지막까지 희망을 버리지 않았다.

"우리 한 번만 더 시합을 하자."

철재의 제안에 종식과 백천은 고개를 저었다. 반면 옥근만이 의연하게 시합을 받아들였다.

"좋아, 그렇게 하지. 마지막 게임에서 지는 사람은 당당하게 물러나기로 하고."

"그야 당연히 물러나야지. 남자답게 말이야."

"그럼 게임은 언제 어디서 하는 거지?"

"마지막 게임이니까, 여강에서 갖기로 하는 게 어떻겠나?"

"그럼 좋아, 내가 날을 정해서 통보해 주지."

철재는 엄숙하게 말하고 세 명의 청년들을 둘러보았다. 철재는 게임 방식이 어떤 것인지조차 언급하지 않았다. 그저 신륵사 뒤편에 나와 보면 안다는 말 뿐이었다. 며칠 후 네 명의 젊은이는 여강이 내려다보이는 동굴에 모였다. 동굴은 네 명의 젊은이가 둘러앉고도 남을 만큼 넓었다.

게다가 동굴 바로 앞이 푸른 물이 출렁이는 여강이었다. 그들의 예상대로 철재는 터무니없는 게임을 준비해 놓았다. 그것은 수류탄을 불 속에 집어넣고 터질 때까지 견디는 시합이었다.

"이걸 시합이라고 하자는 건가?"

등을 돌리고 앉아 있던 종식이 투덜거렸다. 종식의 말을 들은 철재가 시큰둥한 목소리로 대꾸했다.

"그럼 이걸 뭐라고 보는 거지?"

"이건 시합이 아니라, 자살행위야."

"겁나면 빠지게."

"겁나면 빠지라고? 지금 그걸 나한테 하는 소린가?"

"시합이 아니라니까 하는 말이지."

"죽으면 죽었지 빠지진 않겠네."

종식이 배에 힘을 주고 상체를 꼿꼿이 세웠다. 백천이 흔들리는 마음을 다지는 것처럼 외쳤다.

"그럼 지금부터 마지막 용기를 시험해 보는 거다."

"좋네."

"목숨이 아까운 사람은 포기해도 좋아."

철재가 미리 준비해 온 기름을 타오르는 장작불에 부었다. 네 명의 젊은이들은 장작불을 중심으로 동그랗게 둘러앉았다. 그들은 뒤로 돌아앉은 상태로 불이 타는 소리에 귀를 기울였다. 네 사람은 장작이 타며 내는 탁탁 소리에 깜짝 놀라곤 했다.

탁탁 소리가 안전핀 빠지는 소리와 흡사하기 때문이었다. 그들은 또 하나의 형체를 보고 놀랐는데, 그것은 자신들의 그림자가 동굴 벽에 비쳐 어른거리는 것이었다. 검은 그림자는 마치 저승사자가 춤을 추는 것처럼 보였다.

"죽기 아니면 살기지 뭐."

누군가가 투덜거렸지만 아무도 자리를 뜨지 않았다. 그때 옥근은 눈을 감은 채 파랑새가 나타나기를 기다렸다. 파랑새는 언제나 위급한 상황에서, 동굴로 안내했기 때문이었다. 문제는 파랑새가 쉽게 나타나지 않는 영물이라는 점이었다. 옥근의 염려대로 파랑새는 좀처럼 모습을 드러내지 않았다.

다만 어디선가 물이 흐르는 소리가 청량하게 들려왔다. 귓가를 스쳐가는 날카로운 바람소리도 들렸다. 그 소리는 동굴 속에서 새어나오는 휘파람처럼 예리했다. 어쩌면 동굴이 소리를 내는 것인지도 모른다고 생각했다.

옥근은 참다못해 실눈을 뜨고 장작불을 슬쩍 보았다. 그때 옥근은 바람소리가 수류탄 속에서 들려온다는 것을 깨달았다. 수류탄은 금방이라도 터질 것처럼 빨갛게 달아오른 상태였다. 옥근은 쿵쾅거리는 가슴을 쓸어내리며 주위를 둘러보았다.

그 순간 옥근은 깜짝 놀라 자리에서 벌떡 일어섰다. 맞은편에 앉아 있어야 할 철재가 보이지 않았던 것이다. 보이지 않는 건 철재 하나뿐이 아니었다. 종식과 백천의 모습도 이미 사라지고 없었다. 옥근의 눈에 보이는 건 장작불에 비친 자신의 그림자뿐이었다.

"아니, 이거 나만 남았잖아."

옥근은 번개같이 달려들어 수류탄을 동굴 밖으로 걷어차 버렸다. 수류탄은 몇 바퀴 굴러 강물 속으로 떨어졌다. 수류탄이 물속으로 들어가자 옥근은 재빨리 동굴 바닥에 엎드렸다. 그와 함께 시뻘겋게 달아오른 수류탄이 굉음을 내며 폭발했다.

마치 그 순간을 기다렸던 것처럼 백색 섬광을 내뿜으며. 결국 옥근은 목숨을 걸고 벌인 동굴 게임에서마저 승리자가 되었다. 반면 세 명의 젊은이는 옥근의 무모한 치기를 수군거리고 다녔다. 여주 갑부에게 장가가기 위해서 목숨까지 거는 어리석은 인간이라고.

옥근은 그로부터 몇 년 후 김규수한테 장가를 들었다. 옥근은 덕성을 갖춘 김규수를 얻었지만 잃은 것도 있었다. 소학교에서 아이들을 가르치던 일을 그만두게 되었다. 옥근을 지켜본 부친은 돼먹지 않은 짓거리는 그만하라고 핀잔을 주었다. 부친의 엄포에도 옥근은 계속 소학교 선생으로 나갔다.

참다못한 부친은 낫을 들고 쫓아가서 소학교 천막을 찢어 버렸다. 그 사건은 유명한 일화여서 팔개 부락 안에서는 모르는 이가 없었다. 옥근은 첫 딸이 태어날 때까지 농사를 짓다가 다른 일을 생각해 냈다. 그것은 다음이 아니라, 경찰에 투신하는 것이었다.

본래 활동적인 체질을 가진 옥근은 농사일이 맞지 않았다. 그래서 좋은 기회가 왔다 생각하고 순경 채용시험을 보았다. 시험에 특채된 옥근은 아내와 어린 딸을 데리고 서울로 올라갔다. 그때 아내의 뱃속에는 두 번째 생명이 꿈틀거리고 있었다.

chapter. 1

1

　나는 머리에 느껴지는 따스한 감촉으로 인해 눈을 떴다. 눈앞은 칠흑처럼 어두웠고, 보이는 건 아무것도 없었다. 다만 희미한 달빛만이 어두운 공간을 비출 뿐이었다. 나는 얼어붙는 몸을 녹이기 위해 허리를 펴고 다리를 뻗었다. 그때 후벼 파는 듯한 통증이 머리에서 느껴졌다.

　나는 손을 들어 통증이 이는 부위를 만져보았다. 찢어진 정수리에서 솟은 피가 얼굴을 거쳐 목으로 흘렀다. 나는 옷소매를 들어 얼굴과 목에 흘러내린 피를 닦았다. 끈적한 피가 연회색 외투를 검붉게 물들였다. 나는 눈을 감았다 뜬 다음 기억을 더듬었다. 아무리 생각해 봐도 떠오르는 것이 없었다.

　내가 기억을 되살리려고 기를 쓸 때 누군가가 머리를 쓰다듬었다. 사실 그것은 쓰다듬는 게 아니라 핥아 주는 것이었다. 부드럽고 따듯한 촉감이 얼굴과 머리를 어루만졌다. 나는 몸을 틀어 핥는 대상이 누구인지 찾았다. 내 얼굴을 핥고 있는 것은 한쪽 다리를 저는 하이에나였다. 녀석은 마치 어미라도 된 것처럼 내 얼굴을 핥았다.

"네 놈이었군."

내 목소리를 들은 하이에나가 작은 소리로 낑낑거렸다. 그 소리는 마치 살아 있어서 다행이라는 것처럼 들렸다. 나는 천천히 손을 들어 하이에나의 머리를 어루만졌다. 그때 찬바람이 불며 눈보라가 날아들었다. 갑자기 오한이 일고 몸이 사시나무처럼 떨렸다.

나는 벌어진 외투 깃을 여며 추위를 막았다. 그래도 여전히 한기는 몸속으로 파고들었다. 순간 끊어졌던 필름이 되살아난 것처럼 기억이 돌아왔다. 그랬다. 나는 트럭에 치인 뒤 이곳까지 끌려왔다. 운전수는 내가 죽었다고 판단하고 동굴에 던져 버렸다.

"빌어먹을 인간."

나는 한 차례 중얼거리고 주변을 둘러보았다. 동굴에는 누군가가 사용한 듯한 식기류와 침구들이 널려 있었다. 모양새로 보아 수행자나, 도인이 쓰던 것 같았다. 동굴 한쪽 구석에는 낡을 대로 낡은 텐트까지 보였다. 누군가가 나처럼 폐탄광에서 살고 있는 것이 분명했다.

나는 다행이라는 생각을 하며 상체를 일으켰다. 몸을 움직이자 머리에서 날카로운 통증이 일었다. 극심한 통증과 현기증으로 인해 다시 누울 수밖에 없었다. 나는 가물거리는 정신을 가다듬기 위해 안간힘을 썼다. 자꾸만 눈이 감기고 걷잡을 수 없이 졸음이 쏟아졌다.

"이대로 잠들면 안 돼."

나는 머리맡에 앉아 있는 하이에나를 쳐다보았다. 놈은 측은하다는 표정으로 마주보았다. 나는 외투 안주머니를 뒤져 놈에게 줄 것을 찾았다. 온 주머니를 다 뒤졌지만 나오는 것은 없었다. 단지 날카롭도록 차가운 감촉의 45구경 권총뿐이었다. 나는 다시 한번 허공을 보며 씁쓸하게 웃었다.

"이걸 가져가지 않은 게 다행이군."

코로나19 이후 나는 모든 것을 잃었다. 돈과 신용과 가족과 직장 모두를. 어머니는 전 재산을 날린 자식을 이해하지 못했다. 어떤 의미에서 그것은 이해하고 못하고의 것이 아니었다.

어머니는 하나밖에 없는 자식의 좌절을 두고 볼 수 없었다. 집안이 몰락해 버린 뒤 남아 있는 단 하나뿐인 혈육의 추락을. 어머니는 아들의 초라한 모습을 바라보면서 숨을 거두었다. 어머니는 눈을 감으며 죽은 누이의 이름을 불렀다.

"승혜야, 승혜야."

우아한 자태를 지닌 누이는 일찍이 영어권 생활을 동경했다. 누이의 간절한 바람은 곧 실천으로 이어졌다. 그녀는 전공한 영어를 써먹기 위해 아메리카 대륙으로 건너갔다. 희망의 땅이라는 곳에서 그녀는 미국인을 만나 결혼했다. 미국인과의 결혼만이 자신의 꿈을 실현하는 길이라고 여기면서.

하지만 그녀가 그토록 원했던 꿈은 이루어지지 않았다. 그녀는 LA 흑인 폭동사건 때 현장에서 비명횡사하고 말았다. 그녀의 유골은 한국으로 돌아오지 않았다. 그녀의 희망이 잠든 곳에 그녀의 백골도 같이 묻혔다. 나는 그렇게 해서 단 하나뿐인 손위 누이를 잃었다.

내가 부조리한 역사와 시대에게 빼앗긴 건 가족뿐이 아니었다. 나는 사랑하는 사람과 친구와 동료와 선후배까지 잃었다. 사람들은 나의 실패와 좌절을 개인적인 것으로 치부했다. 그랬다. 그 모든 것은 부조리한 역사 속에서 전제되고, 부조리한 사회 속에서 이행되고, 부조리한 상황 속에서 만들어진 부조리한 결과였다.

"태오씨가 찾는 올바른 부조리는 없을 거예요."

수지는 사법고시를 보기 위해 머리를 동여맨 나를 찾아왔다. 나는 그때까지 수지가 자신을 포기할 것이라고는 전혀 눈치채지 못했다. 그저 수지가 작별인사차 찾아온 것이라고 여겼을 뿐이다. 수지는 슬픔과 연민이 밴 눈으로 힘없이 중얼거렸다.

"부조리에 대항하는 한 세상은 보이지 않을 거예요. 부조리에 역류하는 한 자신은 찾을 수 없을 거예요. 부조리에 대한 집착을 버릴 때만이 비로소 진정한 자신을 찾을 수 있을 거예요."

수지는 말을 하고 한동안 내 얼굴을 쳐다보았다. 역사의 뜻과 시대의 섭리에 순종하며 살아가라는 듯이. 나는 수지의 맑고 투명한 눈을 바라볼 용기가 없었다. 그래서 그런 얘기를 하는 저의가 무엇이냐고 따졌다. 수지는 눈물을 흘리며 겸손하게 살아야 된다고 강조했다.

나는 수지가 무슨 의미로 그런 말을 했는지 알 수 없었다. 오랜 시간이 흐른 뒤에야 그 의미를 알았다. 수지가 내게 전하고자 했던 말은 너무나 간단한 것이었다. 부정과 저항과 적개심으로 가득찬 삶은 결국 추락한다는 뜻이었다. 바로 그것이었다.

나방처럼 불을 보고 달려드는 인간은 반드시 타버리고 만다. 부조리에 저항하는 사람은 뼈저리게 절망할 수밖에 없다. 부조리를 껴안고 입맞추는 사람만이 희망을 찾을 수 있다. 부조리는 이기고 꺾는 대상이 아니라, 존중하고 순응하는 대상이다. 문명과 인류가 존재하는 한 부조리는 무한대로 만들어지고 성장해 나가기 때문이다.

"너도 그렇게 생각하니."

나는 반쯤 꺾인 놈의 다리를 쓰다듬으며 중얼거렸다. 놈은 내 말을 알아들은 것처럼 낑낑거렸다. 나는 다시 손을 움직여 주머니를 뒤졌다. 한 번도 사랑을 받지 못한 놈을 위해 먹을 걸 주어야 한다. 부조리를 껴안고 수긍하고 인정하면서 살아가는 놈에게 희망을 안겨 주어야 한다. 나는 바지주머니에서 백 원짜리 동전을 하나를 꺼냈다. 온몸이 긁히고 뜯기고 찌그러진 백 원짜리 주화를.

"네게 줄 게 이것밖에 없다니."

나는 백 원짜리 동전을 들고 들여다보았다. 동전도 부조리한 시대를 좌충우돌하며 살아온 것처럼 온몸이 상처투성이였다. 나는 검푸르게 변색된 동전을 들여다보며 쿡쿡 웃었다.

"너도 나처럼 망가지고 깨지고 일그러졌구나."

내 태도를 본 놈이 또 다시 낑낑거렸다. 나는 백 원짜리 동전을 동굴 입구로 던졌다. 동전은 소리를 내며 굴러가서 맴돌다가 이내 멈춰섰다. 그때였다. 동전이 멈춘 동굴 입구에 그림처럼 앉아 있는 파랑새가 보였다. 나는 눈을 치켜뜨고 다시 한번 확인해 보았다.

그것은 분명히 고고한 자태를 가진 파랑새였다. 놈도 파랑새를 보았는지 가느다랗게 짖었다. 파랑새가 놈의 짖음에 응답하듯 날개를 펼치고 퍼덕였다. 그 자태는 너무나 아름다워서 이승의 것처럼 보이지 않았다.

"이 동굴이 너의 집이었나?"

나는 파랑새 쪽으로 다가가기 위해 몸을 움직였다. 순간 머리에서 통증이 일며 피가 흘러내렸다. 나는 흘러내리는 피를 얼굴에 느끼면서 손을 허우적거렸다. 일생에 한번 모습을 드러내는 파랑새를 자세히 보아야 한다. 영조인 파랑새를 이대로 가게 해서는 안 된다.

2

"파랑새를 보면 잡지는 마라."

할아버지는 활을 만드는 내게 부드러운 어조로 타일렀다. 나는 할아버지의 말이 무엇을 뜻하는지 몰라서 되물었다.

"왜 잡으면 안 되는 거예요?"

"안 된다면 안 되는 줄 알거라."

"동네 형들은 잡는 게 좋다고 하던데요."

"누가 그런 소리를 해."

"다 그래요. 파랑새를 잡으면 행운이 온다고요. 그래서 나도 한번 잡아보려는 거예요."

"파랑새는 본래 희망을 노래하는 새란다. 행복을 가져다 주는 새이기도 하고. 물론 가혹한 삶과 절망, 파멸을 가져다 주기도 한다. 파랑새를 찾는 사람의 마음과 태도에 따라서 말이야. 그러니 파랑새는 함부로 잡으려 하거나 쫓아다녀서는 안 된다."

"이상한 새네."

나는 궁금증을 참을 수 없었지만, 더 이상 묻지 않았다. 왜냐하면 할아버지의 표정에서 범접치 못할 기운을 느꼈기 때문이었다. 할아버지는 엄숙하면서도 부드러운 어조로 덧붙였다. 파랑새는 영조(靈鳥)여서 아무한테나 모습을 드러내지 않는다. 모습을 드러내는 것만큼 찾는 것도 쉽지 않다. 파랑새를 찾으려면 먼저 자신의 동굴을 찾아야 한다.

파랑새는 동굴 중에서도 신비스런 곳에 둥지를 틀고 산다. 그러니 동굴을 아무리 뒤지고 다녀도 파랑새는 찾을 수 없다. 자신을 먼저 찾고, 겸허한 마음 찾고, 욕망을 버린 다음에 동굴을 찾아야 한다. 자신의 마음속 깊고 깊은 곳에 파랑새의 동굴이 자리잡고 있기 때문이다.

평생 자신을 찾아다닌 사람들도 동굴을 발견하지 못하는 게 다반수다. 그래서 파랑새, 즉 자신의 동굴을 찾은 사람은 소원을 이루고 선택된 삶을 살게 된다. 다만 그 새를 잡고자 하는 집착은 오히려 절망만 불러온다.

나는 대나무에 활줄을 걸며 빌고 또 빌었다. 하루 빨리 파랑새를 잡아서 꿈을 이루게 해 달라고. 파랑새가 사는 동굴을 찾아서 갖고 싶은 걸 모두 갖게 해 달라고. 내 속에 파랑새가 사는 동굴이 있든, 산속 어디에 동굴이 있든, 나는 파랑새를 찾아야 한다.

조부나 아버지도 파랑새를 보지 못한 건 마찬가지였다. 조부가 3.1 만세운동을 하러 가기 전날 밤 파랑새 울음소리를 들었다. 조부는 파랑새를 찾아 나섰지만, 직접 보지는 못했다. 일본 헌병의 총을 맞고 비몽사몽 간 따라간 것도 파랑새의 울음소리였다.

파랑새는 중상을 입은 조부를 깊은 동굴로 안내했다. 그리고 그곳에서 조부를 목숨을 구해 밖으로 내보냈다. 6.25에 참전한 아버지도 파랑새를 쫓아 적전을 누볐지만, 직접 본 것은 아니었다. 다만 파랑새의 울음소리를 듣고 동굴로 들어갔을 뿐이었다. 그때 아버지도 조부처럼 인민군에게 쫓기던 상황이었다.

나는 할아버지가 파랑새 이야기를 들려줄 때 확신을 가졌다. 어른들이 못 본 파랑새를 내가 반드시 잡고 말 것이라고. 아무도 발견하지 못한 파랑새의 동굴을 내가 찾아낼 것이라고. 언제나 그런 생각만 하고 다녔고, 반드시 그렇게 되리라 믿었다. 그 파랑새를 의식이 혼미해지는 순간에 만났던 것이다.

"너를 얼마나 보고 싶었는지 모른다."

나는 그림처럼 앉아 있는 파랑새를 향해 중얼거렸다. 놈도 내 생각을 눈치챘는지 같이 끙끙거렸다. 초승달을 뒤로 한 파랑새의 자태는 붉은 꽃처럼 아름다웠다. 시뻘건 핏물이 눈을 가려서 그렇게 보였는지도 몰랐다. 파랑새는 막 피어나는 꽃처럼 붉고 싱그러웠다.

나는 덮쳐오는 졸음을 쫓아내며 눈까풀을 들어올렸다. 지금 의식을 잃으면 안 된다. 동굴 입구에 앉아 있는 파랑새를 잡아야 한다. 그래야 내가 다시 힘을 내고 일어설 수 있다. 부조리에로 대항하고 맞서기 위해서라도 반드시 파랑새를 품어야 한다. 파랑새만이 부조리를 꺾고 제압하고 이길 수 있는 유일한 존재다. 그러니 파랑새를 절대로 놓칠 수 없다.

나는 마지막 힘을 써서 눈까풀을 들어올렸다. 놈이 낑낑거리며 다가와 몸을 비볐다. 달빛을 받은 파랑새의 모습은 너무나 아름다웠다. 마치 천사가 하늘에서 내려온 것처럼 눈이 부셨다. 아니 그것은 눈부신 하늘, 눈부신 희망, 눈부신 행복 그 자체였다. 놈이 파랑새를 향해 구슬픈 목소리로 짖었다. 순간 파랑새가 허공으로 푸드덕 날아올랐다.

나는 무거운 머리를 들고 날아오른 파랑새를 찾았다. 허공을 가로

지른 파랑새가 머리 위로 날아와 앉았다. 나는 피 묻은 손을 들어 파랑새를 더듬어 만졌다. 파랑새는 내 손길을 피하지 않고 그대로 앉아 있었다. 나는 떨리는 손으로 파랑새의 깃털을 잡았다.

"이제야 그토록 원하던 파랑새를 만져 보는구나. 이제야 비로소 괴물 같은 부조리로부터 벗어날 수 있게 되었구나."

나는 중얼거리며 깃털을 움켜쥐었던 손을 아래로 내렸다. 그러나 내 손 안에는 아무것도 없었다. 내 손에 쥐어진 것은 검붉고 끈적끈적한 피였다. 나는 다시 머리에 손을 얹은 채 동굴 입구를 바라보았다. 파랑새가 날아올랐던 자리에 붉은 초승달이 걸려 있었다. 마치 한 마리의 새와 같은 초승달은 바위에 걸린 채 움직이지 않았다.

나는 파랑새를 닮은 초승달에 시선을 박고 숨을 죽였다. 그 순간 동굴에서 괴이한 소리가 들려왔다. 그 소리는 짐승의 울음소리 같기도 했고, 총알이 스치는 소리 같기도 했고, 동굴이 무너지는 소리 같기도 했다. 아니 그것은 부조리한 사회가 울부짖는 고통의 소리였다. 부조리한 사회 속에서 소리치고 외치는 인간들의 비명소리였다.

대통령도 아마 백성들의 신음과 비명소리를 듣고 부조리한 사회를 바로잡으려 했는지도 모른다. 그래서 자신이 부조리에 빠진 세상을 일깨울 전지전능한 신처럼 내란을 일으킨 것이고. 여기서 대통령이 간과한 게 하나 있다. 그것은 자신이 이미 부조리해진 인간이자, 부조리해질 대로 부조리해진 지도자임을 망각했던 것이다.

그렇다. 진정으로 부조리한 소리를 들으려면 대통령 자신이 부조리로부터 벗어나 있어야 한다. 하지만 자기 자신이 부조리해질 대로 부조리해진 상태에서는 부조리를 바로 보거나, 부조리한 세상의 소리를 들을 수 없다. 대통령이 착각한 것은 바로 그것이었다. 자신과 자신의 주변이 이미 부조리해질 대로 부조리해져 있었다는 것.

나는 동굴 속에서 들리는 괴이한 소리를 듣고 머리를 흔들었다. 동굴이 내는 소리는 어둡고 기괴하고 무거운 것이었다. 그것은 마치 부조리한 사회가 부조리한 인간에게 외치는 고함 같았다. 나는 동굴이 내는 소리를 들으며 품속에서 권총을 꺼냈다. 그리고 실탄을 장전한 뒤 동굴을 향해 겨누었다. 지금 이 순간 죽어야 할 것은 부조리다. 괴물과 같은 부조리는 죽어야 마땅하다. 부조리는 이 세상에서 사라져야 한다.

 나는 입속으로 중얼거리며 방아쇠에 손가락을 걸었다. 놈이 무언가를 느꼈는지 낑낑거리며 내 얼굴에 몸을 비볐다. 나는 놈의 메마른 몸을 두 손으로 가만히 끌어안았다. 순간 뜨거운 눈물이 볼을 타고 주르륵 흘렀다. 나는 흐르는 눈물을 닦지 않고 비스듬히 누워 있었다. 실탄이 장전된 권총을 동굴을 향해 겨눈 채. 아니 내 가슴을 향해 겨눈 채.

부조리를 향해 쏴라

초판 1쇄 인쇄	2025년 4월 16일
초판 1쇄 발행	2025년 5월 1일

지은이	최 인
펴낸이	최효언
펴낸곳	도서출판 글여울
등록번호	제349-2023-000002호
홈페이지	www.glyeoul.com
전화	070-8704-0829
팩스	0504-328-8091
메일	oxsh_chu@naver.com

ISBN   979-11-982885-5-4

· 값은 뒤표지에 있습니다.
· 이 책의 저작권은 지은이와 출판사에 있습니다.
· 지은이와 출판사 양측의 서면동의/허가 없이는 어떠한 형태나 수단으로도 이 책의 내용과 표지 그림을 이용하지 못합니다.
© 2025 최효언. PRINTED IN KOREA.